KB271488

한국 근대 단편소설과 情의 양식

한국 근대 단편소설과 情의 양식

이 은 주

한국문학 연구에서 근대문학은 다양한 방법으로 관심의 영역이 확장되고 있는 분야이다. 이 책은 그러한 흐름을 형성해 온 선행연구들을 기반으로 하면서 선행 연구들이 놓치고 있는, 텍스트로부터 의미화된 요소들로 근대 소설의 특성을 규명할 수 있는 문학 내적 논리를 발견하고자 하는 목적을 지닌다. 이 목적은, 미적 효과를 발휘하는 글쓰기로서의 문학을 이야기할 수 있는 시기, 즉 문학에 대한 인식이 새롭게 정비되는 시점인 1915년을 전후한 시기부터 문학자율성의 논리를 내면화하고자 했던 1920년대 중반까지의 단편소설을 대상으로 하여, 텍스트의 본질을 양식(樣式, style, stil) 개념으로 포착하면서 구체화된다.

연구 시기 설정과 방법론의 정당성과 타당성을 확보하기 위하여 이 책은 우선 한국문학사에서 근대문학에 대한 논의의 흐름을 짚으면서, 1915년이라는 지점의 문학사적 의미를 점검했다. 그리고 한국문학 연구사에서 양식이란 용어가 어떻게 사용되고 있는지를 비판적으로 검토하면서 미학에서 정의되고 있는 양식 개념을 정리하고 있다. 이러한 바탕에서 이루어진 텍스트 해석은, 다양한 모습으로 존재하는 이 시기의 텍스트들에서 당대성과의 긴밀한 연관 속에서 포괄할 수 있는 텍스트 내적 논리, 즉 텍스트를 지탱하고 아우르며 구성하는 힘을 양식 개념으로 수렴하고 있다.

이 양식에 속하게 되는 텍스트들은 '情의 문학'의 실현에 주력하면서 형성하게 되는 내적 논리를 다양한 양상으로 드러내고 있는 작품들이다. 자기로부터 연유하는 감정을 통해 공감을 자아낼 수 있는 글을 쓰도록 요구하는 시대적 요청은, 자기를 표현해야 한다는 것에 대해 고민하게 했다. 그 결과 자기를 드러내기에 가장 적합한 형태인 고백적 글쓰기(편지나 일기)가 선택된다. 이 글쓰기는 자기동일시 욕망을 가장 적절하게 충족시켜주면서, 고백의 속성을 지니게 되는 사랑 이야기를 모티프로 삼게 된다. 개인으로서의 자기를 자각해야 했던 이들이 왜 사랑 이야기에 그토록 집착하면서 글을 쓰게 되었는지의 의미가 여기에서 밝혀진다.

또한 이러한 작동 원리를 실현시키고 있는 텍스트들이 드러내고 있는 침울하고 무거우며 어두운 분위기는 내면을 발견하게 된 개인들이 세계를 어떻게 경험하고 내면화하게 되는지를 통찰할 수 있게 한다. 이 세계 경험은 막연하게 직접적으로 '무서움(증), 두려움, 공포'라는 언어로 텍스트에 등장하기도 하고, 때로는 그 연관성을 쉽게 눈치 채지 못 할 만큼 다양한 징후들로 텍스트를 지배하면서 죽음(자살)이나 이름 모를 수많은 병이 등장하는 텍스트들과 의미망(意味網)을 만들게 된다.

텍스트들이 드러내고 있는 다양한 요소들, 즉 육체성이 배제된, 이루어질 수 없는 사랑이야기, 번민과 우울과 고통을 주조로 하는 이야기, 알 수 없는 병과 두려움(공포), 죽음으로 채워진 이야기들은 자기감정을

표현하기 위해 자기를 구성하는 글쓰기를 충실히 하였던 과정이자 결과
이고, 개인으로서의 인간이 경험하게 되는 세계에 대한 두려움과 공포
를 자기가 느끼는 감정 그대로 두렵고 공포스러운 모티프에 의탁한 것
이라고 말할 수 있다. 이러한 과정 속에서 체험하게 되는 고통(내면)들이
번민과 눈물과 우울로 점철되면서 자기(내면) 발견이라는 글쓰기의 출발
지점으로 되돌려지는 구조를 만들고 있었던 것이다. 이것이 바로 情의
양식으로 범주화된 텍스트들이 지닌 내적 논리이자 본질이다.

이 책은 인식과 글쓰기가 새롭게 만나는 자리에서 만들어진 근대소설
로부터, 텍스트들이 보여주는 다양한 양상들이 어떠한 방식으로 조직되
고 작동하는지를 밝혀 근대소설의 내적 원리를 규명하고자 했다. 이 연
구의 결론에 이르기까지의 중심에는 텍스트가 자리한다. 그리하여 이
책은 개별 작품의 존재가치를 규명하는 것은 물론, 그것을 통해 이 시기
소설의 근대문학으로서의 특수성을 드러낼 수 있었다. 이것은 문학사에
서 같은 시기에 존재했던 텍스트들의 관계를 살필 수 있게 하는 동시에
크게 주목받지 못했던 근대 초기 소설 텍스트의 문학사적 자리매김의
새로운 가능성도 보여줄 수 있을 것이다.

2007. 10.　이은주

❙차례

제1장 | 근대문학의 재발견

1. 근대문학에의 미학적 접근

한국 문학사에서 근대문학에 대한 관심은 임화의 『개설신문학사』 이후 지속되면서 1970년대 본격적으로 근대문학 연구의 장을 마련하였고, 그동안의 집적된 업적만큼이나 많은 문제들을 제기하면서 오늘에 이르렀다. 최근 한국 근대문학의 특수성을 규명하고자 하는 노력들은 새로운 시각[1]과 다양한 자료 발굴로 그러한 문제의식에 접근하고 있다. 이것은 한국문학의 근대성에 대한 이해를 돕고 근대문학을 바라보는 폭을 확장시키고 있다.

본 연구가 문학텍스트 자체에서 발견되는 특질들로 한국 근대문학의 특성을 규명해 보고자 하는 것도 그 목적에 있어서는 최근의 새로운 연구들과 흐름을 같이 한다고 볼 수 있다. 이 연구는 추상적 개념 반복으

---

1) 특히 최근 이루어진 푸코의 인식론적 고고학 방법을 활용한 연구들은 한국 근대문학을 바라보는 시각을 다채롭게 한다.
관련문헌은 권보드래(2000), 『한국 근대소설의 기원』, 소명.
김동식(1999), 「한국에서 근대적 문학개념의 형성과정 연구」, 서울대 박사학위 논문.
황종연(1999), 「문학이라는 역어」, 『한국문학과 계몽담론』, 새미.

로 공허해진 근대성 일반에 대한 논의를 비판하며 구체적이고 특수한 한국의 근대문학 논의를 주도했던 1990년대 이후의 연구 성과들과 정신을 자양분으로 삼고 있다. 하지만 그 논의들 역시 근대문학의 제반 근거와 인식의 추이를 제시하면서도 실제 텍스트에서는 미학적, 예술적 특성들을 감수할 수 있는 기준을 보여주지 못하고 있다. 이 연구는 이러한 사실을 인정해야 한다는 문제의식에서 출발한다.

이 책은 문학텍스트 자체에서 구현되고 있는 역동적인 특성들을 양식 개념으로 범주화하여, 그동안의 근대문학 연구가 이룩한 업적들, 즉 근대문학이 형성될 수 있었던 제반 조건들과 그 기반에서 근대적으로 변화, 발전해 가는 문학적 징후들이 텍스트와 어떻게 연계될 수 있는지를 보여줄 것이다. 문학텍스트가 주조해 내는, 소위 말하는 내용과 형식의 어우러짐에서 포착할 수 있는 하나의 상(像)은, 근대문학의 개념이 형성되어 가던 근대 초기의 실질적인 문학의 현상이자 본질이라고 할 수 있다. 그것을 밝혀보고자 하는 시도와 모색으로 양식 개념이 도입되었다. 양식은 한국문학사에서 논쟁과 반성 없이 다양하게 쓰여 왔고, 또 쓰이고 있으며 여전히 확정된 개념을 획득하지는 못한 상태이기 때문이다. 이런 점에서 본 연구는 선행 양식 논의들을 비판적으로 검토하는 작업도 하게 된다. 궁극적으로 이 책에서 규명될 근대 초기 소설 양식은 텍스트 자체에서 근대문학으로서의 특징들을 볼 수 있는 안목과 한국 근대문학을 바라보는 새로운 관점을 제시한다는 의미를 지닐 수 있을 것이다.

이 연구가 특정 시기(1915~1925)를 연구 대상으로 설정하고 있는 것도 위와 같은 문제의식에서 비롯된다. 즉 근대 문학에 대한 선행 논의들에서 이념 지향적인 계몽성이 강조되거나 자료 재배치를 통해 정신사적 흐름을 복원하는 데 초점이 맞추어지는 것을 두고, 논자들의 연구방법 치중의 문제라고만 말할 수 없다고 판단했기 때문이다. 다시 말해 근대 문학 연구로 지칭되는 선행연구들은, 연구 대상 시기가 미학적 혹은 예술적 범주에서 근대적 감수성에 대응하는 작품을 생산해내지 못했기 때문에 그에 상응하는 연구결과들을 내놓을 수밖에 없었을 것이다.

따라서 이 책은 선행 연구들이 신사상의 보급을 담당하는 수단으로서의 문학 기능을 여전히 강조하는 1900년대 시기(19세기 말~1910년) 이후에 주목하고자 한다. 즉 문학에 대한 인식의 전환을 보인다고 판단할 수 있는 1915년을 전후한 시점부터 문학자율성의 논리를 내면화하고자 했던 1920년대 전반기(1925년 이전) 동인지 문학 시기까지의 단편소설을 대상[2]으로, 이들이 만들어 내는 총체적 효과를 양식이라는 개념으로 범주화해 볼 것이다. 이러한 작업을 통해, 그동안 불안정한 과도기(형성기), 예술 내면화 단계의 습작으로 평가되면서 적극적인 의미 해석과 연구가 상대적으로 취약했던 이 시기의 작품들은 근대적 감수성의 내적 운동구조를 드러내며 텍스트의 존재가치를 규명받게 될 것이다. 그리고 규명된 특성들은 근대 초기 텍스트들의 문학사적 위치를 확인할 수 있는 하나의 기준으로 작용할 수 있을 것이다.

본 연구의 문제의식과 목적을 보다 예각화하기 위해 연구 시기로 설정된 1915~1925년에 대한 설명과 양식 연구의 필요성, 문학텍스트의 양식화 과정을 다시 한번 정리해보기로 한다.

근대를 바라보는 기준 자체에 의문을 제기하는 방식으로 새롭게 전개된 1970년대의 내재적 발전론은, 고미숙, 백낙청, 최원식 등에 의해 그 구체적인 문학사의 분석이 따르지 못했다는 한계가 논의되면서 1990년대에 이르러 근대국가의 성립, 민족의식의 성장과 민족어라는 기준을

---

2) 한국근대소설사에서 단편의 주류성을 인정하여 연구 대상을 단편소설로 한정한다. 한국근대소설사에서 단편소설의 위상은 이미 여러 논자들(김윤식, 이재선, 주종연, 김현실 등)에 의해 이야기되어 왔던 것이다. 이에 대한 본격적인 논의는 다음 글을 참조할 수 있다.
박헌호(1996), 「한국 근대 단편양식과 김동인(1)」, 『작가연구』 2, 새미.
박헌호(1997), 「한국 근대 단편양식과 김동인(2)」, 『한국근대문학연구』(최원식 편), 태학사.
박헌호(2000), 「한국 근대 소설사에서 단편양식의 위상」, 『민족문학사연구』, 2000. 6.

제시하게 된다. 이것은 한국 근대문학의 성격을 밝히려는 시도로 이어
졌고, 이러한 업적들을 토대로 한국에서 근대적 문학, 소설이 형성되어
가는 과정 자체를 체계화하는 작업들이 최근 이루어지고 있다. 이러한
작업들은 전면에 나서지 못했던 혹은 배재되었던 자료들을 재배치하는
결과를 가져왔고, 바로 이러한 과정에서 다시 새롭게 조명을 받고 있는
시기가 19세기 후반~1910년까지이다.

그동안 개화기, 애국계몽기 등으로 불리며 사회학적, 이념적 태도의
축에서 논의되어 왔던 근대문학은 1900년대(1896~1910)를 '있는 그대
로' 복원[3]하고, 한국에서 근대적 문학 개념이 형성되는 과정을 추적[4]하
는 새로운 시각에 의해 조명받게 된다. 그 결과, 이 시기는 근대의 발원
지이며 근대문학의 싹을 보여준 시대로 평가될 수는 있지만, 1910년경
까지는 문학이라는 말이 시나 소설과 같은 특정한 글쓰기를 지칭하는
말로 주제화되지 않았기 때문에 미적 효과를 발휘하는 글쓰기로서 문학
의 가치는 아직 형성되지 않았음이 확인되었다. 이 시기에서 다룰 수 있
는 단편서사체, 토론체, 문답체, 논설이나 애국계몽소설, 역사전기소설,
신소설 등이 미적 영역에서 문학으로 논의될 수 없었던 이유가 여기에
있다.

따라서 그동안의 근대문학 연구를 두고 '계몽만을 강조'한다고 비판
했던 것은 방향이 수정되어야 한다. 계몽의 강조를 문제 삼을 것이 아니
라 근대문학 연구에서 계몽을 이야기하지 않아도 되는 텍스트 연구방법
을 고민하는 것이 필요하다. 그러한 연구가 시도되어야 한다는 문제의
식에서 이 책은 출발한다. 이것은 한국 근대문학의 특수성을 밝히고자
하는 최근의 연구 동향과 크게 다르지 않다. 이 글은 최근의 근대문학
연구 동향을 적극 수용하면서, 선행연구들이 미적 영역에서 논의할 수
없었던 문학텍스트를 중심에 두고 한국 근대문학의 특수성을 포착하는

---

3) 권보드래(2000), 『한국 근대소설의 기원』, 소명.
4) 김동식(1999), 「한국에서 근대적 문학개념의 형성과정 연구」, 서울대 박사학위 논문.

것을 목적으로 하기 때문이다. 본 연구는 1900년대 지배적이었던 계몽의 담론이 약화되고 문학의 자율성과 독립성이 강조되기 시작했던 1910년대 중반 이후의 변화된 문학관을 고찰하면서, 1915년에서 1920년대 중반까지의 문학 텍스트들을 양식이라는 개념으로 범주화하여 한국 근대문학의 특수성을 보여줄 것이다.

그동안 계몽이 강조되던 텍스트들을 통해 근대의 이념지향을 읽어낼 수 있었다면, 문학은 미감상(美感想), 정, 감수성, 자율적, 독립적으로 존재하는 대상으로 인정해야 한다는 인식의 전환[5]은 1915년을 전후하여 근대 문학을 판단하는 미적 원리로 작용하게 된다. 그리고 이것은 1920년대로 계속 이어진다. 그런데 1922~1923년 사이 한국에서 사회주의 운동이 시작[6]되면서 새로운 사상이 확산되고 문화운동의 조류가 형성된다. 이 당시의 사회운동이나 사상운동의 흐름이 문학의 정신사적 바탕[7]을 이루는 것은 당연하다.

파스큘라(1923)와 염군사(1922)의 결성은 이러한 시대적 조류를 반영하면서 문학사적 변화들을 예고한다. 하지만 이 두 단체는 문학사적으로 큰 변화를 주도하지는 못했던 것으로 볼 수 있다. 왜냐하면 염군사는 문예활동보다는 사회운동에 더 많은 관심을 가지고 있었고 파스큘라 역시 문화적 교양은 높았[8]으나 문학활동보다는 단체 결성 자체에 더 의의를 두고 있었던 것으로 파악할 수 있기 때문이다. 이것을 뒷받침할 수 있는 논의가 임화와 김복진의 회고담이다. 염군사에 대해 임화는 '사회적으로

---

5) 이 책 제2장−1.에서 1차 자료 목록과 함께 자세히 다루고 있다.
6) Scalapino, 이정식·한홍구 역(1986), 『한국 공산주의 운동사1』, 돌베개, p.95.
7) 이와 관련하여 다음 글을 참조할 수 있다.
　김영민(1992), 「프로문학의 발생과 내용, 형식 논쟁」, 『한국문학비평논쟁사』, pp.40~44.
　김윤식·정호웅(1993), 「경향소설의 형성과 전개」, 『한국소설사』, 예하, pp.115~121.
　조남현(1987), 「한국현대소설의 흐름」, 『한국현대소설 연구』, 민음사, pp.265~286.
8) 김윤식(1976), 『한국근대문예비평사연구』, 일지사, p.31.

알려지지 않은 좌익문학 청년 집단으로 파스큘라계보다는 문예에 대한
역량이 훨씬 저급'9)하다고 전해주고 있다. 그리고 문예에 대한 관심과
교양이 높았다고 말해지는 파스큘라에 대해서도 구성원 중의 한 명이었
던 김복진은 문예활동이나 조직적인 면에서 전문적인 집단은 아니었음
을 증언10)하고 있다.

『백조』파가 해체되는 1923년 김기진과 박영희의 문학활동이 활발해
지기 시작한다. 『개벽』을 중심으로 전개된 이들의 활동이 부르조아 문
학을 비판하면서 새로운 문학을 제창하는 것이었으므로 프롤레타리아
문학운동의 시작이라고 볼 수도 있다. 그러나 이 때의 리얼리즘론은 작
가와 작품들을 대상으로 한 현상 파악의 귀납적 결과로서 리얼리즘 문
학이 시작되었다고 말하기는 어렵다. 실제 작품들로 증명되기보다는 동
시대 작가들을 향한 입법 비평이나 계도 비평의 형태로 된 경우가 많
기11) 때문이다.

경향문학(프로문학)이 본격적인 전환점을 마련하는 것은 파스큘라와
염군사 두 집단의 구성원들이 서로의 단체를 합쳐 카프를 결성(1925. 8)
하는 시점으로 볼 수 있다. 이 시기 카프의 구성원이었던 김기진과 박영

---

9) 임화, 「畏友 송영 형께」, 『신동아』, 1936. 5, p.273.
10) '어떤 운동을 모발(謨發)하려는 준비행동이었다고 보아주려면 줄 수도 있는 것
    이다…… '파스큐라' 여기에는 여러 사람이 모이게 된 것이다. '톨스토이안'도
    있고 '화잇트맨'의 사도가 있었으며, '루나찰스키'의 신봉자에다 나와 같은 따위
    의 부득 요령이 가담하였던 진묘한 회합이었다. 그러나 여기에는 다같이 현상에
    대한 불만들을 가지고 있었던 것이다. 이 현상의 불만으로만 가지고서 잡다한
    종족이 모임에 어떻게 그 수명이 길기를 바랐으리요…… 어떠한 운동기운의 발
    표의 촉진을 꾀하려 하였고, 따라서 미구한 장래에 분해가 있을 것도 예기하여
    왔었던 것이다. 더 손쉽게 말한다면 자기네들의 계몽을 위하고 또는 속 빠르게
    사상적으로 순화되기를 꾀하였던 것이다…… 제 아무리 사상적으로 순화되기를
    꾀하고 색채의 농후를 바랐지만 그리 속히 될 리가 없는 것이다'
    김복진(1926), <파스큐라>, 「동아일보」, 1926. 7.
    인용은 임규찬 · 한기형 편(1989), 『카프비평자료총서Ⅱ : 프로문학의 성립과 신
    경향파』, 태학사, pp.487~488.
11) 조남현(1999), 『한국 현대문학사상 논구』, 서울대학교출판부, p.68.

희의 프로문학 이론은 『개벽』지의 특집 「계급문학시비론」(『개벽』 56호, 1925. 2)을 통해 문단의 주목을 받으며 사회의 관심을 불러일으킨다. 이 토론에서 프로문학 측의 박영희, 김기진 등의 이론이 반대측인 염상섭, 나도향, 이광수, 김동인보다 설득력을 얻으면서 프로문학은 우위를 점하게 된다. 그리고 1925년 12월 박영희는 「신경향파의 문학과 그 문단적 지위」(『개벽』 64호)를 통해 자신들이 새로운 문학을 이끈다는 것을 공표[12]한다.

1920년대 중반[13]은 사회주의 운동에 따르는 변화의 징후들이 직접적으로 문학에 관련된 단체 카프를 조직하고 활동한 시점이며, 프로문학 이론이 문단의 주목을 받으면서 문학적 논쟁을 불러일으키는 주도적 위치가 되는 시기로 정리할 수 있다. 그리고 1926년 「문예운동」이라는 준기관지를 발간한 이후 카프의 사회적 거취가 분명해지면서[14] 박영희,

---

12) 조남현(1985), 「1920년대 소설과 경향성」, 『한국 현대문학의 磁界』, 평민사, p.136.
13) 정신사적 관점으로 1910년대 소설을 연구한 한점돌은 1923년을 한국 사회운동사의 획기적 시점으로 보고 1922년까지를 1910년대 연구에 포함시키고 있다. 그는 1910년대와 1920년대를 구분하는 것보다, 1910년대와 1920년대 전반기의 소설은 동질적인 셈이고, 오히려 같은 1920년대 소설이라도 전반기와 후반기 소설이 보다 더 이질적일 것이라고 말한다(한점돌(1993), 『한국근대소설의 정신사적 이해』, 국학자료원, p.31). 10년 단위의 시대구분에 대한 문제의식은 본 연구와 공통적인 부분이지만 사회운동과 같은 문학 외적 사건을 문학연구의 시대구분 기준으로 직접 도입한다는 점은 본 연구와 견해를 달리하는 부분이다. 10년 단위의 시대구분에 대한 문제성은 김복순에 의해서도 지적되었다. 그는 1910년대 단편소설과 1920년대 초기 단편소설을 연장선상에 놓고 있으며(「1910년대 단편소설 연구」, 연세대 박사학위 논문, 1990, 한점돌, 위의 책, p.31 재인용), 이동하역시 1920년대 전반기의 문학은 1910년대의 문학을 그대로 계승하여 발전시킨 것으로 보고 있다(「1910년대 단편소설 연구」, 서울대 석사학위 논문, 1987, p.127). 차혜영은, 1920년대 중기 이후(1923~1924년경) '근대성의 관철과 식민성의 심화'라는 중층적 과정이 고착되면서 보편 근대를 실현하는 주체는 끊임없는 자기부정과 현실에 자기를 적응 개조해가는 식민화를 자발적으로 수행하게 되고 소설은 사실주의화되는 변모를 보이며 1920년대 초반 소설과 다른 경로를 걷게 된다(차혜영(2001), 「1920년대 근대소설 형성 연구」, 한양대 박사학위 논문)고 말하면서 1920년대 중반을 구별 짓는다.
14) 김윤식(1976), 『한국근대문예비평사연구』, 일지사, p.32.

김기진의 비평은 절정기를 맞게 된다.

문학사적 변화를 내포하는 경향문학의 이러한 경로가 본 논문이 1925
년까지를 주목하는 이유이다. 그리하여 이 논문은 문학의 자율성, 독립
성이 최초로 발현되던 1915년부터 1920년대 중반까지의 시기에 관심을
집중하여, 변화된 인식에 대응하는 예술작품이 어떠한 모습들로 현현되
는지를 양식이라는 틀로 구체화하게 될 것이다.

양식(樣式)은 엄격한 개념규정이 필요한 학문영역에서도 아직은 합의
된 정의 없이 사용되고 있는 용어이다. 현재 문학예술 분야에서 사용되
는 양식개념은 style과 mode의 번역어인데, 독일을 중심으로 한 유럽에
서는 '전체적인 표상' 개념을 유지하고 있고, 영미 혹은 형식—구조주의
자들에게는 stylistics(문체론), mode(서술법, 양태)의 개념이 중심15)에 있다.
이 글에서 사용하는 양식 개념은 독일을 중심으로 하는 유럽 쪽 개념에
기반을 둔다.

특히 이 책에서 사용하는 양식의 개념은 루카치가 『소설의 이론』에서
행한 작업을 지향하고 수용하면서 획득된 것이다. 이런 시각은 특정한
미학 이론 하나에 전적으로 기대지는 않으면서 유럽 쪽 미학 이론들을
폭넓게 아우를 수 있다는 점에서 논리적 근거가 확실하다고 할 수 있다.
물론 루카치는 '형식의 유형학(A typology of the novel form)'이라는 용어
를 사용하고 있는데, 이 개념은 '소설의 근본 문제를 세계를 어떻게 예
술적으로 처리하고 있는가를 역사철학적 입장에서 유형화하는 것'16)이
라고 밝히는 데서 잘 드러난다. 그런데 루카치가 사용한 '형식, 유형학'
이라는 말을 우리 문학 연구에 대입할 경우 그 어휘가 환기시키는 의미
들은 루카치가 의도한 것은 물론 이 책의 방향에서도 멀어진다. 이 연구
는 '내용'의 상대 자리에 위치하는 '형식'을 유형화하고자 하는 것이 아

---

15) 박헌호(2002), 「한국 근대소설사 연구에서 '양식'의 문제」, 『한국 근대문학 양식
    의 형성과 전개』, 상허학회 심포지엄 자료집, 2002. 12, p.11.
16) Georg Lukács, 반성완 역(1987), 『소설의 이론』, 심설당, 「서문」 중에서.

니고, 오히려 그 둘의 변증법적 화해를 모색한다.

이 책에서 사용하고자 하는 양식은 복잡, 다양한 양식 개념 중 어느 하나에 기대지 않으며, 또 이들을 모두 통합할 수 있는 새로운 양식 개념을 제안하고자 하는 것이 목적도 아니다. 본 연구는, 루카치가 헤겔적 사유구조를 축으로 하여 텍스트를 읽어가며 의미를 생성해 내었던 서술 방식처럼, 보편적이고 추상적인 것으로 남아있는 것 속에서 감지될 수 있는 다른 얼굴, 바깥 면17)이라 부를 수 있는 것들을 드러내는 사유방식을 따르고자 하는 것이다. 다시 말하면 1915~1925년이라는 시대 속에서 텍스트가 스스로 그 내용과 형식을 규제하고, 억압하고, 때로는 회유하고 회피하면서 만들어내는 질서, 혹은 통일된 정신의 상(像)을 추상이 아닌 텍스트라는 구체화된 실체를 통해 재구성하는 것이 본 연구의 목적이다.

이 책은 시대와 문학에 대한 인식과 글쓰기가 만나는 자리에서 만들어진 문학의 존재 양상을 양식이라는 개념으로 재구하고자 하는 글이다. 그것은 인식과 상동성을 이룰 수도 있고 혹은 전혀 무관하게 존재할 수도 있다. 그런데 1915년 이전 사회 주류 이념이었던 계몽이 모든 글쓰기에 침투되고 있는 것을 보았기에, 1915년 이후 개인의 감정, 상상력, 창조성이 강조되는 문학에 대한 인식의 전환은 새로운 텍스트를 생산하는 중심축이 되었으리라고 짐작할 수 있게 한다. 그래서 본 연구는 그 문학 텍스트가 어떻게 조직되어 작품으로 존재하는지, 그리고 어떠한 방식으로 당대의 다른 텍스트들과 관련을 맺게 되는지, 또한 근대문학으로서의 특성들은 어떠한 내적 논리로 그 근대성을 감추고 드러내게 되는지를 밝혀 나가게 된다.

본 연구의 결과로서 유형화될 양식은 그동안 미달태, 미완성, 과도기적이라는 용어로 평가를 받아온 텍스트들의 가치를 새롭게 조명할 수

---

17) Fredric Jameson, 김유동 역(2000), 『후기마르크스주의』, 한길사, p.96.

있게 할 것이다. 즉 그동안 한국소설사에서 크게 주목받지 못했던 근대 초기 텍스트에 대한 새로운 의미 발견의 가능성을 지니면서, 같은 시기에 존재했던 텍스트들의 상관성도 엿볼 수 있게 해 줄 것이다. 한국 근대문학의 특수성은 여기에서 논의될 수 있다.

2. 의미 생성과 발견으로서의 텍스트 읽기

임화의 『신문학사』 이후 문학사들이 보여준 근대문학에 대한 관심[18]은 근대를 바라보는 기준 자체에 의문을 제기하는 방식으로 1970년대의 내재적 발전론으로 이어진다. 이러한 문제의식은 김윤식, 김현의 『한국문학사』를 통해 구체화되면서 근대문학의 기점 논의를 가속화시켰는데, 그 근저에는 한국문학의 주변성을 극복하려는 의지와 이식문학론에 대한 다양한 평가가 놓여 있다. 그러나 1970년대의 내재적 발전론은 그 구체적인 문학작품의 분석이 따르지 못했다는 한계와 함께, 주류적 경향에서 거론되고 있는 각 작품들이 시대의 고민을 잘 드러내고 있다는 점으로 서술됨으로써 당대뿐만 아니라 과거 작품과의 비교에 의한 문학적 평가가 이루어지지 않아 문학적 전범(cannon)을 공론화할 수 없다[19]는 문제를 내포하게 된다. 그리고 문학을 단순히 사회의 직접적 반영물로 보지 않는 한, 이러한 논의는 근대문학 텍스트에 대한 미적 기대를 충족 시켜주지 못하며, 자칫 근대문학이라는 것이 근대화(사회적 근대)과정과 동일시되는 것으로 오해될 수도 있다.

이와 같은 문제의식이 1990년대에 이르러 백낙청, 고미숙, 최원식 등에 의해 표면화되면서, 근대국가의 성립, 민족의식의 성장과 민족어라는

---

18) 제2장, 1-1)에서 살펴보게 된다.
19) 유종호 외(2000), 『현대 한국문학 100년』, 민음사, p.674.

기준을 제시하게 했다. 이는 한국 근대문학의 성격을 밝히려는 시도로 평가할 수 있다. 그러나 최원식의 입장도 애국계몽기(1905~1910)의 시기적 특성 즉 '도시를 중심으로 한 애국계몽운동과 농촌을 근거지로 한 의병전쟁', '봉건적 백성을 근대적 국민(nation)으로 전환시키려는 계몽주의 작품군의 등장'과 '국어문학의 주류성 획득'20)이라는 이념적 측면에서 근대문학으로서의 근거를 제시할 뿐 텍스트의 본질적 특성에는 접근하지 못했다. 애국계몽기 시운동에서 근대적 성격을 찾고 있는 고미숙의 논의21) 역시 '이념의 선명성'을 강조하면서 시적 형상성에서의 성과 문제를 간과했다. 그런데 이러한 경향을 단순히 이념 지향적이라고 비판할 수만은 없다. 이것에 대해서는 앞서 연구목적을 밝히면서 이야기하였다.

그리하여 이러한 선행 연구들을 수용하고 비판하면서, 한국에서 근대적 문학 개념, 소설이 형성되어 가는 과정 자체를 체계화하려는 움직임들이 나타나게 된다. 그동안 개화기, 애국계몽기 등으로 불리며 사회학적, 이념적 태도의 축에서 논의되어 왔던 근대문학은, 권보드래의 1900년대(1896~1910)를 '있는 그대로' 복원해 보겠다는 방법22)에 의해 이 시기가 근대의 발원지이며 근대문학의 싹을 보여준 시대인 것은 맞지만, 미적 효과를 발휘하는 글쓰기로서 문학의 가치는 아직 형성되지 않았음이 확인되었다. 이는 이 책의 문제의식과 만나는 지점이기도 하다.

한국의 근대적 문학 개념 형성과정을 추적한 김동식23) 역시 문학이라는 말의 용례를 실증적으로 점검했다. 그 결과 1900년대에 사용된 문학

---

20) 최원식(1999), 「한국 문학의 근대성을 다시 생각한다」, 『민족문학과 근대성』, 문학과지성사, p.51.
21) 고미숙(1995), 「애국계몽기 시운동과 그 근대적 성격」, 『민족문학과 근대성』, 문학과지성사.
22) 권보드래(2000), 『한국 근대소설의 기원』, 소명.
23) 김동식(1999), 「한국에서 근대적 문학개념의 형성과정 연구」, 서울대 박사학위논문.

이라는 말은 문자, 문자독해능력, 학문일반, 지식일반, 교육의 기초적 텍스트, 학술적인 문장, 문장박식, 고급저술 등의 의미로 사용되었고, 소설이라는 글쓰기는 미학적 속성을 지닌 특수한 글쓰기로 인식되지 못하고 의사소통방식(김동식은 양식이라고 쓰고 있다) 일반으로 쓰였음을 밝혔다. 1910년경까지는 문학이라는 말이 시나 소설과 같은 특정한 글쓰기를 지칭하는 말로 주제화되지 않았다는 사실이 확인된 것이다. 시대적 이념이 계몽이었고, 문학의 개념도 미적 영역으로 분화되지 않은 상태였으므로 이 시기를 연구하면서 다룰 수 있는 단편서사체(토론체, 문답체, 논설)나 애국계몽소설, 역사전기소설, 신소설 등은 미적 영역에서 문학으로 논의될 수 없었던 것이다.

1910년대, 1920년대를 대상으로 하는 각각의 연구는 이미 대다수의 연구자들을 확보한 상태이다. 특히 본 연구의 출발지점이 속해 있는 1910년대의 사회사적 정신사적 흐름을 파악할 수 있도록 해주는 선행연구들[24]은 이 무렵의 상황을 파악할 수 있는 밑거름[25]으로 부족함이 없다. 그리고 새로운 연구 방법론으로 근대 문학을 바라보는 시각을 확장하고 있는 최근의 연구[26]들 역시 이 책의 토대가 되었다.

---

24) 김복순(1999), 『1910년대 한국문학과 근대성』, 소명.
　　김현실(1989), 「1910년대 단편소설 연구」, 이화여대 박사학위 논문.
　　임규찬(1998), 『한국 근대소설의 이념과 체계』, 태학사.
　　한기형(1999), 『한국 근대소설사의 시각』, 소명.
　　한점돌(1993), 『한국 근대소설의 정신사적 이해』, 국학자료원.
　　이현식(1995), 「한국근대문학 형성의 사회사적 조건」, 『민족문학과 근대성』, 문지.
　　전광용(1980), 「「독립신문」에 나타난 근대적 의식」, 『국어국문학』 84.
　　한기형(1996), 「1910년대 신소설에 미친 출판, 유통 환경의 영향」, 『한국학보』 84, 1996 가을.
25) 본 논문에서도 다루게 될 현상윤, 백대진, 양건식 등에 대한 자료적 도움은 김복순(『1910년대 한국문학과 근대성』, 소명, 1999), 김현실(「1910년대 단편소설 연구」, 이화여대 박사학위 논문, 1989) 등의 연구에 힘입은 것이 많다.
26) 권보드래(2000), 『한국 근대소설의 기원』, 소명.
　　김동식(1999), 「한국에서 근대적 문학개념이 형성과정 연구」, 서울대 박사학위 논문.

이 책이 지향하는 것과 같은 목적으로 양식을 표제로 내세운 본격적인 탐구는 한국문학사에서 연구사를 구성하기 어려울 정도로 미비하다. 그러한 상황에서 김윤식, 최유찬의 선행연구는 양식개념에 대한 천착과 작품해석의 실제를 보여주고 있어 양식연구의 기반이 된다. 구체적인 텍스트 연구의 실제를 보여주지는 못했지만, 양식 연구를 문학사의 방법론 중 하나에 포함시키면서 문학 연구의 한 과제로 언급한 것은 이미 임화의 『개설신문학사』부터였다.

임화는 『개설신문학사』에서 신문학사의 방법론으로 대상, 토대, 환경, 전통, 정신 등을 언급하는 자리에 양식을 포함시켰다. 이 항목에서 임화는 문학사나 비평은 형식과 내용의 통일물로서의 문학작품을 연구하려는 데 궁극 목적이 있다[27]고 하면서, 그 통일된 독특한 형상을 연구하는 것이 양식 연구라고 했다. 그리하여 문학사는 언제나 이 양식의 역사이고, 양식은 사고의 방식 내지는 체계의 구조이므로 양식의 역사를 통하여 정신의 역사를 발견할 수 있기 때문에 문학사는 정신문화사의 지위를 차지[28]하게 된다고 말한다. 그러나 임화는 구체적인 텍스트에의 연구 없이 그것을 시대의 정신, 시대적 양식과 같은 맥락으로 사용하면서 고전주의 낭만주의를 예로 들고 있어 우리가 일반적으로 문예사조로 부르는 것과 다르지 않게 양식을 인식하고 있었음을 알 수 있다.

본 연구에서 사용하는 양식의 개념과 친연성을 지니는 양식 연구는 김윤식에 의해 시도되었다. 김윤식은 『한국근대문학 양식논고』,[29] 『운명과 형식』[30]에서 양식이 문학사적 위치를 점검하는 평가 기준이 될 수

류준필(2001), 「문명, 문화 관념의 형성과 국문학의 발생」, 『민족문학사연구』 18호, 2001. 6.

황종연(1999), 「문학이라는 역어」, 『한국문학과 계몽담론』, 새미(이 글은 『동악어문논집』 32, 1997에도 실려 있다).

27) 임규찬·한진일 편(1993), 『임화 신문학사』, 한길사, p.383.

28) 임규찬·한진일 편(1993), 위의 책, p.384.

29) 김윤식(1980), 『한국 근대문학 양식논고』, 아세아문화사.

30) 김윤식(1992), 『운명과 형식』, 솔.

있음을 보여주고자 했다. 김윤식의 연구는, 루카치의『소설의 이론』,『영혼과 형식』을 모델로 하고 있다. 그래서 그는, 양식이 시대적 필요성과 사회와의 대응관계(homologie)를 드러낸다는 관점에서, 양식의 문제가 일종의 역사철학적 과제라는 것을 전제하게 된다. 이러한 전제에서 채만식의『탁류』는 일상적 삶의 반영만이 무성할 뿐 시대적 삶으로서의 환경, 세계와의 유기적 결합, 즉 구조화와 틀을 통일해 보이지 못하기 때문에 풍속소설에 머물 뿐이라고 서술한다. 그리고 그 이유를 작가가 역사의 방향성을 몰각했거나 불투명한 상태에 놓여 있기 때문이라고 설명하면서, 김윤식은 채만식을 문제성을 안고 있는 작가로 평가하게 된다. 문제는 김윤식이 역사적 방향성의 내용을 보여주지 않은 채 선험적으로 놓여진 규범처럼 그것을 주장하다보니 텍스트는 초월과 미달이라는 평가로만 남게 된다는 것이다.

염상섭을 논한 자리에서는 염상섭의 역사지향성이 진보성의 인식이어야 하지 않겠느냐는 당위를 설정하고 있다. 이것은 역사방향성(욕망), 주체(염상섭＝이인화), 매개(일본)를 각각 꼭지점으로 하는 욕망의 삼각 구조를 만들게 되고, 여기서 김윤식은 주체와 매개의 거리(선)를 주목하여 '선적긴장－선적긴장의 소멸'을 역사의 방향성과 결부시키게 된다. 그러나 주체가 매개와 멀어질수록 역사방향성(욕망)에는 가까워져야 함에도 불구하고 염상섭의 소설은 매개와 멀어질수록 풍속 묘사로 전락하고 침체하게 된다고 평가하게 됨으로써 텍스트 자체의 특성(의의)은 중산층 보수주의로 평가된 염상섭에 묻혀 버리고 만다.

최유찬의 연구들31)은 겉으로 드러나는 표제와 상관없이 양식이라는

---

31) 최유찬(1998), 「『비명을 찾아서』와『돈키호테』」, 『한국문학의 관계론적 이해』, 실천문학사.
　　최유찬(1998), 「『난장이가 쏘아올린 작은 공』의 구조와 리얼리즘적 성과」, 위의 책.
　　최유찬(1998), 「『토지』와 도스토예프스키 소설의 비교연구」, 『연세대인문과학』 79.
　　최유찬(1998), 「우리 학문의 길」, 『연민학지』 6, 1998. 4.
　　최유찬(2000), 「새로운 문학양식의 사회적 조건과 가능성」, 『문학사상』, 2000. 7.

큰 틀에 초점이 맞추어져 있다. 사물(대상)은 관계의 총화라는 생각에서 출발하는 그의 문학 연구는 '한국문학의 관계론적 이해'라고 정리할 수 있다. 그는 개별자(각각의 문학 텍스트)를 어디에 소속시킬 것인가를 규정하거나 보편에 귀속시키는 데 목적을 두지 말고, 문학을 담론으로 보고 그 담론을 분류하는 기준을 텍스트에서 포착해 낼 수 있는 대상 파악 능력, 즉 특수자(개별자)에서 일반자(보편자)를 만들어 낼 수 있는 감식력을 지닐 것을 요구한다. 그의 이러한 입장은 텍스트 읽기에서 구체적으로 실현되고 있다.

최유찬의 「『비명을 찾아서』와 『돈키호테』」는, 데카르트의 근대 주체 철학의 초석이 마련되기 직전, 중세 봉건 사회가 무너지고 자본주의 사회가 대두할 무렵의 전환기에 등장한 세르반테스의 『돈키호테』에 비추어 우리의 『비명을 찾아서』를 새롭게 조명하고 있다. 『돈키호테』에서 주인공인 광인 돈키호테는 총체성이 사라진 세계에서 자신의 정체성을 찾아 여행을 떠나게 되고 숱한 모험을 거쳐서 일상의 자아로 돌아오는 전체구조를 보이는데, 『비명을 찾아서』 역시 당대와 당대를 넘어선 시대에서 개인의 자기 정체성에 대한 질문을 던지는 텍스트로 읽혀지고 있다.

최유찬은, 『돈키호테』가 궁극적으로 중세사회를 지배한 이데올로기인 기사도와 대비되는 새로운 생활의 이념이 무엇인지를 묻고 있는 것이라면, 『비명을 찾아서』는 근대화와 자본의 이데올로기가 고착된 상황에서 개인의 자기 정체성에 대해 질문을 던지는[32] 텍스트라고 역설한다. 흔히 민족주의 사상을 나타낸 대체역사소설로 평가되는 『비명을 찾아서』는, 너무나 일상화되어 편재하므로 의식되지 않지만 우리의 삶을 지배하고 있는 허위의식, 현실의 모순을 심층적으로 형상화하고 있는 것으로 그 가치와 중요성이 새롭게 조명된다.

---

32) 최유찬(1998), 「『비명을 찾아서』와 『돈키호테』」, 앞의 책, p.183.

최유찬의 이러한 해석은, 루카치가 『돈키호테』를 총체성이 사라져 버린 시대에 새로운 삶의 이념을 찾아가는 자아를 그리고 있는 서사로 유형화한 것처럼, 텍스트를 보다 보편적인 의미로 확장시킨 것에만 의미가 있는 것이 아니다. 텍스트 전체를 지각하고 그러한 지형도를 그려낼 수 있는 읽기 방식에 주목해야 한다. 본 연구는 바로 이러한 방식으로 텍스트를 읽어 내면서 근대 초기 문학 텍스트가 존재하는 방식을 그려보고자 하는 것이다.

위와 같은 텍스트 읽기 방식은 『난장이가 쏘아올린 작은 공』, 『토지』를 분석하는 최유찬의 글에서 더욱 분명해진다. 우선 『난장이가 쏘아올린 작은 공』을 세 겹의 액자 속에 들어 있는 사진으로 보면서, 이 겹겹의 액자마다 여러 단편들로 이루어진 내부 이야기들은 유기적으로 통합되고, 보는 각도에 따라 여러 가지 상이한 의미를 함축할 수도 있는, 즉 사회 현실의 유기성에 상응하여 파악될 수 있는 다채로움과 깊이를 갖춘 텍스트임을 밝혀낸다. 그리하여 『난장이가 쏘아올린 작은 공』의 형상화 방식을 단순히 모더니즘적 기법으로 읽어내는 것은 편협한 태도이며, 오히려 새로운 사회 현실 구조 속에서 새로운 시각으로 사고하고 표현하는 방식으로 독자를 더욱 효과적으로 각성시킨다는 점에서 생생한 리얼리티를 획득하는 것으로 평가하게 된다. 『난장이가 쏘아 올린 작은 공』이 획득하고 있는 이러한 표현 방식이 바로 새로운 시대의 양식이 되는 것이다.

『토지』 역시 최유찬의 해석에 의해 토스토예프스키의 작품과 비교되면서 혼돈, 무질서, 충돌, 투쟁, 경합 속에서 긴장된 균형을 이루는 모자이크적인 형상[33]을 지닌 존재로 현상하게 된다. 양식 연구와 관련하여 지속적으로 글을 생산하는 최유찬의 관심은 순문학과는 경계를 이루는 문학의 변두리 양식에서 새로운 문학 양식의 가능성을 찾는 것[34]으로

---

33) 최유찬(1998), 「『토지』와 도스토예프스키 소설의 비교 연구」, 『인문과학』 79집, 연세대인문과학연구소, 1998. 10, p.290.

이어지고 있다. 그가 안정성이나 고정성 못지않게 유동성 또는 변화성도 문학의 본질적 특성으로 보고 있다는 것에서 짐작할 수 있듯이, 양식의 연구는 시대의 변화와 문학 개념의 변화를 읽어낼 수 있는 시도라고할 수 있겠다.

최근, 1990년대 이후 한국 근대문학 연구가 문학연구의 기본이라고할 수 있는 작품으로부터 멀어지고 있는 것에 대한 비판적 보완임을 전제하면서, 본격적인 양식 연구를 표제로 내세운 작업이 상허학회에 의해 시도되었다. 그 결과물인 『한국 근대문학 양식의 형성과 전개』에 실린 연구들은, 해결이기보다는 시작이고 답변이기보다는 문제제기라고스스로의 위치를 확인하고 있지만, 개념의 다양성과 형이상학적 구성원리를 실체화해야 하는 작업의 속성을 전제하면, 한국 근대문학사의 역동성과 질서를 새로운 각도에서 파악[35]하고자 한 시도와 모색으로 근대문학 연구사에서 충분히 의의를 지닌다고 할 수 있다.

양식이란 시대정신이 문학적 텍스트로 구현되는 방식이자 형식 속에녹아 있는 세계 인식의 표출이다. 양식은 문학의 고유한 작동원리가 되는 동시에 시대와 정신에 의해 끊임없이 영향 받는 가변적 실체이기도하다. 그것은 집합적 전체를 상정한다는 점에서 형이상학적 추상과 관련되지만, 개별 작품의 내용과 형식 속에서 실체화한다는 점에서 개별성의 구성원리이기도 하다.[36] 따라서 텍스트 읽기에서 양식을 이야기하는 것은 이미 인식과 표현 혹은 내용과 형식의 변증법적인 통일을 지향하는 방법론적 태도를 전제한 것이라고 할 수 있다. 이러한 태도는 의미를 생성해 가는 입체적인 텍스트 읽기 방식이라 할 수 있으며, 본 연구가 텍스트를 양식화하는 방법이기도 하다. 이것이 많은 문학이론가들에

---

34) 최유찬(2000), 「새로운 문학 양식의 사회적 조건과 가능성」, 『문학사상』, 2000. 7.
35) 상허학회(2003), 『한국 근대문학 양식의 형성과 전개』 中 '서문', 상허학보 10집,
    깊은샘.
36) 상허학회(2003), 위의 글.

의해 명시적으로 드러나지 않으면서도 실행되었던 예를 우리는 이미 알고 있다. 대표적인 논의를 보면 다음과 같다.

　루카치가 헤겔적 사유구조를 축[37]으로 하여 텍스트를 읽어가면서, 의미를 생성해 내는 동시에 그것이 문학사를 새롭게 조망할 수 있는 하나의 이론으로까지 나아갈 수 있었던 『소설의 이론』[38]은 양식에 대하여 관심을 갖는 연구자들뿐만 아니라 모든 문학연구자들이 매력을 느끼는 지점일 것이다. 루카치는 『소설의 이론』을 쓸 당시 칸트에서 헤겔로 나

37) 현대와 관련되는 미학적 제 문제는 헤겔적 유산에서 비롯되는데, 『소설의 이론』은 헤겔 철학의 결과를 미학적 문제에 구체적으로 응용한 최초의 정신과학적 저술이다. 개념적인 구성에서 헤겔과 루카치는 입장의 차이를 보이지만 루카치 사상에서 중심적 위치를 차지하며 그가 지속적으로 관심을 기울였던 것이 바로 변증법의 문제이다. 변증법의 다양한 측면들에 대한 루카치의 생각은 다양한 논제들을 포괄하므로 상세히 설명하는 것은 불가능하다. 일반적으로 청년 루카치는 헤겔적 관념론자로 평가되며, 후반에 가서는 유물론으로 전향했다고 묶음지어 버리는데, 그럼에도 불구하고 그의 문제에로의 접근 방식은 동일한 사유구조를 보여준다고 할 수 있다. 그는 원인과 결과, 의도와 결과, 가치와 현실 사이의 간극이 더욱 벌어져만 가는 세계 속에서 객관적 통합과 종합에 대해 열망을 느낀다. 그의 저작이 갖는 특징은 이것 아니면 저것을 요구하는 상황에 내포되어 있는 비극적인 위협을 제거할 수 있는 길을 찾으려는 끊임없는 시도라고 할 수 있다. 그에게 있어 당위와 존재의 분열은 극복되지 않는다. 단지 이들의 분열을 변증법적으로 점차 구체화시켜 나가야된다는 평가만이 주어질 뿐이다. G.H.R.파킨슨(편), 김대웅 역(1986), 「루카치의 변증법 개념」, 『루카치 미학사상』, 문예.
변증-유물론적 인식이라고 불리는 루카치의 이론은, 예술에서의 현실 반영이 현실 그 자체를 직접 전달한다고 말하는 유물론적 세계관과는 다르다. 그에게서 심미적인 것은 현실 반영과 그 형상화에서 주체(의식)가 반영 대상인 현실로부터 분리되어 마주서 있기 때문에 가능하고, 고유한 세계를 유지하면서 대상과의 합일과 분리를 함께 작동시킬 수 있는 특수한 예술적 관계로부터, 또 이러한 모순, 대립된 것의 통일 과정에서 살아 있는 힘이 구체화되는 예술적 형상화의 효과로부터 탄생한다. 그렇기 때문에 심미적인 것은 현실 인식과 그 형상화에서 학문적 현실 반영과 다른, 그 이상의 것을 구현하는 문학적 효과, 곧 현실의 허구적 반영을 통해 이루어지는 역설적 효과에 해당하는 문학적 사실성을 생산해 내는 원동력이다. 심미적 인식의 특수성을 변증법적 인식의 본질로 삼는 루카치의 미학적 입장은 '심미적 가상의 문제를 다루는 모든 미학이론들은 현실의 예술적 반영의 이러한 변증법과 연루되지 않는 것은 없다'는 견해를 보여준다. 차봉희(1990), 『비판미학』, 문학과지성사, p.179.
38) Georg Lukács, 반성완 역(1987), 『소설의 이론』, 심설당.

아가는 과도기에 있었고, 『소설의 이론』은 그가 청년시절 딜타이, 짐멜, 베버의 저술에서 받았던 인상에 근거하고 있다. 즉 실증주의의 편협한 평면성에 비해 역사적으로 상대적 타당성을 갖는 정신과학적 방법[39]이 당시 주류를 이루었고, 루카치도 이 방법을 따르고 있다.

그 결과 소설 형식을 논하는 장에서 현실을 대하는 주인공의 영혼이 협소한가 넓은가를 분석해 가는 방식으로 『돈키호테』와 『감정교육』을 추상적 이상주의와 환멸의 낭만주의로 유형화하게 된다. 물론 이러한 방법이 『돈키호테』의 몇몇 관점만을 해명하는 데 그치거나, 발작이나 폰토피단을 개념에 끼워 맞추는 식의 추상적 종합을 낳을 수 있다는 문제점이 지적될 수 있다. 그러나 『소설의 이론』이 지니는 방법론상의 제한적 성격 안에서도 플로베르의 『감정교육』에서의 '시간이 하는 역할에 관한 분석'은 '현대소설에서 시간이 갖는 새로운 기능이 베르그송적인 지속적 시간(durée)이라는 개념'을 발견[40]하게 하는 성과도 보여주었음을 간과할 수는 없을 것이다.

루카치가 토마스 만의 『마의 산』[41]과 솔제니친의 『이반 제니소비치의 하루』를 폐쇄된 실험실적 상황을 이용[42]한 서사물이라는 공통된 관점으로 파악할 수 있었던 것도 바로 아무런 관련이 없는 것처럼 보였던 개별 작품들에서 그 역동성을 포착하고자 하는 그의 방법론상의 미덕이

---

39) 직관적으로 파악된 특징으로부터 일반적인 종합 개념을 만들어 내어, 이러한 일반화로부터 연역적으로 개별적 현상에 접근하여 포괄적인 종합에 도달했다고 생각하는 것이다.
   Georg Lukács, 반성완 역(1987), 『소설의 이론』, 심설당, p.10.
40) 이것은 프루스트의 소설이 독일에 알려지기 전이다.
   Paul de Man(1971), 『Blindness and Insight』, Methuen & Co. Ltd, p.57.
41) 루카치는 1909년에 쓰인 에세이에서 토마스 만의 객관성을 파악해 내는 위대한 감수성과 모든 사물 사이의 연관 관계를 동시에 파악해 내는 그의 변증법적이며 예술적인 힘에 찬사를 보내며, 그에게 커다란 공감을 느끼게 된다.
   Parkinson, G.H.R.(편), 김대웅 역(1986), 「루카치의 변증법 개념」, 『루카치 미학 사상』, 문예출판사, pp.77~78.
42) 최유찬(1998), 「장르사의 문제들」, 『한국문학의 관계론적 이해』, 실천문학사, p.93.

라 할 수 있다. 특히 그가 생의 마지막 시기에 심혈을 기울였다고 하는 「솔제니쩐-「이반 제니소비치의 하루」」는 인류의 자기의식으로서의 예술이라는 테제를 전면에 내세운 시기 루카치의 문학론에 스며 있는 존재론적 사유[43]를 감지할 수 있는 글로 평가된다. 여기서 그는 다음과 같이 말하고 있다.

> 솔제니쩐의 작품에서는 스딸린 시대의 잔학상, 강제수용소의 잔학상을 폭로하는 것이-적어도 일차적으로-중요한 것은 아니다. 그러한 것은 이미 오래 전에 서구문학에서 행해졌다. 솔제니쩐의 업적은, 그가 임의의 한 수용소에서 별일 없는 어느 하루를 아직 극복되지 않았고 문학적으로 형상화된 바도 없는 과거의 상징으로 문학화했다는 데 있다. 그는 솜씨 좋게 단색으로 그려진 수용소의 한 단면에서 스딸린 하에서의 일상의 상징을 만들어 냈다. 그는 직접적인 수용소 생활로 엄격하게 국한함으로써 (인간적 실체의) 문제를 아주 일반적이자 동시에 아주 구체적으로 제기할 수 있었다. 여기에서는 변해 가는 정치적, 사회적인 선택적 상황은 자연히 배제된다. 하지만 저항이나 좌절 일체가 살아 있는 인간들의 구체적인 삶 혹은 죽음에 바로 집중되어 있어서 모든 일회적인 결정은 삶에 밀착된 일반화와 전형화의 수준으로 고양된다.
>
> 전체의 구성은 이러한 목적에 이바지하고 있다. 이처럼 본질적인 것에 거의 금욕적으로 집중하고 있는 구성의 기본 특성은 문학적 처리에서의 엄청난 절제와 정확히 상응하는 것이다. 외부세계 중에서는 그것이 인간의 내면에 미치는 영향 때문에 불가결한 것만 모사되며, 인간의 정신세계 중에서는 곧바로 파악될 수 있는 매개들 속에서 인간적 핵심과 바로 결합되어 있는 반응들만 존재한다. 그리하여 이 작품은 전혀 상징적으로 구상된 것은 아니지만 강력한 상징적 효과를 야기할 수 있으며, 스딸린적 세계에서의 일상의 문제들은 이러한 서술에 의해서 같이 포착될 수 있다.[44]

---

43) Lukács, G., 김경식 역(2000), 「솔제니쩐-「이반 제니소비치의 하루」」, 『민족문학사연구』 17, p.321.
44) Lukács, G., 위의 글, pp.329~330.

텍스트의 운동성을 간파해 내는 루카치의 텍스트 접근 방식에 집중해
야 한다. 그는 본질이 현상으로 전환되며 현상으로 나타나는 역동적인
변증법적 과정을, 또한 마찬가지 방식으로 현상이 스스로의 움직임 속
에서 그 고유한 본질을 드러내게 되는 바로 그 움직임에 주목한다. 예술
작품 속에서의 객관적 현실의 모멘트들은 변증법적인 움직임, 즉 상호
맞물려 겹쳐짐(Ein Ineinander-Uberschlagen)을 그 자체 내에 은닉하고 있을
뿐만 아니라, 끊임없는 상호 작용 속에 함께 처해 있다. 참 예술은 이와
같이 인간 삶의 전체를 그 움직임, 전개 과정, 발전 과정 속에서 형상화
해 나가면서 묘사[45]한다. 따라서 심미적인 것은 이러한 모순, 대립되는
것의 통일 과정에서 살아 있는 힘이 구체화되는 예술적 형상화의 효과
로부터 탄생[46]하게 되는 것이다. 본 연구가 한국 근대문학에서 1915년
이후의 텍스트에 주목할 수 있는 이유가 여기에서 드러난다.

우리가 접할 수 있는『계몽의 변증법』역시 학문의 자기망각적인 도
구화(Selbstvergessene Instrumentalisierung der Wissenschaft)에 대한 문제의
식[47]을 가지고 공식적인 학문에 대해 저항하며 이론적 상상력을 차단하
지 말 것을 보여주고 있다.『계몽의 변증법』에서 호르크하이머와 아도
르노가 오딧세이를 읽어 가는 방식[48]은, 관습적으로 총체성을 지닌 문
학시대의 서사시로만 여겨 오던 문학연구가들의 텍스트 접근 방식에 반
성적 충격으로 자리할 것이다. 즉 일반적으로 호머의 세계가 의미로 충
만된 질서 잡힌 우주라고 경탄[49]해 왔지만, 호르크하이머와 아도르노는

---

45) 차봉희(1990),『비판미학』, 문학과지성사, p.181.
46) 차봉희(1990), 위의 책, p.179.
47) 엄격하게 사실 확인과 확률 계산에 의존하지 않으면 사기와 미신에 쉽게 떨어진
    다는 생각 속에서는 바로 그 사기와 미신을 탐욕스럽게 받아들이는 황폐한 토양
    이 갈고 닦여진다. 예로부터 금지가 더 큰 해독으로 나아가는 문을 열어주었던
    것처럼 이론적 상상력의 차단은 정치적 광기를 예비한다(조만영(2001),「근대문
    학 세미나」).
48) Horkheimer & Adorno, 김유동 외 역(1995),「오디세우스 또는 신화와 계몽」,『계
    몽의 변증법』, 문예출판사.

호머의 세계가 이미 정돈하는 이성에 의해 만들어진 작품임이 드러난다고 분석하고 있다.

즉 모험을 하는 오디세우스는 매번 아무 것도 모르고 죽음의 위험에 자신을 내맡기는 그러한 자로 그려지고 있지만, 사실은 그러한 모험은 주체(자아, 개인)를 만들고, 자기동일성을 확보하며, 자기를 유지하기 위한 책략이자 기만이며 희생임을 밝히게 된다. 다시 말해 유혹을 위해 존재하는 사이렌, 로토파겐, 키클로펜 폴리펨이 모두 그 주체 만들기의 변증법에서 책략, 기만으로 작용하게 된다는 것이다. 호머에게 있어서는 이미 더 이상 노래할 수 없는 것에 대한 동경이 하나의 양식50)으로 만들어지면서 오딧세이가 존재하는 방식이 된 것이다. 아도르노가 문학비평을 하면서 '하나의 중심을 둘러싸고 동일한 중요성을 지니는 병렬적인 부분들을 동심원적으로 배열하는 방식'51)이라고 설명하는 것은 이와 같은 텍스트 읽기에서 이해될 수 있다.

발터 벤야민이 텍스트를 읽을 때, 섬광 속에서 드러나는 상(像)을 포착한다는 의미로 콘스텔라찌온(constellation)이라는 용어를 사용하는 것도 종전의 텍스트 읽기를 넘어서고자 했음을 짐작할 수 있게 해주는 부분이다. 벤야민은 구체적인 상(Bild)으로써 사고한다. 때문에 그의 사유방식은 사고상(Denkbilder)이라고 표현52)된다. 벤야민은 자신의 사고상을 변증법적인 상(Dialektktische Bilder)이라고 부른다. 이 상들이 객관적인 것이라는 의미이다. 변증법적인 것이란 벤야민에게서는 항상 새로운 것에서 계기되는 태도를 가리킨다. 그의 변증법적 사고 유형은 원과 근의 동시성(Gleichzeitigkeit von Nahe und Ferne), 동(유동성)과 정(경직성)의 교합 작용(Wechsel von Bewegtheit und Starrheit), 과거와 현재가 하나가 되는 상태에

---

49) Horkheimer & Adorno(1995), 앞의 책, p.78.
50) Horkheimer & Adorno(1995), 위의 책, p.78.
51) 최유찬(1998), 「장르사의 문제들」, 『한국문학의 관계론적 이해』, 실천문학사, p.93.
52) 차봉희(1990), 『비판미학』, 문학과지성사, p.68.

서의 새로운 것의 기술에 입각해 있다. 이러한 변증법적 사고에서 그의 사고상들이 생겨난다.[53]

벤야민이, 먼 곳을 응시하는 시선으로 사이렌들(신화의 유혹)의 유혹을 뿌리친 현대판 오딧세이[54]라고 부르고 있는 카프카의 우화들은 그에게서 변증가들을 위한 동화로 평가된다. 즉 카프카의 작품들에서는 어떤 질서나 위계에 대해 논한다는 것이 불가능하다는 것이다. 전통적 토대를 취해서 그 토대에서 끝을 모르는 성찰의 대상을 취하지만 그러한 성찰은 카프카의 이야기에서 출발하더라도 그 끝이 없으며, 그것이 바로 카프카의 세계라는 것이다. 벤야민은 카프카의 단편들은 비유가 아니며 또한 액면 그대로 받아들여지는 것을 원하지 않는다고 말한다. 그의 우화들이 갖는 효과는 시와 유사한, 봉오리가 꽃으로 피어나는 식의 전개 방식[55]을 보인다고 설명한다.

카프카의 작품들은 꽃을 피우는 방식으로 이미지화되었지만, 그러한 아름다움은 바로 카프카가 자신의 실패와 좌절을 강조했던 열정에서 비롯되는 순수성과 아름다움에 기인하는 것이며, 우리가 카프카에 대해 기억할 만한 것은 바로 그것이라고 벤야민은 말한다. 이렇게 작품 이해에서 비롯된 하나의 상(像)이 작가의 이해로까지 연계될 수 있음은, 주체와 객체의 변증법[56]을 굳이 논하지 않더라도, 내재적 연구, 외재적 연구라는 이분법적 연구 태도가 지닐 수 있는 편협성을 넘어서는 작품 연구

53) 차봉희(1990), 앞의 책, p.69.
54) Benjamin, 반성완 역(1983), 「프란츠 카프카」, 『발터벤야민의 문예이론』, 민음사, p.69.
55) 일반적으로 우화는, 사람들이 아이들에게 가르쳐주는, 종이로 접어서 만든 종이 배가 편편하게 펼쳐질 때처럼 전개된다. 이 전개 방식은 우화를 편편하게 펼쳐 보임으로써 그 우화의 의미가 손바닥에 드러날 때 독자들이 갖는 즐거움과 잘 어울리는 것이다.
   Benjamin, W., 반성완 역(1983), 「프란츠 카프카」, 위의 책, p.75.
56) 예술 작품은 처음부터 끝까지 인간에 의해 만들어진 인공물이지만 그 모든 계기들이 주관적으로 매개됨으로써 객관적이게 된다는 의미이다.
   Adorno, 홍승용 역(1997), 『미학이론』, 문학과지성사, p.267.

의 미덕이라 할 수 있다.

보들레르에게 있어서는 어떠한 상을 직시하고 그려내는 일보다는 상을 기억 속에 침잠시키는 일이 중요했던 것으로 이야기된다. 그것은 『악의 꽃』이나 『파리의 우울』에서 도시의 거주민들이나 도시를 묘사하지 않으면서, 오히려 그 양자를 묘사하는 일을 포기함으로써 양자 중의 한 대상을 다른 한 대상의 형태로 불러내는 일을 할 수 있었다는 설명이다. 보들레르가 주제로 삼고 싶었던 것은 은밀하게 존재[57]하게 되는 것이다.

보다 명시적으로 변증법적 방법론에 의한 텍스트 읽기임을 내세우면서, 방법론 자체의 타당성과 정당성을 강조하고 있는 골드만의 『숨은 신』[58]은 방법론만이 아니라 그것의 의의와 도달하는 과정까지 본 연구의 양식 연구와 밀접하게 연관된다. 골드만은 그의 책에서 개념적 본질 획득을 목적으로 하는 철학적 사고와 경험적 지식 제공에 목적을 두는 고증학적 연구의 양분적 태도를 모두 비판하며, 이들을 지양하고자 하는 의도에서 다음과 같은 두 명제를 세운다. 즉 '개별적이고 추상적인 경험 사실들만이 탐구의 유일한 출발점'이고, 사실들을 이해하여 그것들로부터 법칙과 의의(signification)를 끌어낼 수 있느냐의 가능성이 '어떤 방법론이나 철학적 체계의 가치를 판단하는 데 유효한 유일한 지표'라는 것이 그것이다.

골드만의 연구는 파스칼의 『팡세』와 라신느의 4대 비극 『앙드로 마크』, 『브리타니쿠스』, 『베레니스』, 『페드로』를 통해 작품들의 내용과 구조가 왜 변증법적 분석 방법에 의하여 더 잘 이해되는지를 보여주려고 한다. 한편으로 파스칼과 라신느의 작품을 이해하고, 다른 한편으로 의식사상(意識事象)들과 그 철학적 문학적 표현의 구조를 이해하고자 하는 것이다. 이것은 합리적인 제 1원칙들, 즉 본유의 혹은 명백한 관념들로부터 출

---

57) Benjamin, 반성완 역(1983), 「보들레르의 몇 가지 모티프에 관해서」, 앞의 책, p.134.
58) Lucien Goldmann, 정과리 역(1980), 『숨은 신』, 인동.

발하는 합리주의와 지각이나 감각이라는 절대적 출발점의 존재를 인정하는 경험주의에 대립되는 철학적 입장을 표명하는 것이다. 합리주의와 경험주의가 어느 정도의 확신을 지닌 채 일직선의 방향으로 전진한다면, 이 연구가 취하고 있는 변증법에 의하면, 확실한 출발점도 결정적으로 해결된 문제도 결코 없으며, 사고라는 것은 일직선으로 전진하는 행위로 말해질 수 없다. 왜냐하면 총체에 대한 인식은 부분적 사실들에 대한 지식과 함께 진보하며, 마찬가지로 모든 부분적 사실들은 그 총체 속의 위치에 의해서만 진실한 의미를 부여받을 수 있기 때문이다. 인식의 과정은 서로 조명되어져야 하는, 부분들과 전체 사이를 영원히 왕복하는 것이라는 것이 골드만의 주장이다.

변증법적 사고의 근본적인 법칙에 따르면, 경험 사실들에 대한 인식은 총체 속으로의 통합에 의하여 구체화되지 않는 한 추상적이고 피상적이다. 이 통합작용에 의해서만 부분적이고 추상적인 현상을 넘어서서 그 '구체적인 본질' 즉 의미화(signification)에 도달할 수 있기 때문이다. 골드만은 파스칼을 이해하는 데는 비극적 변증법이 있을 뿐이라고 말한다. 비극적 변증법이란, 인간의 삶, 타인과 우주와의 관계 등이 제기하는 모든 근원적인 문제에 '예'와 동시에 '아니오'라고 대답하는 것이다. 이 방법에 의하면 텍스트에서 개인으로 또 그가 속하는 사회집단으로까지 전진해야 한다. 다시 말해 인문과학의 영역에서는 요소들을 총체에, 부분들을 전체에 통합시켜야만 본질적인 것과 우발적인 것이 구별될 수 있다.

한 작품 혹은 한 구절의 의의를 정의하기 위해서는 그것을 전작품의 일관성 있는 총체에 통합시켜야 한다. 가치 있는 의미란 작품의 '전체적인 일관성'을 밝혀주는 것이기 때문이다. 철학사와 문학사는 작품 전체에서 본질적인 것과 우발적인 것을 구분시켜 주는 '객관적이고 검증될 수 있는' 도구에 의해서만 과학적이 될 수 있는데, 골드만은 '비극적 세계관'의 개념59)이 바로 그러한 도구라고 말한다. 세계관이란 직접적인

경험사항이 아니라 개인적 사고의 직접적 표현을 이해하는 데 필수적인
작업의 '개념적' 도구이다. 시인과 철학자, 혹은 칸트, 파스칼, 라신느처
럼 삶과 행동의 모든 양상에서 판이한 사람들이 경험적 개인으로서의
차이점에도 불구하고 작품의 도식적 구조를 형성하는 본질적 요소들이
유사한 것이라면, 개인을 초월하여 작품에 의해 표현되는 실재의 존재
를 인정하지 않을 수 없는 것이다. 그 실재에 다가가는 방법이 바로 변
증법적 사고인 것이다.

　지금까지 살펴본 연구의 경향이 모두 하나의 특정 이론(가)에 수렴될
수 있는 것은 아니지만 기본적인 철학적 자세는 변증법적 사고(Dialektisches
Denken)이다. 독일 관념론으로부터 헤겔에 와서 정립된 변증법적 사고
는, 어떤 계기든지 생각되고 존재할 수 있기 위해서는 그 자체로부터 다
른 어떤 계기를 필요로 하고, 이 필연성 아래서 주체와 객체의 일치를
전제하게 된다. 그러나 최근 다양하게 전개되고 있는 변증법적 사유들
은 헤겔적 변증법이 지닌 그 합에 대한 생각으로부터 해방되는 태도를
지니면서, 헤겔식의 변증법 자체보다는 변증법적 움직임, 그 역동적인
변증법적 상상력을 중심축에 둔다. 본 연구 역시 이러한 사유 방식을 인
식을 위한 하나의 방법으로 택하고 있다. 아도르노는 대상을 인식한다
는 것은 변증법적인 사고 형태로만 가능하다고 생각하지만, 변증법적

---

59) 딜타이와 그의 학파가 이 개념에 실증적이고 엄격한 규정을 부여하지 못한 채
　　애매모호하게 사용했다면, 탐구의 도구로서 정확하게 이 개념을 사용한 사람은
　　루카치(『영혼과 형식』 中 「비극의 형이상학」)라고 할 수 있다. 역사적인 시각에
　　서 볼 때 비극적 세계관은 '진행과정' 중의 하나의 입장에 불과하다. 그러나 골
　　드만이 이야기하는 비극적 세계관은 근본적으로 비역사적이다. 왜냐하면 비극적
　　사고에는 역사의 중요한 시간차원, '미래'라는 개념이 결여되어 있기 때문이다.
　　비극적 사고는 절대적이고 근본적인 형태로 미래를 거부하기 때문에, 단지 유일
　　한 시간차원으로서 '현재'만을 갖는다. 비극적 사고의 중심 문제는 합리주의적
　　공간 속에서 초개인적인 도덕적 가치를 재통합할 방법과 희망이 아직도 있는가
　　하는 것이며, '신' 혹은 덜 관념적인 말로서 '공동체'와 '우주'를 다시 발견할 수
　　있느냐 하는 것이다. 신의 목소리는 더 이상 인간에게 직접적인 방법으로 말하
　　지 않는다. 그것이 비극적 사고의 근본적 특징 중의 하나이다.

사고 과정에서 생겨나는 결과(합)에 중점을 두기보다는, 합을 부정하며 양극을 지양하는 변증법적 태도를 잃지 않으려는 데 중심을 둔다. 이런 의미에서 변증법은 예술 작품에서 본질을 포착하는 적합한 방법일 수 있다. 예술적 형상화는 현실과 타협하지 않는 어떤 상(像)의 창조[60]이기 때문이다.

이 책은 인식(내용)과 표현(형식) 사이의 통일을 실천하는 이러한 사유 방식으로, 한국문학사에서 근대적 감수성으로 수용할 수 있는 1915년 이후의 소설들을 재해석해 보고자 하는 것이며, 변증법적으로 수렴될 해석의 결과가 양식으로 틀을 갖추게 되는 것이다. 이 작업은, 예술가 자신이 의식했다기보다 텍스트가 담고 있는, 주관과 객관, 정신과 물질, 자아와 세계, 형식과 내용이 서로를 초극하고 화해하면서 만들어 내는 텍스트의 상(像)을 구체화하는 것으로, 이러한 과정 자체가 총체적이고 관계적이며 구체적인 것에 뿌리박은 변증법적 사유[61]에 수렴될 수 있을 것이다.

구체적인 연구 대상(범위)은, 문학의 개념이 계몽의 담론과는 다른 영역으로 인식되고 자리잡는 1915년 이후 1925년까지 발표된 단편소설이 된다. 1915년 이전 사회 주류 이념이었던 계몽이 모든 글쓰기에 침투되고 있었음을 보았기에, 1915년 이후 개인의 감정, 상상력, 창조성이 강조되는 문학에 대한 인식의 전환은 새로운 텍스트를 생산하는 중심축이 되었으리라고 짐작할 수 있게 한다. 그래서 이 글은 그 문학 텍스트가 어떻게 조직되어 작품으로 존재하는지, 그리고 어떠한 방식으로 현현되고 있는지, 또한 근대문학으로서의 그 텍스트들은 어떠한 내재적 논리를 갖추게 되는지를 문제 삼고, 밝히게 될 것이다.

이 책에서 결과적으로 유형화될 양식을 통해 그동안 미달태, 미완성,

---

60) 차봉희(1990), 『비판미학』, 문학과지성사, p.134.
61) 그러나 이 변증법적 사유는 사회주의 흐름이나 유물변증법과는 그 노선을 같이 하지 않는다.

과도기적이라는 용어로 평가를 받아온 텍스트들의 가치를 새롭게 확인할 수 있을 것이다. 그러나 이 책에서 양식화하게 될 경계(범주)가 완고한 것은 아니다. 그 경계는 새로운 작품이 등장하는 데 따라(새로운 해석도 포함하여) 수정되고 새롭게 범주화될 수 있는 유동적인 것이다. 한국문학사는 문학의 개념 자체가 유동적이고 변화를 본질로 한다는 것을 이미 확인하였다.

지금까지 살펴본 방법론과 연구 대상, 연구 시기에 대한 정당성과 타당성을 확보하기 위해 제2장이 구성된다. 2장에서는, 1절에서 한국문학사에서 근대문학에 대한 논의가 어떠한 흐름을 형성해 왔는자를 살피면서, 1915년이라는 지점의 문학사적 의미를 점검할 것이다. 그리고 문학에 대한 논의가 '情의 문학'으로 새롭게 정비되기 시작하는 1915년경부터의 상황은 당대의 1차 자료들을 통해 재구성된다. 2절에서는 한국문학사에서 양식이란 용어가 그동안 어떻게 사용되었는지, 그리고 독일을 중심으로 하는 유럽 미학에서는 양식 개념을 어떻게 정의하고 있는지를 검토한 후 문학에 대한 인식과 텍스트의 관계를 양식의 맥락에서 재검토할 수 있도록 할 것이다. 그리고 이러한 방법론에 의해 텍스트를 읽어 가면서 포착하게 되는 특성들은, 텍스트의 내적 원리로 제3장에서 구체화된다.

제 2 장 ┃ 시대의 구분과 양식의 의미

1. 근대적 감수성과 근대문학

1) 근대문학사의 분기점, 1915년의 의미

국문학사에서 시대구분은 지난날의 문학과 근래의 문학이 어떤 기본적인 관계를 가지고 있는가를 보여주기 때문에 과거가 현재에 어떻게 작용하는가에 대한 단서를 제공하고 문학이 우리문화 전체에서 어떤 위치와 역할을 담당했는지를 역사적인 맥락에서 살피는 데 중요한 의미[1]를 지닌다. 문학사를 총괄할 수 없는 대부분의 연구들은 부분적으로 연구 시기를 설정하고, 그 시대의 특수성을 연구하게 된다. 그런데 이러한 연구 역시 문학사의 한 부분이 되면서 문학사적 안목을 지니는 출발점이 되기 때문에, 문학사의 시대구분이 갖는 의미를 염두에 두어야 할 것이다.

이 책에서 다루게 될 1915년에서 1920년대 중반까지의 시기도 그 앞

---

1) 조동일(1982), 「한국문학사의 시대구분」, 『한국문학 연구입문』, 지식산업사, p.76.

의 시기와 뒤의 시기를 구분한다는 전제가 내포된 것인 만큼 그것에 대한 설명이 필요할 것이다. 여기에서 시대와 시대의 단절에는 신성한 것[2]의 개념과 그 내용에 대한 사고의 변이가 숨어 있다는 말의 의미를 되새겨 볼 필요가 있다. 즉 일정 시기를 대상으로 하는 연구에서 한 시대로 묶이게 되는 공간에는 본질개념(Wesensbegriff)[3]이 적용되고 있고, 바로 그 본질이 대상 시기의 특성으로 말해질 수 있는 것이다. 따라서 이 절에서는 본 연구의 연구 대상 시기가 한국문학사에서 어떠한 의미를 획득할 수 있는지를 정립하기 위해, 이 시기를 전후한 문화적 배경, 당대 문단의 상황과 문학에 대한 논의들, 그리고 최근의 관점에서 자리매김되고 있는 맥락을 살펴볼 것이다.

문학사나 문화사가 없는 조선에서 그 가치를 널리 알리고 싶었다는 임화의 서문을 볼 수 있는 김태준의 『조선소설사』[4]는 갑오경장을 경계로 조선의 신문예운동 내지 문화운동의 출발을 논한다. 김태준은 현재의 시점에서도 낯설지 않은 '계몽운동시대'와 '발아기'[5]라는 명칭으로

---

2) 신성한 것이란, '신성한 것과 세속적인 것'에서 나온 말이다. 예를 들면 조선시대 왕은 신성한 것이었으며 사상면에서 보더라도 사서오경에 나오는 말씀은 거룩한 절대적 진리라고 할 수 있다. 김현은 사회와 사회의 단절에는 신성한 것의 개념과 그 내용에 대한 사고의 변이가 숨어있다고 말한다.
   김현(1969), 「한국시의 이해」, 『문화비평』 1권 1호, 1969 봄.
3) 시대개념을 單位 분절의 최소 요구로 인정한다면 가령 베르너 크라우스 같은 학자의 다음과 같은 말에 동의하면서 문제를 발전시킬 수 있다. <시대개념은 두 가지, 즉 순서개념(Ordnungsbegriff)이거나 본질개념(Wesensbegriff)이거나이다. 본질개념의 기준은 르네상스가 르네상스人을, 바로크가 바로크人을 孕胎할 것을 필요로 한다> 순서 개념과 본질 개념의 兩分은 태도의 양분이라는 의미에서가 아니라 시대구분상의 본질적 어려움을 간명하게 정리하고 있다는 점에서 퍽 도움이 된다. 순서 개념이 오랫동안에 걸쳐 그 시대의 내용물을 시제(試劑)로서 다음 시대에 전달하는 것이라면, 본질개념은 하나의 특수하면서도 엄격한 점검을 요구하는 것이다. 즉 내용에 의한 같은 질(質)의 시대 공간이 묶여지는 것이라 할 수 있다.
   김주연(1971), 「문학사와 문학비평」, 『문학과 지성』 1971 겨울, pp.751~752.
4) 김태준(1933), 『증보 조선소설사』, 한길사, 1990(초판은 학예사 1933).
5) 서양사람이 말하는 의미의 소설이 발아한 시기로 이해할 수 있다. 김태준은 이광수에 대해서 다음과 같이 말하면서 이광수를 발아기를 독담하는 소설가로 자리매

1894년에서 1910년까지와 1910년 이후 1919년까지를 구분하고 있다. 이 시대구분의 기준이 된 것은 한일합병과 3·1운동임을 어렵지 않게 짐작할 수 있다. 구분하고 있는 전자의 시기에 대해서는, 시사를 개탄하는 정치언론을 중요시하고 순문학 같은 것은 아주 우습게 여겼다[6]고 적으면서 이 시기에 등장한 신소설에 대해 단순한 오락과 소견에서 부르짖는, 현대적 의미의 소설에 이르기까지의 교량을 이루는 과도기적 혼혈아[7]라고 평가하고 있다. 그런데 '교량을 이루는 과도기적 혼혈아'라는 말은 지금의 시점에서 미루어 짐작할 수 있는, 무질서한 혼돈의 상태, 혹은 정체가 불분명한 그 무엇이라는 의미보다는 좀 더 적극적이고 긍정적으로 해석되고 있음을 볼 수 있다.

> 춘원 이후의 여러 작가의 수법이 전혀 구라파적 수입에서가 아니라 이러한 전대의 전통을 토대로 하고, 즉 이야기책의 장구한 발전과 유명 무명의 신소설 작가의 은은한 그러면서도 막대한 노력의 성과 위에 입각함으로써 현대의 문학적 세계의 건설이 성공된 것이다.[8]

이 시기의 문학을 완성되지 못하고 미달된 상태의 무엇이라는 의미에서 '과도기의 문학'이라고 부르는 것은 임화의 『신문학사』에서 그 유래를 찾을 수 있다. 임화는 과도기를 어느 하나의 시대가 몰락하고 다른 하나의 시대가 발흥하는 중간의 시기라고 하면서 다음과 같이 부정적 의미의 설명을 덧붙이고 있다.

> 과도기라는 시기는 이미 몰락하고 있는 구시대나 혹은 벌써 발흥하는

김하고 있다 : '조선사람으로서 서양사람이 말하는 의미의 소설을 쓰기 시작한 것도 씨요, 조선말로 평이하게 아름답게 사상, 감정을 표현할 수가 있다는 것을 가르쳐 준 것도 씨다'
김태준(1990), 앞의 책, p.234.
6) 김태준(1990), 위의 책, p.225.
7) 김태준(1990), 위의 책, p.230.
8) 김태준(1990), 위의 책, p.230.

신시대와 같이 확연한 내용과 독자의 형식에 의하여 통일된 개성 있는
한 시대라 일컫기는 자못 곤란하다…두 시대는 서로 교착되고 혼효되어
도저히 개성적일 수는 없다…따라서 과도기는 독립되고 완전한 하나의
시대이지 못하고 두 시대가 교체되는 데 필요한 연결점, 하나의 공간, 다
시 말하면 자연적 시간인 시기로써 형용됨에 불과하다.[9]

　20세기 초의 우리의 문학을 과도기의 문학으로 부르는 것은 임화의
위와 같은 의미에서, 서구적 조건을 구비한 소설에 '못 미치는' 문학이
라는 의미를 지녔던 것이고, 1900년대와 1910년대를 바라보는 이러한
문학사적 시각은 꽤 오랫동안 지속된다.
　갑오경장(1894)으로부터 합병까지의 15년 동안의 기간이 한국의 근대
적인 태동을 준비해 준 가장 중요한 시기[10]였다고 아우르고 있는 조연현
은, 이 시기를 한국의 개화준비 운동기간[11]이자 근대문학 태동기라고 부
르고 있다. 조연현에게서는 사회적 변화와 움직임들을 바라보는 관점이
그대로 문학사에 투사되고 있었던 것이다. 같은 시기를 '계몽운동시대'라
명명한 김태준이 과도기 문학을 논하면서도 거기에 현대적 문학세계의
토대라는 의미를 부여하고자 했다면, 조연현은 이 시기의 문학(창가와 신
소설)이 지닌 봉건적 요소와 근대적 요소의 이중성은 '그 어느 쪽의 문학
으로서도 완전한 것이 아니라는 데 중요성이 있다'[12]는 점을 강조하여
임화의 계보를 잇고 있다. 이후 시기는 한일합병과 3·1운동이라는 역사
적 사건에 의해 '전기 신문학운동'기와 '후기 신문학운동'기라는 이름으
로 1910년대와 1920년대가 구분되고 있다. 그에 대한 서술이 잡지나 동
인지의 간행 의도와 취지에 맞추어져 있음은 이미 알려진 대로이다. 그
동안 많은 논자들에 의해 논의되어 왔듯이 이러한 서술이 구체적인 문학

---

9) 임규찬·한진일(1993), 『신문학사』, 한길사, p.128.
10) 조연현(1964), 『한국현대문학사 개관』, 정음사, p.6.
11) 조연현(1964), 위의 책, p.64.
12) 조연현(1964), 위의 책, p.61.

텍스트에 의해 검증되지 못했다는 비판은 여전히 유효하다.

조연현이 역사적 사건을 중심으로 시대를 구분하고, 잡지와 동인지의 간행 의도에 맞추어 한국문학사를 재구성한 것과는 달리, 서양 근대문학의 사조적 흐름을 염두에 두고 우리 문학을 바라보는 백철의 『국문학전사』13)는 19세기 말부터 20세기 초까지의 신문학을 '빈곤'14)함, '형성기의 문학', '준비기의 문학'15) 등으로 부르게 된다. 그리고 참된 신문학이 등장했다고 평가하는 『소년』지의 발행(1908) 이후 1919년까지는 이광수, 최남선의 시대로 이름붙여지면서 '근대적 문학의 신개척기'로 자리하게 된다. 앞서 살펴본 문학사들이 역사적 사건에 큰 비중을 두어 1910년을 분기점으로 강조하는 태도와 비교하면, 변화의 징후들을 찾는 시선을 보다 문학 내부로 돌리고 있다는 점에서는 주목할 필요가 있다.

1970년대에 들어서면 한국 문학의 실상에 보다 부합되는 자생적인 이론 모색과 주체적인 연구 관점을 회복하려는 시도들16)이 나타나게 된다. 그 출발 지점에 놓이는 『한국문학사』17)를 비롯하여, 문학 일반의 이론 체계 수립을 위한 조동일의 작업 등이 1970년대의 시대적 요구를 잘 보여주고 있다. 앞선 문학사들을 이식문학론(임화『신문학사』), 사조추종(백철『조선신문학사조사』), 자서전적 오류(박영희『한국현대문학사』), 발표 기관의 우열에 의한 문학 재단(조연현『한국현대문학사』)이라는 점에서 비판하면서, 그것을 극복할 수 있는 새로운 시각을 요청하는 『한국문학사』는 서유럽의 정신적, 물질적 우월성을 드러내는 진보의 개념에 의지하지 않고 당대의 관점에서 한국 문학의 새로운 의미망을 구축하고자 한다.

저자들에게 있어 문학사란 거대한 과거의 집적물을 어떻게 이해할 것인가에 대한 응답이 된다. 다시 말해 과거의 집적물을 전체로서 파악하

---

13) 백철(1961), 『국문학전사』, 신구문화사.
14) 백철(1961), 위의 책, p.226.
15) 백철(1961), 위의 책, p.258.
16) 백낙청(1978), 『민족문학과 세계문학』 1, 창작과비평사, pp.124~125.
17) 김윤식·김현(1973), 『한국문학사』, 민음사.

고, 그 전체를 이루는 부분 부분들에 새로운 의미를 부여하려 한 것이
『한국문학사』이다. 따라서 문학사는 실체(substance)가 아니라 형태라는
관점에서 문학적 집적물은 의미인[18]에게 향하는 담론의 형태가 되고,
그것들이 요구하는 감동과 향유라는 정서적 차원이 서술되어야 한다는
것이 이들이 구축하고자 하는 새로운 문학사 서술의 전제 조건이 된다.
이들의 의도는, 1915년에서 1925년까지의 문학텍스트들(집적물)을 어떠
한 관계 가치로 의미망을 형성할 수 있는지를 고민한 본 연구의 문제의
식과 맞닿아 있기도 하다.

　그러나 『한국문학사』는 의도와 달리 자생적 근대이론 수립이라는 시
대적 무게에 너무 치중한 나머지 그 근대기점을 18세기까지 올려 잡으
면서 언급할 수 있는 문학텍스트를 놓치게 되고 만다. 또한 각 시대를
규정하는 본질개념을 민족주의에 두고 있어, 각 시대[19]를 구분하는 기
준은 역사적 사건으로 밖에서 주어지게 되고, 각 시기에서 다루어지는
작품들은 시대의 고민을 잘 드러내고 있다는 점만으로 서술됨[20]으로써

---

18) 부분과 부분에 가치를 부여한 자(意味因)라는 뜻으로 쓰인다. 새로운 의미망(意味
　　網)은 이 의미인의 몫이다. 김윤식·김현(1973), 『한국문학사』, 민음사, p.18.
19) 『한국문학사』 시대구분의 골격은 다음과 같다.
　　A. 근대의식의 성장(1780~1880에 이르는 영, 정조 시대) : 박지원과 같은 대가
　　　의 출현. 당대 사회의 구조적 모순의 표현.
　　B. 계몽주의와 민족주의의 시대(1880. 개항~1919. 3·1운동에 이르는 시대) :
　　　일본과 서구라는 변수가 강력한 영향을 미친 시기. 김옥균, 황현의 일기, 단
　　　상, 안국선의 정치소설, 이광수의 계몽소설.
　　C. 개인과 민족의 발견(1919. 3·1운동 이후~1945년 해방까지의 시대) : 민족주
　　　의가 점차로 체계적으로 이론화되고 한국어에 대한 자각이 두드러지고, 자기
　　　가 한국인이며 억압받는 민족의 일원이라는 철저한 인식이 행해지며, 그것을
　　　표현할 수 있는 장르를 얻는다. 한용운의 산문시, 염상섭, 채만식 등의 작가
　　　들과 정지용, 윤동주 등의 시인, 임화, 이헌구, 김환태 등의 평론가, 그리고
　　　조선학이라는 개념 형성에 사투한 민족주의자들(특히 신채호와 최현배)의 활
　　　약, 함석헌의 『뜻으로 본 한국역사』를 가능케 함.
　　D. 민족의 재편성과 국가의 발견(1945년 해방 이후~1960년 4·19에 이르는 시대)
20) 한 예로 시문학을 평가함에 있어서 같은 시대(개인과 민족의 발견시대 : 1919.
　　3·1운동 이후~1945년 해방까지의 시대)에 속한 정지용과 한용운을 단순히 식

저자들이 애초에 의도했던, 텍스트를 향유하는 정서적 차원의 서술에서는 멀어지고 만다. 그렇지만『한국문학사』가 이룩한 성과는 과소평가될 수 없다. 저자들이 극복하고자 한 문단사, 잡지사, 왕조사 중심의 시대 구분과 연대기적 기술태도 등은 이론적으로 지양되었으며, 그들이 수립하고자 했던 자생적 이론은 발전적 비판을 거쳐 한국 자체 내의 자장에서 시대 변화의 동인을 추적하고 의미를 끌어내는 연구들로 이어지는 충동이 되었기 때문이다.

『한국문학사』에서 아쉬움으로 남겨졌던 문학작품에 대한 정서적 차원의 서술은, 작품 중심으로 기술한다는 원칙을 방법론21)으로 하는『한국소설사』로 이어지게 되며, 이재선은 한 작품의 내재성과 미학성을 존중하며 소설의 미학과 역사적인 사실과의 상호관계 속에서 우리 현대소설의 흐름과 특징을 밝히고자 하는22) 새로운 방향의 모색으로『한국현대소설사』를 쓰게 된다. 이재선은 한국소설사에서 작품 내적 특질에 근거한 근대소설의 시작은 20세기로 접어든 시점으로 보면서, 이 시기 사회적 풍토를 개화, 혼란, 반어라는 세 가지 요소에 의해 지배되었던 시대로 규정한다. 바로 이러한 사회적 형태를 반영 또는 이와 직결된 것이 개화기소설이며, 근대화에 대한 계몽과 민족주의가 정신의 주축이 된 이 시기에 해당하는 소설에 1900년대 초의 신소설과 전기문학, 그리고 이광수의「무정」까지를 포함시키고 있다. 이광수의 소설을 개량주의자의 문학으로 평가하여 신소설과 한 공간에 두는 것은,「무정」을 개화공간의 소설을 넘어 소설사의 새로운 단계가 펼쳐지게 되는 공간의 선두주자23)로 인정하는 일반적인 시각과 큰 차이를 보이는 부분이다.

민지 치하의 저항의식이라는 관점으로 서술하여 '정지용은 한용운과 같이 피 묻은 깃대를 세우지 못한 소시민'이라는 평가를 하게 된다. 저자들은 이 두 시인을 그들이 속한 시대의 배경 속에서 민족주의와 연관하여 서술할 수는 있었지만 작가와 작품의 정서적 차이(개성)를 드러낼 수는 없었다.

21) 김윤식 · 정호웅(1993),『한국소설사』, 예하.

22) 이재선(1979),『한국현대소설사』, 홍성사.

근대소설이나 소설의 근대성을 표제로 하면서도 1900년대에서 1910
년대까지의 텍스트들을 집중적으로 다루면서 그 당대성을 밝히고 문학
사적 위상을 세우고자 하는 연구들이 1990년대 중반 이후 국문학 연구
의 한 흐름을 형성하게 된다. 우선 권영민은 『서사양식과 담론의 근대
성』에서 19세기 중반부터 1910년까지의 시기를 지칭하는 개화계몽시대
라는 시대구분의 명칭의 정당성부터 밝히고 있다. 신소설 연구의 새로
운 방향 탐색을 목적으로 하는 이 연구가 시대의 명칭에 본질개념이 통
합되었음을 비중 있게 설명함으로써, 더 이상 과도기나 미완성의 문학
이 아닌, 이 시대의 주도적인 문학 양식으로 신소설을 이해하고자 하는
의도가 전달되고 있다.

> 개화 계몽시대는 19세기 중반부터 1910년까지의 시기를 지칭한다…이
> 시대구분의 명칭은 순서개념과 본질개념을 통합한 것으로, 1910년 이후
> 식민지 지배체재 아래 모든 담론과 양식이 식민지 지배담론의 영향으로
> 그 질서가 왜곡, 재편되었던 사실을 지적하고자 하는 의도까지도 포함하
> 고 있다…개화계몽시대에 한국 사회에는 대내적인 면에서 반봉건 운동
> 을, 대외적으로는 반외세운동을 주축으로 하는 계몽운동이 사회 전체의
> 근대적인 변혁을 추구하는 커다란 힘으로 확산된다.[24]

권영민이 신소설을 당대의 주도적 문학으로 끌어올리면서 그 특수성
을 인정하려 했다면, 김영민의 『한국근대소설사』[25]는 시대구분을 따로
문제삼지 않고, 한말에서 1910년대 말에 이르는 모든 서사물을 유형별
로 구분하여 동등한 비중[26]으로 다룸으로써, 이 시기를 다양한 형태의

---

23) 김윤식 · 정호웅(1993), 앞의 책, p.61.
24) 권영민(1999), 『서사양식과 담론의 근대성』, 서울대학교출판부, '책머리에' 중에서.
25) 김영민(1997), 『한국근대소설사』, 솔.
26) 참고로 목차를 소개하면 다음과 같다.
   1장 : 서사적 논설 / 2장 : 논설적 서사 / 3장 : 역사, 전기소설 / 4장 : 신소설 /
   5장 : 역사, 전기소설의 새 단계 / 6장 : 1910년대 단편소설 / 7장 : 1910년대 장편
   소설 『무정』

서사물들이 공존한 역동적이고 복합적인 한 공간(시대)으로 인식할 수 있도록 했다.

지금까지 살펴본, 근대초기를 바라보는 문학사의 관점과 1900년대와 1910년대를 바라보는 시각은 엄밀히 말해 문학 범주, 혹은 텍스트와의 직접적인 대면을 통해 포착된 문학 내재적 본질 규명에서 비롯되었다고 말하기는 어렵다. 그렇다보니 그 구분 경계를 전후한 문학의 차이도 텍스트를 통해 엄밀히 검증될 수가 없다. 즉 문학사적 변모의 맥락과 텍스트는 서로 연계되지 못한 채, 대외적 사건을 기준으로 하여(10년을 단위로) 시대를 구분해 오던 그동안의 관습은 그것의 도식성이 언급되면서도 꽤 오랫동안 지속되어 왔던 것이다. 비교적 근래의 한국 근대문학에 대한 보다 근원적인 관심과 세련된 안목은 19세기 말과 20세기 초의 역동성에 주목하면서, '개화기',[27] '애국계몽기', '개항기',[28] '근대계몽기'[29]로 부르는 1900년대[30]와 구소설과 근대소설 사이에 놓여 있는 과도기 정도로 평가되던 1910대를 다양한 문화적 현상이 공존하는 공간으로 바라볼 수 있는 시각을 마련해 주고 있다. 특히 최근의 논의[31]에서는 시

---

27) 1910년 이전 문학을 개화기 문학으로 부르는 것이나 1894년부터 『무정』이 나오기 전까지를 포괄적으로 개화기문학이라고 칭하는 것에 대한 문제성은 최원식의 「제국주의와 토착자본」(『한국근대소설사론』, 창작과비평사, 1986, pp.235~244)에서 자세히 설명되고 있다.

28) 권보드래(2000), 『한국 근대소설의 기원』, 소명, p.11.

29) 근대계몽기라는 명칭은 임형택이 「20세기초 신, 구학의 교체와 실학―근대계몽기에 대한 학술사적 인식」(『민족문학사연구』 9, 1996)에서 시도하였다. 본 논의에서 참고한 문헌은 고미숙의 「근대계몽기, 그 생성과 변이의 공간에 대한 몇 가지 단상」(『민족문학사연구』 14, 1999)이다.

30) 1900년대가 포괄하는 시기는 「독립신문」이 발간되어 글쓰기의 다양한 양상을 확인할 수 있게 해 주는 1896년부터 한일 강제 병합이 이루어지면서 대부분의 인쇄매체가 폐간된 1910년까지이다(권보드래, 『한국 근대소설의 기원』, 소명, 2000 p.17). 물론 이것은 한국문학사에서 합의된 개념은 아니나 개화계몽기, 근대계몽기를 논의하면서 논자들이 다루는 대상 시기가 1910년 이전까지인 것은 일반화되었다고 할 수 있다. 본 논문의 목적이 근대기점이나 명칭 및 시기설정을 문제 삼는 것이 아니므로 1900년대의 의미는 위와 같이 사용한다.

31) 권보드래 『한국 근대소설의 기원』(소명, 2000), 김동식 「한국근대 문학개념 형성

대구분의 경직성을 넘어,32) 새로운 방법론을 통해 근대초기를 새롭게 구성할 수 있는 가능성들을 보여주고 있다.

이러한 가능성들은 모든 인문학적(문화적) 요인들이 어떻게 문학과 관계되는지를 실증적으로 보여준 예33)에서뿐만 아니라, 문학 외적 요인들이 문학의 변화와 어떠한 관계 맥락을 형성하는지를 이해하는 데도 새로운 지평을 마련해 주고 있다. 즉 시대환경이나 배경이라는 이름으로 문학사가 쓰인 초창기부터 있어 왔던 문학 외적 요인들에 대한 연구와 관심은 정당하게 고려되어야 할 사항 중의 하나이지만, 문학사적 변모의 근본 맥락과 필연성을 그것만으로 설명할 수 없기34) 때문에, 최근의 연구들은 보다 정교하게 문학과 관련 맥락을 형성하면서 '문학이라는 제도'35) 차원에서 서술하고 있는 것이다.

연구」(서울대 박사학위 논문, 2001), 고미숙 「근대계몽기, 그 생성과 변이의 공간에 대한 몇 가지 단상」(『민족문학사연구』 14, 1999), 한점돌 『한국 근대소설의 정신사적 이해』(국학자료원, 1993)가 대표적이다.

32) 본 연구 역시 10년 단위의 시대구분에 의미를 두지 않지만 1900년대 1910년대라는 말은 이미 문학사에서 통용되고 있는 말이기에 편의상 사용한다. 물론 대외적으로 이 두 시기를 구분해야 할 사건들이 존재하는 것도 또한 사실이지만 문학 내재적 변화를 포착하고 그 흐름 속에서 문학텍스트를 연구하고자 하는 이 책에서는 그러한 사회사적 변화와 흐름은 예비적 고찰 정도로서의 역할을 하게 된다.

33) 권보드래(2000), 앞의 책.

34) 김흥규의 이 말은 문학 텍스트 자체 내에서 변화의 의미를 해석해 내는 것이 필요하다는 말이다. 논문 자체만으로도 주목하여야 하겠지만, 외재적 요인을 고려함에 있어서 그것이 관례적이고 형식적인 차원이 아닌, 문학과 직접적으로 어떤 맥락을 형성할 수 있는지를 의식해야 한다는 점에서도 참고할 수 있는 논문이다. 김흥규(1985), 「부서진 세계 안의 자유와 절망」, 『전환기의 동아시아 문학』, 창작과비평사, p.199.

35) 제도는 어떤 특정된 활동영역에 있어서 정통성, 혹은 정당성을 규정하는 규범의 총체를 뜻한다. 각 제도는 특정된 활동분야를 어떤 특정된 방식으로 조직한다. 말을 바꾸면 전문직업인들이 하나의 활동 분야에서 사회집단으로부터 정당성(정통성 legitimite)을 인정받으면서 독점권을 행사하고 역할을 수행할 때 제도란 존재하기 시작한다. 이러한 비교적 구체적인 정의는 역사적인 상황과 관련지어서 생각할 때 비로소 그 의미가 확실해진다. 즉 정당화를 위한 절차 및 기구, 그리고 특수한 규범들이 갖추어지면서 별개의 독립된 총체로서의 문학에 대한 의식

따라서 이 책의 연구 대상 시기(1915~1925년)를 이해하기 위한 예비적 고찰이 기계적 유물론이나 문학사회학적 접근[36]을 위한 것이 아님은 자명해진다. 문학을 포함한 인간의 활동이 일체의 역사적 사회적 토대와 무관한 본질이 아니기도 하거니와 문학활동을 구성하는 관행, 직업적인 성격, 전략적인 계산 등으로 조직되는 문학적 제도는 자율성[37]이라는 개념을 전제로 하기 때문이다. 또한 우리나라 근대 초기의 모든 문화적 변화들이 단순히 내재적(자생적)으로만 설명될 수 있는 것이 아니기

이 발전되는 것을 볼 수 있다. 제도를 구성하는 구체적인 예로 김화영은 프랑스 문학사에서 에꼴(유파), 쌀롱, 잡지, 출판사와 서적상, 비평과 아카데미, 문학교육의 구조와 역할을 살피고 있다(김화영, 「문학이라는 제도」, 『세계의 문학』 39, 1986 봄). '제도로서의 문학'에 대한 본격적인 논의는 가라타니 고진의 『일본 근대문학의 기원』 (민음사, 1997), Pierre Bourdieu의 『예술의 규칙』(하태환 역, 동문선, 1999)을 참고할 수 있다.

36) 이러한 성격의 선행연구를 살피는 것은 본 연구를 위한 예비작업이지 목적이나 지향과 연결되지는 않는다. 마르크스의 변증법적 모델, 즉 제조과정에 대한 강조와 각 환경에 특징적인 도구나 대상의 우선성을 강조하는 통찰은 상품 형식이 미학적 지각 양식은 물론이고 사물에 대한 정관적이고 이론적인 모든 지각까지도 조건 짓는 방식을 강조한다. 이렇게 물질적 하부구조라 부르며 전통적으로 문학사회학의 영역이었던 출판업, 점진적인 경제집중, 문학시장, 새로운 매체 및 분배형식의 역할 등에 관한 외재적 고찰을 직접 문학작품의 내용과 연결짓는 것은 일종의 기계적 유물론이라고 할 수 있다(프레드릭 제임슨, 여홍상 역(1984), 『변증법적 문학이론의 전개』, 창작과비평사, pp.380~382). 이 절에서 사회사적 조건이나 시대적 환경을 살피는 것은 이런 기계적 유물론의 입장에서는 아니다.

37) 문학의 자율성 개념은 두 가지로 설명될 수 있다. 우선 문학의 장은 場外로부터 상징재의 가치판단에 개입해올 가능성이 있는 일체의 외부적 간섭(정치적, 윤리적, 종교적)과 거리를 유지하며 다른 한편으로는 오직 미학적인 성격을 지닌 場內 특유의 정통성만을 긍정한다. 역사적 측면에서 보면 중세시대 이래 고전주의 시대까지 예술적인 삶은 외부에서 예술의 정당성 기준에까지 개입해 오는 귀족 및 교회세력의 지배 아래 놓여 있었다. 따라서 작가는 그 두 세력이 요구하는 미적 윤리적 기준에 맞추어서 글을 쓰는 수밖에 없었다. 이처럼 이데올로기적인 봉사에 급급한 작가에게 자율성이란 불가능한 것이다. 그러나 고전주의 시대 말기에 와서 작가가 사회적, 경제적, 이데올로기적인 면에서 자율성을 획득하는 여건이 조성된다.
김화영(1986), 「문학이라는 제도」, 『세계의 문학』 39, 1986 봄.
김문환 외(1998), 『19세기 문화의 상품화와 물신화』, 서울대학교출판부, pp.29~57.

때문38)이기도 하다.

이미 한국 근대문학 연구사는 신문, 잡지 간행, 출판사업의 성행, 인쇄술의 발달, 교육운동을 통해 근대 교양을 갖춘 독자층이 확대된 것 등과 관련되는 사회사적 조건에 대한 연구들39)을 양적으로나 질적으로 두루 갖추고 있다. 그 출발은 임화의 『신문학사』40)로 거슬러 올라간다. 그는 「개설 신문학사」에서 신문학의 태반으로 물질적 배경 및 신문화(신교육, 저널리즘, 성서번역과 언문운동)를 다루고 있으며, 「신문학사의 방

---

38) 한 예로 고미숙은 「근대계몽기, 그 생성과 변이의 공간에 대한 몇 가지 단상」(앞의 책)에서 개항 이후 계몽사유의 탄생이 서구지식의 충격이 아니었다면 상상할 수 없는 일(p.111)이라고 적고 있다. 임화가 지적하고 있듯이 유학은 이미 국책사업이었고, 유학생들의 근대 문단에서의 역할을 고려하면 이 말은 어렵지 않게 수용될 수 있을 것이다.

39) 강명관(1999), 「근대계몽기 출판운동과 그 역사적 의의」, 『민족문학사 연구』 14, 1999.
　　고미숙, 「근대계몽기, 그 생성과 변이의 공간에 대한 몇 가지 단상」, 『민족문학사 연구』 14.
　　권보드래(2000), 『한국 근대소설의 기원』, 소명, 2000.
　　권영민(1980), 「개화기 소설작가의 사회적 성격」, 『한국학보』 1980 여름.
　　김용직(1985), 「개화기 문인의 의식유형」, 『한국 근대문학 논고』, 서울대학교출판부.
　　김영철(1987), 「개화기 시가의 창작계층」, 『개화기 문학의 재인식』, 지학사.
　　김영철(1987), 「신문학 초기의 현상 및 신춘문예제의 정착과정」, 『국어국문학』 98.
　　김윤식(1978), 「1910년대 이전, 이후의 학술·문예」, 『한국사론5』, 국사편찬위원회.
　　김종철(1993), 「19세기~20세기초 판소리 변모 양상 연구」, 서울대 박사학위 논문.
　　류준필(2001), 「'문명' '문화' 관념의 형성과 '국문학'의 발생」, 『민족문학사 연구』 18, 2001.
　　이선영(1993), 『한국 문학의 사회학』, 태학사.
　　이현식(1995), 「한국 근대문학 형성의 사회사적 조건」, 『민족문학과 근대성』, 문지.
　　문성숙(1985), 「개화기 문학담당 계층」, 『국어국문학』 94.
　　전광용(1980), 「「독립신문」에 나타난 근대적 의식」, 『국어국문학』 84, 1980.
　　한기형(1996), 「1910년대 신소설에 미친 출판, 유통 환경의 영향」, 『한국학보』 84, 1996 가을.
　　홍정선(1991), 「근대시 형성에 있어서의 독자층의 역할 연구」, 서울대 박사학위 논문.

40) 임규찬·한진일 편(1993), 「신문학의 태반」, 『임화 신문학사』, 한길사.

법론」에서 토대 연구를 하나의 항목으로 이론화하고 있다. 물론 임화의 이식론적 입장은 그 이후 논자들에 의해 비판적으로 수용되어 왔지만, 이후 연구들에 극복 대상으로서 방향 제시 역할을 했다는 점에서 그 의의를 축소할 수는 없을 것이다.

임화는 신문학사의 사회, 경제적 토대 연구를 통해 근대 정신의 생성과 발전을 유추할 수 있을 것이라는 전제에서, 근대사회로의 전화를 위한 상품자본의 축적, 산업자본에의 전화, 상품 유통의 확대와 그것을 가능하게 하는 생산력의 증대, 수공업의 독립, 매뉴팩츄어의 성장, 교통의 발달, 시민계급의 발흥 등을 언급하게 된다. 그리고 새로운 문화의 발전과 무관할 수 없는 신교육에 대한 시선도 놓치지 않고 있는데, 그는 행정 제도상으로 정립된 정부의 신교육이 신문화의 발전에 공헌했음을 논하고 있다. 그 교육적 견지에서 선진국의 문물제도, 기술, 무기를 들여오려는 의도는 유학생을 해외로 파견하는 것을 국책으로 삼게 되고, 이러한 문물제도, 기술 유입에서 비롯된 인쇄기술과 대량생산은 조선의 저널리즘의 발생과 성장을 촉진시키게 된다.

조선의 저널리즘은 조선 사회의 문명 개화와 신문화의 형성상 막대한 의의가 있는데, 문화의 대중화와 대중의 문화참여, 다수에게 해독되는 언문 사용으로 인한 언문일치 문체며 인민 계몽을 이끈 것이 공적이라고 할 수 있다. 그 대표격이 신문이다. 최초의 신문 「한성순보」는 순한문이었으나 이후 '언한문 혼용체(한성주보)'를 거쳐 '순언문신문(독립신문)'이 나오게 됨으로써 문어체 자체가 계급타파와 사민평등의 표현임을 밝히게 된다. 잡지는 신문보다는 약간 뒤늦은 것으로, 신문에 비하여는 정치적 언론과 여론 지도에 있어 세력이 떨어졌지만 신문이 쇠퇴하면서 잡지의 시대가 전개되었다.[41] 이러한 신교육 환경에 있어 그 기반이 된

---

41) 임화는 신문에서 잡지로의 이행을 정치시대에서 계몽시대로의 이행과 같은 맥락으로 본다. 즉 임화는 신문은 정치적 언술에 적합한 매체로, 잡지는 정치보다는 문화정책에 적합한 매체로 보고 있다.

것은 기독교였다. 우선 교회 경영의 학교가 신교육의 효시가 되었고, 기독교 사상이나 문화가 신문화 형성의 자극이 되었으며 성서 번역이 언문문화를 개척한 공적을 부인할 수는 없다는 것이 임화의 설명이다. 임화의 이러한 작업은 1970년대는 물론 최근의 연구에서도 연구자들이 딛고 설 수 있는 지반이 된다.

최근의 논의, 이현식의 「한국 근대문학 형성의 사회사적 조건」은 문학을 그 근저에서 유지, 변화, 발전시키는 구체적인 사회적 역학관계를 확인해야 한다는 말로 근대문학사에 대한 제도사적 접근의 필요성을 해명하고 있다. 논의의 큰 흐름을 따라가면서 근대문학 초기 당대의 상황을 정리해 보면 다음과 같다. 18세기로 넘어오면서 성장하게 되는 상업자본, 상품 화폐 경제의 발달, 신분제의 동요는 사회 전체와 유기적 관련성을 맺으면서 문화 자체의 재생산 구조를 갖게 되는데, 문학에서는 대량 출판과 유통이 가능하게 된다. 그 결과 소설책은 상품이 되고[42] 광범위한 독자층이 확보된다. 그러면서 문학도 작가, 출판업자, 독자라는 독자적인 구조를 형성하게 되었던 것이다. 그러나 1890년대까지의 이러한 변화는 근대적 문학 제도의 성립을 의미하기에는 아직 미약한 상태였다.

18세기로 넘어오면서 근대 자본주의가 시작되었다고는 하나, 대외 의존적 정부 아래서 외국 자본에 맞서 성장하지 못하고 예속되거나 몰락하게 되는 국내 산업구조는 정치적으로 비슷한 양상을 보이게 된다. 즉 19세기말부터 1900년을 전후로 한 시기, 한반도에 대한 외세 열강들의 이권 다툼은 민족의 위기 상황으로 이어지고, 이것은 민중들에게 반침략 반봉건을 요구하게 만든다. 그리하여 다양한 개혁, 계몽 운동이 민중

---

42) 지금의 도서대여점이라고 할 수 있는 세책점(貰冊店)이 출현하고, 영리를 목적으로 서점에서 출판하는 방각본이 등장한다. 방각본의 출현은 17세기 무렵이었던 것으로 추정되고, 한글 방각본이 성행하였던 것은 19세기 중엽이라고 한다.
이현식(1995), 「한국 근대문학 형성의 사회사적 조건」, 『민족문학과 근대성』, pp.72~73.

들 사이에서 일어나 언론 출판운동, 교육 운동, 식산 흥업 운동 등이 본격적으로 전개된다. 이같은 사회운동의 전개는 민중들이 독자적 의사소통 체계를 형성했고, 그것을 제도적으로 가능케 한 저널리즘의 출현은 사회의 공식적 표기 체계가 한자에서 한글로 전환되어 간 것과 밀접한 연관성을 지니게 된다는 점에서 주목해야 한다.

이러한 저널리즘 활동을 가능하게 한 것은 다름 아닌 근대적 교육제도 속에서 근대적 교양과 사유방식을 배운 사람들이었다는 것 또한 간과할 수 없는 부분이다. 앞서 임화의 논의에서 살펴보았듯이, 신교육 환경에 있어 그 기반이 된 것은 기독교였고 「독립신문」 시가창작에 적극 참여한 창작인들이 기독신자와 미션계 학생들이었다는 점, 그리고 유학제도에 의해 새로운 계층으로 부각된 유학생들, 저널리스트의 개화기 시가창작의 참여와 역할이 압도적이었다43)는 사실 또한 문학에서의 창작계층과 사회변동44)의 함수관계를 짐작하게 하는 중요한 부분이다.

이러한 배경을 지닌 20세기 초반의 의사소통 영역에서 반제, 반봉건, 민족주의와 민주주의를 근간으로 하는 계몽의 담론이 지배적 담론이 되면서, 문학도 이러한 성격을 드러내게 된다. 즉 1910년경까지 출간된 많은 역사, 전기물류가 대부분 애국 계몽적인 내용을 다루게 되는 것이다. 계몽주의의 일환으로 문학도 계몽의 한 수단이 되는 애국 계몽기 문학의 이해는 여기에서 출발할 수 있을 것이다. 그러나 애국 계몽을 주제로 한 문학도 1907년 한일신협약 이후 일본의 한국 내정 간섭이 본격화되면서 반일적 사상으로 탄압, 압수, 판금하는 조치를 당하게 된다. 그 결

---

43) 김영철(1987), 「개화기 시가의 창작계층」,『개화기 문학의 재인식』, 지학사, p.116.
44) 이 시기에 출판법(1909), 신문지법(1907), 사립학교령(1908)이 제정되었다. 그러나 이러한 법령들이 근대적 제도를 정비하면서도 본질적으로는 한국 내의 언론, 사상의 자유로운 활동을 규제함으로써 우리 사회가 근대로 전환해가는 걸림돌이 되었다(이현식, 「한국 근대문학 형성의 사회사적 조건」, pp.93~94)는 것도 이현식은 지적하고 있다. 이것이 바로 일제와 얽힘으로써 빚어질 수밖에 없었던 우리 근대의 이중적인 모습일 것이다.

과 애국 계몽적 역사 전기물들은 1908년 이후 거의 자취를 감추면서 상
업성에만 의지하는 통속적[45] 대중문학과 단순히 사회적 계몽과 생활의
개혁을 외치는 개량적 계몽문학만이 남게[46] 된다. 이것이 한국문학사에
서 1910년까지를 이해하는 일반적 시각이다.

근대계몽기 출판운동을 고찰[47]하고 있는 강명관 역시 20세기 초
(1905)부터 1910년까지의 출판운동을 통해 그것의 역사적 의의를 재고
하고 있다. 그에 따르면 서적의 필요성이나 각종 활판술과 인쇄술에 대
한 계몽적 논설은 이미 1900년대 초기에도 신문의 논설이나 잡보에서
발견된다. 그런데 본격적인 계몽적 저널리즘이 힘을 발휘하는 때는
1905년부터이다. 당시 「황성신문」이나 「대한매일신보」의 논설들은 계
몽운동의 성패가 서적의 출판과 불가분의 관계에 있음을 역설하게 된다.
이 때 식민지로의 전락을 면하기 위한 목적으로 서양과 일본의 부강과
문명을 알기 위한 외국책 번역이나 서양역사서 등이 활발하게 발행되고,
세책점 등이 공급하는 구서적이나 상업주의적 출판형태와 대립을 하게
된다. 당시 서적출판의 제일 과제는 애국계몽이었기 때문이다. 따라서
서적출판이 영향력을 지니기 위해서는 국문사용과 교육운동은 출판운동
의 핵심적 과업[48]이 될 수밖에 없었으며, 바로 여기에 1910년까지 출판
운동의 역사적 의의가 있는 것이다.

1910년 이후 출판, 유통의 환경은, 앞서 살핀 바와 같이 민족적 계몽
활동을 통제하는 신문지법(1907)이나 출판법(1909)과 같은 문화계에 대한
억압이 전반적으로 강화되면서 더욱 위축된다. 그리하여 위기에 처하게
된 대부분의 서적상들은 생업을 위해 신, 구소설을 대량으로 출간[49]하

---

45) 홍미성(김윤식, 정호웅, 『한국소설사』, 예하, 1993), 유희성(권영민, 『서사양식과
   담론의 근대성』, 서울대학교출판부, 1999) 또는 오락성으로 불리기도 한다.
46) 이현식(1995), 「한국 근대문학 형성의 사회사적 조건」, 앞의 책, p.96.
47) 강명관(1999), 「근대계몽기 출판운동과 그 역사적 의의」, 『민족문학사 연구』 14.
48) 강명관(1999), 위의 글, p.47.
49) 1907년부터 1910년 사이에 출간된 신소설의 수에 비해 1911년 이후 출간된 작

게 되고, 그렇게 생산된 소설들은 구소설이 지닌 비현실의 세계를 탐닉하거나 신소설이 지니고 있던 통속적 현실조작50)에 영합하게 된다. 이러한 외부적 요인뿐만 아니라 당시 서적업이 지니고 있던 자본 규모의 취약함과 자본 운용방식의 낙후성, 저작권 매매 관행51) 등도 소설이 질적으로 하락하게 된 요인이 되면서, 더 이상 근대문학으로서의 예술적 가치를 기대할 수 없는 수준으로 후퇴하게 된다. 이러한 상황에 대한 문제의식은 이미 당대의 문헌들에서도 확인할 수 있거니와 그러한 힘이 문학에 대한 인식의 변화52)를 이끌게 된다.

　이러한 물적 토대에서 근대 초기가 보여주는 역동적인 반응들은 새롭게 조명53)된다. 근대계몽기와 1910년대를 특화시키는 연구들54)뿐만 아

품의 양이 압도적으로 많다. 특히 1912년에서 1914년까지 3년간은 신소설 간행의 전성기라고 할 수 있다. 한기형(1996), 「1910년대 신소설에 미친 출판, 유통환경의 영향」, 『한국학보』 84, 1996 가을, pp.120~124.

50) 한기형(1996), 위의 글, p.132.

51) 발간 비용 때문에 소설의 분량을 조절하는 일이 생기고, 기존 작품을 적당히 짜 깁기해 놓은 듯한 작품도 만들어지게 되며, 저작권 매매는 작가의 작품에 대한 예술적 책임으로부터 멀어지게 만드는 요인이 된다. 이에 관한 자세한 논의는 한기형 「1910년대 신소설에 미친 출판, 유통환경의 영향」(위의 글, pp.133~150) 참조.

52) 이에 대한 문헌제시와 논의는 이 책의 제2장, 1-2)에서 하게 된다.

53) 정선태의 『개화기 신문논설의 서사수용 양상』(소명, 1999)을 예로 들 수 있다. 정선태는 근대적 커뮤니케이션을 주도하고 개화기 담론 생산의 가장 중요한 물적 토대인 저널리즘에 주목하여 이를 공공영역 형성이라는 문제와 관련시키면서 다양한 글쓰기가 지니는 의미와 그것의 서사-문학적 성격을 고찰하고 있다.

54) 강희근(1979), 「『학지광』에 나타난 시인들의 의식과 시의 모습에 대하여」, 『배달말』 4집.
구인모(2000), 「『학지광』 문학론의 미학주의」, 『한국근대문학 연구』 1(창간호).
권보드래(2002), 「1910년대 '新文'의 구상과 「경성유람기」」, 『서울학연구』 18, 서울시립대서울학연구소, 2002. 3.
김복순(1982), 「1890년대~1910년대 문학비평 연구」, 연세대 석사학위 논문.
김복순(1999), 『1910년대 한국문학과 근대성』, 소명.
김영민(1997), 『한국근대소설사』, 솔.
김영철(1987), 「신문학 초기의 현상 및 신춘문예제의 정착과정」, 『국어국문학』 98.
김윤식(1978), 「1910년대 이전, 이후의 학술 문예」, 『한국사론 5』, 국사편찬위원회.

니라 특정 범주를 계보학적으로 추적하여 당대 담론들을 재배치, 재구성하는 작업들도 이루어지게 된다. 그리하여 우리는 이 시기를 다면적으로 볼 수 있는 스펙트럼을 갖게 되었다. 애국계몽기를 포함한 근대계몽기와 1910년대에 대한 관심은 근대문학을 바라보는 지평을 확장시켜 주면서, 문학사적 흐름과 변화를 통찰할 수 있는 맥을 형성해 준 것이다. 즉 우리는 19세기 말에서 20세기 초를 중세에서 근대로 넘어오는 일종의 과도기로 파악하여, 좀 더 전통적인 것을 확인하고, 그 다음 시기를 위한 준비단계로서의 징후들을 확인55)할 수 있는 공간 정도로 바라보던 관점을 넘어서는 시점에 서있는 것이다.

물론 초창기 1910년대에 대한 연구는 앞서 살펴본 문학사들이 지니고 있었던 문제점56)들을 여전히 지니고 있기는 하다. 주종연의 『한국소설의 형성』57)이나 김현실의 논의58)를 보더라도, 우선은 한국 근대문학의 근간을 이룬 문학을 단편소설로 규정하고 그것의 형성과정을 다루고 있다는 점에서 보다 세분화되고 전문적인 근대문학연구의 한 예를 보여준다고 할 수 있다. 또한 이 연구들은 한국 근대문학의 주류로 단편소설

김현실(1989), 「1910년대 단편소설 연구」, 이화여대 박사학위 논문.
양문규(1989), 「1910년대 단편소설의 구조와 작가의 세계관」, 『연세어문학』 18.
양문규(1990), 「「슬픈모순」과 1910년대 비판적 사실주의 문제」, 『창작과 비평』 1990 봄.
양문규(1990), 「1910년대 한국소설 연구」, 연세대 박사학위 논문.
이동하(1987), 「1910년대 단편소설 연구」, 서울대 석사학위 논문.
한기형(1999), 『한국 근대소설사의 시각』, 소명.
한점돌(1993), 『한국 근대소설의 정신사적 이해』, 국학자료원.
황종연(1997), 「문학이라는 역어」, 『동악어문논집』 32, 동악어문학회, 1997. 12.

55) 고미숙(1999), 「근대계몽기, 그 생성과 변이의 공간에 대한 몇 가지 단상」, 『민족문학사 연구』 14, p.110.
56) 한점돌은 『한국근대소설의 정신사적 이해』(국학자료원, 1993, pp.18~37)에서 1910년대를 연구 대상으로 하고 있는 선행 연구들에 대해 자세한 연구사 검토를 하고 있다.
57) 주종연(1987), 『한국소설의 형성』, 집문당.
58) 김현실(1989), 「1910년대 단편소설 연구」, 이화여대 박사학위 논문.

의 중요성을 문학사적으로 부각시키고, 애국계몽기문학이나 신소설에
비해 많이 주목받지 못했던 1910년대의 단편소설들의 자료적 측면은 물
론, 그것을 특화시켰다는 의의를 지닌다.

그러나『한국소설의 형성』이 제시하고 있는 3단계－1900년대를 준비
기, 1910년대를 모색기, 1920년대를 완성 정립기로 봄－가 어떠한 맥락
에서 점진적인 발전모델로 설명될 수 있는 것인지가 텍스트의 구체적인
상호관련성을 통해 해명되지 않고 있다. 뿐만 아니라 이러한 구분에서
는 1900년대와 1910년대 문학이 여전히 1920년대로 가기 위한 '과도기
문학'이자 '못미치는', 아직 '완성되지 못한' 문학이 될 수밖에 없다는
문제점을 남기게 된다. 또한 「1910년대 단편소설 연구」의 도식적인 유
형화는, 앞서 고미숙이 우려[59]했던 좀더 전통적인 것을 확인하고 그 다
음 시기를 위한 준비단계로서의 징후들을 확인하던 연구패턴을 보여주
게 된다.

조동일 역시 1910년대 젊은 작가들의 소설을 '방황하는 세대의 소설'
이라 부르며 무언지 모를 번민을 해소하지 못해 방황하며, 관념적으로
들뜬 문장에다 설득력이 부족한 영탄을 늘어놓기 일쑤[60]이지만 신소설
의 그늘에 가려져 있는 단편소설의 의의를 입증하고, 1919년 이후에 나
타날 본격적인 근대 단편소설을 준비하는 과도기적인 구실을 했다고 평
가하는 것을 볼 수 있다. 1919년『창조』이후의 소설들에서 어떠한 요
소들이 '완성'을 이야기할 수 있는 지표인지가 여전히 모호한 상태에서
는 이와 같은 평가들은 여전히 문제적일 수밖에 없다.

이러한 맥락에서, 김흥규의 「부서진 세계 안의 자유와 절망」[61]과 한
기형의 「1910년대 단편소설과 낭만성」[62]은 시론적 성격으로 문제제기

---

59) 고미숙(1999), 앞의 글, p.110.
60) 조동일(1989),『한국문학통사』4, 지식산업사, p.428.
61) 김흥규(1985), 「부서진 세계 안의 자유와 절망」,『전환기의 동아시아 문학』, 창
　　작과비평사.
62) 한기형(1999), 「1910년대 단편소설과 낭만성」,『한국 근대소설사의 시각』, 소명.

의 성격을 지닌다는 논자의 언급에도 불구하고 이 시기의 독자성을 탐색한 의미 있는 연구이다. 문학사에서 일반적으로 부정적으로 평가되고 있는 1910년대 문학 텍스트에 나타나고 있는 우울과 절망을 그대로 해석의 자장 안으로 끌어들여 그 자체에서 당대적 특성을 밝히고자 의도했기 때문이다. 김복순, 양문규, 한점돌[63] 등이 보여준 충실한 텍스트 복원과 읽기도, 과도기로서가 아닌 1910년대의 독자적인 문학사적 위치 확보를 위한 작업이었다.

특히 한점돌은 1910년대를 대상으로 하는 앞선 연구들의 시기 설정에 대해, '편의에 따라 상한과 하한을 정하여 논의를 전개할 뿐 뚜렷한 근거 하에 대상시기를 확정하는 데에는 별로 관심을 기울이고 있지 않음'[64]을 비판하며, 1910년대의 시대적 본질을 민족주의로 보고 애국계몽기의 일부로부터 1922년까지를 대상시기로 하여 이 시기 소설의 전형적 특질이 성립되고 변모되는 과정을 살피고 있다. 그러나 정신사적 연구라는 방법론상의 특성 때문이기도 하겠지만, 1910년 당대 문학텍스트들은 시대를 읽어내는 1차 자료가 아니라 시대정신(준비론적 세계관)을 밝혀주는 2차 자료의 자리에 머무를 수밖에 없게 된다.

즉 시대정신으로서 민족주의(준비론적 세계관)가 먼저 설정된 후 문학텍스트는 그 정신과 어떻게 연계되는지 연결고리를 만드는 데 치중함으로써, 결과적으로 문학텍스트들은 순차적으로 준비론적 세계관을 잘 드러낸 전형, 계승, 변질양상을 보이는 텍스트들로 범주화되고 만다. 이러한 범주화로 인해, 상실감과 실존적 개인의 고뇌를 보여주는 1910년대

---

63) 김복순(1990), 「1910년대 단편소설 연구」, 연세대 박사학위 논문.
　　양문규(1990), 「1910년대 한국소설 연구」, 연세대 박사학위 논문.
　　한점돌(1992), 「1910년대 한국소설의 정신사적 연구」, 서울대 박사학위 논문.
　　본 연구에 참고한 김복순과 한점돌의 문헌은 학위논문을 단행본으로 출간한
　　『1910년대 한국문학과 근대성』(소명, 1999)과 『한국근대소설의 정신사적 이해』
　　(국학자료원, 1993)이다.
64) 한점돌(1993), 『한국근대소설의 정신사적 이해』, 국학자료원, p.14.

중반 이후 대다수의 텍스트들은 양적으로도 그 시기를 압도했음에도 불구하고 시대정신의 변질로 설명될 수밖에 없는 한계를 드러내게 된다. 오히려 그 변질에 시대의 본질이 있지 않겠느냐는 의문을 남기면서 말이다.

이와 같은 의문들이 문제제기 형식으로 고미숙에 의해 언급된 예[65]가 있으며, 권보드래와 김동식[66]은 1900년대를 복원하여 재배치하는 방식으로 당대를 읽어내면서 문학의 범주 형성으로 시작되는 한국근대문학의 지형도를 그려내고 있다. 본 연구의 출발은 여기서부터이다. 그동안 근대문학 연구는 대상시기 설정부터 많은 문제점을 내포하였었고, 본질 개념에의 접근을 시도하는 연구는 텍스트가 중심이 되기보다 먼저 설정된 인식의 틀이 텍스트를 유효하게 분류, 배치하면서 확인하는 것으로 마무리되어 온 것이 사실이다. 지금까지의 작업은 바로 그러한 연구의 흐름을 확인하는 과정이었다.

이 책은 지금까지의 근대초기에 관한 선행연구들을 통해 1900년대의 시대상과 흐름을 확인하면서, 1910년대 중반 이후에 주목할 것이다. 대다수의 선행연구들이 구분하고 있는 1900년대 1910년대 1920년대는 실제 텍스트 연구에 있어서 분명한 기준으로 작용할만한 경계가 되지 않음을 확인할 수 있었다. 선행 연구들은 모두 표면적으로는 명확하게 시대를 구분하고 있었지만, 실질적인 문학사적 변화를 논할 때는 '~중반 이후' 나 '~년 이후' 등의 용어를 사용했다. 권보드래나 김동식의 논의에 오면 관심 영역(주제)에 따라 당대 자료를 복원하는 과정에서 시대의 경계는 자연히 드러날 수 있는 요소이기도 하다는 것을 알 수 있다.

이 연구에서는 역동적인 해석으로 넘나들 수 있는 근대초기 공간 속

---

65) 고미숙(1999), 「근대계몽기, 그 생성과 변이의 공간에 대한 몇 가지 단상」, 『민족문학사 연구』 14.
66) 권보드래(2000), 『한국 근대소설의 기원』, 소명.
　　김동식(1999), 「한국의 근대적 문학 개념 형성과정 연구」, 서울대 박사학위 논문.

에서 오랫동안 주목했던, 문학에 대한 개념이 '정(情)'에 가치를 두는 서구적 근대문학 개념으로 바뀌어 가는 시점을 포착했다. 문학에 대한 변화된 생각은 다음 절에서 당대 자료들을 통해 확인할 것이다. 그리고 문학에 대한 인식이 바뀌는 그 지점 이후 근대문학은 어떠한 모습으로 구체화된 텍스트를 만들어 내게 되는지를 밝히게 된다. 이것은 한국 문학사에서 개인의 문학으로서의 근대문학이 어떠한 모습으로 발현되는지를 확인하는 순간이기도 하다.

2) 문학에 대한 인식의 변화

한국문학사에서 근대초기(1900년대와 1910년대) 문학에 대한 그동안의 관심은 크게 저널리즘의 서사연구, 애국계몽기 문학에 대한 의미 규명, 신소설을 중심에 둔 개화기문학 연구, 1910년대 단편소설 연구들로 진행되었으며, 이제 이러한 접근을 통합하여 근대계몽기를 총체적으로 볼 수 있는 안목을 갖게 되었다. 길지 않은 이 시기는 다양한 담론과 텍스트를 생산하던 역동적인 공간으로도 의미를 지니며, 또한 한국문학사에서 주목할만한 변화들이 진행되고 있었던 잠재력의 공간이기도 하다는 점에서 중요하다. 특히 이 책에서 주목하는, 현재적 의미와 같은 개념으로 문학을 담론화하기 시작하는 근대적 문학에 대한 의식의 변화들이 1910년대 중반을 전후하여 확인된다. 그런데 그 변화의 징후들은 이미 백철과 조연현에게서도 감지되었던 부분임을 다음과 같은 언급에서 확인할 수 있다.

> 이광수는 1917년에 발표한 문학론에서 현대문학으로 될 수 있는 첫째 조건을 「순수한 時文體로 써야한다」고 했다. 그런 뜻에서 새 문장을 만드는 일이 시작되었던 것이다. 처음 그것에 착수한 것은 1914년경부터인 듯하다.[67]

　조연현 또한『소년』잡지가 창간(1908년)된 시기에 주목하여 신문학운동의 시작을 논하고 있지만,『소년』이 광의의 문화계몽서의 성격을 띠고 있었던 것과 달리 본격적인 '新文章建立運動'을 주도하면서 좀더 근본적인 신문학의 추구와 갈망을 추진, 발전시킨 것은 1914년에 창간된『청춘』지[68]임을 밝히고 있다. 그런 점에서『청춘』은『소년』과 類를 달리하는 잡지로 얘기될 수 있었던 것이다. 조연현의 문학사 자체는 잡지 중심의 기술이라는 방법론상의 한계를 지니고 있지만, 당대 잡지가 젊은이들에게 읽히면서 새로운 문장개혁을 주도하고, 문예란 설치나 현상문예를 통해 새로운 문학을 실감하게 할 수 있었던 중요한 매체였다는 점에서 조연현의 언급들은 의미 있는 지적이라고 할 수 있다.

　한국에서 문학의 개념이 어떻게 자리잡아 왔는지를 추적한 김동식은 1910년 전까지는 육당과 춘원 모두에게서도 미적 범주로서 근대적 문학 개념이 성립되지 않았다고 보고 새로운 문학관이 축적되는 과정은 1915년으로 추정할 수 있다[69]고 말한다. 즉 1900년대의 '소설'이라는 글쓰기는 미학적 속성을 지닌 특수한 글쓰기로 인식된 것이 아니었고, 이 시대의 文개념과 마찬가지로 의사소통양식(의사소통매체) 일반으로 그 성격을 규정할 수 있다고 당대를 파악한다.

　1910년대 초반까지는 문학이라는 말이 광범위한 글쓰기 일반을 통칭하였다면, 1915년 이후 문학이 문학되는 이유 즉 문학성을 판단하는 미적 판단의 원리가 '情과 생명'에 관련된 것으로 새롭게 규정되고 대체되면서 근대적인 문학 개념이 제도화되기 시작하였던 것이다. '情'이 문학(예술)에 있어서는 물론이고 세계상을 재편하는 인식틀로까지 중요하게 받아들여지는 이유는, 이 시기에 즈음하여 인간은 독자적이고 고립된

---

67) 백철(1961),『국문학전사』, 신구문화사, p.263.
68) 조연현(1964),『한국현대문학사개관』, 정음사, (중판1987), pp.64~75.
69) 김동식(1999),「한국의 근대적 문학 개념 형성과정 연구」, 서울대 박사학위 논문. 본문과 관련된 내용은 여러 곳에 산재한다. p.60, p.88, p.91, pp.98~99, pp.115~118 p.124. etc.

내면을 가진 개인 존재로, 희노애락의 순수감정이 인간성의 근원이자 인식의 근거가 됨을 이해[70]하기 시작했기 때문이다. 그러한 정의 요구는 바로 문학이 존재하는 이유[71]가 된다. 개체의 고립과 주관성을 절감하는 내면을 보여주는 글쓰기가 1914, 15년 무렵부터 주제화되고 있음에 주목하여, 1910년대 문학 변화의 주요 국면 중 하나로 1910년대 중엽의 詩텍스트를 특화시키고 있는 연구[72]도 한국문학 연구사는 이미 가지고 있다.

근대 담론 공간에서, 문학은 미감상, 정, 감수성, 자율적, 독립적으로 존재하는 대상으로 인정해야 한다는 생각을 접할 수 있는 가장 대표적인 논의가 1916년 11월에 발표된 이광수의 「문학이란 하오」[73]일 것이다. 이 글에서 문학은 사물을 연구하는 학이 아니라 감각함이고, 문학자는 지식을 가르치는 자가 아니라 사람에게 미감과 쾌감을 불러일으키는 글을 쓰는 자라 하여, 학문(과학)은 사람의 知를 만족시키고 문학은 사람의 情을 읽을 수 있게 해야 한다는 내용으로 정의되고 있다. 知의 작용이 진리를 추구하고 意의 방면이 善 또는 義를 추구하는 것과 마찬가지로 情의 만족이란 美를 추구하는 것을 일컫는데, 미라는 것은 정신적 쾌감을 일으키는 것으로 진과 선처럼 정신적 욕망에 필요한, 독립된 정신작용의 한 현상으로 설명됨으로써 문학은 정의 만족에서 그 실효성을 찾게 되는 것이다.

인간의 본성을 지, 정, 의, 체로 나누고 정에 역점을 두면서, 정의 측면을 문학이 담당해야 한다는 견해는 당시 유행하던 스펜서 철학에 근거[74]한 것으로, 「문학이란 하오」에 앞서서도 우리는 이러한 견해를 만날 수 있다. '고상한 쾌락'에 대해 이야기하고 있는 한 짧은 글[75]은, 情

---

70) 권보드래(2000), 『한국 근대소설의 기원』, 소명, p.99, p.260, p.263.
71) 황종연(1997), 「문학이라는 역어」, 『동악어문논집』 32, 1997. 12, p.468.
72) 김흥규(1985), 「부서진 세계 안의 자유와 절망」, 『전환기의 동아시아 문학』, 창비.
73) 이광수(1916), 「문학이란 하오」, 『한국의 문학비평』 (권영민 엮음), 민음사, 1995.
74) 김윤식(1982), 『한국 현대문학 비평사』, 서울대학교출판부, p.11.

은 미와 쾌를 구하는 것이며 쾌락이란 '정을 만족시킴'이라고 정의하면서 최고의 고상한 쾌락은 정신에서 찾을 수 있다고 말한다. 쾌락을 外物에서 구하지 않고 그 마음에서 구하게 되므로, 쾌를 느끼게 하는, 정을 만족시키는 문학은 인간의 독자적인 내면을 응시하게 되는 것이다. 이러한 의미를 지니게 되는 정의 문학이 단지 당대 신지식인들만 향유할 수 있는 정신활동으로 언급되는 것이 아니라, 쾌락은 선택할 수 있는 취미의 영역이고, 취미의 고급화는 교육에 의해 성취76)될 수 있는 것이라고 말해지고 있으니, 굳이 제도로서의 문학을 논하지 않더라도, 이 情의 문학은 단순히 개인감정 토로로 말해질 수 있는 성질의 것은 아니었음을 알 수 있다. 특히 조선 청년학생은 이 취미의 양성을 위해 독서를 많이 해야 하는데 읽을 만한 것이 없음을 걱정하는 다음과 같은 대목에서는 확실히 변화된 문학에 대한 안목을 발견할 수 있다.

> 知德의 양성에 독서의 필요함은 말할 것도 업거니와 只今 우리 청년은 독서력이 缺乏하야 독서의 미를 깨닷지 못하나니 이것이 취미의 비천한 第一因이라 청년의 好伴侶가 되어만 서적으로는 조선어로 된 것이 업고 일본서적을 외오랴니 어학의 힘이 업고 또는 父老나 선배의 독서를 관장하는 이가 업스며 혹 조선문으로 된 서적이 잇다 하더라도 一瞥의 가치가 잇는 것이 업스니 나는 추하고 꼴 되지 아니한 보기부터 천하고 더러운 소위 신소설이라는 것에 눈을 더럽히기 보다 옥루몽 슈호지 셔유기 삼국지 가튼 고문학을 닑음이 어문의 발달과 취미의 향상에 썩 有助할줄 밋노라77)

독서를 권장하는 글에서 신소설의 함량미달을 비판하는 이 부분은 시사하는 점이 많다. 근대로 불리는 이 시기에 신소설은 적합하지 않다는 생각은, 신소설을 대체할만한 새로운 것(소설)이 구체적으로 소개되고 있

---

75) 작자미상(1915), 「고상한 쾌락」, 『청춘』 6호, 1915. 2.
76) 작자미상(1915), 위의 글, pp.54~55.
77) 작자미상(1915), 위의 글, p.62.

지는 못하나, 근대적인 읽을거리로서의 소설에 대한 기대수준[78]은 충분
히 예견되는 부분이다. 이 같은 인식의 변화들은 이 시기의 담론에서 어
렵지 않게 발견된다. 외배의 「독서를 권함」[79]은 새로운 시대를 이끌 조
선 청년이 문명인으로서의 역할을 충실히 할 수 있는 시대의 주인이 되
려면 독서를 많이 하여야 한다고 말하고 있는데, 이 글에서 강조하는 서
적의 성격에는 문명된 사회의 지식과 사상을 담고 있다는 계몽적 내용
과 함께 '情'에 대한 언급이 눈에 띄어 이채롭다.

> 書籍은 思想과 知識을 간직한 倉庫이니 글이 생긴 이래로 수천년 聖人賢
> 哲의 캐어 놓은 金玉 가튼 진리와 교훈과 꽃가튼 情의 美를 그린 것이 다
> 그 속에 잇는지라……[80]

'情의 美'는 이미 진리, 교훈과 분리되어 독자적인 영역을 지니고 있
는 것으로 파악됨을 볼 수 있다. 즉 '정의 미'를 다루는 문학이라는 영
역에 대한 새로운 안목이 생겼다는 것으로 해석할 수 있는데, 그 내용은
다음과 같은 글을 통해 짐작할 수 있다.

> 글은 만히 볼사록 맛이나고 글을 짓고자 할진데 글을 만히 보지안이함
> 이 불가하니……소동파의 부친 소로쳔의 글은 문장은 아름답지만은 언
> 론이 부족하야 보난사람으로 하야곰 맛이 없난듯한 생각이 나니 글은 문
> 장과 언론의 아름다운 것을 아울녀야만 비로소 보난사람의 재미를 이르
> 킬만한 것이라……근년에 우리사람의 뎌슐하고 번역한 소설도 본 것이

---

78) 같은 맥락의 다음과 같은 글도 참고할 수 있다. 백대진은 「신년 벽두에 인생주
   의파 문학자의 배출함을 기대함」(『신문계』 4권 1호, 1916. 1)에서 다음과 같이
   말하고 있다. "신간 신소설을 보면 그 내용이 거의 파괴적 의미와 퇴폐적 의미
   를 가할 뿐 조금도 실인생을 위한 바가 없으며, 시대안이 비루하고 경박하게 된
   것이다"
   한기형(1996), 「1910년대 신소설에 미친 출판, 유통 환경의 영향」, 『한국학보』
   84, 1996 가을, p.141.
79) 외배(1915), 「독서를 권함」, 『청춘』 5호, 1915. 1.
80) 외배(1915), 위의 글, p.67.

> 만치만은 별로재미잇난 것을 보지못하얏스니……대개 쇼셜도 서양사람
> 의 지은 소셜이 재미잇는듯하니 그난 그곳사람의 자유의 성품이 풍부하
> 고 활발한 기운이 넉넉함에 인함인듯하도다……소셜을 저술함에는 시대
> 에 뎍합하야 보난사람으로하여곰 그 소셜의 감화로 이익을 보게함이가하
> 니……81)

이 글은 글을 선별할 수 있는 안목이 多讀에서 형성됨을 전제하면서, 글을 짓기 위해서는 글을 많이 읽어야 하는데 그 이유를 문장은 물론이고 언론(글을 짓는 사람의 명확한 의도로 해석됨)이 드러나야 그 글이 재미있게 읽힐 수 있기 때문이라고 말하고 있다. 즉 좋은 글을 많이 읽어야 문장이 좋아지는 것은 물론이고 자기 언론도 분명해진다는 의미이다.

그리고 우리소설의 재미없음을 이야기하면서 서양소설이 재미있는 이유를 서양 저자들의 자유로움과 활발함에서 찾고 있는 것으로 보아, 우리 소설에는 그 자유로움과 활발함이 부족함을 비판하고 있다는 것을 알 수 있다. 또한 소설이 시대에 적합하여야 독자에게 재미를 줄 수 있다고 했으므로 소설은 그 전 시대와 차별화되는 당대적 의미를 갖출 것을 요구 받고 있는 것이다. 그리고 은근히 서양소설이 그 모범이 될 수 있음을 이야기함으로써 새로운 시대가 요구하는 재미있고 시대에 적합한 문학은, 자유로움과 활발함 속에서 만들어지는 문장과 언론의 어우러짐이었다고 말할 수 있겠다. 본격적인 문학에 대한 논의가 아니므로 그 구체성을 기대할 수는 없지만, 문학을 보는 안목과 기대 욕구는 상당한 변화를 보이고 있음을 알 수 있다.

1910년대 중반의 시점이 이미 이러하였기 때문에 이보다 후에 태서문예신보에서 발견되는 '좋지 않은 글은 독자가 읽어주지 않으면 저절로 출판을 못하게 될 것이고, 또 많이 읽어주기만 하면 아름다운 글이

---

81) <독서의 취미>, 「매일신보」, 1916. 1. 29.
맥락은 다르지만 청년으로서 지녀야 할 미덕을 독서에 두고 있는 다른 글 「청년과 독서」, 『신문계』 4권 3호, 1916. 3.

나날이 발간될 것이다. 그러므로 읽을 것이 없는 책임은 저자들과 책사
서포에만 있는 것이 아니라 읽지 않는 그 사람에게도 있는 것이다'82)라
는 취지의 사설은 매우 당연한 것으로 받아들여진다. 문명인이 되기 위
해 책을 많이 읽어야 한다고 강조하는 계몽어투나 신소설의 통속성을
신랄하게 비판만 하는 목소리와는 또 다른 의미가 더해진 것이다. 즉 이
짧은 글 안에는 작가, 독자, 출판과 두루 관련된 독서행위에 대한 인식
이 반영83)되어 있으며, 또한 각자의 역할에 충실할 것, 그 역할을 제대
로 수행하기 위해서는 많이 읽어주어야 할 책과 읽지 말아야 할 책을
구분할 수 있는 안목을 지녀야 한다는 글쓴이의 취지를 읽어낼 수 있다.
문학을 포함하여 그 문화적 변화를 주도하는 힘이 상당부분 이미 독자
에게 돌아가고 있다는 점에서 주목할만하다.

그런데 더 주목할 것은 1910년대 중반의 이러한 논의가 갑자기 등장
한, 낯선 것이 아니라는 점이다. 이광수의 「문학이란 하오」가 발표되던
시점을 전후해서는 물론이고, 이미 그 보다 앞서 1910년을 전후한 시점
에 「(대한)매일신보」에는 당대 소설, 소설가와 서적계에 대한 우려의 논
조를 띤 사설(논설)84)이 지속적으로 실리고 있었고, 새로워야 할 근대의
문학에 대한 본격적인 논의들85)도 그 뒤를 이어 여러 매체에 등장하기

---

82) 사설(1918. 10. 13), 「우리난 읽어야하고 읽을줄을 아러야한다」, 『태서문예신보』 2호.
83) 서적이 사람의 삶 전반에 영향을 미치므로 저자나 출판업자 모두 당대에 당장
　　사람의 입맛에 맞는 가벼운 소설종류만 출판하지 말라는 글은 1910년대 초반에
　　도 발견된다. 사설(1911), <書籍界에 對하야>, 「매일신보」, 1911. 4. 16.
84) 劍心(1909), <근일소설가의 趨勢를 觀하건데>, 「대한매일신보」, 1909. 12. 2.
　　논설(1910), <小說과 戱臺가 風俗에 有關>, 「대한매일신보」, 1910. 7. 20.
　　사설(1911), <文章學을 不可全廢>, 「매일신보」, 1911. 2. 26.
　　사설(1911), <서적계에 대하야>, 「매일신보」, 1911. 4. 16.
　　논설(1911), <詩歌와 風化>, 「매일신보」, 1911. 6. 21.
　　논설(1911), <문학사상의 衰退>, 「매일신보」, 1911. 7. 7.
　　논설(1911), <시학의 衰退>, 「매일신보」, 1911. 8. 11.
　　논설(1911), <시학의 관계>, 「매일신보」, 1911. 10. 29
85) 이 책 69쪽 각주 89 참조.

때문이다.

당대 소설과 소설가의 모습을 비판한 劍心의 <근일소설가의 趨勢를 觀하건데>(「대한매일신보」 1909. 12. 2)는 '소설은 국민의 나침반이 되어야 하는데, 이소설 저소설이 모두 誨淫소설이고 보니 근일 소설을 보면 이 사회가 장차 어찌될지 걱정'이라고 말하고 있다. 당대 유행하던 신소설의 음란한 통속성을 비판하는 것으로 글쓴이는 그러한 신소설들이 암암리에 淫說을 고취하면서도 자신들의 소설을 사회소설, 정치소설, 가정소설이라고 하고 있으니 이는 독으로 사람을 천천히 죽이는 것과 다르지 않다는 것을 경고하고 있다.

<小說과 戲臺가 風俗과 有關>(「대한매일신보」 1910. 7. 20) 역시 당대의 '소설과 戲臺가 荒淫怪癖한 관습만 滋長케'하여 人心과 민생이 어지러워지므로 풍속을 개량하고자 하면 소설과 戲臺를 반드시 먼저 개량해야 한다고 당대 풍속을 걱정하고 있다. 신소설과 관련된 당대 풍속도를 짐작할 수 있는 이러한 맥락은 <詩學의 關係>(「대한매일신보」 1911. 10. 29)에서 다시 한번 강조된다. 즉 시를 보면 그 사람의 성정을 알 수 있고, 그 시기의 풍속을 알 수 있으므로 '性情을 和衷케하고 意志를 堅確케'하여 風化에 일조할 수 있는 시학을 연구해야 한다는 논조이다.

이 논설에서 시학이 쇠퇴하고 있는 이유로 언급되는, 당대 청년들이 시학을 無用한 것으로 여겨 그러하다는 진단은 이어지는 논설(사설) 들에서 그 맥락을 이해할 수 있다. 제목을 달리하는 다음 논설(사설)들 <文章學을 不可全廢>(「매일신보」 1911. 2. 26), <詩歌와 風化>(「매일신보」 1911. 6. 21), <문학사상의 衰退>(「매일신보」 1911. 7. 7), <시학의 衰退>(「매일신보」 1911. 8. 11), <시학의 관계>(「매일신보」 1911. 10. 29)는 모두, 시학이 실용적인 가치가 없다는 이유로 학습되지 않고 있는데, 시가는 그 나라의 풍속과 밀접한 관계가 있으므로, 신학문을 배우는 것도 필요하지만 시학(문장)을 발전시키는 것도 중요하다는 내용을 담고 있다. 당대의 어지럽고 경박해진 세태를 걱정, 비판하며 풍속을 교정하고자 하는

의지는 1910년대 중반의 상황과 비슷하나, 그 풍속을 바로잡기 위해 주의를 기울여야 할 구체적인 시학의 내용이 옛 문장을 가리키고 있어 1910년을 전후한 초반은 아직 새로운 시대에 적합한 새로운(근대적) 문학으로서의 개념은 나타나지 않았음을 확인할 수 있다.

더 흥미로운 것은 이 글들에서 말하고 있는 고문으로서의 시가, 시학, 문장이 당대 유행하던 신소설과 비교되고 있는 것이 아니라, 당대 청년들이 신학문 즉 경제학, 공학, 정치학, 법률학 등에 경도되어 시학은 無用하다는 이유로 쇠퇴하고 있다고 보고 있어, 이 때까지는 시학이 여전히 다른 학문과 마찬가지로 광범위한 학문의 한 분야로 여겨지고 있었음을 알 수 있다는 것이다. 이러한 논설(사설)들이 당대의 풍속과 신소설에서 비롯되는 문제들을 짚어주어 당대의 상황을 알 수 있게 해준다는 점에서는 의미가 있으나, 그것이 곧 근대적 의미의 문학 개념과 연결되는 것은 아니라는 점도 염두에 두어야 한다.

근대문학 개념을 논의할 때 우리가 주목하게 되는 '情'에 대한 언급은 1910년 『대한흥학보』에 실린 「今日我韓靑年과情育」과 「문학의 가치」[86]에서도 발견된다. 이광수는 여기에서 이미 '情'과 '문학'에 대한 논의를 시작했지만, 교육의 이상을 달성하기 위해 교육제도는 智, 德, 體에 덧붙여 인간의 근본 성질에 해당하는 '情'의 發育에 힘써야 함을 강조하고 있는 「今日我韓靑年과情育」에서의 정은 인간으로서 지녀야 할 도리로서의 성정을 두루 포함하는 개념으로 사용되고 있어, 인간 개인의 내면이라는 의미로 분화되지 않았음을 알 수 있다.

「문학의 가치」에서 설명되는 문학의 개념도 '般學問이라는 의미에서 차차 독립되어 정의 분자를 포함한 문장을 문학이라 칭하게' 됨을 서구의 예를 들어 설명하면서 당대의 문학과 옛날의 遊戲적 문학을 혼동하지 말 것을 강조하고 있다. 그런데 이 遊戲가 情的滿足으로 설명되고 있

---

86) 이광수(1910), 「今日我韓 靑年과 情育」, 『대한흥학보』 10호, 1910. 2.
　　이광수(1910), 「문학의 가치」, 『대한흥학보』 11호, 1910. 3.

어, 인간 개인의 내면과 관계되는 근대문학적 요소로서의 '情' 개념에는 아직 그 생각이 미치지 못했음을 알 수 있다. '이처럼 고유한 영역과 형태를 확보하지 못하고 추상적인 상태를 보여주던 문학론이 「문학이란 하오」에 이르면 상당한 체계를 갖추게 되고, 또한 구체성을 획득한다'[87)]는 평가는 이러한 맥락에서 가능했을 것이다.

시기적으로는 이 때가 출판관련 법령들과 신문지법, 교육법 등이 새로 만들어지면서 언론 통제와 억압이 심해졌던 때임은 앞 장에서 살펴보았다. 그러한 역사적 배경에서 애국계몽기의 사회적 분위기와 맞물려 있던 다양한 정치적, 민족적 성격의 출판물들이 폐간되거나 압수되었고, 열악해진 그 자리는 구서적과 저급한 통속물들로 채워지게 된다. 이 시점에서 풍속을 걱정하고, 풍속을 해치는 신소설의 천박성을 비판하며, 가치 있는 독서와 교육에 대해 관심을 갖게 되는 것은, 식민지 근대(문학)의 아이러니를 내포하면서도, 당연한 귀결로 보인다.

문학의 독립성과 자율성을 의식한 문학에 대한 개념이 논의되면서 자리를 잡아가는 것은1910년대 중반부터이다. 문예잡지에 주목했던 조연현의 문학사에서 한국근대문학사에서 잡지가 차지하는 위치를 점검[88)]할 수 있듯이, 1914년에 만들어진『청춘』,『학지광』을 비롯하여 그 이후『태서문예신보』,『반도시론』,『新文界』등에서는 1910년대 초반과 다른 본격적인 근대문학에 대한 논의[89)]들을 만날 수 있다. 지금의 문학개론

---

87) 김윤식(1982),『한국 현대문학 비평사』, 서울대학교출판부, p.11.
88) 조연현은 '신문학운동의 중심세력이 되고 그것의 가장 기본적 지반이 되었던 것은『소년』誌와『청춘』誌와 그리고『태서문예신보』誌로 이 세 잡지의 내용을 검토해 보는 것은 그것이 그대로 신문학운동의 구체적 내용이 무엇인가를 밝혀보는 것이 된다'고 말하고 있다.
     조연현(1964),『한국현대문학사개관』, 정음사, 1964(중판1987), p.65.
89) 김기진(1917), <무정 122회를 讀하다가>,「매일신보」, 1917. 6. 17.
     김 억(1915),「예술적 생활」,『학지광』6호, 1915. 7. 23.
     백대진(1916),「문학에 대한 신연구」,『신문계』4권3호, 1916. 3.
     백대진(1918),「최근의 태서문단」,『태서문예신보』, 1918. 11. 30.
     백대진(1917. 5),「최남선 군을 논하고 동시에 조선의 저술계를 一瞥함」,『반도시

서에서도 종종 발견할 수 있는 '문학이 무엇인가에 대한 대답은 시대와
학자와 해석에 따라 다양하여 간단하게 정의할 수 없다'는 말로 시작되
는 최두선의 「문학의 意義에 관하야」[90]는 1914년에 쓰인 글로, 무엇보
다 2년 후 이광수의 「문학이란 하오」에서 다시 만날 수 있는 '情의 문
학'에 대한 언급이 눈에 뜨인다.

최두선은 우선 과거 文 혹은 저작물 일반과 문학을 구분한 후, 문학
이 詩歌나 소설의 체재를 갖추어야만 하는 것도 아니고, 내용상 공상 혹
은 이상을 묘사한 것만이 문학이라 규정될 수 있는 것도 아니라고 말한
다. 즉 문학은 형식이나 내용으로 규정되는 것이 아니고 문학이 문학되
는 이유는 생명력을 지녔기 때문인데, 그 생명은 인간의 심적 상태가 만
족함(쾌감)을 얻는 것이라고 설명한다. 이 만족은 인간이 지닌 知, 情, 意
에서 情意와 관계되는 부분인데, 글을 읽고 情意의 경험에 感觸되고 자
극이 생기는 것을 두고 바로 생명이 있다고 말한다. 다시 말해 '문학은
글 가운데에서 情意가 그 주요부분'이 되는 것으로 정리되는 것이다.

情意를 구분하지 않고 있는 것, 그리고 정과 생명의 관계를 설명하는
부분이 인상적인 차원에서 서술되고 있는 미숙함은 있지만, 문학이 과

론』 1권 2호.
안확(1915), 「조선의 문학」,『학지광』 6호, 1915. 7. 23
양건식(1916), <춘원의 소설을 환영하노라>, 「매일신보」, 1916. 12. 28~12. 29.
이광수(1918), 「懸賞小說考選餘言」,『청춘』 12호, 1918. 3.
一中學生(1915), <「뎡부원」을 보고>, 「매일신보」, 1915. 4. 23~5. 21.
이광수(1917), 「천재야! 천재야!」,『학지광』 12호, 1917. 4. 19.
백일생(1917), 「문단의 혁명아야」,『학지광』 14호, 1917. 11. 20.
서상일(1918), 「「문단의 혁명아야」를 讀하고」,『학지광』 15호, 1918. 3. 25.
작자미상(1918), 「예술가와 자각」,『태서문예신보』, 1918. 10. 26.
주요한(1918), <「무정」을 닑고>, 「매일신보」, 1918. 8. 7~8. 18.
최두선(1914), 「문학의 意義에 관하야」,『학지광』 3호, 1914. 12. 3.
최승구(1915), 「너를 혁명하라!」,『학지광』 5호, 1915. 5. 2.
최승구(1914), 「정감적 생활의 요구」,『학지광』 3호, 1914. 12. 3.
한씩생원(1917), 「새문학과 옛문학의 비교」,『반도시론』 1권 6호, 1917. 9.
90) 최두선(1914), 「문학의 意義에 관하야」,『학지광』 3호, 1914. 12. 3.

거 文과 서적일반의 개념과는 확실히 구분되어야함을 인식하고 있음을 보여주는 글이다. 또한 새로운 문학에 대한 意義에 접근해 가는 방식도 규정, 제시의 서술방식이 아닌, 일반적으로 쉽게 생각할 수 있는 것을 부정하고, 보완하고, 확장 혹은 축소하면서 문학의 경계를 그리듯이 다루고 있어, 1910년대 초반의 텍스트들에서 느낄 수 있었던, 필자들의 계몽적 어조가 사라졌다는 것도 매우 고무적인 현상이다. 앞서 '정'을 생명과 연관시키는 데서 아직은 이론적으로는 미숙한, 추상적인 설명이 될 수밖에 없다고 했지만, 그것이 개인의 경험을 감촉하고 자극하는 데서 생성되는 것이라는 설명은 이광수의 「今日我韓靑年과情育」에서 말하는 '정'에서 개체의 내면으로 옮겨온 것으로, 「문학이란 하오」에서 만날 수 있는 '情'을 충분히 인식했다고 할 수 있다.

이러한 인식의 변화는 문학을 정의하는 이론적 작업에서만 나타난 것이 아니었다. 자기감정을 감추고, 억누르고, 자제하는 과거의 俗惡과 稗史소설이라는 압박으로부터 벗어나 예술가로서 먼저 해야 할 일은 '感情적 생활을 하도록' 하는 것이며 그것은 자신의 '更生'[91]의 길이 된다. 이러한 자기 更生은 혁명[92]으로까지 나아가게 된다. 즉 그 누구와도 같을 수 없고 혼동될 수 없는 개체로서의 한 존재는 자기를 중심으로 하는 의지에서 萬有物體를 인식하고 생활의 법칙을 발견해야 한다. 개체의 감정과 사상을 지배하는 것은 自我라고 하는 것인데, 그것을 내세우기 위해서는 먼저 구해야 하고, 그 구하는 과정, 즉 자각하고 실감하며 스스로 창조하는 삶, 그것이 삶에 대한 규범과 제도가 없는 시대 속에서 요구되는 개인적 혁명(revolutionize of individuality)이었던 것이다.

이러한 개인의 혁명과 更生의 삶은 예술적인 삶과 동떨어진 것이 아니었다. 개인이 중심이 되어 자신의 삶에서 생명력을 실감할 수 있는 생활은 바로 예술적 생활과 일치[93]하는 것으로 여겨졌기 때문이다. 예술

---

91) 최승구(1914), 「정감적 생활의 요구」, 『학지광』 3호, 1914. 12. 3.
92) 최승구(1915), 「너를 혁명하라!」, 『학지광』 5호, 1915. 5. 2.

의 意味는 생명을 全肯定함에 있으므로 불완전한 현재를 향상시키고, 창
조시키고 발전시켜 완전한 곳으로 이끄는 힘을 지닌 예술적 생활은 眞
生命의 自己滿足生活이 되며 또한 眞生命의 自己滿足生活이 될만한 것도
예술적 생활에 있게 된다.

우리가 주목해야 할 것은 眞生命의 自己滿足이라는 것이 자기감정에
충실할 것을 이야기하는 앞의 글들과 같은 맥락에서 이해될 수 있다는
점이다. 생명을 전적으로 긍정한다는 것 즉 자기 자신에 충실하기 위해
서라도 이시기 자기를 更生하고자 하는 사람은 자기를 자각해야 했으며,
그것은 무엇보다도 그동안 발견되지 못했던 자기감정을 들여다보는 일
에 집중될 수밖에 없었을 것이다. 자기감정에 충실한, 독립된 개체로서
의 인간을 깨닫기 시작하면서 그러한 변화들에 대한 바람은 이광수의
「천재야! 천재야!」나 백일생의 「문단의 혁명아야」⁹⁴⁾처럼 더 강렬한 메
시지를 전하게 된다.

두 글은 모두 새로운 것이 건설되어야 할 1910년대 중반이라는 공간
에서 모범(지표)이 될만한 전문가(인재)를 희구하는 간절함을 드러내고 있
다. 그 전문가를 이광수는 '천재'로, 백일생은 '혁명아'⁹⁵⁾ '문단의 勇士'
로 부르고 있는데, 새로운 시대를 이끌어갈 이들에게 당대적 압박이나
도덕, 풍속적 조건을 두려워하지 말 것을 언표화한 것으로 해석할 수 있
다. 이러한 당대적 요청은 비단 문단에서만의 일은 아니었다. 이광수가
기다리는 천재가 문학계는 물론 사회 전반에 대한 희구였듯이, 당시 『반
도시론』에는 한 기자가, 금일의 반도는 대사상가, 대문학가를 산출하여

---

93) 김억(1915), 「예술적 생활」, 『학지광』 6호, 1915. 7. 23.
94) 이광수(1917), 「천재야! 천재야!」, 『학지광』 12호, 1917. 4. 19.
　　백일생(1917), 「문단의 혁명아야」, 『학지광』 14호, 1917. 11. 20.
　　서상일(1918), 「「문단의 혁명아야」를 讀하고」(『학지광』 15호, 1918. 3. 25)는 위
　　의 백일생의 글을 비판한 것으로 기본 입장은 같은데, 백일생의 예시와 부분 부
　　분 맥락상의 오류들, 관점의 차이들을 비판하고 있다.
95) 백일생은 이 글에서 당대적 혁명아로 춘원, 육당, 소성(현상윤)을 거론한다.

야 한다는 취지에서, 시대를 관찰하고 제군의 이상을 취하여 쓴 글이라
는 부제를 달고 다음과 같은 글을 싣고 있어 눈길을 끈다.

> 금일의 반도의 언론은 瞑想의 시인을 기대하지 아니하며 사상은 공상
> 의 종교가를 요구하지 아니하니, 우리의 금일이 우리의 生을 前提하는 현
> 재로다.96)

옛 것이 파괴되고 새로운 것이 만들어져 가던 시기, 새로운 전범과
기준에의 간절한 요구가 혁명처럼 여겨지던 이 당대적 비장함이 바로
1910년대 중반의 정신적 풍경이었다.

문학과 삶에서 혁명의 표어처럼 드러나던 情과 生命은 안확의 「조선
의 문학」, 양건식의 <춘원의 소설을 환영하노라>, 백대진의 「문학에
대한 신연구」에서 이론적으로 더 다듬어지게 된다. 앞서 살핀 최두선
의 「문학의 意義에 관하야」 보다 체계적인 틀을 갖추고 문학에 대한 인
식의 변화를 보여주고 있는 글이, 이광수의 「문학이란 하오」에 앞서 발
표된, 안확의 「조선의 문학」이다. 이 글은 「문학이란 하오」에서도 다루
고 있는 문학의 개념, 기원, 발달, 문학가의 책임을 항목화 하고 있어 그
와 비교할 수 있는 재미도 준다. 안확은 문학의 개념을 '美感想을 문자
로 표현하는 것'이라고 정의하면서 다음과 같은 설명을 덧붙이고 있다.

> 문학, 미술의 독립은 교훈적 의식을 去하고 자유의 사상을 예술상에
> 顯하되, 습관적 시대 급(及) 법규와 如한 것은 必脫하여 우주의 大法과
> 인심의 최후 요구 등을 취하여야 완전한 문학, 미술이라 하느니, 고로
> 문학은 도덕과 종교와 승묵(繩墨)과 질서에 묵종(默從)치 아니함이 기원
> 이니라97)

---

96) 기자의 一言(1917), 「현대의 조선청년으로 여하한 학술 기예를 연구하여야 할가?」,
　　『반도시론』 3, 1917. 6.
97) 안확(1915), 「조선의 문학」, 『학지광』 6호, 1915. 7. 23(인용은 『한국의 문학비평』,
　　민음사, 1995, p.62).

　　교훈적 의도, 도덕, 종교나 시대의 관습에서 벗어난 문학의 독립을 본
격적으로 이야기하면서 그것이 우주의 대법과 인심의 최후 요구를 취해
야 함을 강조하고 있다. 인용 부분에서 문학의 독립성, 자율성, 보편성
에 관한 실마리들을 찾을 수 있으며, 이러한 문학적 활동이 인민의 內情
을 지배하는 것이라는 말에서 문학이 추구해야 할 보편성이 인간의 '情'
과 무관하게 얘기될 수 없는 것임도 확인할 수 있다. 이 모든 것들이 잘
조화되었을 때 그것을 美적이라고 말할 수 있을 것이라 짐작할 수는 있
지만, 이 글에서 美가 어떻게 등장하게 된 것인지는 추론하기 어렵다.
美에 대해서 이광수는 「문학이란 하오」에서 비교적 쉽게 설명을 해주고
있다. 즉 정신의 세 가지 영역 知, 情, 意의 작용이 추구하는 것이 각각
眞, 美, 善(또는 義)에 해당하므로, 美는 정이 추구하는 것, 즉 사람에게
쾌감을 일으키는 것으로 설명된다. 그래서 문학의 用은 바로 이 정의 만
족으로 이야기되는 것이다.

　　양건식 또한 <춘원의 소설을 환영하노라>[98]에서 위와 같은 맥락의
지, 정, 의를 이야기하면서, 동시에 구시대의 소설이 권선징악이라는 목
적을 위한 이야기책에 불과했다면, 새로운 소설은 인생의 모든 현상과
인정의 機微 그리고 세태의 변환을 구할 수 있게 해야 하고, 그것은 읽
는 이에게 美的快感을 불러일으킬 수 있어야 한다고 설명한다. 소설의
생명은 바로 여기에서 이야기될 수 있는 것이었다. 이 시기 '情'과 함께
문학을 논하는 키워드로 자리했던 '生命'에 관해서는 백대진의 「문학에
대한 신연구」[99]를 주목할 수 있다. 그에 앞서 이 논의에서는 그전에는
볼 수 없었던 새로운 견해를 접할 수 있는데, 문학가를 하나의 직업으로
인정[100]하고 있는 부분이다.

---

98) 양건식(1916), <춘원의 소설을 환영하노라>, 「매일신보」, 1916. 12. 28~12. 29.
99) 백대진(1916), 「문학에 대한 신연구」, 『신문계』 4권 3호, 1916. 3.
100) 백대진은 직업으로서의 문학생애를 '남자가 가히 취할 사업이며 또한 이상이
　　　되리로다'라고 말하고 있다(백대진, 위의 글).

이는 여가시간에 즐기는 것으로서의 과거의 문학관을 비판하던 시각에서도 한 걸음 더 나아간 것으로, 근대문학 일반을 이야기할 때 등장하는 전문화된 영역으로서의 문학에 대한 인식을 알 수 있게 해 준다. 합리화와 주지주의화, 특히 세계의 탈주술화를 특징으로 하는 근대에서, 학문은 전문적으로 행해지는 직업이지 구원과 계시를 주는, 예언자로부터 받는 선물이 아니며 세계의 의미에 대한 현인과 철학자의 반성의 일부분이 아니[101]라고 말해지듯이, 문학과 학문이 통합되었던 그 전 시대에서 각 영역이 독립하여 전문화 단계에 들어선 근대는 학문이 직업으로 이야기될 수 있는 것처럼 문학도 직업으로 이야기되는 시대를 맞은 것이다.

문학이 직업으로 이야기된다는 것, 전문화 단계에 접어들었다는 것은 그 내적인 소명이 일에 완전히 헌신할 정열에 있게 된다. 합리화를 특징으로 하는 근대의 운명은 궁극적이고 가장 숭고한 가치들이 공공(公共)의 무대에서 물러나 초월적인 곳으로 향하게 되거나, 아니면 개인들 서로 간의 직접적인 관계 속으로 들어가게 된다. 따라서 근대라는 시대에서 최고 예술은 개인의 마음속에 있는 것이지 결코 기념비와 같은 것이 아니라는 점은 우연이 아니[102]다. 여기서 우리는 근대문학에서 강조되고 있는 '生命'의 개념을 유추해 볼 수 있다. 그 개인의 마음속에 있는 것, 즉 내면으로 물러섰던 궁극적이고 숭고한 가치들이 문장을 통해 살아나는 것, 그것에의 공감을 통해 개인들 서로 간의 직접적인 관계를 경험할 수 있도록 하는 것, 그것을 두고 우리는 생명을 이야기할 수 있을 것이다.

백대진의 논의 맥락 역시 이와 크게 다르지 않다. 그는 '문장에 活한 정의적 생명이 있는 것이 문학이고, 생명이 있다는 것은 동감의 정의적 느낌을 불러일으켜, 하나의 인상을 주어 감정을 起케 하는 것'이라고 말한다. 백대진의 이러한 설명도 당대의 다른 글들과 마찬가지로 知, 情,

---

101) Weber, M., 이상률 역(1994), 『직업으로서의 학문』, 문예출판사, 1994, p.51.
102) Weber, M., 위의 책, p.56.

意 3요소와의 연관 속에서 설명된다. 즉 '지적 만족을 얻게 하는 문장이 생명 있는 것이 아니며, 문장의 情意가 독자의 심중을 자극하여 興할 수 있는 것'이 문학이 된다. 따라서 백대진에게서는 '다만 나의 공상만 기록하여 생겨난 것, 개인 생활에 대한 일반사실, 言論을 주장하여 기록하는 것, 역사적 사실기록'은 문학이 될 수 없었다. 이렇게 문학이 될 수 없는 것들로 이야기되는 대상이 과거 문학의 범주에 포함되었던 것들이어서 자연스럽게 옛문학과 다른 새문학(근대문학)의 특성들을 비교할 수 있게 해준다. 이러한 안목에서 '최근 수년의 문학은 구문학과 전혀 다르다'는 말로 「새문학과 옛문학의 비교」[103]가 가능했을 것이다.

이광수의 「문학이란 하오」가 근대문학 논의에서 대표성을 띠는 것은 이러한 모든 기존 논의들을 집대성할 수 있는 그 힘에 있을 것이다. 앞선 논의들에서 만날 수 있었던 新舊 문학 개념의 차이, 知, 情, 意에 대한 인식에 바탕한 문학의 정의, 예술이 삶과 동떨어진 허무맹랑한 것이 아니라는 논의와 연관시킬 수 있는 문학재료의 일상성, 학문과 도덕과 구분되어야 한다는 문학의 독립성, 그 지향은 미(정의 만족)의 추구에 있어야 한다는 자율성, 문학자(작자, 비평가)에게 요구되는 전문성, 조선문학은 과거는 없고 장래만 있을 뿐이라는 근대문학으로서의 선언적 특성까지 「문학이란 하오」에서 총정리가 되고 있는 셈이다. 이후 문학에 대한 논의[104]가 보다 전문화되고 세련되어지는 것은 당연하다.

---

103) 이 글에서 구문학과 새문학(현대문학)은 다음과 같이 구분된다. 구문학이 夢적, 이상적, 전기적, 기교적, 農據적이라면 현대문학은 醒的, 현실적, 평범적, 자연적, 習俗打破的으로 설명된다.
한쇠생원(1917), 「새문학과 옛문학의 비교」, 『반도시론』 1권6호, 1917. 9.

104) 김환 「미술론(1)」 『창조』 4, 1920 / 극웅 「문예에 대한 잡감」 『창조』 4 / 김동인 「글동산의 거둠」 『창조』 5 / 노자영 「문예에서 무어슬 구하는가」 『창조』 6 / 김동인 「자기의 창조한 세계」 『창조』 7 / 김찬영 「현대예술의 對岸」 『창조』 8 / 정영태 「창조8호를 닑음」 『창조』 9 / 김찬영, 「꽃피려 할 때」 『창조』 9 / 공민 「양화와 시가」 『폐허』 1 / 염상섭 「樗樹下에서」 『폐허』 2 / 오상순 「종교와 예술」 『폐허』 2 등 『창조』, 『폐허』, 『백조』에 실린 글들.

이렇게 문학에 대한 개념들이 변화해가는 과정에서 직접 새로운 소설을 만나면서 느끼게 되는 충격은 어떠했을지 궁금하지 않을 수 없는데, 「무정」이 연재되었던 「매일신보」에서 그에 대한 일면을 엿볼 수 있는 단평들을 만날 수 있다. 一中學生으로 글쓴이가 표시된 <「뎡부원」을 보고>105)는 감상의 대상이 된 작품을 두고 단정한 자태나 참을성 등으로 '여성의 모범'을 이야기하고, 여주인공의 '언행이 우리동포의 가정에 유익한 교훈을 주었다'는 식으로 의미화하고 있어 소설을 접하는 일반 독자의 수준은 당대 문학에 대한 지식인들의 기대와는 거리가 있었다는 것을 알 수 있다.

그런데 이 글에서 흥미로운 것은, 글쓴이가 이 소설에서 새롭다고 평가하는 부분이다. 그 새로움은 '「뎡부원」의 쥬인공 되는 뎡혜는 이전의 온갖 쇼설중의 잇던 쥬인공과 달라 그 위인이 소셜가온데에 사라잇슴'으로 이야기되고 있다. 즉 문학에서 '정'의 요소를 강조하면서 개인에 대한 자각을 일깨우는 당대의 분위기는, 일반독자로 하여금 개성 있는 개인으로서의 인물을 발견하게 하고, 그것에 이전의 모든 소설과 다르다는 의미를 부여할 수 있는 환경을 만들어 주고 있었던 것이다.

대다수 일반인들을 독자로 삼고 있는 매일신보가 <춘원의 소설을 환영하노라>106)와 같은 글을 실을 수 있었던 것도, 바로 위와 같은 당대의 환경에서, 소설의 본령이 인생의 미를 추구하는 것에 있다고 여기게 되는 것이 자리를 잡아갔기 때문이다. 양건식의 이 글은 춘원이 無情을 연재하게 된다는 매일신보의 광고를 보고, 그리고 그 광고의 효과를 배가시키기 위해 쓰인 것으로 보인다. 이 글은 새로운 소설이 지녀야 할 미덕을 구소설과의 차이점과 비판이라는 방법을 통해 부각시킨 후, 춘원의 새로운 소설 무정에 대한 기대감을 보여주고 있다. 양건식이 이 글에서 밝히고 있듯이, 이미 유학생 잡지에서 춘원의 단편소설을 보고 그

---

105) 一中學生(1915), <「뎡부원」을 보고>, 「매일신보」, 1915. 4. 23 / 5. 21
106) 양건식(1916), <춘원의 소설을 환영하노라>, 「매일신보」, 1916. 12. 28~12. 29.

비범함을 눈여겨 보았기 때문에, 우리문단을 春園과 같이 만들어 갈 수 있을 것이라는 기대감을 표현할 수 있었던 것이다.

아직 쓰이지 않은 無情에 대한 기대감과 관심은 김기진의 <무정 122회를 讀하다가>107)에서 구체화된다. 그는 연재되는 <無情>의 등장인물을 분석하면서, 사람의 부귀빈천을 운명으로 돌리는 과거의 조선적 인생관을 극복할 수 있는, 약한자에서 강한자가 될 수 있는 길을 무정이 보여주었다고 평가한다. 모든 것을 운명적으로 받아들이지 말고 그 운명을 개척할 수 있는 강한 사람, 바로 '참사람' 될 것을 강조하는 맥락인데, 이는 1920년대 초기 문예지들―『창조』, 『폐허』, 『백조』 등―에서 표어처럼 등장하는 문구이기도 하다. 이렇게 소설을 의미화하는 작업이 소설 등장인물 분석을 통해서 이루어지고, 또 그것이 일반대중을 상대로 하는 신문에 揭載되었다는 것은 당시의 문단이 어떠하였을지를 짐작할 수 있게 해 주는 중요한 지표가 된다.

무정의 연재가 끝난 후 매일신보에는 무정에 대한 글이 연속물108)로 실리게 된다. 자신을 오랫동안 유학생활을 하고 돌아온 사람으로 소개하는 주요한은, 자신이 읽은 무정은 우리 문단의 상당한 수확이라고 고평하고 있다. 역시 인물분석이 주가 되는데, 앞의 글들보다 진일보한 것은 그 인물들의 성격 재현이 무정에 등장하는 다른 인물은 물론 러시아의 소설인물들과도 비교되면서, 주인공 형식의 개성이 살지 못했음을 비판하는 내용도 담고 있다는 점이다. 이 글의 인물에 대한 평가를 통해 당대성이 드러나게 되는데, 주요한은 '이 소설에서 가장 우리의 흥미를 이끄는 인물은, 각각 자기시대를 표상한 세 처녀'라고 하면서 영채를 가장 낡은 사상에 속박된 인물로, 선형은 스스로를 개척하지는 못하지만 외부의 자극으로 차차 인생의 洗禮를 받아가는 과도기적 인물로, 그리고 병욱을 새로운 조선여자의 표본으로 창조하여 이들을 보는 재미가 이

---

107) 김기진(1917), <무정 122회를 讀하다가>, 「매일신보」, 1917. 6. 17.
108) 주요한(1918), <「무정」을 닑고>, 「매일신보」, 1918. 8. 7~8. 18.

소설의 힘이라고 말한다.

그래서 무정에서는 인간의 '자각', 새시대 인물의 '이상적 전형', '참사랑' 등이 얘기될 수 있다. 주요한은 무정이 '여러 가지 방면으로 나를 깃브게하고 共鳴하게 했다'는 말로 이 글을 마무리하면서, 조선 청년들이 꼭 한 번 봐야 하는 의미 있는 창작이 바로 무정임을 다시 한번 강조하고 있다. 당대 문학잡지들이 러시아문학, 유럽문학을 번역, 소개하면서 만들어 가던 새로운 문단의 풍토, 유학생들의 역할과 당대 청년들의 정신적 풍경을 엿볼 수 있게 하는 지점이다. 신문에 이러한 글들이 기획적으로 실렸다는 것은, 소설에 대한 새로운 기대지평뿐만 아니라 한 개인으로 호명(이광수)되는 전문작가에 대한 인식, 문학(소설)이 신문이라는 제도를 통해 생산, 유통, 광고되는 형식까지 유추해 볼 수 있게 한다는 점에서 의미가 크다.

개별 작가에 대한 관심은 신문이 아닌 곳에서도 드러난다. 백대진은 『반도시론』에 최남선에 대한 글109)을 싣고 있는데, 문학사에서 한 부분을 차지하기도 하는 이광수와 함께 한 시대를 이끌었다는 평가(2인 문단시대)는 당대적 의미이기도 했던 것 같다. 백대진은 최남선에 대해 우리 소년, 청년의 時代眼을 열어주고자 한 사람으로, 그의 정력, 굿센 의지, 노력, 篤學에 있어서는 우리사회의 표본이며, 그런 이유에서 작가의 개성을 드러내는 文의 특성을 고려할 때 최남선의 文은 '意志화한 정신적 文'이라고 평가하게 된다. 이러한 평가를 했던 백대진 역시 '자각 있는 예술가'로 평가되고 있기도 하다. 이미 이 시기에 전문적인 한 직업인으로 수용되었던 문학가(예술가)는 사회적으로 존경받는 인물이 됨과 동시에 다음과 같은 의무(책임)감을 지닐 것이 사회적으로 요구되었다.

---

109) 백대진(1917. 5), 「최남선 군을 논하고 동시에 조선의 저술계를 一瞥함」, 『반도시론』 1권 2호. 백대진(백일생)은 춘원, 육당, 소성(현상윤)을 당대 문단의 혁명아로 평가하고 있다.

　　예술가라 하는 天職을 가즌 사람은 강권하고, 청에 청을 겹듸리고, 웃
더고웃저지아니하여도, 자기의 감동을 이기지못하야 스스로 나아와서 이
에 동정을 표하고, 이를 찬묘할줄노밋은 까닭이다. 아모리 세상사회에서
됴화하난 청을 하고, (비루하게) 웃저고 웃지한다할지라도, 자기의 감동
이 허락지아니하면, 붓을 들지아니하며, 하지말나고 매달리고, 말리고, 방
해할지라도, 단언 나의 감정이 강하얏, 쓰고야마난 것이 예술가의 품격이
다. 이것을 증거한 사람이 백대진군이다⋯⋯군은 반도시론이란 잡지에
7, 8년의 굿세인 붓을 잡은 문예의 명사로 예술을 확실히 자기의 천직으
로 깨닫고 이를 위하얀 무엇이든지 희생으로 할 자각이며⋯⋯110)

　　『태서문예신보』에서 곧 활동하게 될 백대진111)에 대한 소개이면서,
동시에 당대 문인들에 대한 요구이자 다짐, 잡지의 방향을 알 수 있게
하는 글이다. 앞서 잠깐 볼 수 있었던 것처럼, 이미 형성되었던 공공영
역의 언론은 1910년대 중반이라는 시기에 접어들어 세분화되고 전문화
되는 경향을 보이면서, 신문에서 볼 수 있는 문예(문학) 관련 글들은 일
반론을 넘어 상당한 전문성을 띠게 되고, 필자들 역시 문학사에서 만날
수 있는 인물들이 눈에 많이 띄게 된다. 이광수가 유학생 잡지에 글을
싣다가 「매일신보」에 무정을 싣게 되고, 그에 대한 정보를 전해주던 양
건식 역시 그 신문과 잡지를 읽고 있었다는 사실을 알 수 있었는데, 이
는 당대 문단에서 자리를 잡아가던 지식인층뿐만 아니라 그 신문과 잡
지를 읽는 청년들의 관심과 수준을 짐작할 수 있게 해주는 부분이다.

　　당대를 '인류사회가 청년으로 중심을 만드는 시기'라고 하면서 '신문
을 읽고 잡지를 보며 용감하고 기개 있고 유망한 자가 청년'112)이라고
말해지는 것에서도 당대 신문과 잡지의 위치를 알 수 있거니와, 앞선 시

---

110) 작자미상(1918), 「예술가와 자각」, 『태서문예신보』 4호, 1918. 10. 26.
111) 『태서문예신보』 9호(1918. 11. 30)에서 백대진의 「최근의 태서문단」이라는 글
　　을 볼 수 있다. 이 글에서 백대진은 유럽의 상징주의를 비롯한 당시 경향을 소
　　개하고 있다.
112) 「금일은 청년의 시대」, 『新文界』 4권 1호, 1916. 1.

대의 매체들이 문화계몽지적 성격이 강했던 것과 비교해 볼 때 근대적 문단형성과 문학 이론의 틀을 세우고 실제 작품을 발표하는 데 있어서도 1910년대 중반 이후 만들어진 잡지[113]의 당대적 역할은 지대한 것이었다. 1914년 일본 유학생들에 의해 만들어진 『학지광』을 비롯하여 『청춘』[114] 『태서문예신보』 등이 우리 근대문학의 수준을 끌어올리고 지평을 확장[115]하는 데 공헌한 바는 異論의 여지가 없을 것이다. 특히 이들

---

113) 1910년대 중반 이후의 잡지 중에는 아직 본격적으로 연구되지 않은 『新文界』 (1913. 4 창간~1917. 3까지 총 48권 발행) 『반도시론』(『新文界』 종간 후 轉身하여 1919. 4까지 25권 발행) 같은 잡지도 있다. 이 책에서도 참고 자료를 이용하는 정도로만 언급했는데, 1910년대의 잡지로서는 생명력이 길었던 이 잡지에는 崔永年, 崔贊植, 白大眞 등의 시, 소설이 적지 않게 실려 있다고 한다. 日鮮同化의 기관 역할을 수행한 친일잡지로 여겨졌기 때문에 연구가 활발하지 못했을 것이라는 지적이 있다.
권보드래(2002), 「1910년대 '新文'의 구상과 「경성유람기」」, 『서울학연구』 18, 서울시립대서울학연구소, 2002. 3, pp.113~114.
『新文界』와 『반도시론』의 간단한 개요와 목차는 한기형의 『한국근대소설사의 시각』(소명, 1999, pp.252~286, pp.333~363)에 소개되어 있음(권보드래, 위의 글, p.114 재인용)
114) 매일신보(1917. 6. 17)에는 '육당최남선주간 청춘'이라는 광고가 신문 제목보다 더 큰 글자로 실리고 있는 것도 볼 수 있다.
115) 한 예로 『태서문예신보』의 독자투고란인 「독자의 소리」를 보면, 태서문예신보의 한글 쓰기와 읽기가 조선의 예술을 근본적으로 수립하는 길이라는 일깨움, 조선의 해이해진 사상과 방황하는 사상을 인도하는 본보기를 태서문예신보가 보여줄 것이라는 글, 전호에 실린 글이 번역인지, 창작인지를 묻는 호기심의 수준, 소설을 읽으면서 그것이 '나를 위한 글' 같아 거기서 예술의 힘을 느낀다는 독자 등을 만날 수 있다. 「독자의 소리」('투서환영'이라고 되어 있음), 『태서문예신보』 5호, 1918. 11. 2.
또한 태서문예신보 편집실에서는 독자에게 「바랍니다」라는 글을 통해, 부디 여기저기서 구해 글을 많이 읽고 그에 대한 비평, 느낌, 주장 등을 보내줄 것을 부탁하면서, 그것이 바로 조선에 문예를 보급시키고, 창립하고, 예술을 발전시키는 일이라고 말하고 있다. 「바랍니다」('편즙실에서'라는 꼬리말을 달고 있음), 『태서문예신보』 14호, 1919. 1. 13.
시기적으로 이미 1920년대를 향해 가던 때이기도 했지만, 이런 글들이 대화 형식으로 오고 갈 수 있었다는 것에서 독자의 수준은 우리가 추상적으로 알고 있는 빈약하고 가난한 1910년대의 문단의 모습을 이미 넘어서고 있었음을 알 수 있다.

잡지를 넘나들며 문필활동을 하던 대다수의 사람들이 유학생이었다는 사실116)은 당대 '情의 문학'으로서의 근대문학의 이론적 기반이 외국의 근대문학 영향 하에 있었음을 짐작할 수 있게 한다.

일본 유학생 중심의 문학활동을 주도117)하면서 근대문학 지평확산에 박차를 가했던 논자들이 당대 백대진에게서 '문단의 혁명아'로 평가받기도 한 이광수, 최남선, 현상윤이다. 이미 임화의 『신문학사』에서부터 근대와 유학생의 관계118)가 논의되었는데, 문학에 있어 그 실질적인 역할들을 이러한 잡지들을 통해 확인할 수 있다. 『청춘』과 『태서문예신보』의 문학사적 공적은 앞서 이야기했듯이 이미 조연현의 문학사에서도 언급119)되었거니와 일본유학생들의 機關紙인 『학지광』120)은 그 규모에 비

---

116) 김복순은 『1910년대 한국문학과 근대성』(소명, 1999)에서 1910년대 문단을 형성했던 이들을 유학생이라는 용어로 지칭하는 것을 두고 당대를 일면적으로 파악하는 것이라 비판하면서 신지식층이라는 용어를 사용한다. 그러나 실제로 1910년대 중반 이후 문단을 주도했던 문학에 대한 논의들은 유학생에 의해 가능했으며, 김복순도 신지식층이 유학생 중심이었음은 인정하고 있다.

117) 조동일(1989), 『한국문학통사』 4, 지식산업사, 1989, p.441.

118) 『학지광』에 실린 「일본유학생사」는 일본 유학의 유래부터 갑오년을 거쳐 당대까지의 유학현황을 보여주고 있다. 그 전까지 일본 유학생에 대한 시각이 매우 좋지 않았음을 성적이나 졸업생수, 학비조달방법 등으로 설명해 주면서, 금일의 사정은 유학생들의 면학태도나 사상 면에서 달라져야함을 강조하고 있다. 같은 맥락으로 안확도 「今日留學生은 何如」에서 前代유학생들이 가치 없게 여겨지던 세태를 극복하기 위해서는 새로운 시대에 맞게 열심히 전진하여 미래의 유학생들에게 좋은 본보기가 되라고 당부하고 있다. 현상윤의 「동경유학생 생활」 中 '작년 겨울에 이곳을 오게 되어 이상하고 놀라운 것들을 그려보고 싶었는데, 오늘날 조선 안에는 이만한 생활은 몸소 해본 이가 멧百멧千이라 별로 신기하게 들리지도 안흐리라하여' 미루다가 이제야 글을 쓴다는 구절에서 당대 유학생의 숫자가 상당히 많았음을 짐작할 수 있는데, 바로 그러하였기 때문에 유학생의 처신(생활태도)을 걱정하는 위와 같은 글들이 쓰였을 것이다.
현상윤(1914), 「동경유학생 생활」, 『청춘』 2호, 1914. 11.
안확(1915), 「今日留學生은 何如」, 『학지광』 4호, 1915. 2. 27.
「日本留學生史」, 『학지광』 6호, 1915. 7. 23.

119) 조연현(1964), 『한국현대문학사개관』, 정음사, p.65.

120) 『학지광』은 연2회, 또는 3, 4회 발행되던 잡지로, 1914년 4월2일에 창간되어 1930년 4월 5일에 통권 29호로 종간된, 재일 조선유학생학우회의 기관지였다

해 우리 문단에 끼친 영향력을 과소평가할 수 없다. 이는『학지광』이 창
간되었던 시점과도 무관할 수 없는 일이다. 즉 문학에 대한 새로운 사상
이 정립되어 가던 1910년대 중반,『학지광』을 통해 발표되었던 문학론,
예술론들(본 장에서 살펴본 논의들)은 새로운 문학의 안내자[121]가 되어줄
수 있었던 것이다.

흥미로운 것은 유학생들이 접하고, 전해주는 직접(學)적인 문학론, 예
술론뿐만 아니라, 그들의 동경 생활 자체가 새로운 문학 형성에 중요한
역할을 했을 것이라는 점이다. 그들의 동경생활은 공동체에서 떨어진
한 개인의 낯설고 새로운 문명, 도회 체험이었을 것이고, 그러한 체험은
자신과 고국을 뒤돌아보게 하는 계기로 작용하여 내면적 글쓰기를 가능
하게 하는 내면 발견의 순간들을 누구보다도 분명하게 경험하게 했을
것이기 때문이다.

이러한 이유에서 현상윤이 들려주는 「동경 유학생 생활」[122]은 당시
유학생들의 모습과 일본의 풍경을 스케치할 수 있는 자료로서만이 아니
라, 매끄럽게 잘 읽히는 문장, 새로운 것에 대한 놀라움과 호기심에서
발현되는 문장의 생동감(생명), 새로운 생활방식에서 터득하게 되는 새로
운 사유방식, 그리고 그러한 발랄함 아래에서 감지되는 내면으로 향하
는 시선 등으로 문학작품이 아니면서도 문학적 모티프들[123]을 떠올리게

(『학지광』 서문 中).

121)『학지광』의 문학론을 연구한 구인모는 '한국 근대문학의 탄생과 전개의 과정
   을 근대성의 실현이라는 관점에서 바라볼 때, 1910년대 신흥 지식인들의 문학
   론이 근대적인 문학론의 중요한 시발임을 인정한다면, 그 시발점에는『학지광』
   유학생들이 서 있었다'고 말한다.
   구인모(2000), 「『학지광』 문학론의 미학주의」, 『한국근대문학 연구』 1, p.119.

122) 현상윤(1914), 「동경 유학생 생활」, 『청춘』 2호, 1914. 11.

123) 현상윤은 유학 생활을 '거처와 식사, 학교와 수업, 산보와 소요, 복습과 독서,
   반가운 일요일, 목욕하는 니약이, 방문과 친목, 잇는 취미와 부러운 일, 듯고 보
   는 여러 가지일'로 항목화 하여 보여주고 있는데, 근대 문화(문명) 속에서 느끼
   는 조선청년의 신기함과 부러움이 생동감 있는 문체로 전해지고 있다. 착실하
   고 진지한 실사회의 산 교훈을 하루에 4~5시간씩 배운다는 학교에서는 그 내

하는 의미 있는 글이 되고 있다.

새로운 문학에 대한 개념적 접근에 기반을 만들어 주고, 문장으로서도 時문체가 무엇인지를 알게 해주었던 1910년대 중반 이후의 유학생들의 이러한 활동들이 한국 근대문단 형성의 원동력으로 작용하였다는 것을 새삼 강조할 필요는 없을 것이다. 이들이 주도한 당대의 문학적 인식의 변화들은 실질적으로 현상응모나 신춘문예제도[124]의 선발기준[125]으로 작용하면서 근대문학을 제도화하는 데 기여하고 있으며, 그러한 제

용(예술포함)뿐만 아니라 설법하는 선생님들의 서슬에 가슴에서 느껴지는 생각은 막을 수 없고 누를 수 없다고 했으며, 1930년대를 대상으로 많이 언급되는 '산책자 모티프'는 현상윤의 '산보와 소요'에서도 발견된다. 또한 일요일, 목욕, 경제관념 등에 대한 이야기는 소재적인 측면에서 근대와 무관할 수 없으며, 노동자들까지 포함하는 일반화된 독서 풍토, 여자 교육 풍조 등에 나타내는 부러움은, 고국으로 돌아온 유학생들의 조선청년들에 대한 근대화 요구가 단순히 선각자로서의 계몽적 어조는 아니었음을 알 수 있게 한다.

124) 현상 문예의 시작은 각종 학회지나 잡지, 신문 등의 문예란에서부터 찾을 수 있다. 1910년대 이전에도 대부분의 신문과 잡지에는 '문예란'이 있어 문단의 저변확대와 문학 기층형성에 활력소가 되었었는데, 이 때는 한시를 문예란에서 접대하고 국문시가는 잡보란에 싣는 등 아직 文에 대한 포괄적인 개념에서 벗어나지 못한, 문학에 대한 인식은 미흡한 상태였다. 1908년『소년』에서의 독자 투고 형식은 '진실을 일터말일, 簡要를 주장할일, 短文으로 할일' 등의 기준이 제시되긴 했으나 목적이 문학을 주장하는 데 있지 않았고, 여러 분야의 글쓰기를 통해 문장을 훈련하고 문화계몽을 위한 교양훈련에 그 목적이 있었다. 초기 단계의 현상문예는 본격적인 문학 행위에서보다는 時문체에 대한 이해 등에서 그 의의를 찾을 수 있을 것이다. 본격적으로 현상문예가 자리잡은 것은「매일신보」의 현상문예제로 볼 수 있다. 매일신보는 1910년 12월에 '신시현상모집'을 시작하여 1919년 '매신문단'까지 각종 현상문예제를 실시하였는데, '신년문예모집(1915. 1. 1)'은 현재의 신춘문예의 전신으로 볼 수 있다.『청춘』은 1917년 6월에 처음 현상광고를 냈다.
김영철(1987),「신문학 초기의 현상 및 신춘문예제의 정착과정」,『국어국문학』, 98.
125) 현상소설 심사 기준의 한 예를 보면,
순수한 時문체를 사용할 것 – 어문법 지키고, 본문과 회화를 구분할 것
정성으로 쓸 것 – 여가활동으로 여기지 말 것, 신성한 사업(일)으로 여길 것
예술성을 갖출 것 – 구소설의 傳襲적, 교훈적 요소를 벗어날 것
現實的일 것 – 고대문학의 '理想的' 요소를 탈피할 것
新時代에 맞는 新思想을 보일 것.
이광수(1918),「懸賞小說考選餘言」,『청춘』12, 1918. 3.

도에서 생산된 문학작품은 근대문학으로서의 본보기가 되어 다시 근대문학으로서의 요건을 규정하는 순환고리를 형성하게 된다. 그 요건들이 지금까지 살핀 문학(예술)적 인식에 상응하는 결과들이라는 것은 당연하다.

지금까지 비교적 다양한 관점에서 수행된 1900년대와 1910년대를 대상으로 하는 선행연구들을 살피면서, 1910년대 중반 이후의 문학텍스트들을 본 논문의 연구 대상으로 설정할 수 있는 시대적 변화를 고찰하였다. 선행연구들에서 확인할 수 있었던 것처럼 1910년대로 불리었던 공간은 수많은 담론과 해석의 가능성들이 존재하는 역동적인 공간이다. 이 공간에 대한 최근의 연구 동향이 하나의 공통된 시대상을 발견하여 제시하는 데 목적을 두기보다, 존재하는 담론들에서 어떠한 의미들을 끌어내고 발견할 수 있는가로 바뀌고 있는 것도 이 시기의 속성과 밀접한 관련이 있다고 할 수 있다. 즉 한국문학사에서 20세기 초반은 어떠한 인식의 틀로 복원하고 순서 지으며 배치하느냐에 따라 새로운 해석이 가능한 그런 공간인 셈이다. 따라서 특별한 기준을 제시하지 않은 채 '1910년대'와 같이 10년 단위를 범주화하는 관습에서 벗어나기 위해서는 무엇보다도 연구자의 문제의식을 예각화할 필요가 있다.

본 연구는 바로 그 공간에서, 광의의 文개념에서 벗어나 현재적 의미와 같은 맥락에서 이야기될 수 있는 문학 개념이 자리잡고, 제도화되는 과정을 살펴보았다. 1910년대 중반 이후는 문학의 자율성, 독립성, 전문성에 대한 인식이 최초로 발현되고, 문학작품을 미감상, 정, 감수성, 자율적, 독립적으로 존재하는 대상으로 인정하는 미적 원리가 작용하게 되는 지점이었다. 이러한 인식에 대응하는 문학텍스트들이 제3장에서 다루어진다.

2. 양식의 개념과 문학의 논리

1) 한국문학사에서 양식론

한국문학 연구에서 근대문학이라는 화두는 이미 다양한 해석의 가능성을 열어둠으로써 여러 가지 방식의 접근을 가능하게 하는 시점에 와 있다. 이 연구는 앞서 이러한 흐름을 살펴보았다. 비교적 최근에 접할 수 있었던 권영민의 『서사양식과 담론의 근대성』, 김영민의 『한국근대소설사』는 초창기 근대문학 연구에서 다져진 근대문학 일반에 대한 이론들을 바탕으로 구체적인 문학텍스트를 실감할 수 있는 지점에서 한국근대문학의 발생과 의미를 밝히는, 특수성 규명의 작업이라고 볼 수 있다. 이 작업들이 모두 양식을 거론하는 것은, 인식과 표현의 통일체로서의 양식개념을 전제할 수 있는 구체적인 텍스트 연구를 염두에 두고 있기 때문일 것이다. 이것은 이 연구들보다 앞선 근대문학 연구들에서 늘 지적되었던 것으로, 근대문학에 대한 추상적이고 관념적인 접근을 지양하고자 함을 드러내는 것이기도 하다.

이 절에서는 한국 근대문학의 특수성 규명을 지향하면서 '양식'을 논의하고 있는 연구들을 대상으로 그들이 양식의 개념을 한국문학 연구에서 어떻게 이해하고 적용하고 있는지를 살펴보게 될 것이다. 이 책 제1장에서도 언급하였듯이 한국문학 연구사에서 양식을 표제어로 내세운 연구는 얼마 되지 않는다. 특히 이 책의 의도와 지향에 상응하는 개념을 언급한 연구는 김윤식, 최유찬의 논의 정도이고, 그 외에 양식이라는 어휘는 적절하게, 맥락에 따라 편리하게 사용되고 있는 수준이다. 따라서 한국문학사에서 양식이 어떤 의미로, 어떠한 목적을 위해 사용되었는지를 비판적으로 살피면서 본 연구에서 사용하는 양식의 개념을 드러낼 것이다. 이러한 개념 규정은 양식 연구의 필요성과 한국근대문학 연구에서 이 책이 지닐 수 있는 의의를 설명하는 것과 관련된다.

한국 근대문학 연구에 있어 문제의식을 가지고 양식을 처음 언급한 사람은 임화이다. 그는 '신문학사의 방법론(부제)'으로 더 많이 알려진 「조선문학 연구의 일 과제」[126)에서 대상, 토대, 환경, 전통, 정신과 함께 다음과 같은 설명으로 시작되는 '양식'을 하나의 독립된 항목으로 다루고 있다.

> 문예작품의 진정한 내용은 언제나 형식이라고 불려지는 문학적 형상의 조직으로 은폐되어 있다. 혹은 형상이 됨으로 내용은 비로소 진정히 실재적이라고 말할 수가 있다. 형상의 조직(형식)은 형체없는 내용(사상)을 비로소 형체 있게 만든다. 형체를 갖추면서 비로소 사상은 자기를 완성한다.[127)

형식에 대한 이와 같은 일반론을 개진한 뒤에 임화는 연속하는 시대를 일관하는 연구인 문학사로 나아간다. 연속하는 시대, 단위로서의 시대, 개별 작가, 작품, 개성이 일정한 비중으로 다루어지고 있는데, 이 순서 속에는 비평과 문학사 연구의 관계가 내포되어 있다. 비평이 단위로서의 시대로 확장되는 것이라면, 문학사는 시대 단위들을 연속체로 파악하는 것이다. 이 때 양식은 개별 시대의 특징과 관련된다. 그렇기 때문에 '양식의 설정은 비평의 최후의 과제이면서 문학사의 최초의 과제라 할 수 있다'. 시대정신이 문화사의 다양한 영역들을 관통하는 에스프리로 설정된 만큼 양식은 장르의 제한을 넘어서는 동시대적 공통성으로 취급되고 있는 듯하다. 다음과 같은 말이 이 점을 더욱 분명하게 드러낸다.

시대의 양식이란 것은 단순히 그것이 하나의 특이한 양식에 그치는 것

---

126) 임규찬·한진일 엮음(1993), 『신문학사』, 한길사, pp.371~386.
127) 임화(1940), 「조선문학 연구의 일 과제」, 『신문학사』(한길사, 1993), p.382.

이 아니라, 그 시대인의 고유한 체험과 생활에서 형성된 시대정신이 자기를 표현하는 형식에 지나지 않는 것이다. 그것은 한 작품이나 작가의 경우와 변함이 없다. 이리하여 한 양식의 발견은 곧 여러 가지 양식의 발견으로 진전하는 것으로, 여러 가지 양식의 발견은 또한 양식의 역사란 것을 형성한다.[128]

한 시대의 양식은 그 시대의 정신과 밀접하게 관련을 맺고 있으며, 그것은 또한 개별 작품과 작가에도 해당된다는 것, 그리고 양식의 발견이 양식의 역사로 이어질 수 있다는 논의의 큰 흐름은 타당하다. 그러나 세부적으로 보았을 때, 양식이 지닌 형식적인 요소만을 강조한다는 인상을 지우지 못한다. 양식은 시대정신의 자기표현 방식이면서 동시에 작품이나 작가의 개성 표현 방식이기도 하다. 그 방식이 형식으로만 애기될 수 없는 것은 물론이다. 또한 다음과 같은 말에서 사조와 양식의 개념도 엄밀하게 구분되고 있지 못함을 볼 수 있다.

> 한 작품의 형식이든지 한 작가의 형식상 개성이란 것은 시대의 특색 가운데로 들어가서 그 시대의 고유한 어떤 문예상의 개성이란 것으로 재생되지 아니할 수 없다.
> 문예학에서는 이러한 것은 형식이라고 부르기를 피하여, 예하면 고전주의, 혹은 낭만주의라 하듯이 그것은 문학에 있어서는 시대적 양식이란 개념으로 불려온 것으로, 문학사는 이러한 몇 개의 특색있는 양식을 발견하는 게 언제나 큰 임무다.[129]

이 문맥에 의하면 형식, 양식, 사조는 모두 같은 속성을 지닌 것인데, 개별작품이나 작가에서 논의될 때는 형식이 되고, 개별 형식들이 시대와 만나 범주가 문예학으로 넓어지면 그것은 사조가 되며, 문학에서는 양식으로 부른다는 것이다. 즉 '형식<양식<사조'처럼 다루는 대상의 크

---

128) 임화(1940), 「조선문학 연구의 일 과제」, 앞의 책, pp.383~384.
129) 임화(1940), 「조선문학 연구의 일 과제」, 위의 책, p.383.

기(범위)에 따라 구분되는 명칭이지, 각 용어의 개념 차이가 무엇인지는 정확히 설명되지 않고 있다. 여기서 강조되어야 할 것은 임화의 논의가 현재까지의 양식 논의와 크게 다르지 않다는 것이다. 지금도 양식은 형식과 같은 맥락으로, 어떤 경우에는 사조로, 또 다른 경우에는 성장소설 양식과 같이 장르의 하위개념으로 쓰이기도 한다.

비교적 최근에 들어 근대 초기 문학에 대한 관심이 증폭되면서 당대의 서사체(서사물)를 유형화하는 개념으로 양식이 등장하게 된다. 이로써 양식이라는 용어의 이론적 점검과 실제분석이 비교적 심층적으로 이루어지는 계기를 맞게 된다. 우선 논의 될 수 있는 것이 권영민의『서사양식과 담론의 근대성』130)이다. 그는 '문학의 양식은 인간 존재의 근본적인 가능성에 대한 문예학적 명칭으로 내세워지고 있는 서정적, 서사적, 극적이라는 세 가지 개념으로부터 출발한다'는 슈타이거의 이론에 근거해 자신의 양식론의 입지를 세우고 있다.

이러한 '서정적, 서사적, 극적'이라는 개념은 인간의 내면에서 형성된 대상에 대한 본질적인 태도를 말하는 것으로, 이 태도를 바탕으로 서정적 양식, 서사적 양식, 극적 양식이 드러나는 것이다. 이들 문학양식은 다양한 하위의 역사적 장르로 형상화되고 구체화되어 문학사에 등장한다. 권영민은 양식의 하위 부류로 장르를 설정하면서 국문학사에서 대부분의 연구자들이 구분 명칭으로 사용하는 신소설, 역사소설, 정치소설을 장르로, 그리고 이 장르를 아우르는 상위의 개념으로 개화계몽시대의 '서사양식'이라는 용어를 사용한다.

권영민이 사용하는 양식과 장르의 개념이 슈타이거의 이론131)에 천착한 것이 아니며, 그렇다고 그 나름의 새로운 개념 정의가 시도된 것도 아니라는 것을 알 수 있다. 슈타이거가 서정적, 서사적, 극적이라는 용

---

130) 권영민(1999),『서사양식과 담론의 근대성』, 서울대학교출판부.
131) Emil Staiger, 이유영 · 오현일 역(1978),『시학의 근본개념(Grundbegriffe der Poetik)』, 삼중당.

어를 사용한 것은, 장르를 구분하고 그 각각의 자체를 규명하는 작업이 가능하지 않다는 문제의식에서 비롯된 것이기 때문이다. 또 장르는 이념적으로 고정된 개념을 일컫게 되는데, 그 이념에 합당하는 텍스트도 존재하지 않을 뿐더러, 실제 문학 텍스트는 확정된 고정성(장르규정)을 언제나 넘나들고 있기 때문이다.

그래서 슈타이거는 장르를 규명하고 구분하는 연구는 이념적 작업에서만 충족된다고 하면서, 그 대신 서정적 양식, 서사적 양식, 극적 양식이라는 용어를 사용한 것이다. 이 서정적, 서사적, 극적인 것도 구체적인 정의가 존재한다기보다 '선험적으로 파악되는 이념과의 관계 속에서 추론되는 성향'132)으로 정의하고 있기 때문에 여러 성향 중에 서사적인 요소가 강하다, 혹은 서정적인 것이 우위를 차지한다는 의미에서 서사적 양식, 서정적 양식으로 불릴 수 있는 것이다.

이러한 배경을 지니는 슈타이거의 양식(樣式, stil)이라는 용어를 사용하면서 그 하위범주로 장르를 설정하는 권영민의 논의는 엄밀한 의미에서 개념에 대한 천착은 없었다고 말할 수 있다. 물론 권영민은 슈타이거의 이름을 어디에서도 언급하고 있지 않다. 하지만, 서정적, 서사적, 극적이라는 형용사적 구분이 이러한 슈타이거의 사상에서 연유한 것임을 확인하는 것이 아주 기본적인 작업임을 감안할 때, 권영민이 '문학과 서사양식'을 설명하는 단계에서 사용하는 서정적 양식, 서사적 양식, 극적 양식이라는 용어는 이후 분류되고 설명할 개화계몽시대의 서사물들과 밀접한 관계가 없다. 즉 그것들은, 기존의 논자들이 사용했던 서사체나 서사물이라는 용어로 불리어도 논의상 큰 차이가 없다.

더욱이 양식이 선험적이고 존재론적인, 인간의 내면에서 형성된 대상에 대한 본질적인 태도133)라고 말하면서, 다음과 같은 말로 마무리하고 있는 부분에서 다시 한번 권영민이 사용하는 양식이라는 용어가 실제

---

132) Emil Staiger(1978), 앞의 책, p.277.
133) 권영민(1999), 『서사양식과 담론의 근대성』, 서울대학교출판부, p.86.

개화계몽기 서사체를 분석하고 분류하는 작업에는 큰 영향을 미치지 않는 용어였음을 확인할 수 있다.

> 문학의 양식은 본질적인 면에서 일종의 제도적 질서개념이다. 그러므로 이 제도적 질서로서의 문학의 양식개념을 내세울 경우 그 제도와는 다른 문화적인 관습에 의해 이루어진 문학양식들은 모두 규범으로부터 이탈한 것으로 보이게 된다. 개화계몽시대는……어떤 하나의 규범으로 절대적인 기준을 삼아 다양한 문학의 양식을 논하기 어려운 것이 사실이다. 이러한 문제성을 극복할 수 있는 하나의 가능성은 양식의 규범과 그 가치의 차원을 넘어서는 길이다. 이 새로운 가능성의 영역이 바로 담론이다.[134)]

양식을 논하는 절대적인 기준이 있었던 시대가 있었는지, 어느 시대에 그것이 가능한지를 문제삼지 않더라도, 그리고 어느 시대나 중심에 자리하는 것과 주변문학으로 불리는 것들이 존재한다는 걸 이야기하지 않더라도, 위의 논의에 나타나는 양식이라는 용어자체의 혼란만으로도 문제적[135)]이라 하지 않을 수 없다. 표제어로 나와 있는 양식 개념의 혼란에도 불구하고 개화계몽기의 '서사양식'에 대한 논의가 이루어질 수 있다는 점에서 더 그러하다. 그리하여 개화계몽기 '서사적 양식(서사체, 서사물)'의 주요 모티프나 주제는 근대문학에 관련된 논의로 전개될 수 있지만, 그 양식 자체가 근대성과 어떻게 접맥되는지는 논리적으로 설명하지 못한다.

구체적인 예를 들어 보자면, 서사양식의 하위 장르가 되는 '신소설 『혈의루』는 당대적 현실의 소설적 구현과 일상적인 개인의 발견이라는 새

---

134) 권영민(1999), 앞의 책, p.111.
135) 그렇다고 권영민의 『서사양식과 담론의 근대성』이 지닐 수 있는 미덕이 모두 부정되는 것은 아니다. 권영민의 양식이라는 용어 사용에 대한 비판은 다음의 문헌도 참고할 수 있다. 박헌호(2002), <한국 근대 소설사 연구에서 '樣式'의 문제>, 「한국 근대문학 양식의 형성과 전개」, 상허학회 창립 10주년 기념 학술대회 자료집, p.19.

로운 서사적 요소를 통해 그 근대적 성격을 어느 정도 인정받을 수 있다'136)고 적고 있다. 내용상 '새로운'에 방점을 둔다면 '일상적인 개인의 발견'은 '새로운' 소재로서 근대적 성격을 논의할 수 있는 요소가 될 수 있다. 그런데 이 '일상적인 개인의 발견'이 서정적 요소가 되고 있음을 김흥규가 「부서진 세계 안의 자유와 절망」137)에서 밝히고 있는 것과 비교해서, 권영민의 논의에서는 그것이 어떠한 이유에서 서사적 요소로 불릴 수 있는지를 묻는다면, 이러한 개념 설정과 논리에서는 그에 대한 답변을 하기가 어렵다.

그래서 『서사양식과 담론의 근대성』보다 앞서 발표된 같은 저자의 「개화계몽시대 서사양식의 장르 분화」138)에서의 개념은 더 혼란스러운 양상으로 나타난다. 개화계몽시대의 모든 서사물을 서사양식으로 지칭하고 그 아래 하위범주를 장르로 부르는 것은 『서사양식과 담론의 근대성』과 같은데, 앞서 살핀 논의에서 그 하위 장르를 신소설, 역사소설, 정치소설로 분류했다면, 「개화계몽시대 서사양식의 장르 분화」에서는 '서사양식 가운데 그 대표적인 하위 장르는 전기, 신소설, 우화, 풍자 등의 네 가지를 들 수 있다'139)고 말한다. 우화와 풍자가 장르의 명칭이 될 수 있는지를 따지는 것은 이 책의 역량을 넘어서는 일이다. 그러나 전기소설, 신소설과 우화와 풍자는 그 층위가 다른 명명임은 분명하다. 전기소설이나 신소설 안에도 우화와 풍자는 존재할 수 있기 때문이다.

권영민은 연구 대상 시기에 대해 '당시의 작가들은 서사양식의 장르 개념에 대한 인식과는 별로 상관없이 소설이라는 말을 사용하고 있다. 이 시기의 소설이라는 말은 그 용어 하나에 가치 개념이 수없이 달라붙어 있기 때문에, 이들 양식 사이의 여러 가지 특징과 차이의 본질을 분

---

136) 권영민(1999), 앞의 책, p.163.
137) 김흥규(1985), 「부서진 세계 안의 자유와 절망」, 『전환기의 동아시아문학』, 창비.
138) 권영민(1996), 「개화계몽시대 서사양식의 장르 분화」, 『한국문화』 17, 서울대한국문화연구소, 1996. 6.
139) 권영민(1996), 위의 글, p.90.

별해 내기가 쉽지 않다'[140]고 부연 설명하고 있다. 하지만 이러한 이유가 논의에 사용된 개념의 혼란을 정당하게 만들어 줄 수는 없을 것이다.

김영민의 『한국근대소설사』[141]도 권영민과 같이 근대초기 서사물들을 연구 대상으로 하면서 '양식'이라는 용어를 자유롭게 사용하고 있다. 우선 이 양식이라는 용어에 대한 언급이 전혀 없는 것으로 보아 어떤 의도를 가지고 사용한 혹은 선택한 개념어는 아닌 것 같다. 그럼에도 불구하고 본 연구에서 그것을 문제삼는 것은 한국문학사에서, 특히 최근에 양식이라는 용어를 사용하는 실상이 이와 크게 다르지 않기 때문이다. 즉 근대초기에 대한 관심이 급증하면서 접하게 되는 서사물들이 소설이라 불리기에는 미흡하고, 형식이라는 용어로는 一群을 이루는 대상 전체를 포괄하는 것이 적당하지 않게 여겨지면서 '양식'이라는 어휘가 선택된 듯하다. 다시 말해 새롭게 조명을 받게 된 일군의 서사물들을 지칭하기 위해 양식이라는 어휘가 선택된 것이지, 그 서사물들의 본질 탐구에서 발견된 공통된 요소를 하나의 특정한 범주로 틀짓기 위해 양식이라는 용어를 사용하는 것은 아니라는 것이다.

그리하여 김영민의 논의에서는 근대적 서사양식 하위에 '서사적 논설', '논설적 서사'를 두면서 근대적 소설 양식이라는 말도 사용하게 되고, 근대적 소설양식은 '역사, 전기소설'이라는 새로운 유형으로 범주화된다. 그러면서 한편으로는 다음과 같은 설명이 뒤따르고 있어 그 개념의 층위를 더욱 복잡하게 만든다.

> <역사, 전기소설>은 <논설적 서사>와 동일한 소설사의 단계에 놓인 문학 양식이라고 볼 수 있다. 이렇게 보는 이유는 <역사, 전기소설>이 외형상 소설을 표방하고 나온 양식이지만 실제 내용은 <논설적 서사>처럼, 서사보다는 논설을 위주로 하는 문학 양식이기 때문이다.[142]

140) 권영민(1996), 앞의 글, p.87.
141) 김영민(1997), 『한국근대소설사』, 솔.
142) 김영민(1997), 위의 책, p.118.

‘문학양식, 서사양식, 소설양식’에 사용된 ‘양식’은 물론이고, ‘<서사
적 논설>은 서사체 논설, 서사체 기사, 토론체 논설, 및 토론체 기사,
문답체 일화 등 다양한 양식의 글을 포괄하는 개념’143)이라고 말하고
있는 맥락도 위의 인용문과 크게 다르지 않다. 그것은 ‘외형상 소설을
표방하고 나온 양식이지만 실제 내용은’이라는 인용문에서 짐작할 수
있듯이, 내용의 상대자리에 위치하면서 ‘형식’보다는 덜 형식적인 용어
를 사용하기 위해 선택한 것이 양식이라는 어휘였기 때문에 발생한 혼
란이라고 생각할 수밖에 없다.

양식이라는 어휘를 표제로 삼은 소논문을 비중 있게 싣고 있는 한기
형『한국근대소설사의 시각』144) 역시, ‘서사양식, 소설양식, 신소설양식,
토론체양식’이라고 층위의 구분 없이 용어를 사용하는 것은 앞선 논의
들과 크게 다르지 않다.

근자에 양식에 대한 논의가 눈에 띄는 것은 근대초기 문학에 대한 관
심의 급증과 무관하지 않을 것이다. 새로 접하게 되는, 아직 이름 붙여
지지 않은 근대 초기 서사물들을 하나의 테두리 안으로 끌어들이기 위
해서는 마땅한 용어가 필요했을 것이다. 내용, 형식의 대립을 순화시키
면서, 형식보다는 상위 개념으로 쓰기도 했던 한국문학사에서의 관례가
최근 양식이라는 용어를 손쉽게 사용하게 만든 이유일 것이다. 다음 절
에서 그 개념과 쓰임을 이론적으로 살펴, 이 책에서 사용하게 될 양식의
개념을 규정하게 되겠지만, 그것이 이러한 다양한 용례가 어느 하나의
개념으로 수렴되어야 함을 주장하지는 않는다. 역사적으로도 현재까지
양식의 개념은 다양하게 사용145)되고 있다. 하지만 한 연구자에 의해

---

143) 김영민(1997), 앞의 책, p.483.
144) 한기형(1999),『한국 근대소설사의 시각』, 소명.
145) 최근 상허학회에서는 ‘양식’을 주제로 한 심포지엄을 열었고, 다양한 논자들에
　　의해 논의된 양식에 대한 연구를 저작물로 내어 놓았다. 거기에서도 양식이라
　　는 용어가 문학 연구에서 얼마나 다양하게 수용되고 있는지를 확인할 수 있다.
　　상허학회(2002),「한국 근대문학 양식의 형성과 전개」, 심포지엄 자료집.

사용되는 하나의 용어는, 특히 그것이 표제어로 등장할 만큼 연구의 키워드로 자리하려면 그 논의 안에서는 일관되게 범주와 층위를 설정할 수 있는 개념이 이론적으로 뒷받침되어야 할 것이다.

지금까지의 논의들에서 짐작할 수 있듯이 양식이라는 용어는 최근까지도 한국문학 연구에서 아직 이론적으로 깊게 논의되지 못하였다. 그것은 양식의 개념 규정이 필요한, 진정한 의미의 '양식 연구'가 그동안 없었다는 반증이기도 하다. 이 시점에서, 양식이라는 개념을 통해 문학 텍스트의 새로운 의미를 발견하고자 한 양식 연구로 김윤식의 『한국근대문학양식논고』와 『운명과 형식』을 주목할 수 있다.

우리는 김윤식의 이 양식연구를 만나기 전에, 同類의 소설미학을 이론적 배경으로 하고 있는 김남천의 「소설의 운명」146)을 눈여겨볼 필요가 있다. 헤겔과 루카치 소설미학에 근거해 근대소설의 역사철학적 위치를 점검하는 논의에서 김남천이 사용하고 있는 양식이라는 용어는, 양식의 개념을 불분명하게 사용하고 있다는 점에서는 임화와 같지만, 구체적인 맥락이 있고 소설 작품에 보다 밀착시킨 이해가 가능하다는 점에서 주목해야 할 글이다. 김남천이 글의 서두에서 밝히고 있듯이 이 글은 장편소설에 관한 형태적 장르사적 접근인데, 장편소설을 근대소설이라는 말로 대치하여, 근대소설의 역사철학적 가치를 설명해 주고 있는 것으로 보아도 무방하다. 소설문학에 대한 새로운 반성과 음미가 요구되는 시점에서 소설이라는 서사체 자체에 관심을 갖는다면 현재의 시점에서도 논의될 수 있는 수준 높은 글147)이다.

김남천이 우선 강조하는 것은, 소설문학의 현재를 논하기 위해서는 그에 부합하는 소설의 미학이 바탕이 되어야 한다는 것이다. 그는 헤겔

상허학회(2003), 『한국 근대문학 양식의 형성과 전개』, 깊은샘.
146) 김남천(1940), 「소설의 운명」, 『김남천전집 I』(정호웅·손정수 편), 박이정, 2000.
147) 그는 소설이 당면한 문제가 주체를 초월하여 외부적으로 부여된 문제이면서 동시에 내재적 요구에 의하여 주체에 부여된 문제인 것을 자각하고자 했기 때문에 '소설의 운명'이라는 표제를 사용한다고 했다.

이 말하는 근대 개인주의와 시민문명의 산문성이 요구하는 새로운 문학 장르가 바로 근대소설(장편소설)이라고 설명하면서, 새로운 시대가 요구하는 새로운 문학 형식의 본질을 파악할 수 있을 때, 소설문학의 현재와 장래를 말할 수 있다는 논지를 전개하고 있다. 역사철학적 입장에서 예술을 논의하는 헤겔의 미학에 근거하여 '시민사회의 서사시'로서의 소설을 이해하는 김남천은, 새로운 시대가 필요로 하는 새로운 문학에 대한 전망을 획득하기 위해 새로운 형식, 새로운 양식이라는 용어들을 빈번히 사용하고 있다.

  a. 장편소설이 자본주의 사회의 전형적 <u>문학형식</u>이라는 문제만은 거의 의견의 일치를……(p.659)
  b. 개인주의…이것이 장편소설을 <u>장르로서 또는 양식으로서</u> 형성시킨 본질적인 것이었다(p.662)
  c. 상업시민의 환경 가운데서는 영웅적 서사시보다는 다른 일련의 <u>문학형식</u>이 절실하였을 것(p.662) 장편소설의 <u>양식상 본질</u>이 이상과 같을 때에 소설의 미학은 장편소설에 대하여 <u>어떠한 형식</u>을 요청할 수 있을 것인가(p.663)
  d. 장편소설의 본질(자본주의시대의 개인주의적 자의식)이 변하면…<u>양식</u>을 달리하는 새로운 형태의 <u>서사시적 형식의 문학장르</u>가 생겨날는지도 생겨나지 않을는지도 基할 수 없는 바이나, 그러나 장르를 결정하는 것이 언제나 그 사회의 역사적 본질이라는 것은 변치 않을 것이다(p.664)
  e. <u>大산문문학의</u> 형식은 어떻게 자기의 변모를 거쳐서 <u>새로운 양식을 획</u>득하여 발전해 나갈 수 있을 것인가(p.666)
  f. 고리끼는 오히려 인간성의 해방을 통하여 <u>새로운 양식</u>을 획득하려 애쓰지는 않았을까(p.666)
  g. 소설이 어떠한 걸음을 걸어나가며 그의 <u>양식과 형태</u>를 바꾸어 가질 수 있을 것인가…시민 장편소설은 그가 <u>새로운 양식</u>을 획득할만한 피안의 사상은…(p.667)
  h. 시민 장편소설을 인계하는 새로운 산문문학의 커다란 <u>형식도 양식을</u> 획득함에 이를 것이다(p.668)새로운 세계문화에 공헌할 길은 왜곡된

> 인간성과 인간의식의 청소－이것을 통하여 우리는 완미한 인간성을
> 창조할 <u>새로운 양식의 문학</u>을 가질 수 있을 것이다(p.668)
>   i. 소설은 리얼리즘을 거쳐서만 자기의 위기를 극복할 수 있고…<u>새로운</u>
>   <u>장편소설의 양식의 획득</u>도 이 길을 허술히 하고는 이루어지지 않을 것
>   이다(p.670)
>
> (밑줄 필자)

논의의 맥락은 프로문학의 퇴조와 직결된다. 1920년대－중반 이후－ 가 뚜렷한 이데올로기적 기능을 가진 것이었다면, 1930년대는 프로문학 이라는 강력한 스펙트럼이 객관적 정세 악화로 인해 전개 불가능한 상 황에 직면하게 된다. 그러면서 프로문학 자체는 내면화의 과정을 나타 내게 되고, 그것은 김남천에게 위기의식으로 작용[148]하게 되었던 것이 다. 여기서 역사철학적 전망을 보여주는 헤겔의 미학과 만난 김남천은, 소설의 전망이 불투명한 당대의 시점에서 방향을 제시할 수 있는 논리 를 얻게 되고, 기존의 문학 형식이 변모를 거쳐 새로운 양식을 획득하는 가능성을 루카치에게서 발견하였던 것이다. 그 구체적 모습이, 헤겔이나 루카치가 제시하는 방향과 다르게 리얼리즘으로 이야기되는 것은 김남 천의 위기의식에서는 당연한 결과였다.

위와 같은 김남천의 논의에서 산문문학이라는 커다란 형식(앞의 인용 문 : b, e, g, j) 안에서 장편소설이 이야기될 수 있고, 그 형식이 획득한 새로운 전망을 담보한 양식(앞의 인용문 : j, k)이 리얼리즘이 된다. 즉 산 문문학의 테두리 안에서 장편소설이, 장편소설이라는 범주 안에는 다양 한 양식이 존재하게 되는 것이다. 이것이 김남천의 논의에서 정리될 수 있는 형식과 양식의 층위이다. 물론 위의 예문을 꼼꼼히 살펴도 형식과 양식은 명확히 구분될 수 없을 만큼 복잡하게 사용되고 있는 것이 사실 이다. 그러나 문학형식이라는 층위에서 산문문학이 이야기될 수 있고,

---

148) 김윤식(1980), 『한국근대문학양식론고』, 아세아문화사, p.110.

산문문학은 하위에 장편소설을 포함할 수 있으며, 같은 장편소설에 속하는 형식이라도 그것이 무엇을 본질로 삼느냐에 따라 다양한 양식이 획득될 수 있다는 것으로 파악할 수는 있다.

그런데 여기서 눈여겨보아야 할 것은, 새로운 시대의 전망을 담보하는, 새로운 양식 획득을 가능하게 하는 본질적인 요소로 '리얼리즘'이 이야기되는 대목이다. 김남천은 이 논의에서 당대까지의 소설의 양식적 본질을 자본주의 시대의 '개인주의적 자의식'으로 보고, 당대적 위기감을 극복하고 새로운 시대에 적합한 새로운 양식을 획득할 수 있는 본질을 '리얼리즘'으로 설정하고 있다. 새로운 전망으로서의 리얼리즘의 역사적 의미와 정당성을 묻는 것은 이 책의 방향에서 벗어나는 질문이 될 것이다.

문제는 '개인주의적 자의식'과 '리얼리즘'이 구체적인 소설 텍스트에서 이야기될 때, 소재나 주제의 범주가 아닌, 양식의 차원에서 어떻게 논의될 수 있느냐 하는 것이다. 그것이 텍스트의 내용을 중심에 둔 설명이라면 굳이 양식이라는 용어를 사용하지 않아도 얼마든지 두 소설의 차이를 설명하는 것이 가능하겠기 때문이다. 김남천의 논의는 여기까지 진전되지는 않는다. 다만, '고리끼가 인간성의 해방을 통하여 새로운 양식을 획득하려고 애쓰지 않았을까(위의 인용문 中 f)'라는 언급에서 엿볼 수 있듯이, 변화가 요구되는 시점에서는 본질을 달리하는 새로운 양식이 대응하는 것이고 또 마땅히 그러해야만 한다는 설명을 통해 양식의 개념이 임화가 말했던 추상적인 시대정신이나 소재, 주제의 층위가 아닌, 보다 구체적이고 종합적인 개념으로 수용되고 있음을 짐작할 수 있을 뿐이다.

양식이라는 용어에 대한 깊은 천착은 없었지만 소설미학적 견해를 가지고 소설의 변화와 본질에 접근한 김남천의 논의는 양식 연구에서 비중 있는 한 자리를 차지149)하기에 충분하다. 이러한 선행 연구의 부분적 아쉬움은 김윤식에 와서 보충되고, 보완되었다. 김윤식은 『한국 근대

문학 양식논고』150)에서 김남천의「소설의 운명」에 대해, 轉形期의 위기 의식 속에서 서구 고대 서사시와 시민사회의 소설 양식을 파악하는 것으로 한국소설에서의 역사의 방향성(한국문학에서의 유토피아 의식)을 제시하려 했다는 의미를 부여하고 있다. 이 두 논자는 모두 헤겔과 루카치를 이론적 근간으로 하여, 소설의 존재 양태를 역사철학적 관점에서 해석하려 한다. 그것을 가능하게 하는 것이 양식의 발견(제시)이라 생각하기 때문에 양식연구를 중요한 문학사적 과제로 보는 공통점을 지니게 된다. 새로운 양식 출현을 전제로 하지 않는 이론 제시는 무의미할 것151)이라는 김윤식의 언급은 이러한 생각을 뒷받침해 준다.

　『한국근대문학양식논고』中 채만식의 작품 세계를 다룬「서사양식과 극양식」과 백조파를 다루고 있는「서정양식」에서의 '양식'은 '장르'라는 용어와 그 개념의 차이를 명확히 하기 어려운 것이 사실이다. 우선 전자에서는 채만식의 소설「탁류」(1937)와 희곡「당랑의 전설」(1940)을 대상으로 하여 그의 문학사적 위치를 재점검한다. 소설은 사회발전과 동족성(homologie)을 지니는 양식이기 때문에 그것이 제대로 성립하려면 시대적 방향성의 지평과 리듬을 지녀야 하고, 이를 체계적으로 정립할 수 있어야 의미를 지닐 수 있다는 것이 저자의 전제이다.

　그런데 채만식의「탁류」는 당대 다른 작품보다는 대상의 전체성(p.13)에 비교적 가까이 갔기 때문에 소설답다고 할 수 있지만, 주인공의 개성이 불투명하여 강렬한 방향성의 인식을 읽어낼 수 없고, 시대적 일상적 삶으로서의 디테일이 한계 이상으로 드러나는 등 일상적 삶의 반영만이 무성하여 인물과 시대적 삶으로서의 환경, 세계와의 유기적 결합, 즉 구조화와 틀을 통일해 보이지 못하기 때문에 풍속 소설에 머물 뿐이라고

---

149) 김남천의「소설의 운명」은 뒤에 살피게 될 김윤식의 양식논의에서도 비중 있게 다루어진다. 김윤식(1980),『한국근대문학양식논고』, 아세아문화사, pp.109~118.
150) 김윤식(1980), 앞의 책.
151) 김윤식(1980), 위의 책, p.133 주석 36.

평가하고 있다. 이는 작가가 역사의 방향성을 몰각했거나 불투명한 상태에 놓였음에 연유하는 것으로, 채만식의 문제점으로 지적되는 부분이 바로 이 지점이다.

따라서 사회의 붕괴와 해체과정, 그리고 그 해체로 이르는 단계를 형상화할 수 있는 역사의 방향성을 지니지 못한 채만식은 친일문학 노선에서 머뭇거리게 되고, 그것이 「냉동어」(『인문평론』, 1940. 5)라는 중편형식을 통해 허무의식으로 드러나게 된다는 설명이다. 즉 「냉동어」는 역사의 방향을 전혀 찾을 수 없는 작가의식(세계관)과 상응하는 소설이 되는 것이다. 그래서 확실한 역사의 방향성 보다 한 세계의 거대한 뒤틀림, 붕괴자체에 더 많은 관심을 드러낼 수 있는 극양식이 채만식에 의해 선택되고, 이 지점에서 「당랑의 전설」(『인문평론』, 1940. 10)이 희곡형식으로 쓰이게 된 필연성이 설명된다. 그리하여 올바른 역사의 방향성을 구조화하고 그것을 인물과 환경, 세계 속에 유기적으로 통일해서 제시하는 소설양식을 포착해야 하는 소설사는 채만식을 문제성을 안고 있는 작가로 평가할 수밖에 없게 된다.

여기서 우리는 김윤식이 출발점으로 삼은, 왜 한 작가가 같은 주제로 두 가지 양식(소설과 희곡 : 「탁류」와 「당랑의 전설」)의 작품을 쓰게 되었을까라는 문제설정에 충분히 공감하면서도 다음과 같은 의문을 피할 수 없다. 저자가 택하고 있는 양식 개념부터 살펴보면, 소설은 대상의 전체성을 통해 역사적, 사회적 여건에서 방향성을 제시하는 양식이고, 극양식은 한 세계의 거대한 뒤틀림, 비극적 붕괴, 거대한 무너짐 자체를 보여주기 위해 선택될 수 있다. 저자는 작가의 역사적 방향성을 매우 중요한 평가 기준으로 설정하고 채만식의 양식 선택을 역사적 방향성의 상실과 관련짓고 있는데, 그렇다면 당대 희곡작가들은 소설양식을 택한 작가들보다 역사적 방향성을 가지지 못한 자들이 되는 것인가. 그렇다면 삶의 전체성이 아닌 순간적 충동을 본질로 하는 서정양식은 어떻게 되는가.

이러한 문제점이「서정양식」에서 노출된다. 한 사회의 방향의 지평을 설정할 수 없을 때인 식민지 치하라는 시대적 환경에서는 생의 순간적 지각에 의지하는 시가 선택될 수밖에 없다는 전제에서라면,『백조』파가 선택한 서정양식을 평가하는 데 있어 '역사에의 무방향성에 놓여' 있다거나 '현실도피', '파멸', '과도기적 형태'라는 기존의 문학사적 평가가 달라질 것이 없다.『백조』의 독자적 성격을 규명하여 문학사적 의의와 문학적 성과를 해명할 수 있는 생산적인 담론을 만들어 낼 수 없는 것은 이 때문이다. 장르와 구분되지 않는 양식이라는 개념을 도입하여서 새롭게 발견한 텍스트의 의미가 무엇인지를 묻게 되면, 김윤식의 논의는 앞서 근대초기 서사물들에 붙여졌던 양식 연구와 다를 바가 없게 된다.

김윤식 논의의 의의는, 양식이 시대적 필요성과 사회와의 대응관계(homologie)를 드러낸다는 구조사회학적 관점을 통하여, 양식의 문제가 일종의 역사철학적 과제라는 전제를 분명히 하고 있다는 점이다. 따라서 김윤식의 문학 텍스트 분석은, 작가가 선택한 양식이 문학사적 위치를 점검하는 평가 기준이 될 수 있음을 보여주고자 하는 한 시도로서『백조』에서도 그 시대적 필연성과 역사적 과제를 해명할 수 있어야 했다.

이렇게 볼 때 시조라는 동일 장르 내에서 이은상, 이병기, 이호우의 세계관과 양식의 대응관계를 밝히고 있는「유교적 세계관과 시조양식의 대응관계」는 '양식'의 개념이 훨씬 분명하게 드러나는 글이다. 시조의 '정형시적 형식'을 결정한 것은 유교적 세계관[152]이라는 전제에서 출발하는 이 글은, 3장 6구라는 주자학의 이상과 같은 세계관의 '가장 명석하고도 일관성 있는 표현'이라는 규정이 이은상, 이병기, 이호우라는 작가에게서 어떻게 실천되고 있으며, 그것이 그들의 세계관과 어떠한 상동성(homologie)을 이루고 있는지를 설명함으로써 시조 작품 평가의 한

---

152) 김윤식(1980),『한국근대문학양식논고』, 아세아문화사, pp.88~92.

기준을 제시함과 동시에, 텍스트에서 양식을 포착하는 방법까지를 보여 주게 된다. 그 과정에서 양식의 개념이 인지되는 것은 당연하다.

저자는 양장(兩章)형식이라든가, 2연을 합해야 한 수가 되는 시조를 창작한 이은상을 '형식미달'로, 억지로 꾸밈이 없는 자연스러운 율격이나 호흡의 흐름만 있으면 형식이야 어쨌든 큰 문제일 수 없다는 주장으로 시조의 파괴에 앞장섰던 이병기는 '형식초과'로 평가한 조윤제의 평론을 수용한 후, 조윤제가 논리적으로 설명해 내지 못한 세계관과의 관련성을 밝혀 준다. 이것이 바로 양식연구를 통해 발견할 수 있었던 텍스트의 새로운 해석이다.

이병기의 형식초과 현상을 두고, 현대시조가 현대의 복잡한 삶을 표현하기 위해서는 시조가 연작이 될 수밖에 없다고 파악하는 것은 피상적이다. 이병기의 형식초과는 시인이 지향하는, 그가 소속된 계층의식(세계관)에 그 본질이 놓여 있는데, 이병기에게서 그것은 '멋·즐김'이라 명명할 수 있다. 文人書的인 선비유형 계층은 생활을 하나의 '멋'으로 파악하는 계층의식의 반영이며 이들에게서 시란 심심풀이로, 장난삼아, 묵화를 치듯 짓게 되는 것이다. 이런 도락주의(道樂主義)가 형식 초과 현상의 본질이 되는 것이다. 이와 대립하여 이호우는 3장 6구 하나 속에 오직 하나의 중심점으로만 집중하면서 절대적인 순간을 포착하고자 한다. 이 道學的인 이호우적 삶의 방식이 한국적 선비의식의 전형적 발로이며 이는 '멋'을 내세우는 사장파적 선비의식과 대립적 자리에 놓이게 된다.

그러나 모순개념이 스며들 수 없는 비변증법적 세계인, 우주와 인간의 실천도덕이 연속성을 지니는 세계에 구조적으로 대응되는 3장 6구 단수형의 시조는 근대성을 띠기에 난점을 지닐 수밖에 없다. 여기에 도학파적 선비계층의 위기가 있게 되고, 시조는 형식초과의 이병기 선으로 후퇴하게 된다. 즉 의식의 차원에서 시조의 단수형으로서의 진정한 가치추구는 어렵게 된다. 여기서 저자는 우리의 시조문학의 계승을 위해 계층 소멸에 대치될 수 있는 계층의식을 문제삼을 수 있음을 긍정하지만, 이미 관념이나 감각으로만 존재하는 의식(계층없는 계층의식)에 의해 쓰인 작품은 '세상보다 훨씬 고운 것'으로 되고 말 것이라고 결론짓고 있다.

김윤식은 이 「시조양식론」에서 시조보다 하위 범주에서 양식을 다루고 있으며, 그것은 앞서 채만식을 대상으로 논의할 때와도 또 다른 층위여서, 혼재된 개념에 대한 비판은 면할 길이 없다. 그러나 저서의 상당 부분이 양식의 개념에 접근하기 위해 바쳐졌고, 텍스트를 통해 포착할 수 있는, 내용과 형식이 어우러진 그 무엇, 텍스트 내부와 외부의 관계를 상상할 수 있게 하는 그 무엇을, 단순 직관이 아닌 논리적 틀을 제공할 수 있는 기반 위에서 언표화하였다는 것이 양식론의 가능성과 의의를 말할 수 있게 하는 부분이다.

그 가능성의 지속적인 시도로 보이는 『운명과 형식』153)은 저자인 김윤식이 「운명과 형식 / 애청, 이양하, 루카치」에서 밝히고 있듯이,154) 루카치의 『영혼과 형식(Die Seele und die Formen)』에 나오는 다음 구절에 기대고 있다.

> 무릇 글쓰는 행위는 세계를 어떤 운명적 관계의 상징 속에서 표현한다. 운명의 문제가 어디서나 형식의 문제를 결정하는 것이다. 형식과 운명의 이러한 통일성과 공존은 너무나 강하기 때문에 한 요소는 다른 요소 없이 등장하지 않고, 그렇기 때문에 이 양자의 분리라는 것은 추상을 통해서만 가능하다. 문학은 운명으로부터 자신의 프로필과 형식을 획득하게 되고 또 형식은 언제나 운명으로서만 나타난다……운명은 사물들의 세계로부터 사물들을 끄집어 올려서, 그 중에서도 중요한 사물들을 강조하고 비본질적인 것을 사상해버린다. 그러나 형식은, 재료에 일정한 한계를 정한다……형식은 직접적인 현실로서 이미지적인 성격을 띤 것

---

153) 김윤식(1992), 『운명과 형식』, 솔.
154) 김윤식(1992), 위의 책, pp.47~52.

이고 또 이러한 글들 속에서 진정으로 살아 있는 것이다. 삶의 상징을 상
징적으로 관찰함으로써 생겨난 이러한 형식은 이러한 체험의 힘에 의해
그 자체의 삶을 획득하게 된다. 형식은 하나의 세계관이고, 하나의 입장
이다. 또 형식은 그것이 생겨나는 바의 삶에 대해 갖는 일종의 태도표명
이다. 그리고 형식은 삶 자체를 다시 만들어 내는 하나의 가능성이기도
하다.155)

루카치가 말하는 '영혼'이 삶의 절대적 근거를 찾으려는 내면의 깊은
충동 혹은 동경156)을 의미할 때, 형식은 영혼의 내용을 담고 있는 지적
태도라고 할 수 있다. 그가 『소설의 이론』에서도 사용하고 있는 이 형식
(formen)은, '직접적인 현실로서 이미지적 성격을 띤 것, 하나의 세계관,
하나의 입장, 삶에 대해 갖는 일종의 태도 표명'으로, 단순히 '내용'의
대척점에 서 있는 그것이 아님에 우리는 주목해야 한다. 김윤식이 '소설
의 형이상(形而上)'157)을 언급하는 것도 그러한 맥락일 것이다. 양식을
이야기하는 김남천이 루카치를 언급하지 않을 수 없었고, 김윤식은 그
런 김남천과 루카치를 살피지 않을 수 없었으며, 또한 본 연구가 김남천
과 김윤식과 루카치를 넘나들고 있는 것은 바로 루카치의 저 '형식' 개
념 때문일 것이다. 그것은 한국문학사에서 볼 수 있었던 '형식'을 넘어
서는 형식, 형식의 形而上이라 할 수 있다. 김남천과 김윤식과 이 책이
채택하고 있는 양식은 바로 이 지점에서 이야기될 수 있다.

그리고 최유찬은 바로 이 지점에서 출발하고 있다. 그는 『문예사조의
이해』와 『문학과 사회』에서 '양식'을 설명하는 항목을 따로 두어 이에
대한 일반 개념에 접근하고자 했다. 그리고 그 개념을 바탕으로 한국문
학을 새롭게 해석할 수 있음을 『한국문학의 관계론적 이해』를 통해 보
여주고 있다. 『한국문학의 관계론적 이해』에 들어 있는 「『비명을 찾아

---

155) Lukács, G., 반성완・심희섭 역(1988), 『영혼과 형식』, 심설당, pp.16~17.
156) Lukács, G., 위의 책, p.299.
157) 김윤식(1992), 앞의 책, p.53.

서』와『돈키호테』」, 「『난장이가 쏘아올린 작은 공』의 구조와 리얼리즘
적 성과」는 양식이라는 용어를 겉으로 드러내지 않지만, 양식을 포착하
여 새로운 의미를 발견하고 확장하는 해석으로 양식 연구의 실제를 보
여주고 있다. 그러한 일련의 작업들은 「『토지』와 도스토예프스키 소설
의 비교 연구」와 「새로운 문학양식의 사회적 조건과 가능성」으로 이어
지고 있다.

　최유찬은 우선 양식(style)이 상이한 작가와 작품들 사이에서 질적, 양
적으로 의미 있는 관련성을 밝혀냄으로써 문학예술사의 유기적 구성을
드러내는 데 유용한 개념이긴 하지만, 그것이 단순히 몇몇 작품에서 나
타나는 공통적 특성의 추상에 의해서 편의적으로 설정한 유형이거나 직
접적으로 실재성을 반영하는 존재론적, 논리적 범주가 아니라는 점에
그 이해의 난점이 있다158)는 말로 출발한다. 그것은 최유찬이 양식 개
념을 규정하기 위해 살피게 되는, 매우 다양한 이론들에서도 확인된다.
경향을 달리하는 많은 이론가들ー뷔퐁, 레오 스핏처, 볼프강 카이저, 게
오르그 루카치, 레싱, 아놀드 하우저, 아도르노, 쇤베르크 등159)ー이 언
급한 미학적(예술적) 입장을 넘나들면서 양식과 관련된 부분을 개념으로
수렴해야 하기 때문이다. 외국의 이론가들에 의해 사용된 양식이라는
용어도 그 다양한 쓰임과 혼재는 우리나라에서의 상황과 크게 다르지
않으며, 최유찬은 다음과 같은 말로 양식의 개념을 정리하고 있다.

　　양식은 내용과 형식의 관계 속에서 검토되어야 할 것으로, 단순히 주
　체의 내면성의 전달을 위한 형식의 마련에 그치는 것이 아니라 표현되어
　지는 것에 의한 일반적인 형성적 규정성이 작동하는, 시대적 객관적으로
　주어지고 이루어져 가는 것들이 주체를 통해서, 내용의 통일성과 풍부한

---

158) 최유찬·오성호(1994), 『문학과 사회』, 실천문학사, p.210.
159) 여기에서 언급된 이론가들을 모두 포함하지는 않지만, 제2장, 2ー2) <양식개념
　　의 미학적 의미>에서 여러 이론가들에 의해 언급되어 온 양식이라는 용어의
　　쓰임을 살펴볼 것이다.

다양성을 포용하면서, 자기를 실현하는 것으로 된다……양식은 개개 작
품을 포괄하는 데 주안점을 두는 유(類)개념이나 실재성의 반영인 논리적
인 개념이 아니다……새롭게 재구성되고 재조정되어야 할 역동적인 관
계개념으로서의 성격을 지닌다……양식개념은 작품에서 이루어진 특정
한 형식적 체계를 분별하고 그것이 작가가 마주친 내용적, 형식적 문제
를 해결하고 처리하는 방식으로서 어떻게 합법칙적으로 성립했는가를 설
명하는 데 쓰이는 일종의 패러다임이다. 그런 까닭에 양식개념은 당대의
작품들이 왜 내용적 형식적 특성을 공유하게 되고 또 어떻게 그것들이
서로 관련되는가를 알아보는 척도로서 기능한다.160)

이렇게 정리된 개념은 김윤식보다 훨씬 구체화된 것으로, 여기서 우
리는 양식이 시대정신이나 사조와 같은 맥락에서 다루어질 수 없는 것
임을 알 수 있다. 최유찬은, 양식개념이 동질성이나 통일성을 함축한다
면 사조개념은 상대적으로 불균질성과 모순성을 함축161)할 수 있다는
말로 둘의 차이를 드러내며 양식과 사조는 구분되는 개념임을 강조한다.

사조라는 개념 속에 한 가지로 묶일 수 있는 사상은 현실을 인식하는
작가의 지각의 틀과 세계관, 가치관, 이것과 일정하게 연결되는 예술관을
포함하며 이로 인해 작품의 창작에 특징적인 양식이나 표현수법이 나타
나는 것이다. 그러므로 문예사조의 개념은 자연히 양식이나 창작방법과
일정한 관련을 지니게 된다. 하지만 문예사조가 일정한 정신적 지향의
동일성과 그것을 표현하는 예술적 수법의 유사성만으로 특징지어질 수
있는 것은 아니다. 계몽주의나 르네상스 등은 문학예술의 역사에 등장하
는 사조 가운데 하나이고 특정한 사상적 내용을 공유하고 있지만 그것이
양식이나 표현수법의 동일성 내지 유사성으로 귀착하지는 않는다. 그것
은 그 사조들이 문예영역 이외의 좀더 광범한 사회적, 사상적 운동과 연
관된 데 따른 결과이며……계몽주의나 르네상스(사조)는 거기에서 하나
의 예술적 양식이나 표현수법을 따로 추출하기에는 너무나 복잡한 양상
을 포괄하는 사회적, 사상적 운동이었던 것이다.162)

---

160) 최유찬·오성호(1994), 앞의 책, p.216.
161) 최유찬(1995), 『문예사조의 이해』, 실천문학사, p.18.

　개념을 규정한다는 것은 메타언어적 작업이기 때문에, 그 뜻을 명확히 하려하면 할수록 더 많은 언어의 더미 속에서 헤어나올 수 없게 된다. 최유찬은 각각의 개념에 접근하면서도, 우리가 문학 연구에서 편의에 따라 다르게 쓰고 있는 용어들의 차이를 설명하면서 개념을 구분할 수 있도록 한다. 임화가 엄밀하게 구분하지 않고 사용하였던 사조와 양식은, 국문학의 특수성 규명이라는 차원에서도 구분되어야 할 개념임이 역설된다. 즉 문예사조가 양식과 동일한 것으로, 문학예술을 분류하는 보편적 원리라고 생각하는 것은, 우리가 알고 있는 문예사조가 서양의 문학예술사를 중심으로 성립된 개념이라는 것만 인지하여도 그 폐단을 충분히 짐작할 수 있게 한다. 이렇게 양식에 대한 미학적 입장이 정리가 되었기 때문에 최유찬은 「『비명을 찾아서』와 『돈키호테』」, 「『난장이가 쏘아올린 작은 공』의 구조와 리얼리즘적 성과」, 「『토지』와 도스토예프스키 소설의 비교 연구」와 같은 실제 연구163)에서 양식적 접근의 가능성들을 보여줄 수 있었다.

　지금까지 살펴본 바와 같이, 국문학 연구에서 양식이라는 용어는 사용하는 논자에 따라, 그리고 글의 맥락에 따라 그 의미는 다양한 진폭을 갖는다는 것을 알 수 있다. 이러한 현상은 개념에 대한 심도 있는 학문적 연구가 그동안 없었다는 것도 한 이유가 되겠지만, 더 근본적인 것은 양식의 개념을 정확하게 해야 할 것을 필요, 충분조건으로 하는 연구가 아직까지 없었다는 반증이기도 하다. 문학 연구는 텍스트 연구가 중심이 되어야 하고, 텍스트는 형식과 내용의 통일체로 다루어져야 함을 누구나 이야기하지만, 문학텍스트의 자리와 통일의 자리는 다른 것으로 채워지는 경우가 많았기 때문이다. 다음 절에서는 양식이라는 용어의 기원과 쓰임을 살펴볼 것이다.

---

162) 최유찬(1995), 앞의 책, p.13.
163) 이 책 제1장 2.에서 텍스트 읽기 방식으로 설명하고 있다.

2) 양식 개념의 미학적 의미

양식(樣式, style)이라는 용어가 다양하게 쓰이고 있는 실정은 한국과 유럽이 크게 다르지 않다. 이는 양식개념을 포함한 미학 개념의 범주와 역사가 결코 단순하지 않다164)는 상황과 무관하지 않을 것이다. 양식(독 stil 영, 불style)이라는 말의 어원은 라틴어인 stilus인데, 원래는 필기용의 철필을 지칭하던 의미에서 전화하여 먼저 수사학과 문체론에서 문장을 쓰는 방법 혹은 문체의 의미로 사용되다가 점차로 이 용법이 확대되어 예술적 표현의 방식에도 적용되기에 이르렀다165)고 하니, 우리는 현재 의 시점에서, 이 양식이라는 용어의 다양한 쓰임을 확인하는 것만으로 도 양식 개념의 역사를 만나는 것과 다름없다.

이 책에서 사용하는 양식이라는 용어는 아직도 합의된 정의 없이 사 용되고 있는 어휘이다. 현재 문학예술 분야에서 style이 양식과 문체 모 두에 사용된다고 하지만, 실제 이론가들의 설명과 작품에 접근하는 방 식을 보면 이 둘의 구분은 어렵지 않다. 독일을 중심으로 한 유럽에서 사용하는 양식(style, stil)은 '전체적인 표상' 개념을 유지하고 있고, 영미 혹은 형식-구조주의자들에게는 stylistics(문체론), mode(서술법, 양태)의 개념이 중심166)이 되고 있기 때문이다. 그런데 '문체'는 문학연구에서

---

164) Wladyslaw Tatarkiewicz의 『여섯 가지 개념의 역사』(이용대 역, 이론과실천, 1990)가 이를 잘 보여주고 있다.
165) 다께우치 도시오, 안영길 외 역(1989), 『미학 예술학 사전』, 미진사, p.291.
166) 대표적으로 롤랑바르뜨, 츠베탕 토도로프, 마일즈(Miles), 웰렉 등의 견해가 여 기에 속한다고 할 수 있다. 그러나 이들을 포함한 심포지엄에 참여한 논자들 사이의 견해 차이도 매우 컸다. 가장 광범위하게 논란이 된 것은 텍스트의 형 식적 특질로서 스타일의 개념에 대한 것이었다. Giraud의 경우는 스타일을 '텍 스트의 종별적 형식'으로 규정하고 있고, Miles는 스타일 분석의 기능을 '텍스 트에서의 요소들과 관계들의 구별'이라고 주장했다. 토도로프는 '스타일을 내 적 일관성(coherence), 즉 형식, 구조, 총체성, 단일하고 조화로운 전체와 같은 보다 일반적 범주들과 동일화하는 것은 스타일이라는 항목을 쓸모 없는 것으로 만드는 것'이라고 경고하였다. 오만은 언어의 비발화적 영역이 발화적 영역과 마찬가지로 문체론적 변주에 종속된다는 것을 지적함으로써 전형적인 문체 형

독립된 방법론적 영역으로 인정받으면서 하나의 개념으로 사용되고 있는데 비하여, '양식'은 보편적 합의에 이르지 못한 채 폭넓게 응용되고 있어 하나의 개념으로 정의하기가 어렵다.

이 책에서 사용하는 양식개념은 독일을 중심으로 하는 유럽 쪽 개념에 기대고 있다. 가령 스타일은 '대상을 완성해 내는 특정한 예술 장르의 성질이 가진 예술 표현상의 규칙이나 법칙으로 확대해석 할 수 있다'고 말한 헤겔(『미학』)의 경우나, 이러한 생각을 더욱 확장시켜 가능한 개별적 형식의 형성 방식이나 공통적인 형성 상태를 예술 양식의 특징으로 강조하면서 형식의 형이상학이라는 개념으로 일반화한 N. 하르트만의 이론(『미학』)들이 그 예이다. 일반화된 설명이라면, 양식을 예술가가 선택할 수 있는 영속적인 형식도 아니고 그의 의도와도 무관한 것으로 보면서 예술가가 처한 시대와 환경의 보는 방식, 상상하고 생각하는 방식에 조응하는 하나의 필연성이라고 설명하고 있는 타타르키비츠[167]의 개념 정리가 보다 수월하게 이해될 수 있겠다. 이러한 이론들을 큰 틀로 하는 양식 개념의 역사는, 근대 미학의 출발지점이라 할 수 있는 헤겔에서부터 논의될 수 있을 것이다.

헤겔은 그의 『미학』에서 예술의 목적이 절대적인 것 자체를 감성적으로 표현하는 것[168]이라고 밝히면서, 예술의 내용은 이념이며 그것은 감각적이고 조형적인 형상이라는 형식을 갖는다고 말했다. 그러므로 예술

식 분석의 부적절함을 지적하였다. 바르뜨는 내용, 형식의 일원론을 새롭고 흥미로운 방식으로 재생시켰는데, 그에 따르면 이러한 일원론은 '스타일이 의미이다'와 같은 방식이 아니라 오히려 '의미 자체가 다른 여러 가지 중의 오직 하나의 형식(스타일, 혹은 코드)이다'라는 방식에 의해서 이루어지는 것이다. 「literary Style : A Symposium」, Edited and (in part) translated by Seymour Chatman, Oxford university press : London and new york, 1971(번역 : 권명아ー상허학회 「한국 근대문학 양식의 형성과 전개」 세미나 자료).
언어학, 언어철학, 언어심리학적 계기에서 비롯되는 style(문체) 연구사는 볼프강 카이저의 『언어예술작품론』(예림기획, 1999, pp.400~408)을 참고할 수 있다.

167) Tatarkiewicz, Wladyslaw, 이용대 역(1990), 『여섯 가지 개념의 역사』, 이론과실천.
168) Hegel, 두행숙 역(1996), 『헤겔미학 I 』, 나남출판, p.121.

로 표현되는 내용은 그 내용 자체 속에 표현될 능력을 갖춰야 한다는 규정이 들어있는 것이다. 여기에서 그가 말하는, 이념과 형상(내면성과 형식)이 얼마나 통일되어 있느냐의 정도에 따라 예술의 숭고함과 탁월함이 결정될 것이라는 말을 이해할 수 있다. 양식은 예술가의 내적인 것이 객관적으로 외화(外化)되는, 즉 주관성과 객관성이 일치하여 표현되는 통일성에서 포착된 것으로, 헤겔은 이 통일성을 진정한 독창성과 연계시키고 있다. 그리고 이 진정한 독창성의 개념을 명확하게 하기 위해 주관적인 매너리즘(Manier)과 스타일(Stil)을 구별169)하고 있다.

대상을 포착하는 독특한 표현 방식이라는 점에서는 매너리즘과 스타일이 그 속성을 같이 하지만, 매너리즘은 예술가의 세부적이고 우연적인 특성에만 관련되어 예술가가 자기의 한정된 주관성 안에서 자기 기분에만 빠져든다는 것을 뜻하는 나쁜 요소라고 설명된다. 매너리즘은 독특한 기교를 반복, 숙련하여 익숙해진 표현 방식으로, 예술작품의 외적인 양상에만 국한되어 드러나는 것이기 때문이다. 이러한 매너리즘이 특수하게 습관적인 방식으로 퇴보하지 않도록 조심하면서 이를 참된 것으로 확대시켜 나가, 좀 더 보편적인 방식으로 사물의 본성에 접근하여 자신의 것으로 만드는 것이 바로 양식이다.

일반적으로 스타일이란 질료와 조건에 따르고 특정한 예술장르와 사상(事象, Die Sache)의 개념이 요구하는 법칙대로 표현하는 방식을 일컫는데, 이는 대상을 완성해 내는 특정한 예술장르의 성질이 가진 예술 표현상의 규칙이나 법칙으로까지 확대해서 해석할 수 있다170)고 헤겔은 정의한다. 그리고 더 넓은 의미로 예술가가 꼭 필요한 표현방식을 법칙(객관적 표현)을 무시하지 않으면서 자기 것으로 소화하는 능력을 뜻한다고 설명해 주고 있다.

바로 이러한 양식 창조를 가능하게 하는 예술가의 능력을 가리켜서

---

169) Hegel, 두행숙 역(1996), 앞의 책, pp.414~425.
170) Hegel, 두행숙 역(1996), 위의 책, p.417.

독창성이라고 하며, 이 때의 독창성은 진정한 객관성과 동일하다. 독창성은 주관적인 것과 사실적인 면을 결합시켜 양자가 낯설게 대립하지 않도록 표현하기 때문에, 독창성은 예술가의 가장 고유한 내면성이 되기도 하고 다른 점에서는 대상의 본성이 되기도 하는 것이다. 이렇듯 style에 관한 헤겔의 논의는 양식에 대한 다양한 접근의 가능성을 이미 내포하고 있었다. 양식이 주관과 객관, 내용과 형식의 변증법적 통일에 기인하는 표현방식으로 이해되는 것, 그리고 새로운 예술작품(작가)의 의의를 양식 파괴나 새로운 양식 창조에서 발견하는 현재의 논의(들)에는 헤겔 미학의 유효한 의미들이 계승되고 있는 것이다.

변증법적 통일로서의 양식 개념을 더 적극적으로 이해하고 확장시킨 사람이 하르트만이다. 그는 『미학』171)에서 '형식의 형이상학'이라는 개념으로 양식에 접근하고 있다. 우선 하르트만은 자신의 예술관을 객관의 방향으로 나아가는 모방과, 주관의 방향으로 향하는 창조의 종합 위에 위치시키고 있다. 즉 예술이 현실을 모방하는 것은 사실이지만, 그것은 현실 그대로의 모사가 아닌 별개의 형성 원리가 개입하는 미적대상에 대한 표현이다. 또한 예술이 자연과 인생에 없는 것을 창조한다는 것도 정당하지만, 그것 역시 실재적인 인생과 멀리 떨어져서는 가능할 수 없다. 따라서 모방과 창조는 갈등의 요소를 지니지만 그것은 이율배반적인 관계라는 것이다. 즉 위대한 예술은 언제든지 실재적인 생활에 뿌리를 두면서, 또한 실재적 생활을 초월해서 비전을 가질 때, 다시 말하면 존재하지 않으나 확신되는 것을 창조적으로 관조할 때 위대한 예술이 될 수 있는 것이다.172)

여기서 하르트만은, 우리의 인식이 미칠 수 없으나 그렇다고 우리가 인식하기를 단념할 수 없는 문제 앞에 서게 된다고 말한다. 이에 대해서는 하르트만의 형식 논의부터 살펴보아야 한다. '본질적인 점에 있어서

---

171) Hartmann, N., 전원배 역(1995), 『미학』, 을유문화사.
172) Hartmann, N., 전원배 역(1995), 위의 책, pp.293~295.

예술의 내용은 형식'이라고 말하는 하르트만에게서는 형식과 내용의 대립은 유지되지 않는다. 그에게서 형식은 모든 미적 대상에서 각 층위마다 요구되는 독특한 형성(통일)으로 정의된다. 이 형성에는 선택과 제거와 집중 등이 개입하게 되는데, 그것은 예술가 자신도 의식하지 못하고 다만 해명의 순간이 오기를 기다려야 되는 불가해한 활동[173]이다. 양식이라는 것은 바로 이 형식성에서 성립하는 것이다. 즉 별개의 형성 원리로서의 형식을 해명하기 위한 하나의 계기가 바로 양식이다. 여기에서 '형식의 형이상학'이 얘기된다.

> 양식이라는 것은 어떤 형식성에서 성립하는 것인데, 이 형식은 한 시대 전체를 규정하는 것이다. 그러므로 양식은 또 객관적이고 보편적이며 개별적 작품에만 그치는 것이 아니다. 특정한 양식이 '지배'하는 시대에 있어서는 이 양식이 모든 개별적인 형식을 규정하는 것이다. 또 양식 현상은 분화하기도 한다. 따라서 여러 가지 특수한 양식도 있다……양식의 터전은 인간의 형식 발견에 있다……작품을 통하여 양식의 변동을 가져오는 것은 언제나 예술가 개인이다. 그러나 개인이 양식을 창조하는 것이 아니라 작품 속에서 형성되는 것이다. 그리고 양식이 일단 형성되면 그것은 인간의 형식 요구와 형식 발견을 지배한다.[174]

예술이 실재에 뿌리를 두면서도 실재를 초월한다는 말은, 양식을 이해하는 데도 기본 전제가 되어야 한다. 즉 작품을 통하여 양식의 변동을 가져오는 것은 주관(예술가 개인)이지만, 그것은 개별 작품에 그치는 것이 아니고 객관적이고 보편적인 것이기 때문이다. 그래서 하르트만에게서는 시대 양식이 가장 중요한 것으로 언급된다. 시대 양식은 모든 객관적 정신의 성격적 특징을 표시하며, 양식이 어떤 작품 속에 살아 있는 한 그것은 객관적 정신에 속하는 것이기 때문이다. 정리하자면 하르트만에게서 양식은 '본질적인 점에 있어서 예술의 내용은 형식'이고 양식은 그

---

173) Hartmann, N., 전원배 역(1995), 앞의 책, p.296.
174) Hartmann, N., 전원배 역(1995), 위의 책, p.297.

러한 '형식의 형이상학'이 된다. 앞서 헤겔이 이야기한 '대상을 완성해 내는 특정한 예술장르의 성질이 가진 예술 표현상의 규칙, 더 나아가 예술가의 주관이 객관화된 것으로 만든 표현방식'으로서의 양식보다 더 포괄적이고 확장된 의미를 갖게 된 것이다.

예술 발전의 사회적 제약성과 상대적 독립성 간의 변증법은 예술사적 과정의 흐름을 조종하는 메카니즘 속에서 구체적으로 드러나게 되는데, 이러한 과정의 매개변수로 양식의 범주를 설정하고, 이에 대한 엄밀한 의미 해석을 시도한 사람이 러시아 미학이론가인 까간[175]이다. 그는 우선 사조(stromung)와 양식(still)의 구분에서부터 출발한다. 사조라는 명칭은 대체로 특정한 민족적, 역사적 조건 하에서 형성되어 몇몇 예술가 집단들을 하나로 묶어주는 예술운동을 가리킨다. 이 때 그 예술가집단들이 취하는 일반적인 이데올로기적―미적 정향에서뿐만 아니라 한 예술 분야 내부에서 그들에 의해 해결되어야 할 예술적 과제들을 구체적으로 파악하는 데서도 서로 입장이 비슷한 집단이 된다. 그러한 입장의 일치 내지 유대는 예술적 언어의 유사성, 작품의 공동발표, 공동전시, 공동상연을 조직화하기 위한 예술가 집단의 조직적 통일로도 표현된다.[176]

이와 달리 양식이라는 개념은 예술작품들의 구조 내에서 합법칙성들을 지칭한다. 양식은 창작의 결과들을 고정시키는 형식들의 특정한 체계인 것이다. 까간은 이러한 용어들의 개념구분이 갖는 이론적 의미를 양식연구의 필요성과 연결하고 있다. 즉 예술사의 분석에 있어 하나의 예술조류(사조)의 차원에서 나타나는 현상들을, 거기에 머물러 고정하고 자족적인 예술적 구조물로 간주하는 것은 매우 지엽적인 관점이며, 그러한 연구를 통해서는 예술방향들의 형성, 발전, 변화 및 투쟁의 수준에 놓여 있는 합법칙성을 발견해 낼 수 없게 만든다는 점을 강조한다. 여기에서 예술사조(조류)들의 수준에서 이루어지는 예술의 역사적 발전의 구

---

175) M. S. Kagan, 진중권 역(1991), 『미학강의Ⅱ』, 새길.
176) M. S. Kagan, 진중권 역(1991), 위의 책, pp.362~363.

체적 과정을 무시하거나, 추상적인 방법론적 원리를 정식화하여 '예술가의 역사 없는 예술사'와 같은 시도 등이 나타나게 된다고 비판한다. 후자의 비판이 바로 뵐플린이『미술사의 기초 개념』에서 행한 양식 연구를 두고 한 말이다.

그래서 까간의『미학강의』에서는 범주로서의 양식의 의미에 대한 접근이 더 강조된다. 양식은 형식의 요소들이 상호 매개되어 있으며, 그 요소들이 일반적으로 서로 의존하고 있다는 사실의 표현이다. 그것은 텍스트의 합법칙적 결합, 통일적인 유기적 전체로 용해하는 법칙들에서 찾아지는 것이다. 양식은 형식과 내용 그 어느 하나의 質이라고 볼 수 없다. 양식에 대한 형식주의적 해석이나, 양식을 예술 속에 있는 내용의 하나의 질이라고 보는 것은 모두 극단적인 견해로, 진지하게 비판을 하면 둘 다 무너질 수밖에 없는 이론들이라는 것이 까간의 입장이다.

까간에게서 양식은 '내용에 의해 제한되고 내용에 봉사하면서도 그것은 동시에 내용과는 다른 별개의 그 무엇도 나타내고 있는 것'으로 설명되며, 양식 속에서 드러나는 형식의 상대적 독립성은, 서로 구별되면서 미학적으로는 똑같이 정당한 양식들로 논의될 수 있는 가능성을 지닌 미학범주가 된다. 까간은 이 양식이 한 그룹의 양식, 한 시기의 양식 외에도 개인적인 양식[177]으로 존재할 수 있다고 말하는데, 예술방법의 특징인 보편적인 것과 개별적인 것의 변증법으로부터 귀결되는 것이라

---

177) 개인적 양식이라는 개념은 마니에르(매너리즘manier)와 동일한 것이 아니다. 이는 헤겔과도 같은 입장인데, 예술가의 마니에르는 그의 표현언어의 순수한 외적 특성으로, 내용과 깊은 관계가 있는 것은 아니다. 보통 예술가에게 있어서 하나의 고유한 양식, 즉 예술적 내용이라는 뿌리로부터 자라 나와 그 내용을 적절하게 표현해 주며 내용과는 분리될 수 없는, 반복 불가능한 자신의 예술적 구조를 창조해낼 수 있는 재능이 모자랄 때 마니에르가 생겨난다. 양식은 예술가의 창작과 떼어놓고는 얘기할 수 있는 것이 아무 것도 없는 반면에, 마니에르는 일정한 조건 아래에서는 별달리 애쓰지 않고서도 그의 창작으로부터 분리되어 또다른 마니에르에 의해 대체될 수 있는 것이다.
M. S. Kagan, 진중권 역(1991),『미학강의Ⅱ』, 새길, p.367.

는 설명은 이미 앞서 살핀 헤겔이나 하르트만과도 다르지 않다.

빌플린을 비판하고 있다는 점에서 까간과 함께 논의될 수 있는 이론가가 아놀드 하우저[178]이다. 까간이 빌플린을 극단적인 형식주의자로 비판했다면, 하우저는 그의 '무명의 예술사'가 역사적으로 부과하는 제한성을 의식하면서도 의도적으로 표현수단에 우선권을 주고, 개인적 표현의지와 표현내용의 상위에 있는 독자적 자율성만을 인정하는 비역사적[179] 태도를 비판한다. 즉 빌플린의 이론에서는 개인의 자유가 비변증법적이고 일방적인 역사논리에 희생되고 있으며, 표현의지와 표현내용에 내포되어 있는 동일한 동적 성질과 예술의 역사적 발전이 그들 간에 장력(張力)에 의해서 추진된다는 사실이 고려되지 않고[180] 있음을 비판하는 것이다.

까간이 말하는 극단적 형식주의자라는 말의 내포가 하우저의 비판 내용과 다르지 않을 것이다. 하우저는 양식 개념이 예술사의 기초 개념이자 핵심을 이룬다고 말한다. 양식 개념이 없는 예술사는 기껏해야 동시대적으로, 혹은 세습적으로 활동하는 여러 거장 예술가들에 대한 역사이거나 그들의 작품들에 대한 목록에 불과한 것[181]이라는 설명이 이러한 입장을 잘 드러내 준다.

하우저가 규정하고 있는 양식은 개별적 예술가, 예술작품과 떼어서 생각할 수 없다는 점에서 구체적이면서, 동시에 상호 분리된 수많은 요소들로 이루어진 전체를 관념적으로 통일시킨 것이라는 점에서 이율배반에 개념의 기초를 두고 있다. 그리하여 그것은 예술사의 기초이자 핵심이면서도 발생론적 개념도 아니고 목적론적 개념도 아니며, 예술가 앞에 주어져 있는 것도 아니고 예술가가 목적으로 하는 대상도 아닌 것

---

178) Arnold Hauser, 황지우 역(1983), 『예술사의 철학』, 돌베개.
　　　Arnold Hauser, 한석종 역(1990), 『예술과 사회』, 기린원.
179) Arnold Hauser, 한석종 역(1990), 위의 책, pp.112~113.
180) Arnold Hauser, 한석종 역(1990), 위의 책, p.113.
181) Arnold Hauser, 황지우 역(1983), 위의 책, p.216.

이 된다. 또한 양식은 특수한 현상들을 포섭하는 유개념(類槪念)도 아니고, 그것으로부터 다른 개념이 도출될 수 있는 논리적 범주도 아니다. 양식은 차라리 자신의 내용에 따라 끊임없이 변화하는 역동적인 '관계 개념'이기 때문에 모든 개개의 새로운 작품에 따라 새롭게 구성된다고 말할 수 있다.[182] 양식은 그 어떤 요청도 아니며, 실현되어야 할 이념도, 해결되어야 할 과제도 아니다. 구체적으로 주어진 실례를 적절한 거리를 가지고 접근하기 위해 고려해야 하는 하나의 척도[183]인 것이다. 하우저의 이 양식 개념은 한국문학 양식연구사에서 최유찬이 가장 충실하게 받아들이고 있는 것으로 볼 수 있다.

하우저가 뵐플린을 비판하고 있다고 하여, 양식개념을 뵐플린의 반대극에서 논의하고 있는 것은 아니다. 그러한 입장은 이미 까간이 비판하고 있듯이 똑같은 극단주의를 드러내는 것이 된다. 하우저는 역사의 변증법적 전개를 염두에 두면서 뵐플린이 전체 역사과정을 정신화하고 관념화하는 것을 비판한 것이며, 양식 형성에 있어 개인 예술가의 관점이 개입되는 것 또한 부정하고 있지는 않다. 그는 양식 형성 과정을 두고 기술적인 것과 공상적인 것, 합리적인 것과 비합리적인 것, 사회적인 관점과 개인적 관점들 사이의 모순에 의해 운동하는 변증법적 과정[184]이라고 설명하고 있는 것이다.

까간과 아놀드 하우저가 비판하고 있지만, 뵐플린은 양식에 의한 미술사 구성[185]을 보여줌으로써, 자신의 양식 이론을 구체화시켰다는 의의를 지닌다. 그 구체적인 작업에 의해 뵐플린의 양식개념은 보다 쉽게

---

182) Arnold Hauser, 황지우 역(1983), 앞의 책, p.217.
183) 양식의 현존 여부를 판단하는 가장 기초적인 기준은 특정한 시대 혹은 특정한 지역의 문화 영역 내의 예술 작품들이 갖고 있는, 예술적으로 의미 있는 여러 특성들이 일치하는가를 판단하는 데 있다. 두 번째 판단 기준은 공통적인 특성들이 어느 정도 널리 퍼져 있음을 발견하는 것이다.
    Arnold Hauser, 황지우 역(1983), 위의 책, pp.216~217.
184) Arnold Hauser, 황지우 역(1983), 위의 책, p.238.
185) Heinrich Wölfflin, 박지형 역(1994), 『미술사의 기초 개념』, 시공사.

이해될 수 있으며, 그런 이유에서, 비역사성이 비판되면서도 양식연구사에서 언제나 가장 먼저 언급되는 이론으로 자리한다. 근세미술에 있어서의 양식 발전의 문제를 다루면서 사용하고 있는 '기초개념(Grundbegriffe)'은 미술사적 분류작업에 토대를 마련하고자 설정한 것이다. 이 분류는 가치판단과는 거리가 멀며 양식에 의거한 분류를 의미한다.

이것이 갖는 관심사는 개별적 경우들을 통해 표상 형성의 형식을 파악하는 일이다. 즉 개별적인 다양함 속에 드러나는 공통성을 개념적으로 파악하는 것이다. 우리가 유념해야 하는 것은 '표현체계'가 변화한다는 사실이다. 다시 말해 특정시대에 부합하여 얻어진 표현 수단들이 그 방식을 교체한다는 사실이다. 이것은 세계의 내용이 직관을 통해 가시화될 때 하나의 동일한 형식을 통해 드러나지 않는다는 사실을 의미한다. 직관은 동일하게 머무는 거울 같은 것이 아니라, 고유한 내적 역사를 지니며 다양한 발전 단계를 거치는, 생동하는 파악 능력이다.

『미술사의 기초 개념』에서 뵐플린이 하고 있는 작업은 고전적 유형과 바로크적 유형 사이의 대비에서 발견되는 그와 같은 직관 형식의 교체에 대하여 서술하는 것이었다. 이것은 양 시기의 미술이 지니고 있었고 또 지녀야 했던 틀인데, 뵐플린은 이 시기 표상 변천의 전 과정을 다섯 가지 개념 쌍[186]으로 요약하였다. 이 개념 쌍들은 일종의 직관 범주들로 일관된 경향성을 띠지만 결코 단일 원리에서 유도된 것들이 아니다. 그가 설정한 범주들은 동일한 사태에 대한 다섯 가지 관점이라 할 수 있으며, 특정의 미가 실현되는 틀이고, 자연의 인상을 포착하여 담아내

---

186) 다섯 가지 개념 쌍은 다음과 같다.
    a. 선(線)적(소묘적, 조각적)인 것과 회화적인 것 : 촉각상(觸覺像)과 시각상(視覺像)
    b. 평면성과 깊이감 : 평면적인 것에서 깊은 것으로의 발전
    c. 폐쇄된 형태와 개방된 형태 : 구축성과 비구축성, 엄격함과 자유로움, 규칙적임과 비규칙적임
    d. 다원성과 통일성 : 다원적 통일성과 단일적 통일성
    e. 명료성과 불명료성 : 대상에 대한 절대적 명료성과 상대적 명료성

는 그릇 같은 것이다.

뵐플린은 이 연구를 통해 예술사에는 어떤 내면적 논리와 독자적이고
도 내재적인 필연성이 지배한다는 테제를 추출하였다고 평가된다. 이러
한 그의 입장에 대해서 '예술가의 역사 없는 예술사', '인명 없는 예술
사'라는 수식어를 붙여 비판하는 까간과 아놀드 하우저의 입장을 이미
앞서 살펴보았다. 같은 맥락에서 하우저는 뵐플린이 말하는 형태 발전
상의 주기성(순환성, 반복성)에 대해 '비사회학적 방법으로 이것은 반역사
적 교조주의가 되고 완전히 임의적인 역사구성이 되는 것'[187]이라고 비
판하면서, 예술작품은 공약수로 묶여질 수도 반복될 수도 없는 것이며,
그것의 비반복성에서 예술 작품의 역사성이 표출되는 것[188]이라고 말하
고 있다.

이러한 비판을 통해 하우저는, 예술의 역사는 뵐플린이 설정한 범주
의 피안에서 흘러가는 동시에 헤겔의 구상과 같은 정신사의 차안에서
흘러가는 것임을 말하고자 한 것임을 알 수 있다. 뵐플린의 입장에 대한
비판을 전적으로 수용하지 않는다 하여도, 그의 다섯 개념을 그대로 문
학 양식 연구에 적용할 수는 없을 것이다. 그러나 세계를 보는 방식(지각
방식)에 의해 양식을 파악하는 그의 새로운 방법은 문학의 양식 연구에
있어서는 영향력 있는 의의[189]를 지니며, 양식 연구의 실제를 살피는
데 있어서도 전범으로 자리하게 되는 것이다.

뵐플린과 같은 미술사가의 입장에서 또한 미학이론가의 한 사람으로
서, 그림 비교 분석을 통해 양식에 관련된 논의를 이끌고 있는 사람이
곰브리치이다. 그는 똑같은 장소에서 충실한 재현, 객관적 묘사를 지향
한다고 밝힌 화가들의 풍경화가 각각 작품마다 미묘하게 변형되면서 상

---

187) Hauser, 백낙청·반성완 역(1999), 『문학과 예술의 사회사2』, 창작과비평사,
    pp.233~245.
188) Hauser, A., 한석종 역(1990), 『예술과 사회』, 기린원, p.110.
189) Kayser, W., 김윤섭 역(1999), 『언어예술작품론』, 예림기획, p.409.

이함을 드러내는 데 대해 왜, 어떻게 다른가를 분석[190]하면서 양식 문제에 접근하고 있다. 풍경을 응시하는 화가는 수없이 많은 이미지의 끊임없는 연속 속에 놓여 있는 것이므로, 그것이 화폭에 옮겨질 때는 화가의 지각방식에 의해 선택적으로 접근된 것일 수밖에 없게 된다. 따라서 같은 장소에서 같은 지향을 가지고 그림을 그리더라도 그것은 다양한 형태로 드러나게 된다.

그런데 이 다양함이 예술가의 기질, 개성, 취향으로만 설명되는 것이 아니라는 데서 양식이 논의될 수 있다. 즉 곰브리치에 의하면 화가 개인이 본다는 것은 지각방식과 관련되는 것인데, 이 시각적 인상은 화가 자신에서 시작하는 것이 아니라 그가 가진 관념이나 개념으로부터 출발한다는 것이다. 이 출발점 즉 선험적 도식은 예술가의 시대와 관심이 부과한 한계를 벗어날 수 없는 일종의 범주 같은 것인데, 곰브리치는 이것에서 예술가를 지배하는 양식(style)이 존재한다고 보게 된다. 이 낯익은 양식은 항상 낯선 것을 표현하기 위한 출발점이 되어 화가들에게 영향을 미치는, 선택적인 여과기로 작용하게 된다는 것이다.

따라서 곰브리치에게서 모든 예술은 가시적 세계 그 자체에서 보다 인간의 마음, 세계에 대한 우리의 반응 속에서 비롯하며, 모든 표현이 그들의 양식에 의해 인식될 수 있는 것은 엄밀하게 말해서 모든 예술이 개념적이기 때문[191]이라고 설명된다. 여기에서 우리가 제기할 수 있는 의문은, 그렇다면 동시대가 아닌 다른 시대로의 이행기, 혹은 전례에 없는 창조적인 작품으로 평가되는 생산물들, 그리고 새로운 양식을 창출했다고 평가되는 예술가들의 작업은 어떻게 이해해야 하는 것인가 하는 것인데, 그에 대해 곰브리치는 최초의 범주들이 무엇인가는 상대적으로

---

190) Gombrich, E. H., 유재천 역(1985), 「진실과 고정관념」, 『리얼리즘과 문학』, 지문사. 곰브리치는 그 실례를 기록문서의 삽화나 같은 대상(교회)을 그린 목판화, 그리고 박물학 책에서 볼 수 있는 동물, 식물 그림들을 대상으로 그림들 간의 유사성과 차이점, 그리고 실제 대상과의 차이점에 주목하여 설명하고 있다.

191) Gombrich, E. H.(1985), 「진실과 고정관념」, 위의 책, p.243.

별 문제가 안 된다고 말하고 있다. 우리는 항상 필요에 따라 그것들을 조정할 수가 있다는 것이 그 이유이다. 시도와 실수를 통한 배움의 과정, 적응의 과정은 어떤 분류망을 따라 내포와 배제를 통해 대상을 확인해 가는 놀이와 같으며, 그러한 이유에서 독창적이라 평가할 수 있는 것은 기존의 양식과 다르기 때문에 창조적인 것이 아니라, 놀랍고도 성공적인 방법으로 익숙하지 않은 것의 도전에 대처하기 때문에 창조적[192]이라고 말하게 된다.

곰브리치의 논의는 구체적인 양식을 발견하는 뵐플린의 작업과 성격을 달리하면서 양식 개념에 대한 차이도 드러내고 있다. 뵐플린이 미술사를 통해 변화하는 구체적인 양식을 포착하여 의미를 부여하였다면, 곰브리치에게서 그러한 변화는 시대와 개인(예술가)의 필요에 따라 적응하고 조정하는 상호작용 정도로 설명된다. 오히려 곰브리치의 논의에서 중요한 것은 이러한 양식이 인간의 지각방식에 관여 혹은 지배의 형식으로 작용함으로써 표현의 형식은 사회의 필요조건과 그 형식의 목적에서 분리될 수 없고, 세계를 묘사하기 위해서는 도식의 체계라고 할 수 있는 양식을 필요로 한다고 결론 내리는 데 있다. 곰브리치가 말하고 있는 양식이 시대를 이야기하면서도 시대양식을 넘어서고, 인간의 지각방식과 예술적 재현[193]에 대해 논의하면서 리얼리즘을 거론하는 이유가

---

192) Gombrich, E. H.(1985), 「진실과 고정관념」, 앞의 책, p.234.
193) 지각방식과 재현의 방식에 관한 재미있는 예를 벤야민의 글에서도 발견할 수 있다. '기술혁신이 가져온 편안함은 그 편안함을 누리는 자들을 기계적 메카니즘 속에 편입시킨다…… 여러 단계로 된 공정이 단 한번의 손동작으로 작동할 수 있게 된 촉각적인 체험(전화기나 사진기 같은)에 대비되는 것은 신문의 광고란이라든가 대도시의 교통과 같은 시각적인 체험이다. 대도시의 교통 속에서 움직인다는 것은 개개인으로 하여금 일련의 충격과 충돌을 체험하도록 하는 것을 의미한다. 위험한 교차로에서는 신경의 자극들이 마치 건전지에서 나오는 에너지처럼 잇달아 그의 몸 속을 관통한다. 보들레르는 전기적 에너지가 축적된 곳 속으로 뛰어들 듯 군중 속을 뛰어드는 한 남자에 대해 이야기하고 있다. 그리고 나서 곧 충격의 체험을 설명하면서 그는 그 남자를 의식을 구비한 만화경이라고 부르고 있다. 포우의 행인들이 아직 별다른 이유도 없이 시선을 사방

바로 여기에 있다.

　카이저도 양식을 통일적 지각(知覺)으로 정의한다. 하나의 작품을 파악한다는 것은 그 세계의 형성력과 이 형성력의 통일적이며 개성적인 구조의 파악을 의미하는데, 작품 세계는 이 통일적 지각의 지배하에 있고 형성력은 지각의 범주, 혹은 지각의 형식194)이라는 설명이다. 곰브리치가 지각방식의 선험성을 사회적 관습과 전통에서 찾는다면, 카이저는 지각에 귀속되는 대상성이 단순한 '현존재(Da-Sein)'가 아니라 대상성의 '그러그러한 존재(So-Sein)'를 뜻하게 되는 것이라는 설명으로 문학에서의 내재적인 의미, 내실을 강조195)하고 있음을 알 수 있다.

으로 던지고 있다면 오늘날의 현대인들은 교통신호를 보고 자신이 가야 할 위치를 정하기 위해 그렇게 하지 않으면 안 되는 것이다. 이처럼 기술은 인간의 지각기관이 복합적 성격을 띤 어떤 훈련을 받도록 강요한다. 어떤 새롭고 절박한 자극을 원하는 욕구에 부응하여 드디어 영화라는 것이 등장하였다. 영화에 이르러서는 충격의 형식을 띤 지각이 일종의 형식적 원리가 되었다. 콘베이어 벨트에서 생산의 리듬을 결정짓고 있는 것이 영화에는 수용의 리듬을 결정하는 근거가 되고 있다'
Benjamin, W., 반성완 역(1983), 『발터벤야민의 문예이론』, 민음사, p.143.
194) Kayser, W., 김윤섭 역(1999), 『언어예술작품론』, 예림기획, pp.424~428.
195) 카이저는 에리히 아우에르바흐가 『미메시스』에서 보여 주는 방법, 즉 작품 형성의 미세한 요소에서 형성력을 해명하려고 하는 방법이 자신이 논술한 견해와 일치한다고 말한다(볼프강 카이저, 김윤섭 역, 『언어예술작품론』, 예림기획, 1999, p.429).
고대의 『오디세우스』에서 1927년 출판된 버지니아 울프의 『등대를 향하여(To the Lighthouse)』까지를 대상으로 작품에 나타난 현실묘사를 통해 서양문학사를 스타일의 역사로 재구하고 있는 『미메시스 I, II』에 대해 역자인 유종호와 김우창은 다음과 같이 평가하고 있다. '『미메시스』는 그 부제가 말하고 있듯이 서양문학에 있어서의 현실묘사의 발전을 추적하고 있다. 그것은 리얼리즘의 역사이다. 그러나 이 역사기술의 주축을 이루는 것은 스타일(stil)의 개념이다. 이 개념이 아우얼바하로 하여금 이천 오백 년의 역사를 하나의 맥락 속에 파악할 수 있게 하는 실마리가 되는 것이다. 간단히 생각하면, 스타일은 형식에 관계되는 개념이다……그런데 형식의 역사는 눈에 보이는 외적인 모양의 누적된 변화 또는 혁명적 변화에만 관계되는 것이 아니다. 밖으로 정착되는 형식은 형성하는 힘에 대응하여 나타나는 결과이다. 이 형성하는 힘은 인간의 주체적인 삶의 표현이며, 그것이 일정한 일관성 속에 양식화될 수 있는 한에 있어서 그것은 진정으로 주체적인 소유가 된다. 물론 인간의 주체적인 삶은 이미 주어져

  논의의 대상이 다르긴 하지만 양식이 예술작품에 있어 선험적인 것으로 이야기된다는 점에서는 아도르노는 곰브리치와 같은 맥락을 이룬다고 할 수 있다. 부정의 변증법을 방법론으로 하고 있는 아도르노는 양식에 있어서도 기존의 사고를 전복하는 방식으로 그 개념에 접근하고 있다. 그의 문장의 비의적이고 암시적인 특성은 일반적인 개념 설명에서는 애매모호함으로 비판될 수 있는데, 양식의 개념을 이해하는 데 있어서는 장점으로 작용한다. 다음과 같은 설명이 그것을 특징적으로 잘 드러내 주고 있다.

  '양식(stil)'과 '글 쓰는 일(schreiben)'의 개념은 말에 대해 거부되어 있는 것에 도달한다는 의미를 지닌다. 이러한 무언의 영역이 말로 할 수 없는 순수한 힘을 통해 열리는 경우에만 말과 움직이는 행위 사이의 마술적인 불꽃을 뛰어넘을 수 있다. 이때는 양자 사이의 통일성이 마치 현실적인 것같이 된다. 가장 내적인 침묵의 핵심을 지향하는 말의 강력한 방향은 마침내 어떤 작용을 하게 된다……말이 수단으로 받아들여지면 불필요하게 무성해진다. 벤야민이 말로 할 수 없는 것의 제거라고 칭한 것은 특수한 것에 언어가 집중되는 일을 의미하며, 또 언어의 보편 개념들을 직접 형이상학적인 진리로서 설정하지 않으려는 점을 의미한다……말로 할 수 없는 것을 말하기 위한 유일한 길은 언어의 존재론적 금욕이라고 하는 결정적인 점을 추가해야 할 것이다. 예술에서는 보편 개념이 언어에 가장 가까워질 때 가장 강해진다. 즉 이야기가 됨으로써 그 현시성과 현장성을 초월하는 어떤 것을 말할 때 가장 강해진다. 그러나 그러한 초월은 극단적인 특수화 경향을 통해서만 예술에 도달한다. 즉 자체의 철

있는 형식 또한 그에 못지 않게 자연과 사회의 여러 세력에 의하여 형성된다. 이렇게 볼 때, 스타일의 역사는 인간의 삶의─개인적이면서, 집단적이고, 자연적인 통로의─역사이다. 그러므로 『미메시스』는 외면적으로 파악된 현실모사의 문제가 아니라, 인간의 또는 서양적 인간의 주체적 삶, 인간적 삶의 문제를 이야기하고 있는 것이다. 또는 그것은 서양인이, 사회적 형성과 예술적 기술의 변화 속에서, 어떻게 더욱 보편적인 의식과 삶의 지평으로 나아가게 되었는가를 이야기한다고 말할 수도 있다'
아우얼바하, 김우창·유종호 역(1987), 『미메시스 : 고대·중세편』, 민음사, pp.6~7.

저한 형상화를 통해, 내재적인 과정 속에서 말할 수 있는 것만을 말함으로써 예술에 도달한다.196)

문학작품에서 양식이 어떤 식으로 존재하는지, 그리고 그것을 규명해야 하는 이유가 무엇인지에 관한 사고의 덩어리들이 인용문 구석구석에서 잘 드러나고 있다. 양식이, 문학(예술)에서 말해진 것 너머에 존재하지만 말해진 것을 통해서만 존재하는 것이고, 그 존재는 확실하지만 비가시적일 수밖에 없는 것임을 주지한다면, 아도르노가 말하는 '말에 대해 거부되어 있는 것에 도달한다'는 것, '예술은 미메시스적인 요인을 통해 보편적인 것을 말한다'는 것은, 예술(문학)은 양식을 통해 자기를 드러내게 된다는 말과 다르지 않다.

그래서 아도르노는 양식의 개념을 '예술을 언어로 만드는 포괄적인 계기와 관계할 뿐 아니라―예술에 있어서의 모든 언어의 총괄 개념은 그것의 양식이다―특수화 과정, 속박적 요인과도 관계한다'197)고 정리한다. 따라서 양식의 소멸에 대한 탄식은 아도르노에게 '개별화 능력의 결여를 의미할 뿐'이며 '작품들도 극단적으로 철저하게 형상화되지 못하였다는 데에 기인'하는 것이라고 비판 받게 된다. 그래서 아도르노는 '어떠한 양식에도 포괄되지 않는 작품도 자체의 양식'을 지닌다고 설명하며, 심지어 '양식의 완전한 부정 자체도 하나의 양식으로 되는 듯하다'는 입장을 드러내게 된다. 추상적인 보편성에 대한 가장 현저한 안티테제인 표현도 그 개념 자체가 의미하는 바와 같은 말을 하기 위해서는 그러한 관습을 요하기 때문이다. 이렇게 아도르노의 이론에 접근해 보면 그는 앞선 누구보다도 예술사(문학사)에서 양식의 존재 가치, 존재 이유를 강조하고, 부각시킨 이론가라고 할 수 있다.

지금까지의 논의에서 알 수 있듯이, 전체적인 표상개념을 유지하고

---

196) Adorno, T. W., 홍승용 역(1984), 『미학이론』, 문학과지성사, p.320.
197) Adorno, T. W.(1984), 위의 책, p.320.

있는 것으로 말해지는 유럽 미학이론에서의 양식(style)에 대한 논의는 맥락과 대상에 따라 그 범주도 자유롭게 형성될 수 있는 가능성을 지닌다. 즉 서로 다른 양식이 한 시대와 다른 시대를 구분할 수 있는 특징으로 통용될 수 있다면 그것은 시대양식이 될 수 있으며, 同시대의 양식 안에서도 또 다른 분류기준을 갖는 양식이 얼마든지 있을 수 있다. 그것은 이들 미학이론에서 유추할 수 있듯이, 양식은 예술(문학) 작품이 작품으로 인정될 수 있는 존재 방식과 다르지 않기 때문이다. 우리는 그 분류의 기준을 어디에 두느냐로 문학텍스트 연구를 다양한 각도에서 시도할 수 있으며, 자유로운 텍스트의 넘나듦으로 기존에 읽어내지 못한 풍요로운 해석을 기대할 수 있다.

양식 개념을 규정하기 위해 이 책이 바탕으로 삼고 있는 지금까지의 이론은 예술작품의 '전체적인 표상'으로서의 Style 개념을 공통분모로 하고 있다. 여기에서 출발하는 이 연구에서의 양식의 의미는 다음과 같이 정리할 수 있다. 문학작품의 내용과 형식의 어우러짐에서 포착할 수 있는 전체적인 상(像)으로 이것은 작품이 내용과 형식을 규제하고 회피하면서 만들어 내는 질서이자 일관된 힘이다. 이 힘이 작품을 고정시키는 체계이자 내적 원리로 작용하게 된다. 이것은 개별 문학 작품 고유의 작동원리이면서 또한 집합적 전체를 상정하는 형이상학적 추상과도 관련된다. 후자의 속성 때문에 예술가가 처한 시대와 환경에 조응하는 하나의 방식으로 의미를 확장할 수도 있다. 양식은 작품의 요소들이 서로 의존, 결합, 용해되면서 찾아지고 발견되는 관념적 통일, 법칙인 것이다. 양식이 탐구와 발견의 영역이지 주어지는 것이 아니라는 설명은 이러한 관점에서 이해하여야 한다.

3) 문학의 논리와 양식

앞에서 살펴본 것과 같이 미학 이론에서 논의되는 양식 개념은, 예술 자체는 물론이고 역사관, 세계관을 아우르는 각 논자들의 입장과 상응하는 것이기 때문에, 지금까지도 하나의 개념으로 수렴되기가 어려웠던 것 같다. 그러나 이들 이론의 공통점은, 예술창작 그 자체 속에 존재하는 본질적 형성 가능성에 근거하여, 눈에 보이지는 않지만 존재하는 것이 분명한 像을 포착하여 설명하고자 한다는 것이다. 그리하여 예술체험의 근본구조에 대한 미학상의 견해 차이에 따라서 여러 가지의 양식 범주가 세워진다. 우리는 그러한 작업들이 이미 있어 왔고, 시도하고 있으며, 또 그것은 문학사는 물론 모든 예술사에서 계속 지속되어야 하는 연구 과제라는 것을 다음의 예들을 통해 확인할 수 있다.

헤겔이 『미학』에서 보여주고 있는 방법론, 즉 세 가지 계기를 범주화하고 이들의 변증법 관계에서 다시 세 개의 범주가 생성되는 것으로 논의가 진행되는 방법론은 지나치게 도식적이라는 비판을 받기도 하지만 또한 그 때문에 매력적이기도 하다. 즉 헤겔은 예술 형식의 발달 단계를 '상징적, 고전적, 낭만적'인 범주로 구분하여, 예술사는 정신이 이 세 단계를 거치는 가운데 미가 실현되고 다시 해체되는 변증법적인 과정 그 자체라고 설명한다. 예술사는 곧 양식의 역사라는 말은 여기에서도 타당성을 지닐 수 있겠다.

그런데 헤겔이 고전적, 낭만적이라고 부르고 있는 이 범주는 이미 괴테가 그의 평론에서 시도했던 것으로, 그것은 괴테의 평론에서도 언급되었듯이 쉴러(실러), 슐레겔로 이어졌고 헤겔에 와서 상징적인 것이 추가되어 변증법을 완성하게 된다. 괴테가 그의 평론 「괴테와의 대화」[198]

---

198) Goethe, 한일섭 역(1829), 「괴테와의 대화(Gesprache mit Goethe in den letzten Jahren seines Lebens)」, 『세계평론선』, 삼성출판사, 1978.
　　「괴테와의 대화」는 괴테와 그의 경모자 요한 페터에케르만(Johann Peter Eckermann)이 1832년부터 괴테의 임종 해까지 10년 동안 삶, 예술, 학문 등에 관해 대화한

에서 '고전적인 것과 낭만적인 것'의 내용을 설명하는 부분은 매우 소박하여 체계적인 이론으로 보기는 어렵다. 그러나 그 논의의 시점과 목적이 괴테가 현대의 문학이라고 부르고 있는 새로운 문학이 기존의 문학과 어떻게 다른지를 설명하는 데 맞춰지고 있다. 그렇기 때문에 그가 제시한 고전적인 것과 낭만적인 것은 가치의 개념보다는 양식의 차이를 포착하여 기술하는 문학사적 시각과 크게 다르지 않다. 이 과정에서 고전적인 것에 의미를 부여하는 괴테의 문학관이 반영되고 있는 것은 물론이다.

우선 괴테는 자신이 '문학에서 객관적인 묘사의 원칙을 지켰고 이 원칙만을 인정하려 한다'는 전제를 하고 있다. 그러나 낭만적인 것이라고 부르는 현대의 대부분의 문학이 가치가 없는 것이라고 말하는 것은 아니다. 여기서 괴테는 고전적인 것과 낭만적인 것의 속성들을 이야기한다. 괴테가 말하는 고전적인 것이란, 주어진 사상(事象)을 나쁘지 않게 표시하는 표현이고, 건전하고 힘차며 튼튼하고 싱싱하고 즐거움에 차 있는 것이다. 『니벨룽겐의 노래』와 호메로스의 서사시가 그 예이다. 그리고 낭만적인 것이란 연약하고 쉽게 상하는 병적인 것으로 말해진다.

흥미로운 것은 괴테가 이러한 구분을 하면서, 고전적인 것과 낭만적인 문학에 관한 개념은 자신과 쉴러에게서 생긴 것인데, 자신은 객관적인 묘사의 원칙을 지켰고 그 원칙만을 인정하려 하는 대신 쉴러는 매우 주관적인 묘사에 치중한다고 하면서, 슐레겔 형제가 이런 개념을 인수하여 사방에서 거론하고 있어 지금은 누구나가 고전주의와 낭만주의에 관해서 말하고 있다고 전해주는 부분이다. 표면적으로 낭만적인 것에 대해 어떠한 비판이나 가치판단을 하고 있지 않지만, 낭만적인 것을 설명하기 위해 선택된 어휘나 쉴러의 입장에 대한 못 마땅해 하는 듯한 어조는 괴테가 근대의 문학적 변화를 불편하게 받아들이고 있다는 것을

것을 내용으로 한다. 이것은 괴테의 만년의 식견을 전한다는 점에서 큰 뜻을 지닌다(앞의 책, p.138).

감지할 수 있게 한다.

또한 50년 전만 해도 아무도 고전적인 것과 낭만적인 것에 관해 생각하지 않았는데, 이제 누구나가 고전주의와 낭만주의를 이야기하게 되었다는 부분에서, 우리는 문학적 변화의 특성들을 누구보다도 먼저 선취하고 양식화할 수 있었던 괴테의 안목에 감탄하면서, 이 글이 쓰이던 19세기 초(1829년 4월 2일), 쉴러가 주목했던 주관적인 묘사에 치중한 새로운 양식의 문학이 괴테의 자리를 대체해 가는 당대의 분위기를 상상할 수 있다.

괴테가 주관적인 묘사에 매우 치중한다고 앞서 소개를 해준 쉴러(실러)는, 문학에 대한 이러한 이분법적 사유를 '소박문학과 감상문학'[199]으로 범주화하고 있다. 괴테가 구분한 '고전적인 것과 낭만적인 것'은 새롭게 등장한 (현대 – 당대)문학들의 경향이 기존의 문학과 어떻게 다른가를 아주 간단하게 설명해 주는 것이었다. 그러나 그러한 사유방식 자체는 양식연구와도 밀접하게 연관된다고 할 수 있는데, 쉴러의 「소박문학과 감상문학(Uber naive und sentimentale Dichtung)」은 옛문학과 새로운 문학을 구분하면서도 그것이 속성들이 '소박문학'과 '감상문학'으로 범주화되자, 그 범주는 시대를 넘어설 수 있는 가능성을 보여주게 된다. 여기서 쉴러의 작업을 양식연구로 볼 수 있게 된다. 즉 쉴러의 이 범주는 한 시대를 대표하는 문학의 특징으로 이야기되면서 시대양식으로 볼 수 있는데, 그러면서도 이 범주는 현재의 시점에서도 사용할 수 있는 개념이기 때문이다.

쉴러가 소박문학과 감상문학을 구분하는 데 가장 핵심적으로 등장하는 용어는 '자연'[200]이다. 그는 자연으로 있는 문학(작가)과 자연을 찾는

---

199) Schiller, 한일섭 역(1956), 「소박문학과 감상문학(Uber naive und sentimentale Dichtung)」,『세계평론선』, 삼성출판사, 1978.

200) 쉴러는 자연을 식물, 광물, 동물, 풍경 등의 '자연'과 아이들, 시골사람, 미개한 사람들의 풍습 등이 지니는 '인간의 자연'이 있다고 말한다(앞의 책, p.149). 글 본문에서는 이 둘 모두를 '자연'으로 부르고 있다.

문학(작가)을 구별하여, 전자를 소박문학 후자를 감상문학으로 부르고 있다. 전자에 속하는 작가는 호메로스를 비롯한 고대작가들이고 후자에는 모든 현대작가들이 속하게 되나, 적용 대상은 그 특성에 따라 이 범주를 얼마든지 넘나들 수 있다. 그는 인간이 자연을 대하는 태도, 그 관계에서 문학을 구분하고 있는데, 이것은 문학에서 직접 설명되기 전에 우리의 일상 삶에서 먼저 설명되고 있다. 인간이 자연을 대할 때 사랑과 경의로써 대하는 때가 있다. 그 이유는 '다만 그 자연이 자연'이기 때문이다. 여기에는 흥분이나 관심이 개입되지 않는다. 여기에서 우리에게 그런 사랑, 경의, 애착과 같은 마음을 일게 하는 대상 자연은 인공적인 것과 대조를 이룬다. 넓은 뜻에서 이 때의 자연을 두고 소박하다고 말한다.

소박한 자연을 대하는 인간의 모습도 소박하게 드러나게 되는데, 그것은 고대 그리스인들을 상상해 보면 된다. 그들의 사고방식, 그들의 감수(感受) 방법, 그들의 풍습 등이 문학 작품에도 그대로 나타나는데, 그들은 문학 속에서 자연을 충실하게 재현하고 있다. 거기에는 현대인이 자연현상과 자연의 물체를 볼 때 갖는 '감상(感傷)적인' 마음 같은 것이 없다. 그리스인들에게 자연은 정확히, 충실히, 자세히 묘사되는 대상일 뿐이다. 그것은 의복, 방패, 무기, 가구, 생산품 등을 묘사하는 것과 다르지 않다. 즉 그들에게는 자연과 인공물에 대한 차이가 존재하지 않는다. 그리스인들은 현대인처럼 자연을 즐기지 않는다. 즉 소박문학은 자연을 있는 그대로 받아들일 뿐 거기에 어떠한 의미를 부여하지 않는다.

그런데 똑같은 자연을 대하면서도 현대인들은 자연에 대해 그리스인들 보다 큰 경의를 표하고 절실한 애정을 품고 강렬한 온정으로 대한다. 쉴러는 바로 자연을 대하는 이러한 차이가 어디에서 비롯되는지를 물으면서, 그것을 고대문학과 현대문학의 차이를 설명하는 방법으로 전환시키고 있는 것이다. 쉴러는 그러한 차이가 '현대에 있어서 자연이 인간으로부터 없어지고 또 현대인들이 자연을 오로지 인간의 바깥에서, 넋이 없는 세계에서, 자연의 진리 속에서 다시 만나기 때문'이라고 말한다.

즉 현대인들의 상황과 풍습이 '반(反)자연적'이기 때문인 것이다.

그래서 그리스인들에게서 자연은 자연으로서 '존재'했고, 현대인들은 자연을 '추구'하게 되는 것이다. 이것은 작가에게 고스란히 적용된다. 즉 작가는 자연으로 '존재'하며 자연을 '존재'하게 하든가, 자연을 '추구'하게 되는 것이다(자연으로 '있는' 작가와 자연을 '찾는' 작가). 여기에서 현대 문학의 모든 영역을 포용하고 한계 짓는 두 상이한 문학의 유형이 생기게 된다. 자연을 존재하게 하는 '소박문학'과 자연을 추구하는 '감상문학'이 바로 그것이다. 이러한 구분은 시대에 따라 혹은 교육과 그때그때의 정서에 영향을 끼친 사정의 여하에 따라서도 구분이 된다.

소박문학의 작가는, 그가 곧 작품이며 작품이 그로 된다. 그들의 작품에서는 작가와 대상을 구분하여 찾을 수 없다. 즉 주체와 객체는 구분되지 않고 합일된 상태이다. 반면 감상문학에서 이러한 조화 혹은 통일체는 그렇게 되려고 노력할 수 있는 영역이 된다. '실제로' 일어난 감각과 사고의 합일은 이제 오로지 이상(理想)으로만 존재한다. 그것은 현실화되기를 바라는 하나의 생각으로서 있는 것이지 그의 삶의 현실로서 있는 것이 아니다. 인간과 자연의 모든 조화로운 상태가 한낱 이상에 불과한 것으로 되는 문명의 상태에서는 현실을 이상화하는 것 혹은 '이상을 표현하는 것'이 작가의 임무가 된다. 고대 작가(소박문학의 작가)가 자연, 감성적인 진리, 생생한 현재를 통해서 우리를 감동하게 한다면, 현대 작가(감상문학의 작가)는 이념을 통해서 우리를 감동하게 한다. 다시 말해 자연은 인간을 하나의 통일된 자아로 만들고 인공은 인간을 분열되고 분단된 존재로 만들지만, 후자는 이상을 통해 다시 통일체가 될 수 있다.

쉴러의 이 논의가 비교적 오래된 것임에도 불구하고 전혀 낯설지 않은 것은, 이후 우리가 만나게 되는 자연과의 총체성, 완전성, 동일성, 합일, 조화, 이념을 추구하는(찾아 헤매는, 여행하는) 문학으로서 말해지는 현대문학(소설) 관련 이론들이 쉴러의 논의와 같은 맥락에서 행해지기 때문이다. 또한 쉴러의 논의가 더 값진 것은, 소박문학과 감상문학이라는 이러한 구분이 '시대에 따라 혹은 교육과 그때그때의 정서에 영향을 끼친 사정의 여하에 따라서도 구분이 된다'고 하는 확장 가능성을 본문에서 말하고 있기 때문이다. 쉴러는 실제 작가를 이해하는 데 이러한 구분을 그대로 적용하고 있다. 즉 소박문학의 작가로 호메로스를 이야기하면서, 작풍(作風)도 상이하고 시간적으로도 엄청난 차이를 지니는 시대에 살았던 셰익스피어가 위에서 말한 것과 같은 이유에서 호메로스와 동일한 유형의 작가가 된다고 설명하고 있는 것이다. 더 나아가 문학사에서 양식연구의 필요성으로 언급할 수 있는 논의도 쉴러가 이미 들려주고 있다.

> 그러니까 고대 작가와 현대 작가, 즉 소박한 작가와 감상적인 작가를 전혀 비교하지 않거나 혹은 오로지 하나의 공통성이 있는 보다 차원이 높은 개념을 갖고 비교하는 것이 바람직하다. 왜냐하면 문학의 유형에 대한 개념을 일방적으로 고대 작가들을 기준하여 형성한다면 그들에 비해 현대 작가를 낮춰 평가하는 일만큼 경솔한 일이 없고 또 그것만큼 저속한 일이 없을 것이기 때문이다. 단순한 자연에 늘 같은 모양으로 작용하는 것만을 문학이라 칭한다면 현대 작가는 가장 독특하고 가장 숭고한 아름다움을 성취했더라도 작가라는 명칭을 받기가 힘들다. 왜냐하면 그는 인공의 문하생에게만 말하고 단순한 자연에게 아무 말도 안 하기 때문이다. 문학을 그렇게 정의하면 현실을 넘고 이상의 세계로 갈 의향이 없는 자에게 현대 문학은 아무리 풍부한 내용을 지니더라도 허식이 되고 아무리 숭고한 고양(高揚)을 표현하더라도 단순한 과장이다.201)

이 설명에서 고대와 현대라는 시대는 얼마든지 괄호로 묶일 수 있으며, '공통성 있는 보다 차원이 높은 개념'을 양식으로 이해해도 이 맥락은 무리 없이 받아들여질 수 있다.

쉴러가 문학을 유형화하면서 사용한 용어는 '소박문학과 감상문학'이고 적용 범위 또한 넓지만, 그 내용이 고대문학과 현대문학을 구분하는

---

201) Schiller, 앞의 책, p.155.

데 중심을 두고 전개된다는 데서 괴테의 '고전적인 것과 낭만적인 것'에 대응될 수 있다. 즉 괴테가 건전하고 힘차며 튼튼하고 싱싱하고 즐거움에 차 있는 것으로 설명한 고전적인 것은 쉴러에게서 자연과 합일되어 충만한 세계(소박문학)의 모습으로 이해할 수 있고, 병적인 것들로 설명되는 낭만적인 것은 자아가 분열되고 자연이 상실된 세계(감상문학)에서 발견될 수 있는 징후들이다.

고전적인 것과 낭만적인 것에 대한 논의는, 괴테의 글에서도 언급되었듯이 이 시기(19세기 초 이후)의 쟁점 담론이었던 듯하다. 같은 맥락에서 슐레겔 형제도 이 담론의 장에서 독일 낭만주의 문학의 이론적인 근거를 수립[202]하였다. 특히 동생 F. 슐레겔(Friedrich von Schlegel)의 낭만주의 문학에 관한 논의는 문학사(예술사)에서 매우 중요한 위치에 놓이고 있다. 낭만주의 문학의 특성을 명확하게 설명하고 있는 것으로 평가되는 다음과 같은 부분은 낭만주의 문학의 속성을 보여주는 동시에 양식의 개념에도 접근할 수 있는 설명이 된다.

> 낭만주의 문학은 진보적인 우주적 문학이다. 그것의 과제는 분리되어 있는 문학의 모든 장르를 재결합하고 또 문학을 철학 및 수사학과 연결하는 일만이 아니라……문학화하는 모든 것, 일체의 문학적인 것……모든 문학적인 요소를 포괄한다. 그러니까 낭만주의 문학은 묘사하는 대상에 열중하여 자신을 잃고 각종 문학적인 개체의 특성을 그려내고자 한다. 그런데 이것을 달성하려는 작가의 의도를 완전히 구현시킬 형식이 아직 존재하지 않는다. 때문에 하나의 소설을 쓰고자 마음먹은 예술가는 거의 자기 자신을 묘사하는 것으로 되고 말았다. 낭만주의 문학만이 우리의 세계 전체를 반영하고 우리의 시대상을 보여 준다. 그것은 문학적인 성찰의 힘에 의해 현실적인 관심과 이상적인 관심을 떠나서 대상의 세계와 작품 사이의 한가운데에 떠 있을 수 있다……그것은 최고의 형성력과 아주 다양한 형성력을 갖는다……그것은 작품 중에서 완전성을 구비해야 할 각 개체를 위하여 그 부분들을 흡사하게 구성한다……낭만주의 문학은 형

---

202) Schlegel, 한일섭 역(1978), 「낭만주의 문학」, 『세계평론선』, 삼성출판사, p.170.

성 도상에 있고 절대로 완성되지 않는다는 것이 그것의 본질이다.[203]

낭만주의 문학이 이러한 특성을 갖는 것이라면, 그 범주에서 논의될 수 없는 것, 그리고 고대문학적 특성을 드러내는 것 등이 구분될 수 있다. 이러한 방법론적 틀을 문학을 통해 세우고, 그 틀을 통해 다시 문학을 바라보게 되는 것이 바로 양식연구의 한 의의에 포함될 수 있을 것이다. 또한 인용문에서도 알 수 있듯이 기존의 범주들이 재결합되고 연결되면서 나타나게 된 낭만주의 문학에는 새로운 유형의 문학이 탄생될 수밖에 없다. 그러므로 낭만주의 문학의 하위 범주에서도 양식은 논의될 수 있다. 이렇게 낭만주의 문학은 최고의 형성력과 다양한 형성력을 갖는 문학이기에, 슐레겔은 다음과 같이 말하면서 '모든 문학이 낭만적이어야 한다'고 주장하게 된다.

> 낭만주의 문학은 고대 문학과 큰 상이점을 갖습니다……고대적인 것과 낭만적인 것 간에 존재하는 대립을 제시하였지만……내가 낭만적인 것과 현재적인 것을 완전히 동일시한다고 생각지 마시기 바랍니다. 라파엘로 및 코렛지오의 그림은 지금 유행하고 있는 동판화와 아주 상이한 성질의 것인데 바로 그만큼 크게 낭만적인 것과 현대적인 것이 서로 다릅니다……<에밀리아 갈로티>는 굉장히 현대적이지만 추호도 낭만적이 아닙니다……셰익스피어에게서는 낭만적인 상상의 본래의 중심 혹은 핵심을 찾습니다. 나이 든 현대 작가, 셰익스피어, 세르반테스, 이탈리아 문학 등에서 그리고 기사, 사랑, 동화 등을 낳고 게다가 이런 말을 처음으로 썼던 시대에서 나는 낭만적인 것을 찾으며 또 봅니다. 이것이 낭만주의 문학을 고대의 고전적인 문학과 대립하게 하는 유일한 것으로 됩니다……낭만적인 것은 하나의 장르가 아니고 문학의 한 요소입니다. 그것은 작품에 따라 더 많거나 더 적을 수 있겠지만 전혀 없어서는 안 됩니다.[204]

---

203) Schlegel, F., 앞의 책, pp.170~171(F. 슐레겔은 슐레겔 형제 중 동생을 일컫는다).
204) Schlegel(1948), 「문학에 관한 대화」, 『세계평론선』, 삼성출판사, p.175.

슐레겔 역시 낭만적인 것과 고대적인 것을 구분하고 있지만, 이는 단순히 시대개념으로만 환원되는 속성이 아님을 이야기하고 있는 것이다. 앞서 살펴본 논의들과 마찬가지로, 양식 연구에서 수렴할 수 있는 부분이 바로 여기이다.

헤겔의 『미학』이 근대미학의 정전처럼 읽히는 것은, 그가 수립한 변증법적 방법론의 탁월함, 즉 앞서 살펴본 이러한 논의들을 총망라하여 비판하고 지양하는 방식에서 헤겔의 주장이 드러나기 때문이다. 헤겔은 예술이, 이념을 사유나 순수한 정신성 같은 보편적인 형식이 아니라 감각적인 형상으로 우리의 직접적인 직관에 드러내 표현할 사명을 띠고 있다[205]고 본다. 그러므로 예술적 표현은 이념과 형상 양자가 일치되고 통일될 때 가치와 존엄성을 지니게 된다. 즉 내면성이 형식과 얼마나 통일되어 있느냐의 정도에 따라 예술의 숭고함과 탁월함이 결정되는 것이다.

따라서, '현대의 인공적 요소가 인간을 분열되고 분단된 존재로 만들지만, 이상을 통해 다시 인간을 하나의 통일된 자아로 만드는 자연에 다가갈 수 있으며, 바로 이 과정에서 중개하고 화해시키는 요청을 실현해야 하는 것이 미적인 교육'[206]이라는 입장에 서 있는 쉴러는, 헤겔에게서 '보편적인 것과 특수한 것, 자유와 필연성, 정신성과 자연성의 통일이 쉴러가 예술의 원칙과 본질로 삼아 이를 학문적으로 파악하고 예술과 미적 교양을 통해 실제 생활 속에 실현시키고자 요청하고 노력한 것'[207]으로 평가받게 된다.

반면 예술의 영역에서 철학적인 이념을 다시 일깨우려는 노력(슐레겔 형제)에 근접하면서, 자아의 무제한적인 확대는 이지적이고 유희적 반성에 의해 정당화될 수 있다는 생각에서 창조와 파괴가 끊임없이 지속되

---

205) Hegel, 두행숙 역(1996), 『헤겔미학 I 』, 나남, p.124.
206) Schiller, 최익희 역(1997), 『인간의 미적교육에 관한 서한』, 이진출판사.
207) Hegel, 두행숙 역(1996), 위의 책, p.110.

는 낭만적 반어를 얘기한 슐레겔은 헤겔에게서 거센 비난을 받게 된다. 헤겔은 이러한 슐레겔 형제의 입장을 '공허한 형식'이라고 하면서, 여기에서 변증법적 방법론의 계기를 작동시켜 무한하고 절대적인 부정성(unendliche absolute Negativitat)의 지점에 도달한 것이다. 하우저가 양식을 두고, 자신의 내용에 따라 끊임없이 변화하는 역동적인 '관계 개념'이기 때문에 모든 개개의 새로운 작품에 따라 새롭게 구성된다고 말한 논리도 헤겔의 예술적 태도와 상통하는 것으로 해석할 수 있다.

지금까지 살펴본 논의와 같이, 양식은 이론가들의 예술관, 세계관과 관련되어 다양한 의미로 해석이 되면서 현재까지 이어져오고 있다. 주의할 것은, 괴테, 쉴러, 슐레겔, 헤겔 등의 논의는 충분히 그 해석이 확장 가능성을 지님에도 불구하고, 이들의 논의에서 고전과 현대라는 시대적 구분이 중요하게 다루어지고 있다는 이유에서, 자칫 구분된 시대에서 구분되는 문학의 속성들을 추수하고 이름 붙이는 것이 양식 연구의 전부인 것처럼 생각해서는 안 된다는 것이다. 동일 시대 안에서도 다른 양식이 이야기될 수 있고, 혹은 시대를 넘어서는 양식의 범주가 마련될 수도 있는 것이다. 이 후자의 예를 쉴러가 호메로스와 셰익스피어를 동일한 계열의 작가로 논의하면서 보여준 것이다.

이 지점에서 우리가 만날 수 있는 사람이 니체이다. 그는 『비극적 사유의 탄생』[208]에서 그리스인들의 예술의 이중적 원천으로 파악한 아폴론과 디오니소스[209]를, 예술의 영역에서 대립되는 양식[210]들을 대변하

---

208) 니체, 이진우 역(1997), 「디오니소스적 세계관」, 『비극적 사유의 탄생』, 문예출판사.

209) 그리스 신화에서 아폴론은 천상적 의미를 지닌다. 이것은 자연적 현상으로서의 하늘이 아닌, 탁월한 자연력의 현상을 뜻한다. 그렇기 때문에 아폴론은 모든 아름다운 것과 조화로운 것의 원인과 원리로서 인식된다. 아폴론은 항상 신성하고 숭고한 성격을 지니고 있다. 아폴론과 짝을 이루는 디오니소스의 본성은 지상의 삶과 연관되어 있다. 광기와 도취의 신으로 불리며, 그것으로부터 해방되어 되돌아 올 부재의 신이기도 하다.
Nietzsche, F., 이진우 역(1997), 『비극적 사유의 탄생』, 문예출판사, pp.215~217.

는 이름으로 제시한다. 물론 니체가 아폴론적 예술을 언급할 때는 그리스 예술을 염두에 두고 있었고, 디오니소스적 예술은 그러한 아폴론적 세계를 벗어나는, 낯설고 매혹적이며 기묘한 새로운 세계로 이야기되고 있다. 하지만 이미 '아폴론적'인 것과 '디오니소스적'인 것은 일반명사처럼 쓰이고 있는 것이 사실이다.

니체가 제시하고 있는 '디오니소스적'이라는 것은 꿈과 도취로부터 그 특징이 이야기된다. 현실을 대상으로 한 개개인의 유희가 꿈이 되며, 황홀과의 유희에 기반을 둔 디오니소스적 예술은 그래서 충동과 도취라는 힘을 가지게 된다. 이 상태에 이르면 개별화의 원리는 깨어지고, 주관적인 것은 일반적 인간성과 일반적 자연성의 분출 앞에서 완전히 사라진다. 그것은 인간과 인간 사이에 유대를 맺어줄 뿐만 아니라, 인간과 자연을 화해시킨다. 인간과 자연의 화해, 즉 자연이 인간과 행하는 유희가 도취라면, 디오니소스적 예술가의 창조는 도취와의 유희이다. 이 예술가는 현상하는 것의 본질을 직접 이해할 수 있도록 서술해야 한다. 그는 아직 형태를 이루지 않은 의지의 혼돈에 대해 명령하며, 창조적인 계기가 있을 때면 언제나 이 혼돈으로부터 새로운 세계뿐만 아니라 이미 현상으로 알려진 옛 세계도 다시 창조할 수 있다.

---

210) Die Griechen, die die Geheimlehre ihrer Weltanschauung inihrer Gottern aussprechen und zugleich verschweigen, haben alsden Doppelquell ihrer Kunst zwei Gottheiten aufgestellt, Apollo und Dionysos. Diese Namen reprasentiren im Bereich der Kunst Stilgegensatze, die fast immer im Kampf mit einander neben einander einhergehen und nur einmal……
Friedrich Nietzsche(1980), 「Die dionysische Weltanschauung」, 『samtliche Werke』, Kritische Studienausgabe in 15 Banden, hrsg. v. Giorgio Colli und Montinari, Munchen / Berlin / N.Y, p.551.
자신들의 세계관이 가지고 있는 비밀스런 이론을 자신들의 신들을 통해 말하고 동시에 숨겼던 그리스인들은 예술의 이중적 원천으로서 두 신을 내세웠다. 아폴론과 디오니소스. 예술의 영역에서 이 이름들은 대립되는 양식들을 대변한다……
Nietzsche, F., 이진우 역(1997), 앞의 책, p.13.

아폴론적인 것은 아름다움이 그의 요소이며 영원한 젊음이 그에게 부여되었다. 상태의 완전성, 한 차원 높은 진리, 알맞은 경계지움, 격정으로부터의 자유, 지혜와 안정, 고요함 등을 그 속성으로 한다. 그것은 절제를 통해, 무엇인가를 배움으로써, 디오니소스의 비합리적 초자연성을 억제하면서 척도에 대한 윤리적 요청이라는 목표를 가진 형상 의식을 가지게 된다. 이 요청은 아름다움에 대한 심미적 요청과 병행하며, 척도, 한계가 인식될 수 있다고 여겨지는 곳에서만 척도를 요청으로 설정할 수 있다. 그래서 아폴론적 경고는 '너 자신을 알라'고 말하는 것이다. 니체는, 경계와 척도를 지니고 있던 아폴론적 세계관이 디오니소스적 요소들의 입장을 허락한 의지에서 바로 새롭고 보다 차원 높은 실존의 수단으로서 비극적 사유의 탄생을 보았던 것이다. 이렇게 예술의 영역에서 아폴론적인 것이 디오니소스적인 것을 허용하는 것을 비극적 세계관[211]과 연관지음으로써 양식은 세계관과 연계될 수 있는 자리를 마련한다.

예술 혹은 미학에서 언급된 이러한 이론들이 문학 텍스트를 대상으로 하여 이야기될 때, 우리는 추상적인 개념을 구체화할 수 있을 뿐만 아니라, 문학연구에서 양식연구가 어떻게 실제화될 수 있으며 왜 필요한지를 보다 쉽게 이해할 수 있게 된다. 왜냐하면, 어느 하나의 작품을 파악한다는 것은 그 세계의 형성력과 이 형성력의 통일적인, 개성적인 구조의 파악을 의미하는 것인데, 작품의 양식이란 통일적 지각(知覺)[212]이고, 형성력이나 개성적인 구조는 바로 그 지각 아래 놓이는 것이기 때문이다. 그 구체적인 예로 소설에서 주인공이 세계를 어떻게 인식하는가, 혹은 세계와 어떠한 관계를 형성하는가에 주목하여 소설의 이론을 세우게

---

211) 비극적 세계관의 변증법이라는 방법론으로 파스칼의 『팡세』와 라신느의 4대 비극에 대한 이해를 보여주는 루시엥 골드만의 『숨은 신』과 루카치의 『영혼과 형식』에 들어 있는 「비극의 형이상학」도 같은 맥락에서 이 책에서 참고하고 있다. 이에 관해서는 앞서 1장 2.에서 간략하게 다루었다.

212) Kayser, W., 김윤섭 역(1999), 『언어예술작품론』, 예림기획, p.424.

되는 루카치의 작업을 접할 수 있다. 루카치는 세계가 신과 멀어진 후 영혼과 작품, 내면성과 모험이 일치하지 않음에 주목하여, 이러한 불일치성이 두 가지 유형으로 구분된다고 보았다.

그 첫 번째가 영혼이 외부세계보다 좁은 경우로, 이러한 유형의 주인공은 내적으로 전혀 문제성을 지니고 있지 않기 때문에 세계와 자아 사이의 간극을 현실적으로 체험할 수 없다. 영혼도 그 자체의 내적 확실성으로 인해 어떤 것에도 흔들리지 않는다. 그 자신의 영혼 속에서 순전히 선험적 삶을 영위하고 있는 것과 동일한 이념과, 아울러 이념과는 완전히 동떨어진 유기적인 성격의 현실이 교묘하게 뒤섞여 있는 세계가 바로 이 첫 번째 유형의 인물이 처한 세계이다. 이러한 세계에서는 관조나 내부를 향한 행동을 위한 성향이나 가능성은 존재하지 않으며 오로지 외부로 드러나는 행동, 모험만을 강요하게 된다. 루카치는 이것을 '추상적 이상주의'로 유형화하면서 『돈키호테』의 역사철학적 성격을 이로부터 규명한다.

또 하나의 유형은 영혼이 삶의 운명보다 더 넓고 크기 때문에 생겨난다. 이것을 '환멸의 낭만주의'라 한다. 이러한 유형으로 묶여질 수 있는 소설에서는, 그 자체 속에서 어느 정도 완결되고 내용적으로도 충만한 내면적인 현실이 문제가 된다. 이 경우 내면적 현실은 외부적 현실과 경쟁하고, 자기 자신을 세계의 본질로 간주함으로써 자신의 독자적 삶을 갖게 된다. 내적 현실과 외적 현실 사이의 동일성을 실현하려는 삶의 시도가 실패로 끝난다는 것이 이러한 소설 유형이 다루는 대상이 된다.

추상적 이상주의가 자신의 실존을 위해 자신을 행동으로 옮겨 놓음으로써 외부세계와 갈등을 일으킨다면, 낭만적 내면성은 갈등을 피할 수 있는 가능성이 있다. 모든 삶의 내용을 자기 자신으로부터 만들어 낼 수 있는 삶이란 외부적 현실과 접촉하는 일이 없더라도 완전하고 원환적이 될 수 있으며 완결될 수 있기 때문이다. 환멸의 낭만주의 소설 형식에는 서사적 형상화의 상실, 구조 없는 비구성적 분위기의 나열과 그러한 분위기에 대한 반성, 감각적으로 형상화된 줄거리를 심리적 분석으로 대치하는 등의 특성들이 존재하고 있다.

파킨슨은, 『소설의 이론』의 마지막 단계에 제시된 「새로운 세계와 시대」에서 도스토예프스키에 대한 언급은 새로운 세계와 시대가 등장하게 된 것을 암시한다고 하면서, 그것이 등장하게 된 근거는 루카치의 주장이 가진 내적 변증법에 있다[213]고 평가한다. 이러한 평가는 루카치의 이론이 텍스트 실제 연구에서 실효성을 갖는다는 것을 다시 한번 검증해 준다. 루카치는 예술적 반영에서 내용과 형식의 관계를 변증법적 통일의 관계로 설명하면서, 형식을 규정하는 과제는 내용을 유기적인 한 부분으로 항상 포함해야 하며, 따라서 예술적 형식은 '규정된 내용, 즉 특정한 예술 작품의 내용에 고유하고 특수한 형식'[214]이라고 말하고 있기 때문이다.

그래서 『소설의 이론』에서 말하고 있는 형식의 유형학(A typology of the novel form)이라는 용어는, 루카치가 소설의 근본문제를 세계를 어떻게 예술적으로 처리하고 있는가를 역사철학적 입장에서 유형화하는 것이라고 밝히는 데서 잘 드러나고 있듯이, 형식과 내용의 상위 개념으로

---

213) 『소설의 이론』의 지평에 나타난 「새로운 세계와 시대(neue Weltepoche)」는 모호한 직관 이상의 것이 아니다. 심지어 도스토예프스키에 대해 마지막으로 언급하는 자리에서도 새로운 세계와 시대는 신비주의적 암시와 당위를 짊어진 의문 부호에 그쳤을 뿐이었다. 이러한 새로운 세계와 시대라는 것이 등장하게 된 근거는 그의 주장이 가진 내적 변증법에, 즉 다음과 같은 깨달음에 있었다. '소설의 내적 형식을 구성하는 과정은 개인이 자신으로 향하는 여정인 것이다. 이 길은 단순히 현존하기만 하는 이질적인, 따라서 개인에게는 무의미한 현실의 암울한 구속에서 벗어남으로써 시작되며, 이로부터 명확한 자기 인식에 이르렀을 때 끝나게 된다. 이러한 자기 인식이 이루어지면, 새로이 발견된 이상은 진실로 삶의 한가운데에서 삶의 의미로서 나타나게 된다. 그러나 '존재'와 '당위'의 분열은 극복되지 않으며, 또한 분열은 이러한 것들이 수행되는 영역, 즉 소설이 갖는 영역에서도 결코 극복될 수 없는 것이다'. Parkinson, G. H. R., 김대웅 역(1986), 「루카치의 변증법 개념」, 『루카치 미학사상』, 문예출판사, p.87.

214) Bela Kiralyfalvi, 김태경 역(1984), 『루카치 미학 연구(The Aesthetics of Gyorgy Lukacs)』, 이론과실천, pp.121~123.

서 양식이라는 틀로 수용하여도 무리는 없을 것이다. 지금까지 살펴본 것처럼 루카치가 사용한 'form, typology'의 의미는 우리말 '형식, 유형학'이 환기시키는 의미와 같지 않다. 따라서 루카치가 하고 있는 소설의 유형화는 방법적인 측면에서, 이 책에서 추구하고 있는 양식 연구와 같은 지향을 보여준다고 할 수 있다.

루카치가 주인공과 세계 사이의 관계에 따라 '추상적 이상주의, 환멸의 낭만주의, 종합적 시도로서의 교양소설, 서사시적 형태를 지향하는 톨스토이 혹은 도스토예프스키의 소설'로 구분한 네 가지로 소설 유형론과 '문제적 주인공' 개념을 빌어, 골드만[215]은 소설 형식 자체와 그것이 발전된 사회배경의 구조[216]가 맺고 있는 관계를 밝히고 있다. 그 관계는 '상동성(相同性)' 개념으로 설명되는데, 골드만이 그려낸 소설 구조와 경제생활 구조의 상동관계는 다음과 같다. 첫째 단계는 문제적 주인공을 가진 근대 소설의 시기로, 개인의 가치 및 개성의 발전이 교환 경제의 구조와 자유주의가 표방하는 가치에 대응하는 단계이다. 세르반테스, 스탕달, 플로베르 등의 작품들이 해당된다.

둘째 단계는 개인의 중요성이 사라지게 되면서, 소설의 내용을 이루고 있던 개인적 전기 형식이 다양한 이데올로기에서 발생한 가치 개념으로 대체되는 단계이다. 이 단계는 변화의 조짐에 따라 다시 두 가지로 나뉠 수 있는데, 그 하나는 사회주의 이데올로기가 발전시킨 공동체에

---

215) Goldmann, L., 조경숙 역(1982), 『소설 사회학을 위하여』, 청하.

216) 골드만은 자신이 말하는 구조가 무엇인지 정확히 설명하고 있지는 않다. 그는 구조에 대한 과학적 연구란 행동하는 주체와 그 객체인 세계를 변화시키고 붕괴시켰다가 다시 균형을 회복하는 과정을 설명하는 것이라고 말한다. 골드만의 발생론적 구조주의 연구는 대상을 잘라내는 절단과 전체 속에 절단된 부분의 자리를 다시 만들어주는 정리를 모두 방법론으로 가진다. 이는 부분과 전체의 변증법적 순환 관계와 관련되어 있다. 여기에는 구조를 구성하는 경험적 자료들을 엄밀하게 규정하고 난 후 구조를 연구할 수 있으며, 역으로 이 경험자료들에 통일성을 부여하는 구조에 대해 어느 정도 다듬어진 가설들을 미리 가져야 경험자료들을 규정할 수 있다는 생각이 전제되어 있다.
Goldmann(1982), 「5장 : 문학사에서의 발생론적구조주의방법」, 위의 책.

대한 개념들이 문학에 새로운 수명을 부여하는 경향을 가리킨다. 그리고 나머지는 독점과 트러스트 경제로의 이동에 따라 문학적 영역에서 인물이 소멸되는 소설로 이동하는 변화의 단계를 말한다. 제임스 조이스, 카프카, 무질, 사르트르, 까뮈 등의 작품이 여기에 해당된다.

셋째 단계는 국가가 경제 생활에 개입하여 그 개입에 의해 문화생활에서도 능동적인 역할을 했던 개인과 계층의 소멸이 일어난 시기로, 매스미디어의 지배와 소비, 유흥, 오락이 만연하게 되는 단계이다. 로브그리예로 대표되는 누보로망 소설들이 여기에 속하는데, 골드만은 이 세 번째 단계에서의 상동성을 구체적으로 설명하지는 못한다. 그런데 이 상동성이, 사회 현실이 작품 속에 직접 반영된다고 하는 내용 지향적 문학사회학적 경향은 아니다.[217] 골드만에게 있어서도 중요한 것은, 소설은 세계를 어떻게 예술적으로 처리하고 있는가, 하는 루카치의 문제의식과 같다고 할 수 있다. 이언와트가 『로빈슨 크루소우』에서 경제적 개인주의의 가동성(mobility)이나 양심의 내면화와 자기반성의 습관 등을 읽어내면서 그것을 새로운 자본주의와 청교도적 개인주의 질서 속에서 의미화하는 것[218]도 앞서 루카치나 골드만이 했던 논의들과 다르지 않다.

---

217) 골드만은 맑시즘과 정신분석비평을 모두 비판하고 있는데, 맑시즘은 작품을 사회집단이라는 전체 속으로 끼워 넣는다는 점에서, 그리고 정신분석비평은 개인을 절대적 주체로 상정하고 타인은 객체로만 설명한다는 점에서이다. 골드만의 연구방법은, 그가 맑시즘과 정신분석비평과 다르게 주체를 어떻게 설명하고 있는가를 알면 보다 분명해진다. 즉 그는 개인(정신분석비평)이나 집단(맑시즘) 중 어느 하나만을 주체로 보는 태도를 비판하고, 집단이 진정한 주체이지만 이 집단은 개인 상호관계의 망이며 이 망의 구조 속에서 개인의 위치를 상술하는 것이 중요하다고 본다. 따라서 작품을 개인적 전기에 근거해 분석하는(저자의 독자적 위치를 강조하는) 정신분석 비평은 텍스트가 사회와의 관계를 설정할 수 없다는 점에서 비판되는 것이며, 그 반대에 위치한 맑시즘 또한 사회집단만이 강조됨으로써 사회를 반영하는 각 텍스트의 내적 구조가 고려될 수 없음을 비판하는 것이다.

218) 이언와트는 『소설의 발생』이 '소설이 새로운 형식인가, 만일 그렇다면 소설은 과거의 이야기와 어떻게 다른가, 그리고 왜 다른가'에 답하기 위해 저술되었다고 말한다. Watt, Ian, 전철민 역(1988), 『소설의 발생』, 열린책들, pp.17~18.

　모든 문학연구가 그러하지만, 양식 연구는 텍스트 읽기라는 구체적인 독서경험에서 출발한다. 그런데 이 양식연구가 내용과 형식의 변증법적 통일을 지향하고 목적한다고 해도, 그것이 텍스트의 모든 개별 요소들을 완전하게 포섭할 수 있다는 의미는 아니다. 텍스트가 어떠한 관점에서 읽히는가, 어떠한 방식으로 지각되는가에 따라 그리고 비교되는 텍스트가 존재한다면 그것과의 관계에 따라 이야기될 수 있는 양식은 달라질 수 있다. 다양한 방식으로 논의의 대상이 되었던『돈키호테』가 루카치에게서는 '추상적 이상주의'로 읽힐 수 있었고, 총체성을 지녔던 시대의 서사시인 호머의『오디세이』도 아도르노에게서는 기만과 책략을 숨기고 있는 계몽의 서사시가 될 수 있음을 우리는 이미 보았기 때문이다.

　이러한 맥락에서 우리는, 전 세계의 소설을 넘나들며 근대 이후의 서사물들로 새로운 지형도를 그려내고 있는 프랑코 모레티의『근대의 서사시』219)를 주목할 수 있다. 프랑코 모레티는『파우스트』,『니벨룽겐의 반지』,『율리시즈』,『백년의 고독』등 다양한 이질적인 텍스트를 다루면서, 이들을 서사시적 총체성의 세계를 추구하는 백과사전적이고 이질혼성적인 근대의 서사시라 부르게 된다. 그는『파우스트』에서 발생과 기능간의 불연속성에 주목하여, 브리콜라주(장치의 재기능화) 즉 이미 존재하고 있는 것들을 위한 새로운 기능을 발견하는 방식이 문학의 진화의 동력이 되었다고 이야기한다. 그리고 메피스토텔레스의 이중성은 작품의 구성상의 이중성이 되어 파우스트가 자기 행동에 대한 궁극적인 책임을 동반자에게 전가시킬 수 있는, 근대적 서사시에 실로 서구 문화 전체에 근본적 의미를 갖는 부정과 거부의 전략인 결백의 수사학이 탄생했다고 말한다.

　『니벨룽겐의 반지』는 질서와 통일보다는 바그너식의 무한한 팽창이, 수단이 아닌 목적이─우리나라 판소리의 부분의 독자성과 비슷한 것─

---

219) Moretti, F., 조형준 역(2001),『근대의 서사시』, 새물결.

되는 '이행의 예술(Kunst Ubergang)'로 이야기된다. 이행의 작품은 기술적으로 혁명적이면서 내적으로 불연속적으로 되는 것을 피할 수 없는데, 이것은 20세기 전체를 관통하는 구성상의 분열로 설명된다. 그리고『율리시즈』에서 사용된 의식의 흐름도 당대 분열된 자아를 찾아야 할 필요에 의해 다양한 형식의 이형들로 시도되었는데, 율리시즈의 의식의 흐름이 살아남은 것은, 그 의식의 흐름이 서정적인 것으로 위장되거나 플롯에 종속되는 보조적인 기능이 아니라 서사적 동기화로 의식의 흐름을 종속시키며 질식시킬 수 있었기 때문이라고 해석한다.

즉 의식의 흐름 그것 자체로 새로운 지각적 상징적 지평을 구성할 수 있었다는 것이다. 끝으로 프랑코 모레티는『백년의 고독』에서, 유럽에서는 이미 오래 전에 불가능해진 다성성 없는 글쓰기, 아이러니 없는 글쓰기, 투명한 글쓰기에 초점을 맞추어, 기이하고 복잡한 이야기이지만 객관적이고 이데올로기가 없는, 희생자로부터 주어지는 결백의 수사학을 발견하고 있다.『근대의 서사시』에서 프랑코 모레티가 시도하고 있는 이러한 작업을 두고 '양식의 발견으로서의 책읽기'라고 말하지 못할 이유는 없다.

지금까지의 논의가 모두 개별적으로 보이지만 이들 논의에서 공통항을 발견할 수 있다. 우선 괴테, 쉴러, 슐레겔, 헤겔은 전환기적 상황에서의 변화들을 특징적으로 포착하여, 그것을 내용으로 하는 범주(틀)를 만들었다는 것이다. 이들은 18세기 말에서 19세기로의 전환기에서의 문학 작품들의 변화를, 기존에 있던 것과 새 것의 차이로 직접 경험할 수 있었기 때문에, 대상에 대한 논의에 가치판단이 개입되어 이론으로서의 객관적 태도가 부족하다는 단점을 지니기도 하지만, 이들의 태도조차도 하나의 연구사적 맥락을 보여줄 수 있다는 의미 또한 갖게 된다. 즉 괴테가 '고전적인 것과 낭만적인 것'을 구분하면서 고전적인 것에 가치를 부여하려 했다면, 쉴러에게서 '소박문학과 감상문학'은 가치판단이 절제된 상태에서 예전의 문학과 현대(당대) 문학을 비교 서술하는 방식으로 전개되고 있고, 슐레겔에 오면 당대문학 차원에서 이야기되던 낭만주의 문학이 보편성을 지니는 하나의 문학이론으로 언급되기에 이르면서 헤겔의 미학이론 뿐만 아니라 독일 낭만주의 문학이론의 모태가 되고 있기 때문이다.

문학의 논리와 양식의 상관성을 여기에서 찾을 수 있을 것이다. 세계가 예술작품과 상동성을 지닌다는 이론이나, 개념이 지각방식을 결정하고 그 지각방식에 의해 세계 표현 양식이 상이하게 나타난다는 곰브리치의 이론[220)이 모두 여기에 적용될 수 있을 것이다. 낯선 문학작품이 등장하는 공간에는 이렇게 그 다름의 요소들을 포착해 내는 논의들이 언제나 함께 있어 왔다. 이러한 논의들을 통해 창작과 독서는 서로에게 영향을 주고받는 기대지평을 만들면서 새로운 시대의 문학을 만들어 가는 것이다. 변화를 감지하는 당대인에게는 옛 것과 새 것을 체험적으로 비교할 수 있다는 공간적 특성이 그러한 논의의 밑받침이 되었을 것이고, 후대 연구자들에게 있어서는 무언가 다름이 포착되는 작품들이 왜 그러한지를 해명하고 해석하여 예술(문학)을 이해할 수 있는 하나의 원리를 발견하는 것이 매혹적인 작업임에 틀림없다.

이러한 작업이 현상 나열의 수준을 넘어서서, 문학텍스트의 특성을 규명하는 본질적인 원리들로 이론화될 수 있는 구체성을 지닐 때, 양식 연구는 문학사적으로나 개별 작품론에서 그 의의를 인정받을 수 있을 것이다. 그 선례를 지금까지의 논의들로 확인한 셈이며, 소설이라는 더 세부적인 영역에서 만날 수 있는 루카치의『소설의 이론』이나 「이반제니소비치의 하루」에 대한 연구, 그리고 프랑코 모레티의『근대의 서사시』는 특수성이 강조되는 개별 작품의 양식 연구를 통해 보편적인 이론으로 나아갈 수 있는 가능성을 이미 구체적으로 보여 주었다.

우리 문학사에서도, 구체적이고 개별적인 텍스트 분석을 통해 독창적

---

220) Gombrich, E. H., 유재천 역(1985), 「진실과 고정관념」,『리얼리즘과 문학』, 지문사.

인 소설 해석으로까지 전개하지는 못했지만, 소설의 변화를 감지하던 시대에서 그에 대한 문제의식을 소설 양식에 대한 논의로 발전시켰던 비평가 두 사람을 만날 수 있다. 김남천은 「소설의 운명」[221]에서 시민 문명의 산문성과 개인주의가 요구하는 문학 양식으로서의 소설이 그의 양식과 형태를 바꾸어 가질 시기로 당대를 판단하면서, 당대가 새로운 양식을 획득할만한 사상이 결여된 상태이기는 하지만 새로운 소설 양식의 획득은 리얼리즘을 거쳐서만 자기의 위기를 극복할 수 있고, 나아가 전환기의 초극에도 공헌할 수 있을 것[222]이라고 진단하게 된다.

구체적인 텍스트 분석에서 이끌어진 내용이 아니기 때문에 설명에 공허함이 있기는 하지만, 새롭게 등장할 소설은 시민사회에서 배양된 부정적 요소 즉 개인주의가 남겨놓은 왜곡된 인간성의 잔재를 청소하고 완미한 인간성을 창조할 새로운 양식이어야 자기의 위기를 극복할 수 있다고 설명함으로써, 김남천이 새롭게 도래할 문학양식으로 제시한 리얼리즘이 무엇을 말하고자 함인지를 알려주고 있다.

최재서도 「敍事詩・로만스・小說」[223]에서 서사시, 로만스, 소설을 각각 고대와 중세와 근대를 지배하는 문학으로 정의한 후, 현대(당대) 소설에 관한 문제를 제기하고 있다. 서사시가 인물의 개인적 가치가 완전히 보전되어 있다는 점과 개인과 사회 또는 인물과 시대가 같은 감정과 같은 신념에 통일되어 있다는 점에서 위대한 문학이라면, 중세의 기사도 문학은 서사시와 같은 천태만상의 성격이 없다는 점에서 통속문학으로 떨어지고 말았다고 설명한다.

여기에서 최재서가 현대(당대) 소설에 제기하는 문제의식이 드러난다. 즉 근대의 문학 소설이 서사시와 같은 위대한 문학으로 자리하려면 한 시대의 특징을 구현하는 진정한 의미의 성격 창조가 있어야 하는데, 현

---

221) 김남천(1940), 「소설의 운명」, 『김남천전집 I 』(정호웅・손정수 편), 박이정, 2000.
222) 김남천(1940), 「소설의 운명」, 위의 책, p.670.
223) 최재서(1940), 「敍事詩・로만스・小說」, 『인문평론』, 인문사, 1940. 8.

대(당대)의 소설은 성격이 상실되면서, 각 시대를 역사적으로 진열한다든
가 사회의 각 계층을 대조적으로 나열하여 시간적, 공간적인 확대만을
꾀하거나, 인간의 사상까지도 풍속화하여 페이젠트를 만들면서 풍속소
설임을 자임하는 풍조가 생겨났음을 비판하고 있는 것이다. 이러한 현
실을 현대적인 병폐로 진단한 최재서는 티보—테의『소설의 미학』에서
다음과 같은 부분을 인용하고 있다.

> 라부레(라블레)의 작품과 셀반테스의 작품은 모두 다 反낭만적 소설 즉
> 과거의 로만스에 대한 패로디인 동시에 그런 문학에 대한 哄笑이다. 진정
> 한 소설은 소설임을 향하여 發하는「노(否)—」에서부터 시작된다……
> 『동・키호-테』는 다만 大小設로서의 품질과 시대적으로 第一等의 지위를
> 가질뿐만은 아니다. 이것은 말하자면 소설에 반항한 소설이다. 부륜티엘
> 은 모든 문학진화의 근저에는 언제나 비평이 있었다는 것을 증명하였다.
> 그 실례로서 우리는『동・키호-테』를 들 수 있을 것이다.『동・키호-테』
> 는 소설 속에서 행하여진 소설의 비평이다. (pp.20~21)

이것은 앞으로 쓰일 소설들이 당대 소설의 문제적 요소를 극복하기
위해서는 양식적 변화를 시도해야 한다는 주장과 다르지 않다. 같은 맥
락에서 동기 유발되었을 김남천과 최재서의 논의는, 김남천에게 있어서
는 새로운 소설에 대한 기대가 리얼리즘으로 제시됨으로써 자신의 좁아
진 입지를 회복하려 한다는 비판에서 자유로울 수는 없지만, 모두 당대
소설의 문제와 나아가야 할 새로운 소설을 양식의 문제로 접근하고 있
다는 점에서, 양식이 소설사에서 어떠한 방향으로 연구되어야 하고, 왜
연구되어야 하는지를 보여주는 매우 값진 논의라고 할 수 있다.

이렇게 인식의 틀과 서사의 틀 사이의 유기성에 주목하였을 때, 앞
장에서 살펴보았던 문학(소설)에 대한 인식의 변화를 확연하게 드러내는
한국문학사에서의 1915년을 전후한 공간은 매우 흥미로운 공간임을 알
수 있다. 이 공간에서의 '정(情)의 문학'에 대한 논의들과 외국문학의 번
역 소개는 문학(소설)에 대한 기대지평을 새롭게 형성하면서, 새롭게 등

장하는 소설은 마땅히 그러한 기대지평을 충족시킬 수 있는 방향으로 자신의 모습을 갖추어 갔을 것이기 때문이다. 헤겔이 리듬과 라임의 차이를 통해 낭만주의 예술의 특징을 설명[224]해 주는 대목이나, 텍스트를 형성하는 힘을 스타일 개념으로 파악하고 문학작품에 나타난 현실묘사를 분석하면서 이천 오백 년의 서양문학의 역사를 하나의 맥락 속에 파악하고 있는 에리히 아우얼바하의 『미메시스』는 양식 연구의 이러한 방법적 사유를 구체적으로 보여주는 고전이라고 할 수 있다. 최근 만날 수 있었던 프랑코 모레티의 작업도 방법론에 있어 이들과 동일하게 이야기 될 수 있다.

니체가 『힘에의 의지』에서 표현 양식을 두고 '수단을 의욕하고자 하는' 것이라고 말했을 때, 이것을 인식이나 해석, 가치부여가 그 대상을 주체 중심에서 재편하기 위한 수단[225]이라고 이해한다면, 문학텍스트에

---

224) 헤겔에 따르면, 근대적 의미의 예술의 완성은 낭만주의에서 이루어진다. 낭만주의는 고전주의와는 달리 주체의 반성이 개입되어 있다는 점에서 그러하다. 주체의 반성 곧 내면성은, 헤겔이 근대 예술의 특징으로 지적하는 근본적인 요소로서, 서정시에서의 리듬과 라임의 차이를 지적하는 그의 시각에 의해 가장 상징적으로 나타나고 있다. 리듬은 소리의 길이를 반복함으로서 시간의 전체적인 질서를 강조한다. 이에 비해 라임은 소리의 위치를 반복함으로써 시간적 질서보다는 그 속에 존재하는 특정한 음절을 강조한다. 리듬과 라임은 결국 서로 경쟁적인 위치에 놓여 있는 셈인데, 근대 서정시의 운율에서는 리듬보다 라임이 우세해진다. 리듬은 객관적인 소리의 질서를 강조하는 것이어서 근대 예술의 특징인 주체의 내면성과 정신성을 표현하는 데 부적합한 것이 되기 때문이다. 이에 비해 자족을 얻기 위해서 라임은 확고하게 규제된 시간 규정에는 관심이 없으며 동일한 소리의 반복에 의해 우리를 우리 자신으로 귀환시키는 것만을 추구한다. 곧 라임은 객관성보다는 주관성을, 보편성보다는 특수성을 강조하는 낭만주의 정신과 근대적 사유에 적합한 형식이라는 것이다.
   서영채(1996), 『소설의 운명』, 문학동네, p.86.
225) 인식이나 해석, 가치 부여는 그 대상을 지배하기 위한 수단이다. 인식 충동이란 진리에의 의지가 아니라 사물을 자기 중심에서 재편하기 위한 수단이다. 논리는 동일화(identifikation)하는 것인데 동일화란 주체의 의도에 따라 다양한 사물들을 개념 체계 속에 집어넣는 작업으로 '동일화에의 의지'는 바로 '힘에의 의지'인 것이다.
   김유동(1997), 『아도르노와 현대사상』, 문학과지성사, p.182.

서 새롭게 발견하게 되는 양식 탐구는 그에 상응하는 (문학적) 인식에 바탕하여 세계를 어떻게 재구성 혹은 재편하고 있는지를 밝힐 수 있는 연구가 된다. 그래서 같은 책에서 니체가 '예술가의 위대함은 그가 유발시키는 아름다운 감정들로 측정되는 것이 아니라, 그것은 위대한 양식 속에 있다'[226]고 말한 것은 이러한 의지가 텍스트에서 얼마나 통일된 모습으로 구현되고 있는지를 따져야 하는 작업과 연결되도록 하면서, 예술가보다 작품의 독자적 지위를 발견하도록 만든다. 본 장에서 살펴본 논의들은 바로 이러한 의미에서, 텍스트 내부에 흩어져 있는 퍼즐조각 같은 단서들을 하나의 맥락에서 파악하여, 재편된 세계상이라는 완성된 그림으로 보여준 작업들이었다고 평가할 수 있겠다.

지금까지 양식(style) 연구를 위한 예비적 고찰로, 우리나라에서 논의된 양식 연구들과 독일을 중심으로 하는 서구 미학에서 말해지는 다양한 이론과 함께 그 실제 (연구, 평론)활동들을 살펴보았다. 이들 논의에서 합의된 이론이나 개념을 찾는다는 것은 어려운 일이다. 예술에 대한 입장이 다양하듯이, 그 예술론과 결부되어 있는 양식 개념 역시 그러한 입장의 표현일 수밖에 없기 때문이다. 사정이 이러하므로 양식의 개념에 대한 천착이나 문제의식이 없었던 우리나라에서 양식이라는 용어가 여러 가지 의미로 혼용되고 있는 것은 그리 놀랄만한 일이 아니다.

그러나 예술에 대한 입장의 다양성이 예술을 하나의 개념으로 정의할 수 없게 한다고 해서 예술에 대한 논의가 불가능한 것이 아니듯이, 양식 또한 위에서 살펴본 이론들을 기반으로 하면서 이야기될 수 있다. 그것은 앞서 살펴본 논의들이 전체적으로 유지하고 있는, 텍스트의 읽기에

---

226) 이 말을, '자기 자신이 혼돈―바로 우리 자신이 이 혼돈이다―의 지배자가 되게 하고, 자신의 혼돈이 형식이 되게끔 만들며, 논리적이고 단순하며 모호함 없고 수학적이 되게 하는, 법칙이 되게 하는 능력'으로 해석하는 뤽 페리는 니체에게서 허무주의적이고 무정부적인 요소만을 읽어내는 것을 두고 터무니없는 오류라고 비판하고 있다.
Ferry, Luc, 방미경 역, 『미학적 인간』, 고려원, 1994, p.265.

서 출발한 내용과 형식의 변증법적 통일로서의 전체 像이다. 이 전체의 상은 그 텍스트가 처한 시대, 그리고 세계관과 무관할 수 없는데, 우리 문학사에서 1915년이라는 시점이 보여주는 문학에 대한 논의들은 그러한 변화된 인식을 개념적으로 실천하고 있는 예들이다. 이 추상적인 개념 작업을 구체적인 실천으로 보여주는 것이 바로 문학텍스트이며, 그 결과물(문학텍스트, 소설)들 속에서 비가시적으로 존재하는 것들을 구체적인 텍스트를 통과한 말로 밝혀내는 것이 바로 양식 연구가 할 일이다.

제3장 ▍ 정(情)의 양식화

1. 사랑을 매개로 한 자기형성

1915년을 전후한 시기, 새로운 시대를 진단하고 그에 적합한 삶과 문화를 받아들이기를 열망하였던 지식인들은 문학에서도 시대에 대한 자각을 강조하며 새로운 문학적 패러다임을 구축한다. 여러 매체를 통해 '情의 문학'이 논의되던 1910년대 중반 이후의 문학적 담론은 새로운 문학에 대한 개념을 확산시키는 인식적 변화를 주도하면서, 실제 문학 창작에 있어서도 현상응모나 신춘문예의 기준을 제공한다. 외적으로 드러나는 時문체의 사용이나 어문법 지키기 외에도, 구소설의 요소를 벗어나기 위해 제시된 기준들은 새시대에 맞는 새로운 문학(소설)을 요구하게 된다. 그리고 개념적으로 변화된 인식은 그에 상응하는 결과물들을 만들어 내고 있다.

그런데 이 시기에 쓰이는 소설들은 전범이 없는[1] 상태에서 출발하는

---

1) 일본 소설들이 이 시기 새로운 소설의 모델이 되었다는 논의도 물론 있다. 김윤식의 『이광수와 그의 시대』, 『김동인 연구』 등이 그러한 입장에서, 실증적인 자료 제시를 통해 일본 소설과 비교해 주고 있다. 이 책의 입장은, 일본문학과의 영향

것이므로 각 텍스트는 서로 매개되고 의존[2]하면서 체계를 갖추어 가게 된다. 외국 문학을 먼저 접하게 된 유학생들이 이 시기의 문학을 주도한 것이나, 작품들에서 비슷한 경향의 요소들이 많이 드러나는 요인도 이러한 사정에서 이해될 수 있다. 우선 이 시기 소설들에서는 '사랑'에 관해서 이야기하고 있는 소설들이 양적으로 많다는 사실에 주목할 수 있다. 새로운 시대, 새로운 소설은 왜 사랑으로 그 새로움을 드러낼 수밖에 없었는지, 그리고 그 사랑은 어떠한 방식으로 이 새로운 시대가 요구하는 것들을 담아낼 수 있었는지를 먼저 살펴보기로 한다.

1) 새로운 글쓰기와 자기형성의 원리

문학은 운명으로부터 자신의 프로필과 형식을 획득하게 되고 또 형식은 언제나 운명으로서만 나타난다[3]는 의미에서, 1910년대 중반 이후 소설을 전개하는 중심축이 되고 있는 '자기'와 '사랑'은 이 때의 문학이 추구하여야 할 지향으로서의 정의 문학과 필요충분 관계에 놓여 있음을 짐작할 수 있다. 그렇다면 이들은 어떠한 방식과 원리로 그 필요충분 조건을 서로 만족시키고 있는가. 그에 대한 모든 질문과 대답의 실마리들은 당대의 소설텍스트 안에서 찾아질 수 있을 것이기에 마땅히 그 출발점은 당대의 소설텍스트가 되어야 한다.

이 시기는 '참자기' '자아각성' '자기혁명' 등을 표어처럼 내세우며 자기[4]라는 문제에 관심을 집중시키고 있다. 각종 지면을 통해 확인할

관계를 부정하는 것이 아니고, 세계의 내용이 가시화되는 과정 속에서 동일한 형태로 드러나지 않는다는 개념(E. H. Gombrich(1985), 「진실과 고정관념」, 『리얼리즘과 문학』, 지문사, p.243)으로 접근하고 있다. 즉 일본 문학과의 영향 관계 속에서 필요에 따라 조정하면서 만들어 갔을 한국적 소설의 특성을 밝히자는 것이다.

2) M.S. Kagan, 진중권 역(1991), 『미학강의Ⅱ』, 새길, pp.362~363.

3) Lukács, 반성완 역(1988), 「에세이의 본질과 형식」, 『영혼과 형식』, 심설당, p.16.

4) 이 글에서 사용한 자기라는 용어는 self를 의미하고, 자아는 자기(self)를 의식하는 실체개념으로 사용하였다.

수 있는 것만으로도 이 시기는 자기에 관한 새로운 담론이 형성되어 가는 인식론적 장이었음을 알 수 있다. 그런데 한 시대에 만들어지는 어떤 담론5)이라는 것은 고립적으로 형성되지는 않는다. 그것은 언제나 그와 직, 간접적으로 관련 맺고 있는 다른 담론들에 둘러싸여 형성6)된다. 이 것은 문학텍스트에서도 예외적일 수 없는 현상으로, '자기'를 직접적으로 주제화하고 있는 소설이 아닌 텍스트들7)도 당대 텍스트들과 상호작용을 통해서 자기구성과 관련되는 논의로 체계를 갖추게 된다.

　그런 의미에서 당대 텍스트들이 과도하게 몰두 혹은 집중하고 있는 사랑은, 다른 어떤 조건들보다도 자기에 대한 관심과 강력한 연관 관계를 형성하고 있다고 말할 수 있다. 그러나 근대초기에 이야기되는 사랑은, 서구를 의식한 근대성이라든가 미의식 등의 거대 담론에 밀리어, 미완의 근대적 사랑 또는 기형적 사랑이라고 평가8)되거나, 혹은 그 권위

---

5) 담론(discours) : 담론이라는 말은 본래 논증적 언어 즉 우리가 사용하는 말들 중에서 학적인 체계를 갖춘 언어들을 말한다. 그러나 현대에 올수록 이 말의 범위는 확장되어 현재는 인간이 사용하는 거의 모든 종류의 언어들을 포괄하기에 이르렀다. 일상적인 담화, 문학적, 종교적, 정치적 담론들, 지식으로서의 체계를 갖춘 언설들, 나아가 때때로 과학적 명제들까지 포괄하는 말이 된 것이다. 푸코는 이 담론이라는 말을 언설(言設), 즉 무엇인가를 주장하는 기호들의 집합으로 사용하고 있는데 이 글에서 사용된 담론이라는 용어는 푸코의 의미로 사용했다.
　Foucault, M., 이정우 역(1997), 『담론의 질서』, 새길, pp.164~165.
6) Foucault, M.(1997), 위의 책, p.168.
7) 이 장에서 다루고 있는 텍스트 중 소설이 아닌 것은 다음과 같다.
　유방(惟邦)(1921), 「누구를 위하야?」, 『창조』 9 : 산문시
　극웅(1919), 「황혼」, 『창조』 1 : 희곡
　오상순(1920), 「시대고와 그 희생」, 『폐허』 1
　박종화(1923), 「「죽음」보다 압흐다」, 『백조』 3 : 시극
　흰뫼(1919), 「동도의 길」, 『창조』 3 : 기행
　오산인(1920), 「K선생을 생각함」, 『창조』 5 : 感
　이광수(1921), 「H군의게」, 『창조』 7 : 感想
8) 박현수는 그의 논문(「1920년대 초기소설의 근대성 연구」, 성균관대 박사학위 논문, 1999)에서 1920년대 한국의 경제적 기반과 기독교라는 종교적 기반이 부재한다는 토대적 측면에 접근해, 당대인들에게는 근대적 사랑이 싹틀 수 있는 물질적 기반이 부재했기 때문에 이때의 사랑은 육욕(정욕)이라는 파행적 결과로 귀착되

있는 담론과 단절된 상태9)로 남아 있게 된다. 하지만 하나의 담론이 밖
으로 밀려나 스스로의 힘에 의해 비실제적인 것 안으로 표류하게 되면,
그 때 그것은 비록 미미한 것이긴 하지만 긍정의 장소가 되는 수밖에
없다.10) 즉 사랑은 정의 문학이 시작되는 시기의 문학 텍스트에서 끊임
없이 되풀이되는 주제가 되면서, 글쓰는 존재의 세계관과 시대의식, 그
리고 그들의 상상력과 욕망을 언표화하는 통로로 작용하게 되는 것이다.
루카치가 『영혼과 형식』에서 에세이라는 글쓰기를 통해 운명이 형식을
선택하게 한다11)는 결론에 이르는 과정은, 정의 문학으로서 소설이 쓰
이기 시작하던 이 시기 문학 텍스트들이 사랑에 대해서 혹은 사랑을 통
해서 무엇을 의미하고자 했으며, 궁극적으로 그것이 지향하는 것들을
위해 어떠한 내적 논리를 갖추게 되는지를 추적해 볼 수 있는 계기를

고 있다고 비판한다. 그러나 그러한 양상으로 나타나는 사랑을 자기충족(자기동
일시)을 지향하는 욕망의 본질 차원에서 살핀다면, 육욕은 채워질 수 없는 결핍과
관련되는, 하나의 분석을 요하는 기호로 보아야 한다(권택영 엮음, 『욕망이론』,
문예출판사, p.267).
'기형적 사랑'이라는 말은 서영채가 「근대소설에 나타난 사랑의 양상에 대한 연
구」(서울대 박사학위 논문, 2001)에서 한 말이다.
9) 김윤식, 정호웅의 『한국소설사』(예하, 1993)는 3·1운동을 전후한 문학에서 참예
술, 참인생, 내면의 발견 등을 주요 항목으로 설정하여 논의하고 있다. 그런데 설
정된 항목과 무관하지 않은 참사랑에 대한 언급은 찾아볼 수 없다.
10) Bathes, R., 김희영 역(1991), 『사랑의 단상』, 문학과지성사, p.9.
11) 루카치는 에세이라는 글쓰기 형식을 통해 이것을 설명하고 있다. 그에 의하면
에세이는 학문과 윤리 및 예술이 아직도 분화되지 않은 채 하나의 통일을 이루
고 있던 상태와 같은 것으로, 일종의 동경의 형식으로 불리게 된다. 동경은 자신
을 지양하게 될 실현뿐만 아니라, 자신을 영원한 가치로 구제하고 구원하는 형
식을 필요로 하는데, 에세이는 좀처럼 붙잡기 힘든 인간 영혼의 가장 은밀한 곳
에 자리 잡고 있는 마음상태와 동경을 표현하려는 욕구, 다시 말해 문학의 이미
지(Bild)나 철학의 의미(Bedeutung) 부여에 의해서도 포착될 수 없는 삶의 섬세
한 부분을 보다 구체적인 삶의 표현인 다른 문학형식을 계기로 삼아 삶의 궁극
적 문제를 배열하고 정리해서 하나의 질서를 만들어 내는 그러한 형식을 성취한
것으로 말해진다.
Lukács(1988), 「에세이의 본질과 형식」, 『영혼과 형식』, 심설당, p.25, 32, 34.
김윤식의 『운명과 형식』(솔, 1992)도 루카치와 같은 발상에서 쓰인 글들이 묶여
져 있다.

마련해 준다.

  신소설로 대표되는 전 시대의 소설이 여기(餘技)로 쓰인, 단순한 오락으로서의 읽을거리에 지나지 않는다는 생각은, 직접적인 언술로 비판의 강도를 높였던 「매일신보」의 사설들에서만 확인되는 것이 아니다. 새로운 소설에 대해 교훈적이고 전기적이며 이상적인 것에서 벗어나 현실에 충실할 것을 요구하는 기준들은 배제해야 할 것들과 지향해야 할 것들을 동시에 일러주고 있다. 특히 최승구, 김억, 양건식, 주요한, 안확, 백대진 등의 신지식인층의 의욕을 드러내는 새로운 문학관[12]은 계몽의 수단으로서의 문학의 정치성과 단순한 오락거리로서의 이야기책을 넘어서는 새로운 예술의 창조를 지향한다.

  안확이 문학의 개념을 '美感想을 문자로 표현하는 것'이라고 정의하면서 '문학, 미술의 독립은 교훈적 의식을 去하고 자유의 사상을 예술상에 顯하되, 습관적 시대 급(及) 법규와 如한 것은 必脫하여 우주의 大法과 인심의 최후 요구 등을 취하여야 완전한 문학, 미술이라 하느니, 고로 문학은 도덕과 종교와 승묵(繩墨)과 질서에 묵종(默從)치 아니함이 기원이니라'[13]라고 설명하는 데서 드러나듯이, 이러한 지향은 1920년대로 그대로 이어지면서[14] 문예지들을 탄생시키는 배경이 되고 있다.

  여기에서 말하는 참다운 예술(문학)이라는 것은 집단이나 민족 등 그 무엇을 위한 도구로서의 예술이 아니라, 예술을 통해 절대 진리에 접근

---

12) 이 책 제2장, 1-2) <문학에 대한 인식의 변화>에서 자세하게 다루고 있다.
13) 안확(1915), 「조선의 문학」, 『학지광』 6호, 1915. 7. 23. (인용은 권영민 편, 『한국의 문학비평』, 민음사, 1995, p.62)
14) 미술 작품이란……세상에서 어떠한 이용에도 동하지 않고 미하고도 쾌하며 또 초세적 찬송의 감각을 야기하는 모든 작품……(김환(1920), 「미술론(1)」, 『창조』 4. 1920)을 비롯한 다음과 같은 글들 : 극웅 「문예에 대한 잡감」 『창조』 4 / 김동인 「글동산의 거둠」 『창조』 5 / 노자영 「문예에서 무어슬 求한는가」 『창조』 6 / 김동인 「자기의 창조한 세계」 『창조』 7 / 김찬영 「현대예술의 對岸」 『창조』 8 / 정영태 「창조8호를 닑음」 『창조』 9 / 김찬영, 「꽃피려 할 때」 『창조』 9 / 공민 「양화와 시가」 『폐허』 1 / 염상섭 「樗樹下에서」 『폐허』 2 / 오상순 「종교와 예술」 『폐허』 2 등 『창조』, 『폐허』, 『백조』에 실린 글들.

하고 예술에 자기 주관을 일치시키는, 미 자체에 목적을 둔 예술이었음은 이미 이 책의 2장에서 확인하였다. 그렇기 때문에 이러한 예술관에 입각하여 문학 활동을 주도하던 문학인들에게는 더 이상 교훈적이고 계몽적인 문학이나, 이광수 식의 '문사'가 받아들여질 수 없게 된다. 그래서 '사상가와 교육가를 겸한다 할만한 문예의 사도로 그의 동포인 민족을 위하여 큰 수양과 근신이 있어야'15) 한다고 주장하는 이광수는 다음과 같은 노골적인 비판을 받게 된다.

> 그는 '너는 병에 안들리기 위하여 약을 만히 먹어라'하는 낙오 의사다……그는 문사의게 향하여 '자아를 표현하라, 본능적으로 발표하라' 하지 안코 '도덕율에 맞는 것을 써라. 지식을 사람의게 가르처라' 한다……신을 공경하는 성심이 이스면 罪報로서 그 손을 찍어버려야 정당하다. 거듭 죄를 지은 것이다. 그는 이 '문사와 수양'으로도 이제 뉘우치게 되리라, 예술에 무이해이던 것을……그는 장차 크려는 어음을 따버리려 한다……그는……예술 그것을 이해하는 때면 改過하리라……춘원 씨의 <偶感>은 시가 아니고 격언이다. 더욱 쫀불이 되여간다.16)

이 글이 쓰이던 당시에도 여전히 문필활동을 하고 있었던 이광수의 입지를 생각한다면 이러한 비판은 단순히 이광수 개인에게로만 향하는 비판이라고는 볼 수 없다. 새로운 문학을 주도하던 이들은 문학 예술에 대해 그만큼 시대적 인식의 전환을 열망하였던 것이다. 따라서 이시기 작가들의 활동을 단순히 일본의 모사17)라거나 어색한 번역투18)라고만

---

15) 이광수(1921), 「조선문사와 수양」, 『창조』 8 : 이광수의 문학(소설) 텍스트와 문학 외적 글쓰기가 모두 동일한 맥락에서 이루어진 것은 아니라고 할 수 있다. 그의 초기 단편은 당대성을 잘 드러내는 양식으로 본 연구에서 규명되기 때문이다.

16) 정영태(1921), 「창조 8호를 닑음」, 『창조』 9, p.95.

17) 김윤식은 『한국현대문학사』에서 다음과 같이 기술하고 있다 : '김동인의 소설은 일본소설을 어떻게 우리말로 옮기느냐를 두고 괴로워했던 것이지 그 이상도 그 이하일 수도 없다…… 그는 작가의 자리에 서있지 않고 번역자의 자리에 옮겨 앉아 있을 뿐이다'
김윤식(1992), 『한국현대문학사』, 서울대학교출판부, p.123.

말할 수 없게 된다. 이와 같은 시대적 흐름은 정의 문학에서 비롯된, 글쓰기에 있어 작가의 개성과 작가 자신의 생명을 드러낼 수 있는 방식을 강조하면서, 정신적인 인상을 전달할 수 있는 표현을 모색하고 고안하도록 요구한다.

> 우리들이 몬져 작품에서 구하는 것은 작가의 개성이 십분 표현된 그것일다. 그리하고 우리 자신의 개성과 작가 그의 개성과 다시 말하면 자기 생명과 작가의 생명과의 접촉 교차에 의하야 자유의 유동을 얻게 하는 것이다……우리 자신의 생명을 가장 완전하게 길건너 가는 일이 이 역시 우리가 예술에서 구하는 궁극이다.[19]

이러한 인식에의 전환은 단순히 요구로만 그치고 있는 것이 아니고 이미 당대에 문학 작품을 평가하는 과정에서 그 기준으로 작용하고 있다. 『청춘』지나 「매일신보」의 현상문예 투고 기준은 물론이고, 뽑힌 작품들에 대한 평가에서도 확인할 수 있었거니와 소설을 읽고 난 후 독자 투고 형식으로 쓰인 글에서도, 소설 속 인물의 개성창조가 작가의 개성과 역량으로 이야기되고 있음[20]을 보았다. 『창조』 5권에 실린 전영택의 「운명」에 대해 김동인이 평한 것을 보더라도 같은 맥락에서 작가의 개성적 요소가 더 강조되고 있음을 볼 수 있다.

> 소설이란 자미있는 사실이 있으니 써보자 하여서는 안된다. 자미있는 사실이 있으면 그것을 작가의 사상과 결합하여 동화시켜서 작가 자신의 사상석긴……쓰지 않으면 안된다.[21]

---

18) 조동일(1989), 『한국문학통사』 5, 지식산업사, p.121.
19) 노자영(1920), 「문예에서 무어슬 求하는가」, 『창조』 6, p.71.
20) 一中學生(1915), <「뎡부원」을 보고>, 「매일신보」, 1915. 4. 23 / 5. 21.
　　 양건식(1916), <춘원의 소설을 환영하노라>, 「매일신보」, 1916. 12. 28~12. 29.
　　 김기진(1917), <무정 122회를 讀하다가>, 「매일신보」, 1917. 6. 17.
　　 주요한(1918), <「무정」을 넑고>, 「매일신보」, 1918. 8. 7~8. 18.
21) 김동인(1920), 「글동산의 거둠」 中, 『창조』 5, p.97.

　소설이라는 글쓰기가 단순히 재미있는 이야기만도 아니고, 사건을 나열하는 것만으로도 소설에 대한 기대를 충족시킬 수 없음을 보여주고 있는 대목이다. 소설은 이제 인물의 성격, 내용 통일, 조화, 묘사의 치밀함을 추구하는 글쓰기가 될 것을 당부하고 있는 것이다. 또한 그것이 작가 자신의 사상과 결합하여 동화된 글쓰기가 되어야 한다는 것은 작가 자신을 표현하라는 말과 다르지 않다. 자기를 표현하지 못하는, 사건 전개 중심의 흥미만을 서술하는 글들에 대해서는 구세대 식이므로 피할 것을 권고하고 있는데, 이는 「매일신보」의 <사설>들에서 볼 수 있었던[22] 구문학에 대한 우려의 목소리보다 한층 강경한 어조를 띠고 있다.

　　지금 우리나라서는 별거시다 소설을 쓰랸다……그 결과는 국민에게 문예란 이따위냐 하는 생각만 나게 하였지 好果는 없었고 그런 소설가는 모두 자멸하고 마렷다. 주의하라, 참 작품은 그리 쉬운 것이 아니다…… 이런 것을 그리 쉽게 생각하는 소설가는 모두 자멸하라![23]

　위와 같이 강조되고 있는 새로운 글쓰기에의 당부는 정의 문학으로서 소설이 쓰이기 위해 당대의 신진 작가들이 해야 했던 고민을 짐작할 수 있게 해준다. 정의 문학으로 개념 규정된 새로운 문학에 충실하기 위해서는 무엇보다도 개인의 감정이라는 것을 내용으로 가질 수 있어야했을 것이고, 또한 그것을 드러낼 수 있는 방법을 찾아야 했을 것이다. 이 시기 '자기'에의 열망은 이러한 맥락에서 이해의 실마리를 찾을 수 있다. 즉 이들이 그토록 열망했던 자기를 표현한다는 것이 무엇을 말하는 것이었는지를 되물음으로써 우리는 이 시기 문학 텍스트의 형성원리이자 힘이었던 실체에 접근할 수 있게 된다.

　자기를 표현한다는 것, 즉 경험한 존재가 글쓰는 존재로 전환된다는 것은 나를 포함하여 세계를 대상화한다는 것과 다르지 않다. 글을 쓴다

---

22) 이 책 제2장, 1－2)에서 살펴보았다.
23) 김동인(1920), 앞의 글, p.98.

는 것은 현재 진행형이 될 수 없으므로 결국 글을 쓴다는 것은 과거를 재구성하는 작업이 되기 때문이다. 그 글쓰기가 통일, 조화, 치밀함을 요구하는 문학에 있어서는 더더욱 써야 할 것들에 대한 글쓰는 존재의 중심, 즉 대상을 바라보는 내가 요구되는 것이다. 이러한 요구는 글쓰는 존재, 나로 하여금 자기가 무엇인지를 고민하게 만든다.

그러한 고민은 별도의 부연설명 없이 나를 가장 합리적으로 드러낼 수 있는 일기 형식이나 편지형식[24])의 고백적 글쓰기[25])를 선택하게 했다. 정의 문학이 주장되면서 실천되는 이러한 글쓰기 형식은 자기를 표현하기 위해 선택되고 발견된 수단이었던 것이다. 이 고백의 형식은 말하고(쓰고) 있는 나로 하여금 말해지는(쓰이는) 것에 의해 재현되는 심리적 실재 사이에서 분열의 징후들을 감지하게 한다. 그리고 분열되면서 또한 그 분열의 틈새를 메워 완전한 하나로서의 자기를 확립하고자 하는 자기동일성[26])에의 욕망을 실현하는 방식으로도 작용하게 된다. 여기

---

24) 물론 편지 형식의 서간문체는 이 책이 연구 대상으로 하고 있는 시기 이전에도 존재했던 것이지만 그 때의 편지는 정보를 전달하는 수단이거나 편지 받을 상대와 상호 소통이 전제되는 문체였다면, 이 시기 편지 형식의 글들은 지극히 자기 중심적인 개인 내면의 고백을 목적으로 하면서 작품의 중심부를 이루고 있다. 김윤식(1987), 『김동인 연구』, 민음사, p.133.

25) 김윤식 이래로 이 고백적 글쓰기에 대한 많은 연구가 있었다. 그러나 선행연구들은 고백체로 만들어지는 한국 소설의 내적 본질에 다가가기보다는 그 고백체 형식과 일본 사소설의 영향관계 속에서 한국 소설을 바라보는 관점이 우세했다. 이 연구는 그러한 선행 연구들을 충분히 수용하면서, 한국 근대초기에서 구체화되고 있는 소설들이 고백적 글쓰기라는 형식을 통해 어떠한 소설 논리를 형성하게 되는지를 밝힌다는 점에서 차별화될 수 있을 것이다. 기존 고백체 관련 선행 연구로는 다음 논의들을 참조할 수 있다.
김윤식(1986), 「고백체 소설형식의 기원」, 『현대문학』 1986. 11~12.
김윤식(1987), 『김동인 연구』, 민음사 ; 김윤식(1987), 『염상섭 연구』, 서울대학교출판부.
김윤식·정호웅(1993), 『한국소설사』, 예하.
김춘미(1985), 『김동인 연구』, 고려대학교민족문화연구소.
가라타니 고진, 박유하 역(1997), 「고백이라는 제도」, 『일본 근대문학의 기원』, 민음사.

26) Lacan, J., 권택영 엮음(1994), 『욕망이론』, 문예출판사.

에서 자기동일성에의 욕망은 끝임 없이 자기의 박탈감(분열에서 오는 결핍)을 충족시켜 줄 요소를 찾게 되는데, 그것이 어떤 특정 대상[27]으로 향하게 될 때 우리는 그것을 사랑의 행위라고 부른다. 사랑은 자기 충족(동일성) 욕망의 메커니즘이 작용하는 현실물이 존재한다는 점에서 선택된 형식(방식)으로 무엇을 쓸 것인가를 고민하는 정의 문학을 실천해야 하는 문인들에게 가장 적절한 대답이 되었던 것이다.

　항상 남겨진(현존하는) 자에 의해서 말해지며, 그 이야기의 대상의 부재[28]로 인해 말하는 사람이 듣는 자가 될 수밖에 없는, 다시 말해 글쓰는 나의 자기중심적인 고백으로 짜여질 수밖에 없는[29] 사랑에 대한 이야기는 다음과 같은 모습을 드러내게 된다.

九月二十一一日
兄님—
마츰내 告白할날이 왓슴니다. 언제던지 兄께서 直接으로나 或은 편지로 「무슨번민이 잇거든 내게 다 말하라」 하섯지만 저는 종내못하엿서요. 제 性質가운데 별한것이잇셔서 이事件을 다른 사람의게 알게하려면 싀기의 불이 압셔서 니러나는고로 마츰내 못하엿슴니다.
　그럿치만 지금은 꿈질거리고 잇지못하게 되엿슴니다.
　마츰내 告白할 날이 왓슴니다.
　이편지를보시고 兄께서 助力을 하시던지 안하시던지 그것은問題가박기외다. 아니! 인제는 엇더한힘으로 助力을하셔도 效力이나타나지 안으리만큼 事件의 左右는 결정되엿슴니다. 다만 同情만하여주시면 그것으로 넉넉하외다. 저는 그것뿐으로 滿足히녁이겟슴니다. 지금경우에 잇는제게는 한 줄기의同情이 萬金의 돈, 十年의목숨보다도貴하도록 同情그것이 貴하게되

Lemaire, A., 이미선 역(1994), 『자끄라깡』, 문예출판사.
27) 라깡은 이것을 objet a라고 부른다.
　Lacan, J., 권택영 엮음(1994), 앞의 책, p.281.
28) 글을 쓰는 순간 그 글의 대상은 현재 글쓰는 존재(남겨진 자)에 의해 재구성되는, 실재하지 않는 것이다.
29) Barthes, R., 김희영 역(1991), 『사랑의 단상』, 문학과지성사, p.13.

엿슴니다.
　이제 이事件을 쓰기 前에 몬저 제歷史를 좀쓰겟슴니다. 그 가운데는 兄
도 아실것이 만켓지만 前에 일을 안쓰고는 到底히 이事件을 쓸수가 없음
니다.30)

이렇게 시작되는 김동인의 「마음이 여튼자여」는 앞서 살펴 본 새로운 글쓰기의 메커니즘이 작동하는 전형적인 작품으로 볼 수 있다. 성질 가운데 별난 구석이 있어 종내 남에게 드러낼 수 없던 속마음은, 자기에게서 연유하는 감정을 보여주기를 강제하는 시대적 요구 앞에서 마침내 고백의 형식으로 문을 열게 된다. 사랑과 실연을 내용으로 하고 있는 이 고백은 그 내용의 소재적 특성에서 연유할 수 있는 인간 내면의 전형적인 갈등들을 거의 모두 드러내고 있다. 이 고백에서 이야기되는 '시기의 불'이라는 것은 일차적으로 사랑했던 대상에 대한 질투(혹은 미움)를 말하는 것으로, 그것은 질투하는 사람으로서의 괴로움을 내포한다. 즉 질투하기 때문에 괴로워하며, 질투한다는 사실에 대해 자신을 비난하기 때문에 괴로워한다. 그리고 궁극적으로는 통속적인 것에 노예가 된 자신에 대해 괴로워하게 된다. 결국 대상이 문제가 아니라 자기가 배타적이고 상투적인 사람이라는 것에 대해 괴로워하는 것31)이 '꿈질거리고 잇지 못하게' 하는 자기의 내면으로 형성되었던 것이다.

특히 자기 고백적 일기를 형님에게 보내는 편지 형식으로 제시하고 있는 「마음이 여튼자여」는 자기 노출이 이중적으로 실천되고 있다는 점에서, 이 시기 자기감정을 표현해야 한다는 것에 대한 중압감을 그대로 드러내는 텍스트라고 할 수 있다. 더구나 현재의 자기감정을 형님에게 보여주면서도 '이 편지를 보시고 형께서 조력을 하시든지 안 하시든지 그것은 문제를 밖'으로 하고 있고, '이제는 어떠한 힘으로도 조력이 나

---

30) 김동인(1919), 「마음이 여튼자여」, 『창조』 3, p.27.
31) Barthes, R.(1991), 앞의 책, p.197.

타나지 않을 이만큼 사건의 좌우는 결정이 된' 상태이다. 따라서 이 자기 일기(내면)를 공개하고 있는 편지는 상대방의 반응을 기대하고 있지 않은, 다분히 자기를 드러내는 데에 목적을 둔 글쓰기임을 알 수 있다. 그것은 동정만 해 주면 그것으로 만족하겠다는 화자의 말에서도 확인되거니와, 더 궁극적으로는 자신에 대하여 안 쓰고는 도저히 견딜 수 없음에서 비롯된, 자기 만족을 위한 글임을 알 수 있다.

또한 이 고백은 '한 줄기 동정이 만금의 돈, 10년의 목숨보다도 귀하도록 동정 그것이 귀하게 되엇'다는 식으로 자기 자신을 비참한 상황에 놓인 것으로 만들면서 그 진정성을 확보하게 되는데, 사랑과 실연은 자기 확인을 위한 고백의 매개 역할을 가장 적절하게 수행할 수 있는 내용이었던 것이다. 이 시기 사랑을 이야기하고 있는 대다수의 소설들, 즉 편지나 일기의 고백 형식으로 인물의 개인 감정(내면)을 드러내는 소설들은, 그러한 서술 자체가 주요 목적이 되면서 이러한 자기구성의 메커니즘에 연루되어 있다고 할 수 있다.

김동인의 또 다른 소설 「약한 자의 슬픔」 역시, 자유의지를 지닌 자각하는 자기를 강한 자로 언표화하면서 거기까지 이르기 위한 과정을 보여주고 있다. 즉 여기에서 슬픔을 느끼는 약한 자는 스스로도 인정할 수 없는 자기모습으로 볼 수 있다. 그 약한 자의 모습은 사랑과 실연 속에서 발견된다. 구체적 경험을 가능하게 하는 것이 엘리자베스의 이환에 대한 짝사랑이고, 유부남으로 설정된 K남작과의 관계이다. 남작은 유부남으로 설정됨으로써 그것 자체만으로도 엘리자베스의 내적 갈등을 내포하게 되는데, 이 관계는 또한 이환에게 사랑 고백을 못 하게 만드는 작용을 하면서, 엘리자베스가 참사랑이라고 믿는 그 사랑을 자기만족적이고 상상으로만 가능한 짝사랑으로 만들어 복잡한 내면을 형성할 수 있도록 한다. 이 내면이 끊임없이 눈물을 흘리고 스스로를 연민하면서 위로할 수 있는 텍스트의 내용을 생성[32]하게 되는 것이다.

이광수의 「어린 벗에게」, 나도향의 「피 묻은 편지 몇 쪽」 역시 편지 형식으로 자신의 병과 사랑에 대한 이야기를 전해주고 있다. 자신의 심정을 토로하면서 화자들이 보여주게 되는 제스처, 즉 성인 남자로 하여금 남성다움을 지키기 위하여 눈물을 흘리는 것이 금기시되는 문화에서 눈물을 흘린다는 것, 그리고 그것을 고백한다는 것은 자기의 고통이 거짓이 아니라는 것을 스스로에게 증명[33]하기 위한, 즉 스스로의 진실을 스스로에게 인정받기 위한 언어로 작용하게 된다. 그리하여 진정한 자기감정 표현을 요구하는 이 시대의 문학은, 그것이 사랑을 내용으로 하지 않더라도, 성인 남자에게조차도 자기연민 속에 빠져 있거나 동정의 눈물을 흘리도록 만든다. 이광수의 초기 단편에는 눈물을 흘리는 성인 남자들이 많이 등장하며, 특히 백악의 「동정의 루」[34]에 등장하는 '나'와 'B', 나도향의 「피 묻은 편지 몇 쪽」[35]의 '나' 등은 그러한 자기 연민의 극치를 보여주는 인물들이다.

「동정의 루」의 '나'는 교사로, 공연히 울적한 심사 때문에 산보를 가게 된다. 그 길에 죽은 친구를 생각하며 자신의 삶이 외로움과 쓸쓸함으로 괴로우니 죽음의 세계가 편안하면 자신을 데려가 달라는 속내를 드러내게 되는데, 그 외로움과 쓸쓸함은 차가운 세상에서 막연하게, 공연히 울적한 것으로만 드러날 뿐이다. 이러한 '나'의 마음을 조금 더 구체적으로 고통스러울 수 있도록 만들어 주는 것이 산보에서 만난 'B'이다. 산보에서 만난 B는 나에게 자신의 과거와 현재의 비참한 사정을 얘기하게 되는데, B의 고백은 말하는 자와 듣는 자 모두에게 (자기)연민과 동정을 불러일으켜 눈물을 흘리게 만드는 요소가 된다. 그런데 B의 사정이

---

32) 이러한 메커니즘의 작용이 이 소설의 본질이라고 할 수 있다. 이것을 포착하지 못할 때 「약한 자의 슬픔」에서 엘리자베쓰는 '죽어야 하는 인물, 혹은 저급한 사고를 하는 인물'(장수익(1997), 「한국근대소설의 형성과 시점에 관한 시론」, 『한국 근대문학연구의 반성과 새로운 모색』, 새미)로 설명될 수밖에 없는 것이다.

33) Barthes, R.(1991), 『사랑의 단상』, p.245.

34) 白岳(1920), 「同情의 淚」, 『학지광』 19~20호, 1920(백악은 『창조』에 글을 자주 실었던 김환이다).

35) 나도향(1926), 「피 묻은 편지 몇 쪽」, 『신민』 12, 1926. 4.

라는 것이 제3자의 입장에서는 눈물을 흘릴 만큼 그리 대단해 보이지 않는다는 데에서 이 소설의 의미가 이야기될 수 있다. 왜냐하면 나는 B의 사연을 듣고 함께 눈물을 흘림으로써 둘의 사이는 특별한 관계로 발전하게 되고, 두 인물을 공감으로 엮이게 해 주는 요인이 이 소설을 지탱하고 전개하는 힘이 되고 있기 때문이다.

B의 사연이라는 것은, 어렸을 적에 부모님을 모두 잃고 형제도 없이 외롭게 아버지의 친구에게서 길러졌다는 것, 그 양부모(아버지 친구 내외)는 아들이 없던 터라 자신을 데릴사위로 삼았고, 넉넉지 않은 형편인데 자신이 경제적인 힘이 없어 지금까지 눈치를 보며 함께 살고 있다는 것, 역시 형편 때문에 지금 다니고 있는 학교도 눈치가 보이며, 앞으로 하고 싶은 공부에 대해서도 희망을 가질 수 없다는 것이 전부이다. 물론 평탄하고 유복한 삶은 아니지만 부모님을 대신하는 악하지 않은 사람들과 함께 살 수 있었고, 또 기본소양을 갖출 수 있을 만큼의 교육도 받을 수 있었으며 그리 싫지 않은 결혼을 하였다는 점에서, 나와 B의 공감은 서술된 내용에의 공감보다는, 서로가 그러한 고백을 할 수 있는 계기를 필요로 했다는 것에서 비롯된 동질감의 확인이라고 볼 수 있다. 그리고 그러한 감정의 교류 사이에서 형성된 공감은 두 사람을 묶어주는 비밀 같은 역할을 하여 일종의 연대의식 같은 것을 만들었던 것이다.

고백하는 자와 들어주는 자 사이에 맺어지는 이러한 감정(유대감)은 고백하는 자가 자기를 더욱 비참하고 고통스럽게 만들수록, 비밀을 지켜야 하는 책임감과 비례하여, 더욱 강렬해지게 된다. 그래서 이러한 감정은, 김동인의 「약한 자의 슬픔」에서 엘리자베스가 혜숙에게 고백한 이환에 대한 짝사랑의 고민이 다른 동무에게 전해진 것을 알고 난 후 느끼게 되는 '노기와 부끄러움과 모욕……그리고 무한한 증오의 염'을 또 다른 얼굴로 갖게 되는 것이다. 따라서 그 비밀이 둘 만의 것으로 유지되는 한 거기에는 일종의 동류의식 같은 것이 생기게 되고, 그것은 후에 나와 B가 서로를 사랑하는 연인처럼 여기면서 행동하게 만들고 있다. 이 두 사람이 그 감정을 이성에 대한 사랑과 구분 못하는 것은 물론 아니다. 두 사람 모두 스스로를 합리화시키고 인정받을 수 있는 내용으로 내면을 형성하기 위해 서로가 서로에게 필요 충분 요건이 되어 주고 있는 것이다. 그래서 이 모든 것이 자기를 스스로에게 각인시키기 위한 일종의 책략이라고 할 수 있다.

나도향의 「피 묻은 편지 몇 쪽」에서도 '나 자신도 나 자신을 걱정하게 되는 때가 많'다고 고백하는 한 젊은이의 사랑과 실연에 얽힌 사연을 들을 수 있다. 사랑을 잃고 세상에 대해 느끼고 있는 환멸, 섭섭함, 비관 등을 '아름다운 번민'이라고 말하고 있는 이 남자는, 자기가 한 여자 때문에 운다는 것을 공공연하게 드러내면서 지극히 자기 연민적이고 자기 만족적인 상태를 보여주고 있다. 비록 자신의 병과 그로 인해 사랑을 고백할 수 없는 형편에 대한 처량함과 슬픔을 내용으로 하고 있지만, 목숨을 위태롭게 하는 그 병조차도 여자(장영옥)에 대한 사랑을 허락하지 않는 제약으로만 언급되면서 나는 더욱 고조된 사랑의 감정을 누리게 된다.

이러한 감정은 편지를 통해 자신의 내면을 드러내는 과정에서, 평범한 일상사들을 사랑하는 여자 장영옥과 관련된 인과관계의 서사로 재구성, 재배치되면서 더욱 강렬해지게 된다. 이런 고백의 메커니즘이 자기 감정을 발견하고자 하는 이 시기 소설가들(텍스트 내 화자들)에게는 가장 매혹적인 글쓰기 방식으로 선택될 수밖에 없도록 만들고 있는 것이다. 이 소설의 화자 '나'가 무의식적으로 느끼고 있는 다음과 같은 말은 이러한 글쓰기의 작동원리를 보여준다.

오전까지는 더할 수 없이 평범한 날이었습니다마는 오후에 내가 해안 산보에서 돌아왔을 때에는 그것이 그리 평범하지 않던 날이었던 것을 지금 이 편지를 쓰면서 알게 되었습니다. 이러한 시간이 지나간 지 여러 날 여러 달 혹은 여러 해 만에 비로소 다시 의미가 있게 되는 일이 있는 것이나 마찬가지로 오늘 오후는 이상한 찬스를 우연한 가운데 나에게 만들

어주어 그것이 한 가지 기적 같은 사실을 만들어놓았습니다.[36)]

따라서 이러한 내면 고백을 하는 동안은 사랑하는 여자와의 첫 만남에서부터 자기의 모든 과거를 재배열하면서 꿈 같은 시간들을 다시 누릴 수 있는 경험을 한다. 그리하여 겉으로 드러나는 슬프고 괴롭다는 언술은 그 행복한 시간을 연장시키기 위한 서술적 책략이라고 할 수 있다. 즉 아프다는 것을 핑계삼을 수 있는 이 시기 소설 속 주인공들은 현실적으로 아무런 책임을 지지 않아도 되는, 지극히 자기만 충만해질 수 있는 그러한 사랑 속에서 자기감정의 발견에 탐닉하고 있었던 것이다. 이러한 숨겨진 의미는 화자가 자신의 고통을 '아름다운 번민', '무서운 행복' 등으로 표현하는 것에서도 잘 드러난다.

이광수의 「사랑에 주렸던 이들」[37)]의 '나'가 과거 자신의 잘못에 대한 전후 사정을 설명하기 위해 형에게 보내는 편지가 결국 그 당시 자신의 사랑을 고백하는 내용이 되면서, 종내는 현재의 자신의 사랑에 대해 이야기하는 형국으로 흘러가게 되는 것도 이러한 맥락에서 이해할 수 있다. 즉 과거에 사랑 때문에 겪게 되었던 자신의 심적 고통은 현재 사랑하는 여자의 내력을 듣게 되면 '웃음거리에 지나지 못'한다고 말하면서, 여태껏 지루하게 자신의 과거를 해명한 것도 현재 사랑하는 사람에 대해 쓰고 싶었기 때문임을 밝히게 된다.

> 그러니까 형이여! 처음에 약속한 바와 같이 이 편지를 쓰는 것은 결코 내 말을 쓰려는 것이 아니요, 내 말을 쓴 것은 내가 인제 하려는 다른 말의 예비가 되는 까닭이요.
> 아아 내 말을 쓰기에도 나의 가슴이 아팠소. 읽는 형의 가슴도 마땅히 아프려든 하물며 내 가슴이야 얼마나 아프겠소? 그러나 장차 말하려는 아픈 이야기에 비하면 내 이야기 같은 것은 한 웃음거리에 지나지 못하

---

36) 나도향(1926), 「피 묻은 편지 몇 쪽」, 『물레방아』, 일신서적출판사, 1994, p.129.
37) 이광수(1925), 「사랑에 주렸던 이들」, 『이광수대표작선집』, 삼중당, 1968.

오. 아아 세상에는 이렇게 슬픈 일도 있을까요?
　……아무 죄도 없는─정말 털끝만한 죄도 없는 연약하고 불쌍한 영혼
이 내가 받은 것보다도 몇 십배 더 되는 고난을 받았다 하면 그것이 얼
마나 슬픈 일이겠소? 지금 내가 하려는 말이 바로 그러한 일이요, 또 여
태껏 지리하게 내 이야기를 쓴 것도 기실은 이 말을 쓰고자 함이외다.[38]

　과거의 사랑은 형의 여동생과 얽힌 이야기이므로 이 편지를 쓰게 되
는 이유가 되지만, 현실적으로 현재 '내'가 사랑하는 여자(아내)의 슬픈
과거 내력은 형에게 동정이나 공감을 불러 일으킬만한 관심 영역이 아
니다. 그럼에도 불구하고 내가 형에게 현재 사랑하는 사람의 내력을 이
야기하게 되는 것은, 이 고백적 말하기의 자기만족적 특성을 여실히 드
러내는 부분이라고 할 수 있다. 즉 편지를 받게 될 형과는 무관하게, 자
신이 그 여자와 나누었던, 서로 눈물을 흘리며 동정할 수 있었던 감정의
교류, 공감에서 비롯된 충만감, 순간적인 타인과의 합일감 등이 편지를
쓰는 동안 다시 한번 자기에게 확인되면서, 자신이 현재 느끼고 있는 행
복감이 진정한 자기감정이라는 것을 스스로에게 증명하고 있는 것이다.
　고백을 하면서 느끼게 되는 이러한 종류의 만족감은, 매개가 되는 내
용이나 들어줄 대상의 有無 혹은 그 대상이 누구인지와 관계없이, 자신
의 내면(감정)을 자각하면서 느끼게 되는, 자기동일성에서 비롯되는 것이
라는 것을 이제 어렵지 않게 눈치 챌 수 있다. 그런데 자기를 확립하기
위한, 자기동일성 확보를 위한 이러한 책략들은 동시에 자기파괴적 모
습을 한 편에 지니고 있다. 자기 자신에 관해서 말한다는 것, 자기를 열
어 보인다는 것은 자기공개를 핵심으로 하면서 과거의 자기동일성과의
결별을 의미하는 것이기도 하기 때문이다. 그래서 자기 고백은 자기를
생성하고 창조하는 것이면서, 동시에 자기 자신을 죽여야 하는 것, 자기
를 포기하는 기제이기도 하다. 이때의 자기는 스스로를 벌하고 자기를

---

38) 이광수(1925), 「사랑에 주렸던 이들」, 앞의 책, p.230.

거부하고 자기로부터의 탈출을 특징으로 하는[39] 양상을 나타내게 되는데, 이 시기 자신의 내면을 고백하는 소설텍스트에서 쉽게 발견되는 모습이다.

그러므로 이 시기 사랑을 내용으로 하면서 (혹은 직접적으로 사랑을 이야기하지 않더라도) 드러나는 괴로움, 고통, 번민 등은 대상과 직접 관련되었다기보다 (사랑의)경험자로서의 과거의 자기와 그 경험을 쓰고(고백하고) 있는 현재의 자기 사이의 그 파괴적 분열에서 비롯되는 괴로움이라고 할 수 있다. 이 과정에서 말하는(글쓰는) 존재는 고통스러워하는 자기를 지속적으로 탐색하면서 그 고통을 배가시키게 되고, 그 속에서 글쓰는 사람은 자기 자신이 된다. 왜냐하면 고백하는 나로서의 자기[40]는 내면성 그 자체이고, 고통은 바로 무시무시한 내면성[41]이기 때문이다. 이 시점에서 우리는 병과 상실감, 죽음과 자살 등으로 삶의 고통을 이야기하는 양상을 드러내는 텍스트들을 다시 읽을 계기[42]를 마련할 수 있게 된다.

지금까지 살펴본 이러한 메커니즘에 의해 정의 문학으로 쓰인 소설들이 보여주고 있는 병적 징후와 사랑에 대한 과도한 집착은 해명의 단초를 마련할 수 있게 된다. 찾고 발견되어야 할 자기, 형성되고 확립되어야 할 자기는 분명 이 시기의 가장 문제적 화두였으며, 그에 대한 사유와 고민은 정(자기감정)의 문학을 실천해야 할 소설은 물론 문학이 아닌 글쓰기에서도 충분히 드러나고 있다.

사람이 사람다움은 오직 고통을 의식한다는 데서 지나지 못할 같다.

---

39) '자기 명시는 동시에 자기파괴다'
　　Foucault, M., 이희원 역(1997), 『자기의 테크놀로지』, 동문선, p.77.
40) 롤랑 바르뜨는 주체(subject)라는 말로 대신하고 있는데 그의 주체는 글을 쓰고 있는 나를 의미한다.
41) Barthes, R.(1991), 『사랑의 단상』, 문학과지성사, p.254.
42) 이러한 내용은 제3장, 2에서 다루게 된다.

생명이라는 선 우에서 고통이라는 그 물건은 무슨 구실로써든지 자기의
실체를 播殖하려 하며 자기 자신의 존재를 노출하려 할 때에 사람은 삶
으로써 그를 의식지 않을 수 없쓰며 그의 翻弄을 밧지 안을 수 없겠다![43]

　다시 말하면 고백하는 자기란 괴로워하는 자를 의미하며 그러므로 고
통이 있는 곳이면 어디든지 자기가 있게[44] 되는 것이다. 그리하여 자기
감정을 충실히 표현한다는 것이 무엇인지를 고민하고 보여주어야 하는
정의 문학의 실천자들은 고통스러운 내면을 발견하고 확인하기에 가장
적합한 사랑을 내용으로 하면서, 그것을 가장 효과적으로 보여줄 수 있
는 편지나 일기[45]를 소설 속에서 그대로 드러내는 방식으로 새로운 문
학의 요구 조건을 만족시켰던 것이다. 그것은 사랑을 구체적인 내용으
로 하지 않더라도 삶의 번뇌, 고통, 낙담을 지나치게 강조하면서 마찬가
지의 효과를 지니게 된다. 따라서 이 시기 텍스트들에서 흔하게 볼 수
있는 자기변명과 지나친 연민과 동정, 위안 역시 그 고통스러운 내면의

---

43) 惟邦(1921), 「누구를 위하야?」, 『창조』 9, p.35.
44) Barthes, R.(1991), 앞의 책, p.253.
45) 김윤식이 일기와 편지 형식에 대해 들려주는 다음의 설명은 이러한 글쓰기의 보
　편적인 속성을 잘 보여준다. '일기를 자기 혼자 써놓고 나중에 가서 자기 혼자
　읽어보기 위한 글 형식이라 규정한다면, 일기 형식을 쓰는 이유를 따져볼 필요
　가 있다. 좋게 말하면 자기 관심의 내면화이고 조금 순수하게 말하면 일종의 자
　기 화풀이라 할 것이다. 이를 논리적으로 설명한다면 바깥 세상에서 겪은 자신
　의 낭패를 변명하고 자기를 낭패시킨 그 바깥 세계(현실)의 풍속과 질서들을 원
　망하면서 스스로 위안을 얻으려는 행위일 터이다……편지의 경우도 사정은 비
　슷하다. 편지는 한 사람의 현실적 인간을 대상하여 쓴 글이니까, 일기보다는 일
　층 사회적 성격을 띤 것임엔 틀림없으나, 이 역시 쓴 동기를 곰곰이 따져보면 일
　기의 경우와 흡사함을 알아차릴 수 있다……일기가 내향적이고 소극적이라면
　편지는 조금 적극적이고, 상대방을 가졌다 할지라도, 근본 동기는 서로 닮은 것
　이라 할 수 있다. 여기에 이어지는 것이 소설이나 희곡 또는 시를 쓰는 일이다.
　일기 형식이나 편지 형식에 깊은 지향성을 가진 사람은, 한 단계 나아가 바깥 세
　계가 자기의 생각과 주장에 거꾸로 굴복해 오기를 열망할 뿐 아니라, 궁극에 가
　서는 그것의 풍속이나 질서까지도 자기 식으로 온통 뒤바꿔놓기를 바라는 내밀
　한 욕망을 가지고 있음에 틀림없다'
　김윤식(1992), 『운명과 형식』, 솔, pp.104~105.

또 다른 얼굴이라는 것을 알 수 있다. 이러한 감정과잉의 병적 징후들은 나약하고 퇴폐적인 것으로 비판될 요소가 아니라, 그것 자체가 자기구성을 위한 방식이자 내용이며 책략이 되는, 자기 만들기의 운명적 선택46)이었다는 의미를 지닐 수 있게 된다.

2) 자기확립의 과정

❶ 자기확인 : 욕망의 절제와 이성적 자아

정의 문학이 요구하는, 자기를 표현하는 새로운 글쓰기는 당대의 글쓰는 존재들로 하여금 자기의 내부를 탐색하게 하면서 자기의 고통(내면)을 이야기하게 하는 고백적 글쓰기를 탄생시켰다. 그리고 대상의 부재와 그것을 재구성하고 표현하는 데서 오는 고통을 수반할 수밖에 없어 고백할 내면을 지니게 되는 사랑은 새로운 글쓰기의 필요 충분 조건을 형성하게 된다. 사랑의 글쓰기는 언제나 남아 있는(현존하는) 사람에게서 가능한 것이지 떠나는 사람(부재하는 사람)을 통해 말해질 수 있는 것은 아니므로, 사랑을 쓰고 있는 현존하는 나는 끊임없이 부재하는 대상 앞에서 고통스러운 소외를 인정해야 하는 글쓰기를 하게 된다. 또한 사랑의 대상이란 사랑하는 사람의 독특한 자기동일성에의 욕망이 투사된 상징으로서의 대상이므로 필연적으로 그것은 충족될 수 없는, 소외를 수반하는 대상이 될 수밖에 없다. 왜냐하면 욕망(desire)이란 생물학적, 유기적인 어떤 긴장이나 그것을 없애려는 경향을 이끄는 심리적 작용이지 충족 가능한 물리적 실체에의 요구(demand)47)가 아니기 때문이다.

따라서 실제 대상을 사랑한다고 믿는 나와 욕망을 쓰고 있는 나 사이에는 언제나 거리가 생기게 되며, 이 좁혀질 수 없는 거리 속에서 글쓰

---

46) Lukács, 반성완 역(1988), 『영혼과 형식』, 심설당, p.16.
47) Lemaire, A., 이미선 역(1994), 『자끄라깡』, 문예출판사, pp.236~246.

는 나는 분열하게 된다. 그런데 이 분열된 존재에게는 다시 그 틈새를 메우려는 자기동일성(전체, 하나됨)의 욕망이 작용하게 되고, 그것을 충족시켜 줄 수 있는 것을 결코 찾아낼 수 없는 욕망은 영원히 욕망으로만 남게 된다. 그래서 사랑을 쓰고 있는 존재는 이러한 숨막히는 고통(내면)을 통해 자기를 재구성하고 있는 사람이라고 할 수 있다. 이제 이러한 원리를 내재한 사랑의 글쓰기가 구체적으로 어떻게 자기를 확립하게 되는지를 살펴보기로 한다.

단편소설 「음악회」에는 수많은 사람이 모이는 음악회에서 한 남자에게 호감을 느낀 여자가 그에게로의 이끌림을 말하는 다음과 같은 장면이 있다.

> 그러나 그 중에서도 이채를 쏘는 사람은 안홍석이었다. 옷깃과 싸우는 더부럭 머리며 응시하는 듯한 두 눈과 자존심을 말하는 결곡한 코는 인격의 介潔을 표징하고 遠한 침묵을 직힐 것 가치 굿게 다친 입이며 口角의 모진 것과 두 볼의 여윈 것은 좀 긴장한 듯한 피로와 조화하야 냉담과 신경질을 표징하였다. 그리고 냉정한 그의 두 눈은 인생의 진리를 곳 투시하고자 하였다. 그러나 그의 신변에는 접근키 어려운 므슨 거리가 잇스며 그의 배후에는 고독의 그림자가 둘니여 잇셧다. 경자의 소유한 불가해의 두 샘에 물결을 일으킨 것은 이 안홍석의 풍미엿다. <u>경자의 眼底에 깁히깁히 인상되엿던 무엇이 이 안홍석의 풍미로 하여서 부활된 것이다.</u>[48]

여기서 경자는 자유(옷깃과 싸우는 더부럭 머리), 이성(응시하는 듯한 두 눈, 냉담, 냉정한 두 눈), 인격, 인생에 대한 사유 등 '경자의 안저에 깁히깁히 인상되었던' 이상적 자아의 이미지에 이끌리고 있는 것이지, 안홍석이라는 실제 인물을 요구하고 있는 것은 아니라는 것을 인용문 마지막 문장을 통해서 확인할 수 있다. 그래서 이 소설은 경자가 안홍석을

---

48) 민태원(1921), 「음악회」, 『폐허』 2, p.124.

만나려고 지속적으로 노력하는 과정을 보여주고, 만날 수 있는 계기를 만들어 주면서도 결국에는 경자가 그 만남을 원치 않는다는 것으로 끝을 맺게 된다. 경자가 원하는 것은 자기가 희구하는 이상적 자아와의 동일시였고 안홍석은 그 자기 충족 욕망의 대의명분의 역할을 한 것에 지나지 않았기 때문이다. 그래서 그 욕망을 대상으로 전이시키지 않고 욕망 자체로 남겨두는 결말을 선택하게 되는 것이다.

이렇게 자신이 이끌리고 있는 대상에 대한 소유의 의지를 포기하는 자기는 이성을 발현하는 자기(자아)로 거듭나게 된다. 자기의 박탈감(분열, 결핍)을 충족시켜 줄 것이라 생각한 대상과의 사랑은 완전한 자기동일성에의 욕망을 충족시키는 것이 아니라 단지 특정한 성적인 만족의 형태로 나타나는 요구의 차원으로 변화되는데, 이 요구(육체적 결합)에서 파생되는 육체적 일체감 역시 지속적인 것이 아니기 때문에 자기동일성(대상과 하나될 수 있다는 것을 포함하는 완전한 하나됨)에의 욕망은 끝없는 결핍상태로 남게 된다. 따라서 이 욕망의 에너지를 성기의 차원(성욕)으로 한정시켜 버리는 것은 욕망을 현실물로 단순히 대치하는 결과[49]일 뿐 욕망의 문제를 해결할 수 있는 방법은 될 수 없다. 그래서 자유연애가 시대를 풍미하고 있었으면서도 자기 발견(표현)에 가치를 두고 있었던 이 시기의 소설들은 육체적 쾌락과 육체에의 탐닉을 무분별하게 노출시키지 않는다.

소설 「몽영의 비애」에서 춘식과 자유의지로 육체 관계를 맺게 된 성희는 그 대상이 사랑하는 남자였음에도 불구하고 혼자 집에 돌아와서 다음과 같은 생각을 하게 된다.

> 여자라난 권리를 획득한 것 같기도 한 생각 중에……말로 하지 못할 무슨 殘懷의 念이 니러난다……이전에 윤리書類로 볼 대에 '정조'라는 것을 깁피 생각지 못하고 다만 학자의 한 말을 축음기와 갓치 흉내를 내엿

---

49) Lacan, J., 권택영 역(1994), 『욕망이론』, 문예출판사, p.267.

건만 지금은 거기에 관련하야 여러 가지 생각이 니러난다……자기가 평
생에 다시 엇지 못할 실물을 일어버린 것 갓햇다. 그 후에 춘식을 만나면
사모하려고 하는 마음은 간절하지만 내 것을 무엇 빼아손 사람이라는 생
각이 머리에 니러나면 억지로 참엇다.[50]

이러한 성희의 생각은 표면적으로는 기존의 유교적 정조 관념에서 자
유롭지 못함을 보여주는 듯하지만, 또 다른 의미로 읽어 낼 수 있는 여
지가 있다. 만약 텍스트가 기존의 정조 관념을 따라야 한다는 것을 보여
주려 했다면, 성희가 춘식과 육체 관계를 맺을 수 없는 필연적 이유나
장애를 설정할 수도 있었을 것이다. 그러나 등장인물의 자유 의지에 따
른 행동이 있은 후에 '전에는 학자의 말을 축음기와 갓치 흉내를 내엿
건만 지금은 거기에 관련하여 여러가지 생각'을 하게 만든다. 그러한 생
각 후에 잃어버린 것 같이 여겨지는 '자기가 평생에 다시 엇지 못할 것'
이라고 여기는 것은 실제 정조라기보다 육체적 욕망(요구)을 스스로 절
제하지 못한 이성적 존재로서의 스스로에 대한 자존감의 상실을 상징하
는 것이라고 할 수 있다. 그렇기 때문에 자기 것을 빼앗은 것 같은 실제
대상으로서의 춘식은 원망이나 미움의 대상이 되지 않고 오히려 '사모
하려고 하는 마음은 간절하지만' 그 성적인 욕망을 절제하도록 만드는
대상이 되는 것이다.

희곡 「황혼」에서는 아내를 두고 순정이라는 다른 여자를 사랑하게 된
김인성이 끝내 아내와 이혼을 하고 순정과 결합을 하지만, 그 이후 병명
을 알 수 없는 신경쇠약에 시달리다 결국 죽게 되는 사랑 이야기를 보
여준다. 사랑하는 사람과 함께 살게 되었음에도 불구하고 행복한 생활
을 하지 못하던 김인성은 다음과 같은 말을 하며 죽어간다.

내가, 죽드래도……사랑은 변치 안켓지요……세상이 잇기 전에는……
영원하게……하로밧비, 저ㅡ리로, 광명한 곳으로, 가는 것이, 나의게

50) 동원(1920), 「몽영의 비애」, 『창조』 4, p.42.

는……나의게는, 더 즐거워요……나의 그리운 곳은, 저―기 저 곳 뿐이
에요……조금이라도, 이 세상에 더 잇슬스록……더 만흔 괴롬박게……
나는, 저― 리로!51)

이 시기 사랑을 이야기하고 있는 소설들은 '지금 우리나라 모든 소설
의 주조인 사랑 없는 결혼은 제로라는 말은 백만인이 다 아는'52) 사실
이라고 당대의 변화된 가치관을 이야기하고 있지만, 그렇다고 이것이
사랑을 위해서는 이혼도 불사하라는 주장으로 이어지지는 않는다. 즉
그러한 의미를 강화하려면 「황혼」 같은 상황에서 김인성과 순정은 행복
하게 사는 것으로 전개되거나, 아니면 적어도 인용한 부분과 같은 말을
하며 죽는 것으로 처리되지는 말았어야 한다. 여기서는 그 때문에 이혼
의 긍정적인 측면이 사라지고 만다.

이혼을 하고 사랑하는 사람을 소유하면서도 충족될 수 없는 그 무엇
은 바로 자기동일성에의 욕망이었을 터인데, 이것은 그 무엇으로도 완
전하게 지속적으로 충족될 수 없는 자기구성의 메커니즘이라는 것을 아
직 눈치 채지 못한 이 시기의 소설들은 그 고통을 끝까지 밀고 나가지
못한 채 죽게 된다. 왜냐하면 자신의 감정을 들여다보기 위해 선택한 사
랑이 고통 속에서 자신의 내면을 발견하게는 했지만, 그 이후 명징하게
정립되었어야 할 자기는 어디에도 없기 때문이다.

따라서 김인성이 순정과 결혼한 후 앓게 되는 '이름 모를 신경쇠약'
은 바로 그러한 자기 확인의 욕망에서 끝없이 소외될 수밖에 없는 존재
의 고뇌에 대한 병명이라고 볼 수 있다. 그래서 그 병을 고치려면 '생각
을 하지 말아야 한다'는 진단은 욕망하고 사유하는 존재로서의 김인성
의 삶을 마감할 수밖에 없도록 만들었던 것이다. 즉 이 세상의 삶 속에
서는 자기동일성에의 욕망과 그것의 소외로부터 벗어날 수 없으므로, 그

---

51) 극웅(1919), 「황혼」, 『창조』 1, p.19.
52) 김동인(1920), 「제월 씨의 평자적 가치」, 『창조』 6, p.73.

괴로움에서 벗어나기 위해서는 '하로밧비 저리로 광명한 곳으로 가는 것
이 나에게는 더 즐거운' 것이라고 말해져야 했고, '나의 그리운 곳은 저
—기 저 곳 뿐'이라는 피안(저기 저 곳)이 설정될 수밖에 없었던 것이다.

이혼을 소재로 하면서 이혼을 당한 아내의 입장이 서술되는 「혜선의
死」[53] 역시 이혼의 긍정성을 획득하지 못하는 것은 「황혼」과 마찬가지
이다. 사랑하지 않는 사람과 결혼생활을 지속해야 하는 것이 부조리한
측면이라는 것을 인식하고 있는 자도 피해자이지만, 그것을 인식하지
못한다 하더라도, 사랑 받지 못하고 살다가 어느 날 갑자기 이혼을 당해
남겨지는 자 역시 피해자라고 할 수 있다. 그렇다면 이 시대의 소설에서
행해지는 이혼은, 그것이 자유연애를 계몽하는 차원이 아니라 할지라도,
이 두 피해자 중에 적어도 어느 한 쪽은 행복해져야 그것의 긍정성이
획득될 수 있는 것이다.

그런데 그렇게 부르짖던 사랑을 찾아 떠난 자도 죽고(「황혼」), 그 사랑
때문에 버림받은 자도 죽게 된다(「혜선의 死」)면 과연 이 사랑이라는 것
은 누구를 위한, 무엇을 위한 사랑인지를 되묻지 않을 수 없게 된다. 여
기서 글쓰는 이들과 텍스트 속의 사랑하는 인물들은 혼란스러워지는 것
이다. 그리고 그 혼란(고통)이 자기 내면을 들여다보게 만들면서 사랑이
단순히 대상을 바꾸는 문제가 아니라는 것을 깨닫게 했을 것이다. 이러
한 과정은 결핍을 충족시키고자 하는 심리적 작용으로서의 자기의 욕망
을 성찰하는 계기가 되고 있다. 오상순은 그 흔적을 다음과 같이 남겨주
고 있다.

> 자기 의욕은 자기의 생명이요 자기의 그것이다. 그것을 부정함은 자기
> 에 대한 최대의 비극일다. 그러나 자기가 의식적으로 자기를 희생할 대
> 그 희생이 자기와 타인들에게 인식될 때는 희생에 대한 가치감정이 생하
> 기 때문에 비극은 그 정도를 減한다. 그러나 자기 희생이 무의식적으로

---

53) 장춘(1919), 「혜선의 死」, 『창조』 1.

혹은 강박적으로 수행된 경우 그리고 그것이 타인들 즉 시대일반에 인식
되지 못하고 암묵 속에 망각되고 매몰되여 갈 때는 실로 戰慄할 암흔 비
극으로 될 수밖에 없다……자기는 본래 자기를 위하야 혹은 자기 이상의
것을 위하야 존귀한 희생이 될 운명을 타고 난 것 같다. 희생이 되는 것
은 물론 참자기일다. 우리는 항상 참자기와 何關없는 寄生我 또는 感覺我
를 희생하는 것 갓치 생각하나 그는 결코 존귀한 희생은 못된다……우리
는 진자기를 희생하지 안으면 안될 종국의 결의를 강요할 대 거기 말할
수 업는 고통이 동반한다. 물론, 강요된 종국의 결의를 긍정하고 실행하
는 것은 진자기 일다. 그러나 그 실행과 공히 그 자기는 침묵 속에 멸해
간다. 이 놀라운 모순, 무서운 부정, 이것이 비극이 안이고 무엇일가, 그
런데 자기는 감히 이것을 감수한다. 자기는 자기를 賭하야 이를 강행한
다. 여기에 자기의 신비불가사의의 위력이 있다. 자기는 자기이나, 또한
자기가 안인 것 같다. 자기는 자기와 함께 자기 이상의 절대인 것을 포함
하고 있다. 이에 위대한 가치와 悲憤한 운명의 연원이 있다.54)

인간과 욕망의 관계 그리고 거기에서 비롯되는 모순 속에서 살아야만
하는 인간의 존재론적 비극을 더 이상의 설명이 필요하지 않을 만큼 날
카로운 통찰력으로 꿰뚫고 있다. 여기에서 요구되는 희생이란 바로 이
성(의식)에 의해 실천되는 자기 절제의 다른 이름이라는 것을 그들은 이
미 알고 있었을지도 모른다. 이러한 통찰력 있는 자기구성에의 과정을
알게 되면, 매음에 걸린 기생과 육체적 사랑을 이룰 수 없는 화가의 이
야기를 다루고 있는 박종화의 시극 「「죽음」보다 압흐다」55)는, 육체에
대한 욕망의 절제를 스스로에게 합리화할 수 있도록 매음이라는 장치를
설정하고 그에서 비롯되는 고통(내면)을 감당하면서 '고통을 의식하는
사람다운 사람',56) 즉 자기를 구성해 가는 과정을 보여주는 텍스트로 재
구성될 수 있다.

---

54) 오상순(1920), 「시대고와 그 희생」, 『폐허』 1, pp.57~58.
55) 박종화(1923), 「「죽음」보다 압흐다」, 『백조』 3.
56) 유방(1921), 「누구를 위하야?」, 『창조』 9, pp.35~36.

<blockquote>

김주 친구들　죽음보다 압흐다 참사랑이란/ 거룩한 참사랑이란 죽음보다
　　　　　　도 더 압흐다/
　　　　　　돌아가자 돌아가자 죽음의 나라로 돌아가자/ 뜨거운 참된
　　　　　　사랑을 어드랴면
　　　　　　죽음에라도 돌아가자/……
　　　　　　사랑을 하여라 참다웁게/ 죽음보다 압흐게 사랑을 하야라/……
김주(기생)　　그러면 나에게/ 육(肉)을 구하지 마소서
방태한(화가)　그리하리라/ 당신의 말씀 그대로 그리하리라/
　　　　　　깨끗한 귀여운 영(靈)으로만/ 뜨거웁게 사랑하리라[57]

</blockquote>

그래서 위 인용문에 나타나고 있는 이 시대의 육(肉)에 대한 사랑이란
실제 대상을 소유하고자 하는 현실물에 한정된 사랑이 되고, 이상적 사
랑을 상징하는 영(靈)의 사랑은 결핍을 충족시키고자 하는 욕망은 영원
히 채워질 수 없다는 것을 인식한 이성적 자아의 절제된 사랑이라고 할
수 있다. 이 영과 육의 사랑은 자기를 확립하는 방식을 찾는 다음 장과
도 긴밀한 관계를 맺게 된다.

❷ 자기확립 : 상상적 사랑

자기를 확인하고자 하는 욕망은 심리적 에너지로서 그것은 자기에게
서는 자기동일시를 지향하게 되고, 대상을 향하게 될 때는 사랑이라는
이름으로 대상과의 육체적, 정신적 합일을 꿈꾸게 된다. 그러나 이 욕망
은 영원히 충족될 수 없는 심리적 작용이기 때문에 이것을 충족시킬 수
있는 물리적 실체는 현실적으로 존재하지 않는다. 따라서 이 욕망은 환
상(phantasy)이라는 형식을 도입하게 된다.

욕망의 발생과 해소가 경험될 때 관련된 대상들을 회복하려는 것이
가장 기본적인 환상[58]이 되는데, 텍스트 속에서는 이 환상에 의해서 경

---

57) 박종화(1923), 「「죽음」보다 압흐다」, 『백조』 3, p.175.
58) Lemaire, A., 이미선 역(1994), 『자끄라깡』, 문예출판사, p.242.

험이 단절되는 순간과 경험이 환각적으로 되살려지는 순간이 규정되면서 사랑은 환상, 즉 상상 속에서 살아나게 된다. 충족되지 못한 욕망은 상상을 움직이는 힘이 되고, 모든 상상은 욕망의 완결이며 동시에 만족을 주지 못하는 현실에 대한 보정(補整)[59]이 되기 때문에, 사랑은 상상을 필요로 하게 된다. 김동인의 소설 「마음이 여튼자여」에서는 그러한 징후들이 매우 직접적으로 나타난다.

> 이 때에 나의 양식은 여자들을 바라보는 것과 공상 두가지 밧게 없었다……그 공상의 대부분에는 나는 미인의 남편이엿다. 여학생의 부러움의 폿대였다. 나는 엇던 왕의 사위엿다……여자가 석겨야만 공상의 세계가 자유자재로 전개되였다. 나는 세계에 일흠난 연애소설 중에 일어로 번역된 자는 대개 보왓다. 그리고 그 소설 가운데 사랑에 성공한 자는 나로치고 성공치 못한 자는 나의 사랑의 원수로 치고 마럿다.[60]

이렇게 상상 속에서 사랑을 하던 K는 Y라는 실제 대상을 사랑하게 되면서 그것을 '한줄기 빛과 같은 일'이라고 생각하게 된다. 그러나 시간이 지날수록 그 생각과 마음이 같지 않음이 드러난다.

> 아— 쓰기도 실코 말하기도 실치만, Y의게 대한 나의 사랑은 역시 그 실로 육(肉)의 사랑에 지나지 못하였다! 정신상의 즐거움! 육에서 활동하다가 남아서, 넘쳐서 흘러 정신계로 드러온 것 밧게는, 나와 Y 새는 정신상 즐거움이란 한푼어치도 업섯다. Y와 맛나기 전엣 그 모든 로만틱한 그리움, 그거슨 모도 어듸 갓는가? 우주 낙관을 주창하는 그 아릿다운 기생의 로만틱한 노래, 여학생들을 볼 때엣 그 로만틱한 그리움……내 압길을 내다볼 때엣 그 로만틱한 근심. Y로 인하여 일허버린 이 모든 로만틱한 동경.[61]

---

59) Freud, S., 정장진 역(1996), 『창조적인 작가와 몽상』, 열린책들, p.86.
60) 김동인(1919), 「마음이 여튼자여」 1, 『창조』 3, p.29.
61) 김동인(1920), 「마음이 여튼자여」 2, 『창조』 4, p.11.

　　대상과의 실제 사랑은 K가 상상하던 모든 '로만틱한 동경'과는 거리가 있는 사랑이었음을 고백하게 하고, 다음과 같은 말을 하게 만든다.

　　아—정신상 즐거움! 때때로 머리를 드는 이 참사랑으로 나와 Y는 맛매우고 십다. 육을 떠나고 속을 떠한 이 이상의 순간이—이 신성한 순간이—이 참의 순간이, 순간—이 련속되여 時로 되고 日로 되고 年으로 되어, 우리 두사람으로 하여금 그의 우를 것게 하여, 육적 속적인 우리 사랑으로써 신성한 이상적 사랑으로 변하게 하면, 아—그 때는……그 때는……나는 누리에 대하여 포고 하리라—「오—나는 너희보담」이라고……[62]

　　이 소설의 주인공 K가 희구하는 이상적 사랑이 肉적인 측면을 완전히 배제한, 금욕적인 정신적 사랑을 의미하는 것은 물론 아니다. 여기에서의 화자는 육체적 사랑을 나눌 수 있는 대상과의 사이에서도 충족되지 못한 자신의 욕망의 그 빈틈이 채워지기를 소원하고 있는 것이며, 그것이 현실 속에서는 끝내 채워질 수 없는 욕망이기에 작가는 열정, 충만감으로 기억되는 유년기를 상상하는 장면을 삽입하게 되는 것이다.

　　K는 갑자기 슬퍼졌다. 그는 추억의 달고 슬픈 세계에 드러섯다. K가 닐여듧에 나슬 때, 때때로 새벽 대 여섯시에 깨이면, 새벽 비츤 흐리게 문의 한지를 깨이고……어머니는 부엌에서 동자할때……회색빛 가운데 부엌에서 나는 그의 어머니와 친척 노파의 말소래를 드를 때에 그의 어린 마음에도 이 소리가 회색 빛 가운데 둥둥 때때로 울니워 오는 이 소리가 슬프게 로만틱하게 닛지 못할 인상을 주엇다. 여기 이러케 깊이 인상된 K는 다 성년 되어슬 때도 저녁 어실어실 할 때에 마루에 우그리고 안져이스면……로만틱한 슬픔은 그의 마음에 가득 차곤 하엿다……K는 참다 못하여 종내 업듸엿다. 눈에서는 뜨거운 눈물이 푹푹 쏘다진다. 아—아 다문 한 시간이라도 그 시대에 도라가 보고 싶다! ……엇지하면……그런 열정의 삶을 살 수 이슬가![63]

---

62) 김동인(1920), 「마음이 여튼자여」 2, 앞의 책, p.13.
63) 김동인(1920), 「마음이 여튼자여」 4, 『창조』 6, p.6.

앞에서도 여러 번 반복되고 있는, K가 느끼는 '로만틱한' 것은 자기의 내면이 어떠한 울림으로 가득 채워지는 그 충만한 상태에 다름 아니며, 그 충만의 상태가 바로 열정의 삶이 되는 것이다. 그런데 그 열정의 삶이라는 것이 사랑한다고 믿는 대상 누군가만 있으면 획득될 수 있는 그런 것이 아님을 경험하게 되면서 K는 과거 충만감으로 채워졌던 고향으로 되돌아오게 되는 것이다.

여기서 중요한 것이 아내와 아들이 죽는 것으로 설정되는 구성이다. K가 돌아가고자 하는 공간은 유년기의 그 상상 속의 공간이지 실재하는 장소로서의 공간은 아니다. 아내와 아들이 살아 있게 되면 그 곳은 유년기의 상상을 말소시키는 현실의 공간이 되어 버리므로, 그들을 죽게 함으로써 소설은 완성도를 높이게 되는 것이다. 또한 그러한 아내의 죽음이 고향으로 돌아가는 K의 행위를 기존 가족 질서로의 회귀로 읽을 수 있는 위험에서 벗어날 수 있게 해 준다. 즉 K의 돌아옴은 조강지처와의 재결합을 의미하는 것도 아니고, 아들 역시 죽었으므로 부자관계를 중심으로 보는 유교적 가족 제도를 지속하게 됨을 암시하지도 않는다. 뿐만 아니라 K의 부모를 위해(孝) 돌아오는 것도 아니므로, 텍스트는 결국 K자신의 문제에 집중하면서 끝나게 된다.

> '나를 이러케 한거슨, 그 누구오닛가!' 하는 책망을 드르면서, 정신업시 무덤을 바라보고 서잇섯다. 그의 눈에서 나오는 뜨거운 눈물은, 뺨을 적시고 땅에 떠러진다. '아―아 불상한 일을 하여버렷다' K가 의식하는 순간, K는 참지 못하여 그 무덤 우에 가서 꼭구러젓다.
> ―그대를 이러케 한거슨 지금 이기적 남자들이 발명한, 그, 여자의 인권을 멸시한 惡思潮에 취하엿던, 이 나 그대의 남편이다.
> ―나의 죄, 헤일 수 없는 나의 죄, 지금 자백하노니, 용서하라, 나도 이제부터는……참 삶을 사를 터이다……64)

---

64) 김동인(1920), 「마음이 여튼자여」 4, 앞의 책, pp.19~20.

이제 상상의(유년의) 공간으로 돌아온 K는 죽은 가족의 무덤 앞에서 자기 잘못을 고백하고 앞으로 참삶을 살겠다고 말하게 되는데, 말을 들어주는 대상이 자기 자신이라는 점에서 고백의 순간은 말하는 자(K자신)와 들어주는 자(K자신)가 동일성을 획득하는 순간이 된다. 그리고 이 과정에서 스스로를 벌하고 유년기의 공간을 떠나 있던 과거의 자기로부터 결별을 선언하면서 K는 참자기(자기 자신)로 재구성되는 것이다. 이것은 열정으로 충만했던 유년기의 그 상상의 공간을 회복하면서 비로소 가능했던 것이다.

이 시기 사랑을 이야기하고 있는 소설들이 들려주고 있는 것이 이러한 열정, 충만, 하나됨(oneness), 즉 자기동일성을 확인할 수 있는 삶에 대한 욕망이었다는 것은 「마음이 여튼자여」에서 K가 '한 시간만이라도 돌아가 보고 싶다'던 유년기로 표상되고 있다. 유년 시절의 추억이 사랑의 추억처럼 작용65)한다고 할 때, 오산인의 「K선생을 생각함」은 그 두 요소가 모두 어우러져 이 시대 사랑을 다루고 있는 소설들의 면모를 특징적으로 잘 드러낸다고 할 수 있다.

> 사람이 일생을 지내는 동안에 저들에게 제일 깁흔 인상을 주고 많은 애정을 환기케 함은 저들이 처음으로 남의 사랑을 맛보랴기도 하고 내 사랑을 남에게 주랴기도 하는 그 때에 여러 가지 심각한 煩悶을 시작하게 되고 이로 말매암아 이상적 세계를 저들의 단순한－아직 세상의 무서운 풍파를 경험치 못한－머리 속에 그려내는 때이다. 아! 오늘날 우리가 이 경우 渡世의 고통에 몸은 지킬 바를 아지 못하고 한갓 인생의 암흑면만 보아야 할 이 불행한 경우－에 몸을 두고 멀리 과거를 회원하니 그것은 우리가 다시 도라가지 못할 천국이엿고 다시 엇지 못할 단 꿈이엿다……나는 K선생을 생각할 때마다 그러한 아름다운 과거를 머리 속에 이르킨다. K선생! 나에게 대하야셔는 엇더케나 사랑스럽고 그립은 말인고. 이 말을 듯기만 하여도 나는 까닭 모를 눈물이 뺨에 흐르고는 한다.

---

65) Barthes, R.(1991), 『사랑의 단상』, 문학과지성사, p.290.

　　말하자면 K선생과 나와는 그 과거에 同性의 연인이다.[66]

　　인생의 어두운 면만 보이는 성인이 된 남자에게는 청소년기 그 충만하고 열정적이었던 순간에서 기억되는 선생님과의 관계가 연인에 대한 사랑을 추억하는 순간과 같은 만족감을 주고 있는 것이다. 그런데 여기서 사랑을 추억하는 성인 남자가 그 대상을 동성(同性)으로 선택하여 글쓰기를 하고 있다는 것에 대해서는 한 번 더 생각해 보아야 한다. 그것은 이 글이 전체적으로는 사랑에의 열정을 표출하면서도, 그 대상을 동성으로 설정함으로써 성적이고 감각적인 욕구의 대상(肉)을 배제하면서 사랑에의 충동[67]만(靈)을 보여준다는 점에서 중요하다. 이것은 일종의 나르시시즘 유형의 사랑이라고 할 수 있다. 즉 나르시스의 대상은 정신의 공간이며 그 대상은 자기를 표현하는 그 자체 즉 상상[68]이 되는 것이기 때문에, ‘나’가 그리워하는 것은 꿈과 같았던 충만함, 즉 이상적 세계에 있는 나 자신이고, K선생은 그러한 상상으로 이끄는 매개 대상으로만 작용하게 되는 것이다.

　　나르시시즘 유형의 사랑을 보여주는 또 다른 글 「東渡의 길」에는 자기와 동일시할 수 있는 동성 대상을 선택하여 그를 사랑한다고 말하는 장면이 더 직접적으로 제시되고 있다.

　　　내가 그를 맞나려 함은 나 자신을 위함보다도 오히려 그의 장래를 위함이었다. 나는 친동생 보다도 엇던 점에서는 더 한층 사랑하여 왓셧다……나는 그의게 다만 정신상 영적 신성한 사랑을 구한 뿐이오 이 박게는 더 원하지 안앗다. 그러나 그는 나를 이해하지 못함으로 나의 정신상에 큰 상처를 주엇다……언제 한번은 내가 군의게 향하여 ‘일생 독신으로 살면서 나의 정신상 안위를 달나’고 청한 때에 ‘저는 일생에 형으로 섬기고 사랑하겟스나 독신 생활은……’말을 채우지 못하고 얼골이 불거

---

66) 오산인(1920), 「K선생을 생각함」, 『창조』 5, p.89.
67) Freud, S., 임홍빈, 홍혜경 역(1997), 『정신분석 강의』 하, 열린책들, p.591.
68) Kristeva, J., 김영 역(1995), 『사랑의 역사』, 민음사, p.181.

지던 그 순간에 그의 눈의 표정이야말로 미의 신! 愛의 엔젤이라고 부르
지 안을 수 없엇다. 그러나 나의 품에서 떠난 현재의 그는 내 눈에 악마
와 갓치 보인다. 아! 나의 정신에 위안을 주던 군이여! 평화롭고 사랑이
만은 땃뜻한 군의 가슴에 안기엿든 흰 뫼 나는 봄과 갓흔 군의게 버림을
밧으니 오직 홀노 외롭고 격막하기 끄지 업시 되엿다.[69]

이러한 동성애적 대상 선택은 그것이 거부되었을 때 자신의 자아는
마치 포기된 대상처럼 취급되고[70] 대상에게 가해져야 할 '나의 품에서
떠난 현재의 그는 내 눈에 악마 갓치 보인다'와 같은 표현들로 고통을
받는다. 그러나 고통 받는 자아는 그 고통을 통해 자아에 집중함으로써
내면을 형성하는 자기 자신이 되는 것이다. 뿐만 아니라 이러한 나르시
시즘 성향을 나타내는 사랑에 주목해야 하는 것은 그것이 일종의 자기
를 구성하는 정신적 에너지로 작용하게 되기 때문[71]이다. 즉 인간은 이
에너지를 통해 외부 세계와 자신의 관계에서 개인은 물론이고 자기 자
신에 내재한 개성을 결속하고 통합[72]할 수 있게 되는 것이다. 그래서
이러한 사랑에 대한 글쓰기는 자기 확립을 위한 글쓰기로 불릴 수 있게
된다.

그러나 이러한 자기 충족적인 글쓰기의 작동 원리를 간파하지 못했던
이광수는 오산인의 「K선생을 생각함」[73]을 읽은 후에, 오산학교 시절 자
신의 別號가 K였다는 점, 오산인의 나이와 K선생의 나이, 용모 등을 생
각해 보니 그 K가 자기인 듯하여, 그 감상을 비할 데가 없어 글을 쓴다
는 이유를 밝히고 오산인에게 보내는 답장 형식으로 「H군의게」라는 글

---

69) 흰뫼(1919), 「東渡의 길」, 『창조』 3, pp.7~8.
70) Freud(1997), 『정신분석 강의』 하, 열린책들, p.604.
71) 이 책이 기존 논의들을 비판할 수 있는 맥락은 바로 이러한 논리에 의해서이다.
    이 시기 소설들이 보여주는 동성애에 주목하는 손정수는 '온통 파탄을 자초하는
    뒤틀린 연애 관계'(손정수(2002), 「병리학의 소설사」, 『미와 이데올로기』, 문학동
    네, p.42)라는 부정적 의미로 해석하고 있다.
72) Fromm, E., 백문영 역(1994), 『사랑의 기술 / 인간의 마음』, 혜원출판사, p.186.
73) 오산인(1920), 「K선생을 생각함」, 『창조』 5.

을 쓰게 된다. 그리고 오산인이 아직도 그 시절을 그리워하는 것으로 보아 'H군은 식지 아니한 모양'이라고 기뻐하며, 그 기쁨의 이유를 다음과 같이 이야기하며 끝을 맺고 있다.

> H군. 그러나 군은 식지 아니한 모양이다. 아아 얼마나 반갑고 희귀한 일이랴……그럼으로 나는 어렷슬 때에는 우리 동포의 찬 것을 원망하엿지마는 낫살이 먹어가고, 녯날 지사의 행적을 공부해 갈수록 나의 할 일은 원망이 아니오 그네를 뜨겁게 하는 일이라고 밋게 되고, 또 그러케 힘만쓰면 그러케 되리라고 밋게 된다. H군이여! 군은 Heater다, 나도 Heater가 되마, 그리고 우리의 살과 뼈 기름과 나중에는 생명까지 화로에 집어 너허 불길을 도아가면서 우리 동포의 냉냉한 심정의 온도가 올라가는 것을 보면서 즐거워 햐쟈, 늙어가자, 죽자.[74]

이광수의 「조선문사와 수양」에 대해 '예술에 무이해'하고 '장차 크려는 어음을 따버리려'하며 '지금부터라도 예술을 이해하면 改過하리라'는 정영태의 비판[75]은, 정의 문학, 상상의 문학이 요구하는 것과 다른 이광수의 문학적 태도에 대해 당대의 문학적 열망을 강조하는 입장 표명으로 볼 수 있는데, 비판은 「H군의게」에도 그대로 적용될 수 있을 것이다. 이렇게 자기를 표현하고자 한, 정의 문학으로서의 이 시기 소설은, 문사로서의 글쓰기 태도와는 다른 소설의 논리를 만들면서 자기 자리를 만들어갔던 것이다.

이렇게 상상 속에서 이루어지는 자기만족적 사랑은 동성이라는 대상마저도 소거해버리는 자기애적 양상을 드러내기도 한다. 백악의 「동정의 루」에서 나는, 자신이 B에 대하여 보여주는 호의와 관심이 동성애로 오해받을 수 있음을 공공연하게 이야기함으로써, 이야기하지 않음에서 누릴 수 있는 자기만의 정신적 만족의 영역마저 소거하면서, 철저히 자

---

74) 이광수(1921), 「H군의게」, 『창조』 7, p.59.
75) 정영태(1921), 「창조 8호를 닑음」, 『창조』 9, p.95

기 혼자만의 공간 속으로 자기를 위치시키는 결벽증76)을 보이며 만족해
한다. 이러한 만족감은 나도향의 「피 묻은 편지 몇 쪽」에서는 고백하지
않는 사랑으로 나타난다. 이 소설의 고백자 '나'는 병 때문에 마음을 흔
들어 놓은 여자에게 사랑한다는 말을 할 수 없으니 그 여자에 대한 사
랑을 포기해야 하는 자기의 처지가 얼마나 가련한지를 하소연하고 있다.
그리고 그렇게 할 수밖에 없는 자신의 상황이 얼마나 불쌍한지를 스스
로 설명하고, 위안하고, 동정한다.

그러나 이렇게 고통스러운 몸짓을 하고 있는 고백은 오히려 병을 핑
계로 실제 사랑을 연기시키면서, 사랑하는 여자와의 사이에서 교류되는
감정과 관련되는 일들에 더욱 민감하고 세심하게 의미를 부여하는 방식
으로 끊임없이 그 사랑을 확인하는 즐거움을 누리고 있다. 그것은 사랑
하는 여자와 헤어지는 장면에서 '나 혼자 나의 가슴에 맺힌 사랑은 어
느 때까지든지 가지고' 가겠다고 말하는 것이나, 사랑하는 여자가 자신
에 대해 가지고 있는 감정을 눈치챘으면서도 다음과 같이 독백하며 사
랑을 고백하지 않는 자신을 합리화시키는 장면은, 그 사랑의 감정을 자
기만의 것으로 소유하고자 하는, 지극히 자기 자신에게만 관심을 집중
시키고 있는 한 개인을 볼 수 있게 해 주는 대목이다.

> 우리 두 사람은 사랑하는 사이는 물론 아닙니다. 다만 나 혼자가 가슴
> 속에 애타는 정을 숨겼다 하면 그것은 정말일는지 모르지마는, 장영옥의
> 가슴은 내가 사람이요 귀신이 아니매 알 수가 없을 것입니다.
> 그러나 멀리 마산만 한귀퉁이에서 임자가 모르는 사랑으로 속을 태우
> 면서 하룻밤을 그 무정한 사람과 재미있게 지내었다는 것만 알아주십시

---

76) 아도르노는 이를 두고 내면성의 문학(예술)이 위생적이어야 하는 것으로 나타난
다고 말한다. 이것은 내면성의 문학이 표현 방식으로 취하고 있는 자기고백의
전통에서 쉽게 찾아지는 모습니다. 즉 자기 고백이라는 제도는 애초에 고해성사
라는 제도를 통해 정착된 것이고, 고해성사는 자신의 부정함을 모두 드러내어
(씻어) 결백하고 순결하게 됨을 지향하는 제도이기 때문이다.
Adorno, 홍승용 역(1984), 「내면성의 변증법」, 『미학이론』, 문학과지성사, p.187.

오……불쌍한 사람 가슴 가운데 다만 한 때라도 사랑을 깨닫고 그것을 느끼고, 또는 그것을 스스로 혼자 향락하였다 하면 얼마나 아름다운 일 이겠습니까?[77]

자신의 처지를 더욱 비참하고 동정 받을 자리에 위치시키는 이러한 고백은, 그러한 상황에 처한 사랑을 더욱 극적인 것으로 만들어 준다는 것을 알고 있다. 여기서 만들어지는 내면의 울림들이 자기감정을 확산, 증폭시키면서 고백하는 자의 자기 존재가치를 확인시켜 주는 것이다. 결국은 이 모든 것이 자기만족적, 자기 충족적이라는 데서 이러한 고백이 '자기' 확립을 위한 글쓰기였다고 말할 수 있다. 그리고 이러한 글쓰기의 자폐적인 속성은 슬픔과 번민의 표정을 한 병적인 징후들을 내포할 수밖에 없다. 그러나 그것은 비관적이고 나약한 퇴행이라고 단순하게 말해질 수 있는 요소가 아닌, 자기정립이라는 목적을 향하고 있는 이유 있는 물러섬이라고 말할 수 있다.

2. 공포로 표현되는 세계

1) 공포로 경험되는 세계

정의 문학을 실천하면서 한 개인으로서의 '자기'를 자각해 가던 1910년대 중반 이후의 소설 속 풍경은, 앞서 살펴본 텍스트들을 통해 짐작할 수 있듯이 침울하고 어두우며 무겁다. 그것은 분위기로만 암시되는 것이 아니라 소설 텍스트에서 매우 직접적인 언술로 노출되고 있기도 하다. 자신의 진정한 감정을 드러내는 최초의 시도들이 번민과 방황으로

---

77) 나도향(1926), 「피 묻은 편지 몇 쪽」, 『물레방아』, 일신서적출판사, 1994, pp.138 ~139.

고통스럽게 현현될 수밖에 없었던 이유는, 자기를 발견해야 하는 내적 요구와 결부되어 사랑을 내용으로 하는 고백적 글쓰기라는 범주에서 설명될 수 있었다. 이 절에서는 이렇게 내면을 발견하게 된 개인들이 세계를 어떻게 경험하고 내면화하게 되는지를 재구성해 봄으로써 산발적으로 제각각 위치하고 있던 이 시기 소설텍스트들을 하나의 맥락으로 끌어들일 수 있는 실마리를 마련하게 된다. 그 실마리는 당대의 지배적 분위기를 직접적으로 전해주고 있는 텍스트들로부터 얻을 수 있다.

❶ 공포의 노출

1910년대 중반을 상징적으로 드러낼 수 있는 1915년, 우리는 안국선의 「공진회」에 첨부되어 있는 <이 책 보는 사람에게 주는 글(贈讀者文)>과 <이 책 본 사람에게 주는 글>에서 다음과 같은 아주 흥미로운 구절을 발견할 수 있다.

> 사람은 일정한 국량이 있고 보통의 지식이 있는 고로 기뻐하며 노여하며, 슬퍼하며 즐겨하며, 사랑하며 미워하며, 욕심내며 <u>겁내는 인정이 있으니, 사람은 이 여덟 가지 정이 있는 고로</u> 사람은 아무리 하여도 사람에 벗어나지 못하고, 국량은 아무리 하여도 그 국량이오, 지식은 아무리 하여도 그 지식이라.[78] (밑줄 필자)

전통적으로 이야기되어 오던 인간의 칠정에 겁내는 인정(怯心)이 슬그머니 첨가되어, 사람에게 여덟 가지 정이 있는 것으로 자연스럽게 이야기되고 있는 이 부분은, 왜 하필이면 怯心이 첨가되었으며, 그 말의 내포된 의미가 무엇인지를 묻지 않을 수 없게 만든다. 일단 안국선의 설명

---

[78] 안국선(1915), <이 책 보는 사람에게 주는 글(贈讀者文)>, 『한국신소설전집 8』(전광용 편), 을유문화사, 1968, p.38.
안국선의 이 글에 '공포'와 관련된 '怯心'이라는 말이 나온다고 일러준 사람은, 『한국 근대문학 양식의 형성과 전개』(깊은샘, 2003) 세미나에서 「근대소설의 역사성과 허구성」으로 예비 발표를 했던 송은영이다.

을 더 들어볼 수 있다.

> 예전 성인이 말씀하시되 사람은 일곱 가지 정이 있으니 희(喜), 노(怒), 애(哀), 락(樂), 애(愛), 오(惡), 욕(慾)이라 하였도다. 기꺼워하며 노여워하며 슬퍼하며 즐거워하며 사랑하며 미워하며 욕심내는 것이다. 그러나 나는 여기 한 가지를 더하여 여덟 가지 정이라 하노니, 겁(怯)내는 것이 즉 이것이라. 사람이 반가운 일을 보면 기꺼워하고, 분한 일을 보면 노여워하고, 궂은 일에 슬퍼하며 좋은 일에 즐거워하며, 어여쁜 것을 사랑하고, 미운 것을 미워하고, 고운 것을 욕심내며, 두려운 것을 겁내는 것이 인정은 일반이라……<중략>……이 책을 기록한 이 사람도 희, 노, 애, 락, 애, 오, 욕, 겁의 여덟 가지 정을 가진 사람이라. 이 여덟 가지 정을 가진 사람의 눈으로 이 여덟 가지 정에서 꼼작거리는 세상 사람 사이에 생기어나는 모든 사정을 관찰하여 이 책 속에 기록하여, 이 여덟 가지 정을 가진 모든 사람으로 하여금 보게 한 것인즉, 이 책에 기록한 모든 사실은 기꺼워하며 노여워하며 슬퍼하며 즐거워하며 사랑하며 미워하며 욕심하며 겁냄으로 생기어 일어난 사정이라[79]

여기서 말해지는 '겁내는 것(怯心)'은 일반적으로 생각할 수 있는 두려운 것에 대한 반응인데, 새삼 소설을 내놓는 자리에서 소설의 독자들에게 이 두려운 것에 대한 감정을 이야기하는 이유는 무엇일까. 더구나 그것이 怯心으로 이름 붙여지면서 칠정에 더하여지는 혹은 더하여져야 하는 여덟 번째 감정으로 서술된다는 것은, 그것이 이 시기에 전반적으로 새롭게 인식되고 있던, 혹은 인식되지는 못하여도 사람들 사이에서 전반적으로 형성되어 가던 분위기였다는 것을 짐작할 수 있게 한다.

이러한 분위기를 짐작할 수 있게 해 주는 단서들은 여러 곳에서 발견된다. 자신의 更生을 위하여 情感적 생활을 요구한다는 최승구의 편지 형식의 다음 글은 앞 장에서 살펴본 자기구성의 메커니즘에서 한 걸음도 떨어지지 않은 글이다. 자아를 살리고 시대의 문을 열기 위하여 번민

---

79) 안국선(1915), <이 책 본 사람에게 주는 글>, 앞의 책, pp.74~75.

하고 울던 그가 우선 자신이 해야 할 일이라고 다짐하는 것이 感情적 생활을 하는 것이었고, 이 '정감적 생활'에의 요구는 '자기를 자각하라'는 것과 다르지 않은, 전진과 탐험과 진보로 나아감을 함의하고 있는 말이었다. 따라서 이러한 요구를 수용하고 있는 사람의 다음과 같은 말은 매우 의미심장하게 해석된다.

> 아아! 掩襲이 모라드러 오! 常綠樹나 人間들은 恐怖로하야, 사시나떨듯 떠오. 混雜이요. 毒霧가자욱허고, 天地가 暗黑이요. 나는 이 瞬間에 非常히 兄을 抱擁허고십소! K, S兄! 나는무릅쓰고 집으로가기위하야, 붓더지고雨裝허오.80)

자유의지를 지닌 개인으로서의 인간을 꿈꾸는 근대적 개인은 자기 자신에게로 여행을 떠나는 자이다. 그 여행은 새로운 길을 개척하는 것이기에 탐험과 모험에 비유될 수 있으며, 또한 혼자만이 가는 길이기에 몰려드는 掩襲은 변화를 모르던 것(상록수, 인간)들에게는 恐怖와 混雜, 毒霧, 暗黑으로 경험될 수밖에 없다. 그러한 경험 속에서 兄을 抱擁하고 싶다고 외치는 것은, 자기를 구성하던 근대 초기의 소설텍스트 인물들이 끊임없이 사랑을 부르짖던 모습의 변주로 볼 수 있다.

그러나 지속될 수 없는 이러한 포옹(사랑)은 몰려드는 掩襲을 해결해 줄 수 있는 방책이 될 수 없다. 그리하여 이러한 毒霧로 가득찬 암흑의 공포 속에서는 '너를 혁명하라!, 깨여라, 이러나거라, 光線을밧어라, 자기를차저라, 風向을마저라'81)라는 구호가 외쳐지게 된다. 자아를 각성하는 것이 혁명이 되면서, 이 혁명은 自覺과 實感과 創造로 법칙(正義와 確信)을 발견해야 하는 것으로 강조된다. 왜냐하면 '正義 압헤는 恐怖가 업고, 確信 압헤는 勇氣가 생기'82)어 비로소 혁명은 理想이 아닌 行爲로서

---

80) 최승구(1914), 「정감적 생활의 요구」, 『학지광』 3호, p.18.
81) 최승구(1915), 「너를 혁명하라!」, 『학지광』 5호, pp.13~16.
82) 최승구(1915), 위의 글, p.18.

실천력을 지니게 되기 때문이다. 구체적인 내용이 제시되지는 않았으나 안국선이 말하던 '怯心'은 바로 이러한 시대적 감각에서 이야기되던 공포감과 다르지 않은, 변화된 세계에서 느끼는 혹은 그것에 대응하는 하나의 태도일 것이다.

　세계에 대한 이러한 감각을 출발점으로 하여 1910년대 중반 이후의 텍스트들에서 포착되고 감지되는 공포감과 소설텍스트의 관계, 그리고 현실세계와 이들의 상호관계를 이야기할 수 있다. 우선 이 공포의 개념83)을 어떻게 수렴할 것인가에서부터 논의가 다시 시작되어야 할 것이다. 위에서 살펴본 것과 같이 당대의 시대적 변화와 관련하여 직접적으로 이야기되고 있는 공포(감)는 무언가 확실하지 않은 상황에서 생겨나는 정서이므로 그에 대한 반응도 막연하고 애매할 수밖에 없다. 따라서 이러한 시대적 변화의 대응물로 쓰인 소설텍스트 역시 '조금도 끊임없

---

83) 일반적으로 우리가 공포라고 이야기하는 것은, terror(공포), fear(두려움), horrible (무서운), desgust, revulsion(혐오), eerie(섬뜩함), bizarre, weird(기괴한), frightening (무시무시한) 등등으로 지배되는 정서를 말한다. 이러한 정서는 슐레겔과 장 파울에 의해 낭만주의 그로테스크로 이론화되었다. 슐레겔은 「시와의 대화」에서 그로테스크(슐레겔은 이 논문에서 아라베스크라는 용어를 사용하는데 이 글에서 아라베스크는 그로테스크와 차이가 없이 사용되었다)를 '인간의 환상 중에서 가장 오래된 형식'이자 '시의 자연적 형식'이라고 보았다. 그는 그로테스크의 본질을 현실의 이질적 요소들의 기묘한 혼합 속에서, 세계의 일상적 질서와 구조의 파괴 속에서, 이미지들의 자유로운 환상 속에서, 그리고 영광과 아이러니의 교체 속에서 목격했다.
미하일 바흐찐, 이덕형·최건영 역(2001), 『프랑수아 라블레의 작품과 중세 및 르네상스의 민중문화』, 아카넷, pp.72~86.
F. 슐레겔, 지명렬 역(1975), 「시와의 대화」, 『독일낭만주의연구』, 일지사, pp.106~176.
Kayser(1963), 『The Grotesque in art and literature』, Indiana university press, pp.48~56.
이 장에서 다루게 될 공포는 낭만주의 그로테스크 이론에 근거해 세부적으로 구분하여 텍스트를 분석할 수 있는 수준으로까지는 나아가지 못한다. 공포감에 포함될 수 있는 공포, 두려움, 무서운, 혐오, 섬뜩함, 기괴함, 무시무시함이 지배적인 정서로 노출되고 있는 텍스트를 중심으로 왜 그러한 공포감이 형성되고 있는지를 추론해 보고, 다음 장에서 이러한 공포와 텍스트의 양식을 논의하게 된다.

이 이어 내리는 비 속에서 번민하며 새벽 한時를 맞고 있는 나'[84]의 심정처럼 혹은 '깊은 안개의 포위에서 벗어나기 위해 음습함을 뚫고 급히 걸어가면서도 그 불쾌한 기체를 마시는 것을 느낄 수밖에 없는 무겁고 조용한 안개밤'[85]의 풍경처럼 매우 막연하고 모호하다.

그래서 텍스트의 일차적인 해석으로는 전체적인 징후, 분위기를 통해 혹은 직접적으로 토로되고 있는 두려움과 공포를 목격하면서, 공포감이 형성되고 있다는 것을 확인하는 수준을 넘어서기가 어려워진다. 즉 시대를 전반적으로 감싸고 있었던 그 분위기와 소설텍스트에서 개인들이 느끼고, 고통스러워하는 그 공포의 정체가 무엇인지를 밝히는 것은 어렵게 된다. 그런데 다시 한번 생각해 보면 공포나 두려움, 불안이라는 정서는 모호함과 불확실성을 본질적 속성[86]으로 하는 심리적 반응이므로 그것의 정체를 텍스트에서 명시적으로 드러내고 있다면 그것은 이미 공포감을 상실한 공포가 된다.

먼저 위의 인용문들에서 쉽게 짐작할 수 있는 공포는, 지금까지 경험한 적 없는 새로운 것을 마주할 때 그 출발 지점에서 갖게 되는 보편적 정서라는 것을 알 수 있다. 그것은 일종의 낯선, 잘 알려져 있지 않은, 친근한 것이 아닌, 불확실한 것[87]으로서의 새로운 세계에 대한 두려움(fear)이라고 할 수 있다. 당대 젊은이들에게는, 기준과 법칙을 만들어 가면서 모든 것을 새롭게 시작해야 한다는 시대적 요청과 사명이 주어졌는데, 이 요구는 시대를 압도하고 있었던 전반적인 기류였다. 이러한 시대적 요구에 대한 두려움은 이전의 어떤 것도 기준과 질서가 되어주지 못한다는 폐허의식[88]과 앞 세대와는 철저히 단절되었다는 그리고 단절

---

84) 小星(1915), 「비오는 저녁」,『학지광』5호, 1915.
85) 瞬星(1917), 「부르지짐(Cry)」,『학지광』12호, 1917.
86) Freud, 정장진 역(1996),『창조적인 작가와 몽상』, 열린책들.
87) 허창운(1997),『프로이트의 문학예술 이론』, 민음사, p.393.
88) 문학 잡지『폐허』의 권두언(염상섭「폐허에서서」,『폐허』창간호, 1920, pp.1~3)이 이를 대변한다고 할 수 있다. 이 폐허의식의 다른 한 면이『창조』잡지의 창

되어야만 한다는 고아의식89) 때문에 보다 강렬하게 텍스트(시대)의 정서
를 지배하게 된다.

이러한 정서는 새로운 세계(시대)에 대한 낯섦, 알 수 없음, 알지 못함,
막연함, 모호함 등으로 말해질 수 있는, 세계에 대한 총체적인 반응으로
서의 두려움이기 때문에 당대 젊은이들의 보편적인 정서였다고 볼 수
있다. 그래서 이 공포를 느끼고 있는 당대인들은 스스로 '正義 앞에서는
공포도 없다'90)라는 말을 시대의 행동지침처럼 이야기하면서 나름대로

간 동기(김동인 「남은말」, 『창조』 창간호)이자 잡지를 지탱해준 힘이라고 할 수
있다. 말하자면 이 폐허의식과 창조의식은 동전의 양면과 같은 것이다.
『폐허』권두언 : 이 悽慘하나 거룩한 「聖殿」에 드러온 靑年의 무리는, 自己들이, 이
靜謐한 沈默과 燦爛한 「리씀」을, 破壞하는 侵入者가안일가 두려워하는 同時에, 自己
에게는, 이 材木의 知己之友 되고, 주츄돌의 主人이 되야, 이 荒廢한 虛地에 (藝術
의)□□□□□責任이 잇다고 自負합니다……이 무리의 무엇보다도 굿센 決心
은, 서로에게 許諾한 盟誓는, 이 『廢墟』에 솟아나오는 떡닙의 낫낫이, 그 瞬間瞬間
의 새로운 生命을, 무엇에게도 蹂躪되지 안코, 阻害밧지 안코, 열매가 매즐 때까
지, 自己네들은 옷깃을 난호지 안켓다는 것이외다……실로 그 무리의 靈魂은, 眞
理의 끈으로 빅그러매이고, 愛의 쇠로 채윗습니다……그네들은, 떼를 지어 팔겻
고 니러나니, 서로 깃거하며 마조보는, 그들의 眼光은, 希望과 決心의 불길이 니러
낫습니다.(全文이 아님 – 인용은 권영민 외 편(1987), 『염상섭전집 12』, 민음사,
pp.18~20)
『창조』 창간사 : 우리의속에서니러나는 막을수없는要求로因하여 이雜誌가생겨낫
습니다……우리는우리가 참되다고생각하는바를, 우리가 올타고밋는종소래를,
……울리우게하겟습니다. 우리는결코 道德을破壞하고 멸시하는거슨아니올시다,
마는 우리는 貴한藝術의쟝긔를가지고져 언제던얼굴을찌푸리고계신 道學先生의 代
言者가될수는업슴니다. 그러나또우리의努力을 힐일업슨자의消日꺼리라고보는데
도不服이라합니다. 우리는다만忠實히 우리의생각하고, 苦心하고 煩悶한記錄을 여
러분께보이는뿐닝올시다. 그러면여러분은, 이제무어슬, 구하시려함닛가?……우
리는서로함께 열리지안은 靈魂의문을 두다립시다. (全文이 아님)
89) 소설 텍스트에서는, 백악의 「동정의 루」(『학지광』 19, 20호, 1920)에서 'B'와 같
    이 실제로 양친부모를 여의고, 혈육도 없어 세상을 두렵게 느끼는 인물들로 형
    상화되거나, 김동인의 「음악공부」(『창조』)나 나도향의 「젊은이의 시절」(『물레방
    아』, 일신서적출판사, 1994)에서처럼 자신의 꿈(자기 자신)을 이해해 주는 사람
    이 없음에서 오는 고립감으로 표현된다. 특히 현상윤의 소설에 등장하는 인물들
    은 대부분 편부, 편모, 어려서 고아가 되었거나 형제가 없는 의지할 곳 없는 사
    람들로 나온다.
90) 최승구(1915), 「너를 혁명하라!」, 『학지광』 5호, 1915, p.18.

막연한 공포에 대한 자구책(치유책)을 마련하고 있었던 것이다. 그리고 정의가 찾아지기 전까지 혹은 그 정의를 찾는다는 명목에서 또는 그 정의를 찾아가는 제스처를 취하는 한, 그러한 두려움에의 호소와 노출은 공포를 제거하고 균형 상태를 복구하기 위한 노력이라고 볼 수 있다.

그리하여 공포를 제거하기 위한 욕망, 혹은 명목으로부터, 개연성 있는 사건이나 맥락 형성에 대해 고민한 텍스트보다는 소설이 아닌 앞의 인용문들에서처럼 그 심적 상태와 분위기를 그대로 토로할 수 있도록 최소한의 고백의 조건만을 마련해 놓고 막연하게 공포와 두려움을 드러내는 소설텍스트가 유행처럼 등장하게 된다. 즉 폐허의식과 고아의식을 강조할 수 있는 사건이 구성되면서 세상에 대한 두려움을 호소하고, 마음껏 울 수 있는 글쓰기가 가능해진 것이다. 그것은 새롭고 낯선 세계에 대한 두려움을 치유하고자 하는 욕망으로부터 탄생91)한 것이겠으며, 또한 그 자체가 두려움의 미메시스이기도 하다.

이 시기에는, 텍스트 전면에 공포, 두려움, 무서움(증) 등의 어휘를 그대로 드러내고 있는 소설은 물론이고, 그러한 정서의 원인을 모호하고 애매하게 처리하면서도 그 해결 방법은 너무나도 명확하게 죽음과 자살의 모티프를 동원하고 있는 텍스트가 산재한다. 새로운 세계(시대)와 거기에서 겪는 경험에서 비롯되는 낯선 정서를 표현할 새로운 방법을 아직 찾지 못한 이들에게 그 막연한 공포감을 가장 공포스럽게 전해줄 수 있는 것은 이들이 알고 있는 가장 무섭고 두려운 것이어야 했는데, 그것이 바로 죽음(자살)의 모티프였던 것이다. 그렇다면 직접적으로 죽음이 세상에서 가장 두렵고 무서운 것이라고 이야기하고 있는 텍스트들로부터 이 시기 젊은이들을 압박하고 있었던 공포감에 접근해 보기로 한다.

낯설음에서 비롯되는 두려움의 정서는 공포감으로 포괄될 수 있는 감정 상태의 하나92)인데, 프로이드가 논문 「Das Unheimliche」에서 어휘론

---

91) Moretti, F., 조형준 역(1997), 「공포의 변증법」, 『세계의 문학』, 1997 여름, p.223.
92) Sigmund Freud, 정장진 역(1996), 「두려운 낯설음(Das Unheimliche)」, 『창조적인

적 조사를 통해 그 폭넓은 함의를 보여주고 있듯이 Unheimliche[93])는 어원이 되는 'heimliche' 속에 이미 그 의미가 내재해 있었던 개념임을 밝혀 준다. 즉 heimliche는 '친숙하고 편안한'이라는 의미이면서 그것과 반대되는 의미인 '숨겨져 있고 은폐되어 있는'이라는 의미를 동시에 지니고 있었다는 것이다. 그리하여 '불안하게 하는 그 이상함(Unheimliche 두려운 낯설음, 섬뜩함, 불안하게 하는 야릇함)'의 의미는, 익숙하고 친숙하며 내밀하고 다정하던 것들에 완전히 대립되는 개념이 아니라 그러한 익숙한 것들에 의해 가려져 있던 무엇인가가 밖으로 드러나면서 느끼게 되는 감정이 된다.

예부터 익숙하고 친숙하던 것들을 버리고 모든 것을 새로 건설해야 하는 자들에게 가장 두려운 것은, 아무런 인식 없이 그냥 거기에 있던 세계(자연, 조선)를 인식하는 일이었을 테고, 또한 이와 불가분의 관계에 있는 이러한 인식을 가능하게 하는 자기를 발견하는 것, 즉 공동체 속에 감추어져 있었던 고독한 개인을 발견하고 받아들이는 일이었을 것이다. 이러한 세계에의 두려움과 공포가 소설 속에서는 죽음으로 형상화되어 알 수 없는 낯선 세계에 관한 서사를 만들어 냈으며, 또한 그 죽음은 죽음 자체에 대한 서사뿐만이 아니라 죽음을 통해 혼자 남겨진 사람의 기댈 곳 없는 처지(고아의식)를 이야기할 수 있는 합법적인 기능으로서도 손색이 없는 모티프가 되고 있다. 이것이 바로 무섭고 두려운 정서를 드러낼 수 있는, 가장 무섭고 두려운 방식으로서의 죽음의 모티프가 갖는 의미이다.

죽은 친구를 그리워하며 울적함을 느끼던 내가 학교 뒷산에서 우연히

작가와 몽상』, 열린책들.

93) Unheimliche는 우리말로 '두려운 낯설음(정장진, 『창조적인 작가와 몽상』, 열린책들, 1996)', '섬뜩함(허창운, 『프로이트의 문학예술 이론』, 민음사, 1997)', '불안하게 하는 야릇함(이규현, 『프로이트와 문학의 이해』, 문학과지성사, 1997)' 등으로 번역되고 있다. 불어로는 Max Milner가 『Freud et L'interprètation de la littè rature』에서 'L'Inquietante etrangete'로 번역했고, 영어로는 'uncanny'로 번역된다.

만난 제자 B의 눈물겨운 과거를 듣고 동정하게 되는 것으로 시작되는 「동정의 루(同情의 淚)」에서, B는 자신의 고백을 들어주는 '나'를 형님 같은 마음으로 사랑하게 되나, 내가 그 학교를 떠나게 되면서 서로가 느끼게 되는 삶에서의 적막함은 사랑의 힘을 일깨움과 동시에 세상이 '거츨고 몸에는 소름이 끼치면서 무서워지고 앞길은 캄캄'하게 보이도록 하여 혼자 외롭게 방향 없이 길을 가는 것 같이 느끼게 된다는 줄거리를 요약해 볼 수 있다. 「동정의 루」에서 등장인물을 통해 직접적으로 전해지고 있는 죽음에 대한 생각을 들어보자.

> 나를 사랑하던 녯친구를 어대가 차즐고……R君아! 君의 살과 뼈는 한 덩이 흙이되여 자연에서 낫던 인생이 자연의 넓은 가슴으로 다시 도라갓으리라만은 군의 靈은 어대로갓느냐? 군이 잇는 그곳이 평안하고 快樂하거든 괴로운 世에서 외롭고 쓸쓸하게 지내는 나를 어서 다려가렴으나……아! 무덤우에 봄풀은 해마다 푸르건만은 한번도라간 군은 왜? 다시 도라올줄을 모르넌고?……군의 屍身이 獺川江물우에 잇다는말을듯고 나는 上學時間에 교수를 밧다가 곳뛰여나와 모자도 쓰지못하고 삼십리난 되는 달천강변에 다라가서 어름쟝갓치 차뒤찬 군의 시신을 붓들고 울던 일이 아직도 내눈에 서언한데…나는 그때에 비로소 「죽엄」이란 인생의게 제일 무섭고 두려운것인줄을 깨다랏다.[94]

> 아부지끠서 도라가시는 것을 보고 철없는 어린 제가슴에도 「죽엄」이란 것이 제일무섭고 두려운것인줄 깨다랏씀니다……사람이 죽으면 엇지되는지 모르지만 참말 쓸데업읍듸다……虛事야요……저를 그러케 몹시 사랑하시던 아부지끠서 한번 운명하신때에는 제가 아모리 붓들고 흔들면서 「아부지~」부르지져도 도모지대답이 업습십듸다그려……[95]

첫 번째 인용문은 죽은 친구를 그리워하는 '나'의 독백이고, 두 번째 인용은 '나'에게 자신의 과거를 고백하는 'B'의 목소리이다. 두 사람 모

---

94) 白岳(1920), 「동정의 루」, 『학지광』 19, 20호, p.160.
95) 白岳(1920), 「동정의 루」, 위의 책, p.164.

두 '죽음'이 세상에서 제일 무섭고 두려운 것임을 깨달았다고 하는데, 이 이야기는 죽음과 직접 관련하여, 즉 '죽음'의 속성으로 그 무서움과 두려움이 드러나고 있는 것이 아니다. '나'나 'B'는 친구와 부모의 죽음 때문에 이 세상에서 정신적으로나 물리적으로 혼자가 된, 자신의 놓여진 상황이 무섭고 두려운 것이다. 따라서 이 때 말해지는 죽음은 엄밀히 말해 죽음 그 자체보다는 개인으로서의 근대인간이 느껴야 하는 존재론적 문제에 다가가게 하는 요소라고 볼 수 있다. 이 시기, 친구와 부모로 표상되는 동질적이고 공동체적인, 친근하고 편안한 세계로부터 분리되어 나온 근대적 개인이 감당해야 할 세계는 예측과 대응이 불가능하게 느껴질 만큼 낯설고 불안했던 것이고, 그 정서가 구체화되면서 위와 같은 내용이 만들어졌던 것이다.

염상섭의 「죽음과 그 그림자」, 瞬星의 「부르지짐(Cry)」[96]은 바로 그러한 알 수 없는 세계에 대한 의구심을 죽음의 우연성과 그에 대한 막연한 두려움으로 형상화하고 있는 작품이다. K의 병을 위문하기 위해 그의 집을 들른 나는 거기에서 만난 또 다른 친구 P로부터 그의 고모님의 갑작스러움 죽음을 듣게 된다. 집에 돌아온 나는 으스스한症을 느끼며 P의 고모의 죽음에 관한 이야기를 다시 떠올리게 되고, '사람의 힘으로는 알 수 없는 무슨 人緣'과 '피할 수 없은 우연'같은 것이 사람을 지배(조종)하고 있을지도 모른다는 생각을 한다. 그것은 東大門署 앞에서 자동차에 치어 죽은 P의 고모님이 처음엔 P의 어머니가 돌아가신 것으로 소식이 전해진 것과 관련된다. 고모님이 돌아가시면서 P의 동생의 편지를 손에 쥐고 있었는데, 그 시간에 마침 동대문서에 들렀던 P의 5촌이 그것을 보고 P의 어머니가 돌아가셨다고 판단을 했고, 사건이 빠르게 수습이 되면서 P는 어머니가 돌아가셨다는 연락을 받게 된 것이다. 가족들이 모두 동대문 경찰서에 가서 울고 있는데, 그 때 돌아가셨다던 어머니가

---

96) 염상섭(1923), 「죽음과 그 그림자」, 『염상섭전집 9』, 민음사, 1987.
　　瞬星(1917), 「부르지짐(Cry)」, 『학지광』 12호.

등장하고, 죽은 사람을 다시 확인하면서 그 분은 고모님이라는 것이 밝혀진다.

낮에 들은 이 이야기를 다시 떠올리고 있는 나는 사람의 생과 사를 비롯한 '모든 것이 偶然인듯하고 偶然이안이며 偶然안인듯하고도 偶然이다. 안이 그럼 결국은 偶然이란말인가 偶然이안이란말인가?' 로 '머리가 아리숭아리숭하고 분별을 할 수가 업스며, 숨이 차차 더 차지고 맥이 풀리는 것 같음'을 느끼게 된다. 그러면서 나는 어느 때든지 무슨 일이든지 자기 마음대로 아니 될 때 늘 생각나는 한 장면을 떠올리는데, 日本사람 夜市에서 보았던 人形놀리는 늙은이를 생각하는 그 장면은 매우 섬뜩하게 제시되고 있다.

> 굴뚝으로 기어나온것가튼 흉측한 늙은할아범이 쪽으리고안저서 '꼬랴고—랴'하며 눈에 잘보이지안는 검은실에매인 「각시」들을 두활개를 처가며놀리는것이 人生 그것이 아닌가생각하야보았다. 「……그러나 人生이란 그러케도 그本質부터 취揄的이며 狂戱적일가? 그러나아모리 그러타하드라도 사람自身은 自己의 生命을 嚴肅하게 생각해야하지안흘가. 嚴肅하게는 생각을 못할지라도 人生의맛을 속속들이 파가면서 입맛을 다셔보는것이 當然하지안흔가……그러나맛을 다본다야 결국은무엇에쓰나?……」[97]

이런 생각을 하던 나는 자기 몸이 공중으로 떠오르는 듯하고 숨이 급하여짐을 느끼면서, 친구 S가 들려준, 자기 무릎 위에서 30분 동안에 심장이 터져 돌아가시던 삼촌이야기며, 뇌출혈로 객사한 친구 C의 일들을 떠올리며 '죽음의 그림자'에 붙들렸다고 생각하게 된다. 그 죽음의 그림자는 '絶大한 驚과 絶大한 恐怖와 絶大한 悔恨과 絶大한 哀와 偉大한 斷念과 위대한 安心과 偉大한 勸喜가 ——히 分析할수업는 混亂相態로서 반짝하얏다가 자기자신의 일초와가티' 사라진다. 그리고 정작 내가 '너무도 섭섭하고 두려워하는' 것은 죽음의 그림자가 가까이 와 있다는 느

---

97) 염상섭(1923), 「죽음과 그 그림자」, 앞의 책, p.156.

낌이 아니라 '이대로 아모도 모르게 죽어버리는 것'이다. 그래서 '죽은 뒤에 눈물흘릴사람이업는 동안에는 죽을수업는사람을 비웃은 것은 잘못한말이라는 생각'을 하게 된다.

그러나 죽어간다고만 생각하는 사람(화자)의 이러한 두려움은 동생과 어머니가 자신의 症을 보고 대수롭지 않게 말하는 데서 사라지게 된다. '숫내를 맡아서 그런 것 같다'는 어머니의 말씀은 이제는 살았구나 하는 생각을 하게 하고, 기운이 풀리어 병이 다 나은 것 같이 느끼게 하면서 부끄럽고도 기쁜 마음에 혼자 웃게 만든다. 즉 두려움과 공포는 그 대상에 대해 모르기 때문에, 그리고 모르는 것에 대해 덧붙여진 상상 때문에 그 힘이 유지되는 것이므로, 어머니가 대수롭지 않은 병임을 알려주자 곧 안심하게 되고 기운을 차리게 되는 것이다.

이 텍스트는 자신이 몸이 아프던 하루 밤 사이에 주변 사람들의 죽음의 이야기를 떠올리며 자신이 느꼈던 두려움과 공포를 전해주는 이야기라고 요약할 수 있다. 그런데 그 내부를 찬찬히 다시 들여다보면, 정말 두렵고 무서운 것은 아무 것도 모른 채 어느 날 갑자기 맞이할 수도 있는 죽음과도 같은 삶의 우연성, 모호성, 불확실성이며, 또한 아무도 모르게, 눈물 흘릴 사람 없이 죽을 수도 있는 그런 상황에 처하는 것이지, 물리적인 죽음을 이야기하고자 하는 것은 아니라는 것을 알 수 있다. 즉 화자는 세계에서 떨어져 나온 개인이 느껴야 하는 철저한 고립감(두려움)을, 아무도 모르게 혼자 죽음을 맞이하는 상황에 투사하고 있었던 것이다. 또한 갑자기 닥친 죽음에 어떠한 대처도 할 수 없듯이, 자각된 내가 중심이 될 것 같은 삶이라는 것도 결국 '굴뚝으로 기어나온 것 같은 흉측한 늙은 할아범'이 어느날 갑자기 삶 속으로 들어와 내 삶에 '검은 실을 묶어 놀리는' 형상과 같지 않느냐는 의문이 스스로에게 제기되고 있는 것이다.

瞬星의 「부르지짐(Cry)」은 표제를 「죽음과 그 그림자」로 바꾸어도 될 만큼 염상섭의 이 소설과 많이 닮아 있다. 인간의 자기규정에 대한 불확실성에서 비롯되는 두려움과 공포를 하숙집 주인 아주머니의 죽음을 통해 보여주고 있는데, 「죽음과 그 그림자」가 나의 병중으로 그 두려움을 드러내었다면, 「부르지짐(Cry)」은 눅눅함, 어두움, 짙은 안개낀 밤, 보이지 않는 곳에서 들려오는 呻吟소리 등으로 내가 말하고 싶은 '사람의 쓸쓸한 생애', '큰 폭풍우와갓치 음습해 올듯한 공포', '칙량할수업는, 무서운, 캄캄한 어둠 속, 찬 어름과것치 찬, 한없는 긴 침묵에게 샘켜지는, 사람의 피할수업는 운명'을 그려내고 있다.

삶과 죽음이 공동체의 질서 속에서 모두 해명되는 듯할 때는 이러한 것에 대한 두려움이 없었거나 적었을 것이다. 그리고 그러한 공동체 속에서는 '아무도 모르게 눈물 흘릴 사람 없이 죽을 수 있는 그런 상황'에 대한 걱정도 이렇게 절실하지는 않았을 것이다. 그러나 화자가 경험하는 이 세계는 이미 그러한 시대가 아닌 것이다. 그러한 공동체가 사라졌음은 고모님의 죽음(염상섭 「죽음과 그 그림자」)에 대해서는 어떠한 언급도 하고 있지 않음을 통해서도 확인할 수 있다. 충분히 개연성을 지닌 타인을 고모의 자리에 위치시킬 수 있음에도 불구하고, 고모의 죽음은 이미 타인의 그것처럼 다루어질 수 있게 된 것이다. 또한 내가 가족과 함께 살고 있으면서도 이렇게 혼자 죽는 것에 대해 두려움을 갖게 되는 것은, 마주하고 있는 세계에 대하여서는 내 힘으로 어찌할 수 있는 것이 없는 미약한 개인으로 존재해야 하고, 그러면서도 세계를 감당해야 하는 것은 개인의 몫이라는 것을 인식한 근대적 개인으로서의 자아가 구성되었기 때문이라는 데서 이유가 찾아질 수 있을 것이다.

그리하여 우리는 여기에서 앞의 「동정의 루」나 현상윤의 소설들에서 설정되는, 부모나 혈육 없음의 모티프가 어떠한 작용을 하고, 그러한 상황들에 왜 의미를 부여해야 하는지를 이해할 수 있게 된다. 그렇게 볼 때 서사의 세련됨에서는 염상섭의 「죽음과 그 그림자」가 앞서고 있지만, 낯선 세계에 대한 대응방식으로서의 소설 형상화라는 점에서는 그동안 주목받지 못했던 소설들이 같은 맥락에서 다시 읽혀져야 할 이유를 갖게 되는 셈이다.

현상윤의 소설들에는 이 시대의 다른 소설에서 볼 수 있는 인물보다 훨씬 더 고독한 상황에 처한 인물들이 많이 등장한다. 「청류벽」, 「한의 일생」, 「박명」, 「광야」98)에 등장하는 인물들이 그러한데, 이들 소설들의 줄거리는 신소설의 내용과 다름없이 진부하고 소박하다. 그러나 그 진부함에서도 일단의 공통된 조건들이 발견되는데, 그에 대한 의미를 짚어보아야 하겠다. 「한의 일생」은 재산과 세도 있는 집안이 망한 후 유일하게 살아남은 그 집안의 아들 '춘원'의 행위에 초점을 맞추고 있다. 이 소설은 결혼 약속이 되어 있던 여자 영애가 다른 남자 윤상호에게 시집을 가자 그에 대한 복수로 영애와 윤상호를 죽이고 자살하는 춘원의 일대기이다. 춘원의 살인 행위에는 윤상호의 부와 세력이 여자를 빼앗아 가는 불공평한 세상에 대한 복수라는 변명이 동반된다. 그리고 춘원 자신의 자살에는 그런 불공평한 흐린 세상에 살고 싶은 마음이 안 생긴다는 이유가 첨부된다.

「한의 일생」이 '몰락한 한 남자의 한의 일생'이라면 「청류벽」은 '남편에게 버림받은 한 여자의 한의 일생'이라고 할 수 있다. 결혼 1년만에 남편에게 버림받은 여자 김영은이 재가를 하였다가 다시 옥향이라는 이름으로 기생이 된다. 후에 남편이 다시 찾아오나 돈이 없는 남편이 아내를 기생집에서 꺼내줄 수 없자 아내는 청류벽에서 뛰어 내려 자살을 한다. 「박명」 역시 결혼 후 일본으로 유학을 떠난 남편이 장티푸스로 죽어서 돌아오자 남편 옆에서 목을 매어 자살한다는 내용이고, 「광야」도 몰락한 집안의 아들이 어머니가 죽으면서 남긴 유언을 좇아 아버지를 찾아 떠나는 이야기이다.

---

98) 현상윤(1914), 「한의 일생」, 『청춘』 2호, 1914.
　　현상윤(1914), 「박명」, 『청춘』 3호, 1914.
　　현상윤(1917), 「광야」, 『청춘』 7호, 1917.
　　현상윤(1916), 「청류벽」, 『학지광』 10호, 1916.

이 네 소설에는 공통적으로 양친이 모두 없거나, 편부, 편모의 상황으로 급변하여 의지할 곳이 약화된 인물들이 등장한다. 그러다 보니 가족 구성원들의 죽음과 가족적 파탄, 고난, 절망[99]을 이야기하게 되고, 나아가 맨 마지막까지 살아남았던 인물(주로 주인공)의 죽음을 줄거리의 공통분모로 지니게 된다. 이를 두고 절망적인 세계에 적극적으로 대응하지 못하는 소극적 반항의 모습이라거나 세계의 횡포에 굴복[100]해버리는, 현실 부정과 현실 도피의 모습[101]으로만 읽어내는 것은 매우 평면적인 해석이라고 할 수 있다. 왜 그러한 모습들이 그려져야 했으며, 거기에서 어떠한 의미들이 발견되는지를 논의해야 할 것이다. 그래서 죽음에 대해서도 그 죽음의 결과론적 해설에 의미를 부여하기보다, 죽음에 이르는 과정과 왜 죽음이 텍스트에 만연하는지, 그리고 그 죽음은 무엇을 말하기 위해 선택된 모티프인지를 다시 생각해 보아야 할 것이다.

텍스트에서 표면적으로 드러내고 있는 죽음에 이르는 과정을 되짚어 보면, 행복했다고 여기는 과거로의 회귀를 소망하나 현실적으로 그것들이 불가능함을 알기 때문에 죽음에 이르게 된다는 점에 주목할 수 있다. 따라서 절망적인 세계에 부딪친 자아의 비극적 고난이 재래적 가치나 관념에 의해 해결될 수 있다는 현실인식을 보여주고[102]있다는 평가는 수정될 여지를 지닌다. 즉 죽음은 텍스트가 도달한 목적지가 아니라 텍스트가 구조화해내는 세계로 들어가는 방식으로 선택된 것임에 주의를 기울여야 한다. 다시 말해 현상윤의 텍스트들이 선택하고 있는, 낯설고 새로운 현실에 대응하는 방식으로서의 죽음이 이야기되어야 한다.

「한의 일생」에서 춘원은 윤상호를 '더러운 놈'이라고 말하면서 죽이지만 실상은, 춘원도 이미 눈치 채고 있었듯이, 약혼녀 영애가 이미 춘

---

99) 김현실(1985), 「현상윤의 단편소설 연구」, 『국어국문학』 93, p.490.

100) 김현실(1985), 위의 글, p.491.

101) 양문규(1985), 「1910년대 단편소설의 구조와 작가의 세계관」, 『연세어문학』 18, p.72.

102) 김현실(1985), 위의 글, p.491.

원에게서 떠나고자 하는 마음이 있었고 또 윤상호에게 마음이 가있는 상태였다. 그러니 윤상호가 '더러운 놈'이 될 이유는 없는 것이며, 또한 춘원이 윤상호를 죽이기 직전에 하는 말이 '너는 돈도 잇고 계집도잇고 아들도 잇서. 너는일즉이 세상에 잇어서 조흔 맛은 다 맛보아오지 아니 하얏나냐. 입기로나 먹기로나 일로나 자미로나 네 하고십은대로 네마음 대로 아모것이고 조금 不能한 것이 업섯고 조금도 납분 것이 업섯고나!' 하면서 세상이 불공평하다고 하는데, 그것이 죽일 이유가 될 수는 없는 것이다. 자신도 부모님이 돌아가시기 전까지는 그러한 생활을 하였고, 그에 대한 문제의식은 춘원에게서 드러나고 있지 않기 때문이다.

오히려 이러한 일장 연설은 춘원이 자신을 죽일(자살할) 계기를 만들 기 위한 책략 같이 보인다. 형제와 친척이 모두 죽고 아버지, 어머니를 차례로 여읜 후의 춘원의 삶은 그야말로 세상에 혼자 남겨진 자의 힘든 삶이었다. 이러한 상황은 춘원으로 하여금 '세상이 滋味잇게 살아감을 허락하지 안는다'고 말하게 하며, '다시 어대를 차더가서 의지할 곳이 전혀 업다. 三尺에 불과하는 이한몸이 그리 크지는 안컷만은 아모대도 容納하여 주는곳이 다시업고나! 설음이 나고 슯흠이 날때는 어머니 무 덤압헤 가서 실컷 울어보기도 하고 어두운밤 남모르게 뜰 가운데 안져 서 소리안이나게 흐득'이게 만든다.

16세의 나이로 혼자 삶의 방법을 찾아야하기에는 세상이 너무 무섭고 두려웠을 것이다. 그 두려움이 어떠한 방식으로 해결될 수 있는지는 아 무도 알지 못한다. 따라서 춘원의 두려움은 텍스트가 끝날 때까지 극복 될 수 없는 두려움으로 남겨져야 한다. 그러기 위해서는 춘원이 죽은 후 에 그의 죽음을 해석하거나 기억할 사람이 남겨져서는 아니 되었을 것 이다. 남겨진 사람은 죽은 자를 '절망한 자의 굴복', '현실도피'로 치부 해 버리기 때문이다. 따라서 텍스트는 춘원이 느끼고 있는 두려움을 그 해결 방식이 찾아질 때까지 그대로 남겨질 수 있도록 하기 위해서, 다시 말해 그 두려움을 그대로 박제로 남겨두기 위해 춘원을 혼자 죽게 하지 않고 윤상호와 영애를 함께 죽도록 만들고 있는 것이다. 그 서사적 동기화를 위해 영애의 변심과 윤상호의 '더러움'이 이야기되었던 것이다.

그러나 윤상호와 영애를 죽이고 자신도 죽으러 가는 것에 대한 서사적 개연성 부족은, 세계를 이해할 수 없음에서 비롯되는 춘원의 혼란스러움만을 그대로 전해주고 있을 뿐이다. 춘원의 이 혼란은 이미 윤상호의 집 담을 넘던 첫 장면에서 우리의 신경을 자극하던 부조화로 예견되고 있었다. 즉 춘원이 살아야 할 세계는 '사람소리, 자동차소리, 달구지소리'가 공존하는 세계이고, '서쪽하늘 구름 머리에 걸녀잇는 초생달은 우둑하게 지붕우으로 올녀다보이는 한성은행가추끗에 가리워'지는 공간이다. 이렇게 자동차와 달구지, 초생달과 한성은행이 공존해야 하는 공간에서는 과거의 춘원과 현재의 춘원, 과거의 춘원과 현재의 영애도 공존할 수 있는 방식이 고민되어야 하는데, 춘원은 새로운 세계에 대응하는 방식을 고민할 수 있을 만큼 세계를 이해하고 있지는 못했던 것이다.

그리하여 춘원은 사람을 죽이고 자신도 죽으러 가면서도 '머리에는 다떠러진 학생모자를 눌러쓰고 몸에는 흑색 두루마기를 입고' 담을 넘는다. 그는 '손에는 기름때가 말나부터' 있고 '깍지 못하야 모자뒤로 담복 느려진 머리털에는 누런 띄끌이며 검불이 자자하게 들어부터' 있는 현재의 자신을 볼 수 있는 눈이 없었기 때문이다. 이것이 비단 춘원만의 문제가 아니었다는 것이 이 시기 텍스트들을 통해 드러나고 있다.

「청류벽」, 「박명」 역시 같은 맥락에서 설명될 수 있다. 「청류벽」의 김영은은 남편에게 버림받은 후 현재 기생 옥향이로 살아가고 있는데, 다시 김영은으로 돌아가고 싶으나 그것이 불가능함을 깨닫게 되자 현재의 옥향이로서의 살아가는 삶의 고통을 가장 고통스러운 방식으로(자살) 남편에게 보여주게 되는 것이다. 「광야」에서도 집안이 망하고 가족이 모두 죽은 후에 어딘가에 살아 있다고 하는 아버지를 찾아 떠나는 신일봉의 행위는 결국 현재를 보상해줄지도 모르는 과거를 찾아 떠나는 여행이다. 그러나 만나게 되는 아버지는 10여 년을 방랑생활을 하던 사람

으로 설정되어 있으니 나의 현재와 미래의 삶이 또한 그렇게 순탄하지
만은 않을 것이라는 것을 짐작할 수 있게 해준다. 과거는, 현재와 미래
를 구제해 줄 수 있는 것으로 '거기에' 있는 것이 아니라는 것을 텍스트
는 이미 알고 있기 때문이다.

❷ 자기분열과 자기파괴

앞서 살핀 텍스트들은 당대의 변화 속에서 느끼던 세계에 대한 막연
한 공포감을 표출하기 위해, 가장 두렵게 느끼고 있는 죽음(자살)을 전면
적으로 노출시키고 있음을 볼 수 있었다. 죽음이 인간의 공포감을 외화
한 것이라면, 이것이 인간의 내부로 조금 더 이행해 온 것으로 구별될
수 있는 텍스트들을 본 항목에서 다루게 된다. 인간 내부로 옮겨진 공포
감은 이름 모를 수많은 병을 통해 그러한 두려움을 앓게 된다.

근대적 전문인으로서의 문학가에 대한 기대를 보여주고 있는 백일생
의 「文壇의 革命兒야」[103]는 그러한 내적 풍경을 살필 수 있는 단서들을
전해주고 있다.

> 因襲道德과 온갖 習慣 , 境遇에 束縛되야, 天賦의 個性을 減하며 有爲의
> 活氣를 殺하야, 우리의 生理體를 死屍化하며, 健康體를 病傷化하며, 活動을
> 停止化하며, 少壯體를 老衰化하야, 吾人으로하야곰 多恐怖, 無自由, 無氣骨,
> 無能力, 等諸病에 걸닌 일종 이상한 허잡이되는 것을 보고……<중략>……
> 勇士諸氏는 엇지 후로 – 벨의 後身이 되지안이하는가? (p.570)

이 글은 새로운 시대에 어울리는 새로운 문학을 할 사람들은 낡고 오
래된 습관과 도덕을 넘어서야 한다는 점에서 혁명아가 되어야 한다고
강조한다. 그러기 위해서는 사회적 핍박과 다른 사람의 눈치를 두려워
하지 말고, 자신의 주어진 개성과 활기를 찾아 생명력 있는 자기 자신에
서 출발할 수 있도록 해야 한다. 이 글은 결론적으로 참자기를 찾아 '정

---

103) 東海岸 白一生(1917), 「文壇의 革命兒야」, 『학지광』 14호.

의 문학'을 실천할 것을 요구하고 있는데, 그러한 시대와 자아의 요구가 제대로 실현되고 있지 않음에서 백일생은 자신이 온갖 종류의 병이 든 것처럼 느끼게 되는 것이다. 이러한 맥락에서 막연하게 공포감을 드러내는 텍스트들, 자기를 구성하던 사랑의 이야기들, 그리고 병을 모티프로 하는 텍스트들이 서로 얽히면서 의미망을 형성하게 된다. 각 요소들은 상호 매개되어 있으면서도 의존하고 있다는 설명[104]은 여기에도 해당된다.

이미 서경석은 「초기 춘원소설의 '병(病)' 모티프와 그 성격」에서, 이광수의 초기 단편소설에 나타난 '병 모티프'를 통해 춘원의 초기 계몽주의의 성격이 자아주의였고, 그 자아는 현실과 괴리되었던 자아 중심의 무기력을 병이라는 형태로 메우다가, 후에 개인의 차원에서 역사의 병, 사회의 병으로 이전되는 특징[105]을 보인다고 하는 값진 논의를 하였다. 특히 서경석은 '주체의 욕망이 패배 혹은 결핍 형태로 드러난 것이 병'이라고 하면서, 인간이 현실 앞에서 좌절될 수밖에 없을 때 그 간극을 병이라는 형태로 메우게 된다고 했는데, 이는 「문단의 혁명아야」 중 위의 인용문에서도 그대로 드러나고 있듯이, 이 시기(이 책에서 다루고 있는 1915년 중반 이후) 텍스트들이 보여주는 전반적인 정신적 풍경으로 이해

---

104) M. S. Kagan, 진중권 역(1991), 『미학강의 Ⅱ』, 새길, pp.362~363.
105) 서경석(1995), 「초기 춘원소설의 '병(病)' 모티프와 그 성격」, 『외국문학』 45, 겨울, p.211.
　　서경석의 논의 외에도 김용재의 「한국 근대소설의 '일인칭' 서술상황 연구」에서도 '질병모티프'에 관련된 언급을 볼 수 있다. 여기에서 김용재는 병이라는 모티프 자체에 적극적인 의미를 부여하거나 발견하는 데로 나아가기보다는, 이유 없이 아프다는 질병 모티프를 이용하여 사건의 우연성을 감소하는 것이나 등장인물의 비극성을 재고시키는 효과를 노리는 것에 그쳐 사건전개를 위한 계기가 된다거나 새로운 갈등의 단초를 마련하는 수단은 되지 못하고 단순히 번민의 모양을 표출하기 위한 방법으로 이용되었다고 하는, 1차적 해석의 평가에 머무르고 있다.
　　김용재(1991), 「한국 근대소설의 '일인칭' 서술상황 연구」, 『국어국문학』 105, p.106.

된다. 바로 백일생이 느꼈던 이러한 '공포스럽고 부자유스러우며 무기력하고 무능력함'의 정신적 징후들을 내포하고 있는 텍스트가 병을 모티프로 하고 있는 소설들이다.

백일생도 「문단의 혁명아야」에서 이 시기의 정신적 징후들을 '無自由, 속박, 개성상실, 활기상실에서 비롯되는 무력감'으로 밝히고 있듯이, 자아의 이상과 대외적인 요소들의 간극에서 비롯되는 병증은 이미 자아의 이상이 무엇인지를 아는 상태에서 초래되므로, 그 병적 징후들은 무력감이나 무능력함, 혹은 환멸감(과거의 잔재에 대한 분노)처럼 보다 구체적인 형태로 나타나게 된다. 예를 들자면, 정의 문학이 시대적으로 요청되고 있고 자아 역시 그것의 정당성과 긍정성을 인정하여 그 방향으로 나아가려 하는데, 현실적으로 문단에서는 도학선생의 강담 같은 텍스트가 여전히 문학임을 자처할 수 있는 형국에서 느낄 수 있는 좌절감 같은 것이 그것이다. 그런데 이러한 좌절감에서 비롯되는 병증은 동병상련을 나눌 수 있는, 「문단의 혁명아야」에서 말해질 수 있는 것처럼 내용 설명이 가능한 병증이기에 오히려 건강하다.

이 시기 텍스트들에서 주목해야 하는 병적 징후들은, '무거운 기분의 침체, 신경불안, 미친증,106) 공연히 심사가 울격하여,107) 정신의 空洞,108) 알 수 없는 공포,109) 열도 식고 두통도 나지 아니하나…여전히 자리에 누웠다,110) 속에 있던 부정한 피를 다 쏟아버린,111) 신경쇠약이니 소화불량이니 불맷증이니 하고 금시에 죽을 사람같이 떠드는 것,112)

---

106) 염상섭(1921), 「표본실의 청개구리」, 『염상섭전집 9』, 민음사, 1987, pp.11~12.
107) 백악(1920), 「동정의 루」, 『학지광』 19~20호, p.158.
108) 이광수(1918), 「윤광호」, 『청춘』 13, pp.69~70.
109) 이광수(1917), 「어린 벗에게」, 『이광수대표작선집』, 삼중당, 1968, p.101.
110) 이광수(1918), 「방황」, 위의 책, p.137.
111) 이광수, 「H君을 생각하고」 : 김동인의 「약한 자의 슬픔」에서 엘리자베스가 하혈하는 장면과 연계될 수 있다. 나도향의 「피 묻은 편지 몇 쪽」에서 나와 이광수의 「혈서」에서 M도 피를 뱉는 병을 앓고 있다.
112) 이광수(1925), 「사랑에 주렸던 이들」, 위의 책, p.225.

막연한 병, 신경이 뾰족할 대로 뾰족하여져서,113) 무슨 병인지 모르는 병,114) 신경은 더욱이 과민하게 되어, 정신이 착란하여115) 등으로 나타나고 있는 병들이다. 막연하게, 알 수 없이 신경이 과민하게 되는 이 병들의 대다수는 편지와 같은 고백의 형식에서 이야기된다는 공통점을 보이면서, 드러내고 싶은 내면을 들여다 볼 수 있게 하는 창의 구실을 하고 있다.

여기에서 해명해야 할 病因은, 서경석이 지적한 것과 같이, 병을 통해 자기 내면(고통)을 드러내고 싶어하는 욕망, 즉 자기를 구성하고 확인하고자 하는 그 욕망과 관련된다. 자아각성, 자기경험, 자기감정 등등으로 대변되는, 시대(당대)와 인간의 절대적 과제였던 자기확립은 구호처럼 외쳐지고 일상의 일처럼 행해지는 듯 보이지만, 실상은 자기동일성을 지속적으로 경험하고 자각한다는 것은 불가능하기 때문에, 자아를 찾는 여행자들이 느끼게 되었을 불안 혹은 불만은 어떻게든 해소될 수 있는 방법을 찾아야만 했던 것이다. 따라서 서경석이 병의 모티프에서 자아주의를 포착해 낸 것은 매우 예리한 지적이라고 할 수 있다.

불안(혹은 욕망이 충족되지 못함에서 비롯되는 불만)은 자기형성(구성)의 과정에서 경험하게 되는 심리적 메커니즘으로, 자아구성과 전혀 관련이 없을 것 같은 다음의 텍스트에서도 그러한 불안의 요소를 감지할 수 있다. ‘무엇을 쓸가!’라는 소제목을 달고 시작되는 빙허의 기행문 「몽롱한 기억」은 ‘수년 전 춘원의 해운대 기행을 읽은 것이 큰 원인이 되어’ 해운대에 다녀온 후 쓰게 된 기행문이다. 이 글은 ‘제 3자로 보면 시적이라고도 할 수 있’는 여행의 경험을 그 누구와도 다른 내 경험에서 재구성하고 있다는 빙허의 생각을 드러내기 위해 ‘나의 기차’, ‘나와 해운대’라

---

113) 나도향(1926), 「피 묻은 편지 몇 쪽」, 『물레방아』, 일신서적출판사, 1994, p.119.
114) 나도향(1925), 「꿈」, 위의 책, p.210.
115) 양건식(1918), 「슬픈 모순」, 『한국현대대표소설선1』(임형택 외 편), 창작과비평사, 1996, p.136, 139, 141.

는 소제목을 붙이는 형식을 도입하고 있다. 그리고 남다른 동경을 가지고 찾았던 해운대에 대해 다음과 같이 진술하고 있다.

> 실물을 못본 나는 그 글로 말미암아 별다른 彩畵 한 폭을 어린 머리에 그려 두엇섯다……그러나 냉혹한 현실은 이 苟且한 꿈조차, 바람조차 깨털이고 말엇다. 아아 내가 웨 해운대에 갓든고? 만일 가지 안핫던들 내 가슴에 그려둔 그림에 기리기리 몬지가 아니안고 좀이 뜻지 안핫슬 것을! ……'이까짓 경치야 아모 해변에서도 볼수 잇다' 하는 불만이 잇섯다.116)

빙허는 이 여행을 통해 자기가 경험한 실재 해운대와 이상화된 이미지로 존재했던 이광수의 해운대 기행문 사이에 큰 괴리가 있음을 느꼈던 것인데, 그러한 불만은 이상과 현실의 간극에서 느끼는 괴리감이기도 하면서, 동시에 자기분열을 경험하는 순간에서 느낄 수 있었던 당혹감으로서의 불안이기도 하다. 즉 깨뜨려졌다고 빙허가 이야기하고 있는 꿈과 바람은 자기에게 익숙하고 친숙한 방식으로 머리에 그려 둔 별다른 채화 한 폭이었는데, 경험한 세계(현실)는 생각했던 것과 너무 동떨어져 있었던 것이다. 거기에서 느끼는 낯설음은 해운대에 간 것을 후회하게 만든다.

이것이 이상과 현실의 간극에서 느끼는 불만이라면, 이러한 경험117)을 다시 기행문이라는 형식의 글로 옮길 때 글쓰는 사람은 다시 한번 부조화스러운 경험을 해야 한다. 즉 그것은 경험하기 전의 자기(대과거)와 경험 주(主)인 자기(과거)가 지금 여기에서(현재) 모두 재구성되면서, 글쓰는 현재의 자기에 의해 과거의 자기들이 대상화(혹은 타자화)되는 경

---

116) 빙허(1922), 「몽롱한 기억」,『백조』2, pp.137~138.
117) 이와 꼭 같은 경험이 나도향의 소설 「피 묻은 편지 몇 쪽」에도 등장한다 : '마산에 온 지도 벌써 두 주일이 넘었습니다. 서울서 마산을 동경할 적에는 얼마나 아름다운 마산이었었는지요! 그러나 이 마산에 딱 와서 보니까 동경할 적에 그 아름다운 마산은 아니요, 환멸과 섭섭함을 주는 쓸쓸한 마산이었나이다.' 나도향(1926), 「피 묻은 편지 몇 쪽」,『물레방아』, 일신서적출판사, 1994, p.118.

험을 해야 하기 때문이다. 즉 자기감정, 자기경험의 글을 쓴다는 것, 자기를 표현한다는 것은 자기를 대상화하여 관찰하고 탐색하는 작업과 분리될 수 없는 일이므로, 반드시 자기분열을 동반할 수밖에 없는 메커니즘이 작동해야 한다. 그리고 그러한 자기분열과 구성의 변증법적 운동에 의해 비로소 자아는 각성되고 확립되어 가는 것이다.

그러나 빙허는 해운대에 가지 않았다면 '내 가슴에 그려둔 그림에 기리기리 몬지가 아니안고 좀이 뜻지 안핫슬 것'이라고 말하고 있어, '자기만의 무엇인가'가 깨어져 버렸다고 생각함을 알 수 있다. 바로 그 깨어짐에서 이 시기 그토록 염원했던 '참자기'가 구성될 수 있는 것인데 말이다. 이 깨어짐을 피할 때 자기는 자족적이고 자폐적인 양상을 보이게 된다. 그리고 이 깨어짐을 두려워 할 때 그것은 병이 된다. 우리는 이미 그 깨어짐을 피하는 양상의 하나로 동성애나 상상 속의 사랑으로 언표화되는 나르시시즘적인 자기에의 집중을 보았다. 이 절에서 살피게 될 병의 모티프는 바로 이러한 맥락 속에서 논의될 수 있다.

1910년대 중반 이후 당대가 무엇보다도 강조하였던 것은 새로운 시대(세계)를 인식하고 이끌며 행동할 수 있는 자아를 구축(발견)하는 일이었다. 이 자아에 대한 각성(인식)은, 낯선 세계 속에서 살아갈 수 있는 강인하고 분명한 자기 속의 자기를 확립하는 모습(김동인의 「약한 자의 슬픔」 등)으로 그려지면서 당위적인 시대적 가치로 다루어진다. 혹은 자기감정과 경험에 충실하며, 자기를 중심으로 하는 意志에서 행동하라(최승구의 「정감적 생활의 요구」, 「너를 혁명하라!」 등)는 구체적인 실천의 한 형식으로 나타나기도 한다.

이는 이 시대가 당대인들에게 요구하는 절대적인 요청이었기에 마치 시대가 부과한 의무처럼 보이기도 한다. 따라서 이 시대의 문학(소설)에서는 당연하게 자기를 추구하고 확립하는 모습들이 그려지게 되는데, 「약한 자의 슬픔」에서 볼 수 있는 '엘리자베스'의 모습처럼, 강인함을 그 외양으로 하면서도 스스로 '약한 자'로서의 슬픔을 이야기하지 않을 수

없게 만드는 이중성을 보여주게 된다. 이것은 비단 「약한 자의 슬픔」만
의 이야기가 아니고, 자기를 드러내고 있는 소설들의 공통분모라고 할
수 있다.

앞서 이 시기의 소설들이, 근대적 문학이라는 새로운 글쓰기를 통해
자기를 구성하는 메커니즘을 구현하고 있음을 살폈다. 그것은 편지나
일기 형식의 자기 고백적 형식을 통해 내면을 형성하고 발견하는 것이
었으며, 그 고백 형식을 충족시켜줄 수 있는 가장 적합한 내용이 사랑이
었음을 확인할 수 있었다. 이러한 구도 안에서 자기를 발견하고, 각성하
고, 확립하는 개인들이 왜 병적인 징후들을 드러내게 되는지를 의미화
하면 그것은 이 시대의 소설을 이해하는 또 하나의 계기로서 소설사에
편입될 수 있을 것이다.

자기를 구성하는 원리에서 '자기 명시는 동시에 자기파괴다'[118]라는
말이 가능한 것은, 자기 자신에 관해서 말한다는 것, 자기를 열어 보인
다는 것은 자기공개를 핵심으로 하면서 과거의 자기와의 결별을 의미하
는 것으로 자기 자신을 죽여야 하는 것, 자기를 포기하는 기제가 되기
때문일 것이다. 따라서 이때의 자기는 스스로를 벌하고 자기를 거부하
고 자기로부터의 탈출을 특징으로 하는 양상을 나타내게 된다. 이것은
멀리 떠난 곳에서 편지를 보내는 형식으로 전개되는 여행모티프라는 물
리적인 형태로 드러나기도 하고, 회복 후의 새로운 삶을 기대한다는 의
미에서 과거의 자기로부터의 탈출을 약속할 수 있는, 혹은 자기로부터
완전하게 떠남(죽음)을 환기시킬 수 있는 '병'이라는 언표를 통해 막연한
두려움과 공포를 표출하게 된다.

나도향의 「피 묻은 편지 몇 쪽」[119]에서부터 접근해 보자. 서울에서
마산으로 병 휴양차 여행을 온 '나'는 그곳에서 만난 장영옥이라는 여자
에게 사랑의 감정을 느끼게 된다. 그러나 자신의 병 때문에 사랑 고백을

---

118) Foucault, M., 이희원 역(1997), 『자기의 테크놀로지』, 동문선, p.77.
119) 나도향(1926), 「피 묻은 편지 몇 쪽」, 앞의 책.

하지 못하고 번민하는 현재의 자기의 고통스러운 심정을 서울에 있는 형님에게 편지로 하소연하고 있는 것이 이 소설의 내용이다. 병으로 자기의 비참함을 극대화시켜 자기연민의 효과를 만들고, 병으로 인해 사랑을 고백하지 못하고 마음속에서만 가능하게 된 사랑은 앞서 살펴 본 자기만족적이고 나르시시즘적인 환상적인 사랑과 다르지 않다. 이러한 혼자만의 사랑 속에서 느끼는 외로움은 삶에 있어 혼자임을 실감해야 하는 공포감으로까지 나아가게 되는데, 그 공포감은 병으로 인한 죽음의 두려움에까지 이르게 된다.

이렇게 고백적 글쓰기의 문법을 전형적으로 갖추고 있는 이 소설은, 장영옥에게 사랑을 고백하지 못함을 형님에게 고백하면서 괴로워하고, 게다가 그 괴로움의 원인이 병을 앓고 있는 자기에게 있음을 고백해야 하므로 고통은 편지를 쓸수록 가중된다. 즉 '나'의 내면은 이미 장영옥에게로 향하고 있는 자기와 자신의 병을 들여다보는 자기로 나뉘어 지고 있음을 볼 수 있고, 이러한 분열은 자기를 재구성하여 형님에게 편지를 보내는 편지 속에서 '사랑을 단념하겠다'고 말함으로써 통합하게 된다. 그러나 그 통합된 자기는 순간적으로 구현될 뿐이다. '사랑으로부터 떠나온' 자의 글쓰기, 즉 과거의 자기로부터 탈출하여 글쓰는 현재를 인정하는 자기는 여전히 과거의 자기를 '나 혼자 나의 가슴에 맺힌 사랑은 어느 때까지든지 가지고 가'겠다는 말로 편지를 끝맺고 있기 때문이다.

죽음을 이야기하면서도 삶에 집착하고, 사랑 때문에 번민한다고 하면서도 그것이 아름다운 일이라고 말하는, 자기분열과 자기부정의 이러한 양가 감정은 두려움 때문에 고통 받는 사람의 정신 안에 존재[120]하며, 텍스트 속에서 언제나 병을 매개로 드러나고 있다. 자기를 응시한다는 것은, 벗어나고 싶으면서도 벗어날 수 없는 낯설고 두려운 경험으로, 죽을지도 모른다는 공포감을 동반하면서도 또한 그 두려움 때문에 자신에

---

120) Moretti, F., 조형준 역(1997), 「공포의 변증법」, 『세계의 문학』, 1997 여름, p.250.

게 더욱 집중하게 만드는 병의 속성과 닮아 있기 때문이다. 그것이 자신의 병과 죽음의 무서움을 이야기하면서, 자기구성과 밀접한 관련이 있는 사랑의 이야기를 끌어들이는 구조로 나타나게 된 것이다. 특히 편지 형식의 이 소설(「피 묻은 편지 몇 쪽」)은 처음부터 이상과 실제의 분리를 경험하는 것으로부터 편지를 시작하고 있어, 앞서 살핀 빙허의 기행문 「몽롱한 기억」과 연계하여 읽어볼 수 있다.

> 마산에 온 지도 벌써 두 주일이 넘었습니다. 서울서 마산을 동경할 적에는 얼마나 아름다운 마산이었었는지요! 그러나 이 마산에 딱 와서 보니까 동경할 적에 그 아름다운 마산은 아니요, 환멸과 섭섭함을 주는 쓸쓸한 마산이었나이다. 나는 남들이 두고두고 몇 번씩 되짚어 말하여 온 조선사람의 쇠퇴라든지 우리의 몰락을 일일이 들어서 말하고 싶지 않습니다.
>
> 병의 차도는 아직 같아서는 알 수가 없습니다. 열도가 오르내리는 것이나 피를 뱉는 것은 전과 별로 다르지 않습니다……고적함과 답답함은 차디찬 얼음으로 나의 생명을 저려놓는 듯할 뿐입니다……병은 일조 일석에 낫지 않을 것을 저는 압니다. 이 병이 멀지 않은 장래에 나의 생명을 빼앗지나 않을까 하는 의구의 생각까지 나는 때가 있습니다.
>
> 베개를 베고 눈을 감고 누웠을 때 온 세상이 죽은 듯이 고요하면 나는 무서운 생각이 납니다. 세상이 아니요 사람이 하나도 없는 어디로 오지나 아니하였나 하는 무서운 생각이 나서 나는 미친 사람 모양으로 눈을 뜨고 문을 열고 바깥을 내다봅니다. 어떠한 때는 무덤 속에 편안히 누웠으면 나의 해골을 덮어논 흙과 돌 틈에서 흐르는 나의 살 썩은 물이 흐르는 소리를 듣는 듯 하기도 하고, 나의 살을 먹고 피를 먹고, 또 골수를 씹어먹은 버러지들의 두리번두리번 하는 인광 같은 눈알도 보이는 듯한 때도 있습니다.[121]

동경(이상 세계)과 현실의 분리에서 환멸과 섭섭함과 쓸쓸함을 느끼는 순간은 세계로 향해 있던 관심이 나에게로 집중되는 순간이며, 이 순간

---

121) 나도향(1926), 「피 묻은 편지 몇 쪽」, 앞의 책, pp.118~119.

나는 죽을지도 모른다는 생각에 무서움을 느끼게 된다. 이 무서움은 동경의 마산이 현실의 마산과 분리되었을 때 느꼈던 환멸, 상상의 사라짐처럼 동일성을 지녔던 자기가 분리되고 있음을 드러내는 지표가 된다. 그 분리감이 '무덤 속에서 살과 피와 골수를 씹어 먹히는' 섬뜩한 장면으로 죽음을 걱정하게 하는 것이다. 그것을 '신경이 뾰족할 대로 뾰족하여져서 과민하게 활동을 할 때에는 나 자신도 나 자신을 걱정하게 되는 때도 많'다고 고백하고 있다.

이광수의 「어린 벗에게」는 자기 분열의 고통에서 경험하게 되는 두려움과 낯설음을 병과 사랑, 그리고 공포스러운 사건으로 구체화하면서 한 편의 이야기로 구성하고 있다. 1신, 2신, 3신, 4신으로 나뉘는 특이한 구성을 보여주는데, 소설의 제목에서 알 수 있듯이 가까운 벗에게 보내는 편지 형식으로 서술되고 있다. 제1신에서는 자신의 병에 대하여 자세하게 보고하면서, 자신이 최근 '권태하고 정신이 침울'하다는 이야기로 자연스럽게 옮아가게 된다. 그것은 병 자체 때문이기도 하려니와, '異域逆旅에 외로이 病든 것보다 더한 괴로움'이 어디 있겠느냐는 말에서 짐작할 수 있듯이 병으로 인한 외로움이 또 다른 병이 되고 있음을 알 수 있다.

신체의 병에서 심적인 외로움으로 옮겨진 병은 나로 하여금 죽음을 생각하게 하면서 '알 수 없는 공포가 전신을 둘러싸는 듯'함을 느끼게 만든다. 그리고 나는 '死를 생각하고 恐怖함은 무엇' 때문인지를 자문하게 되는데, 이 순간이 사랑으로 이야기가 옮겨지는 계기로 작용하게 된다. 즉 자신은 부귀도 없고 명예도 없으므로 죽는다고 해도 아까울 것이 없는데 오직 사랑 때문에 죽음을 생각하게 되면 공포스럽다는 것이다. 사랑이라는 말이 전면에 배치되고 있기는 하지만, 이 시기의 텍스트에서 사랑이 자기동일성을 내포하는 기호로 작용한다는 것을 고려하면, 이 공포감은 자기동일성이 상실되는 것, 자기동일성과의 결별을 두려워하는 데서 비롯되는 정서라는 것을 알 수 있다.

　자연스럽게 사랑으로 옮겨진 話題는 제2신에서 본격적으로 옛사랑 김일련에 대한 이야기를 쓰게 된다. 그 옛사랑을 회상하는 순간은 자기 상실의 공포감으로부터 벗어날 수 있는, 자기동일성이 확보된다는 의미에서의 완전한 자기충만의 시간이라는 것을 글쓰는 '나'는 본능적으로 알고 있었던 것인가. 텍스트가 보여주는 이러한 구성은, 자아를 만들어 가는 과정 속에서 의식적으로나 무의식적으로 계속 경험하게 되는, 자기구성(자기창조)과 자기분열(자기파괴)의 지속적인 운동의 상태를 그대로 닮고 있다.

　제 3신에서는 다시 병원의 병상에서 편지를 쓰는 것으로 설정되면서, 10여 일 전 현재 머무르고 있는 상해보다 더 먼 異國, 미국 여행에서 선박의 표류로 경험해야 했던 죽음과 공포를 전해주게 된다. 공교롭게도 아수라장이 된 그 선박에서 죽음에 직면하여 가장 공포감을 느끼던 그 순간에 나는 옛사랑 김일련을 만나 그의 목숨을 구해주게 된다. 절묘한 구성이다. 내가 구해낸 것은 과거의 사랑이면서 동시에 그 사랑으로 동일성을 체감할 수 있는 바로 나 자신이었던 것이다. 김일련을 구하던 순간 만큼은, 그리고 그 순간을 기억하며 편지를 쓰고 있는 순간 만큼은 표류하는 배에 올라 있는 것 같은 삶에의 두려움이 사라지는 순간이었을 것이다.

　그러므로 4신에서 자연과 인간, 우주와 인간, 사람과 사람의 서로 交通하게 하는 것이 무엇인지를 자문하는 것은 매우 당연한 귀결로 보인다. 온통 '모르나이다, 모르나이다'를 반복하며 '나는 이제는 明日일을 豫想할 수 없고 瞬間일을 예상할 수 없나이다. 다만 만사를 조물의 意에 付하고 이 열차가 우리를 실어 가는 데까지 우리 몸을 가져가고 이 영혼을 끌어가는 데까지 우리는 끌려가려 하나이다'로 끝맺고 있지만, 이 편지는 이미 자기를 만들어 가는 내적 원리를 실현하고 있었던 것이다.

　이광수의 또 다른 초기 단편소설인 「방황」도 막연하게 드러내는 병에 대한 두려움으로 시선을 끈다. 자신의 현재를 '싸늘한 생활, 내 생명은 추웠다' 등으로 표현하고 있는 '나'는 3일 동안 앓던 감기에서 회복된 상태인데, 여전히 자리에 누워 '차디찬 하늘이 마치 커다란 새의 날개 모양으로 내려와서 나를 통으로 집어삼킬 듯함'에 '불현듯 무서운 생각'이 든다고 말한다. 반복적으로 자기의 '생명은 추웠다'고 말하고 '하늘은 차디차'다고 느끼는 나는, 병이 회복된 후에도 무언가를 두려워하고 있음을 내비치지만, 곧바로 '앓는 병이 중하여져서 마침내 죽게'된다고 해도 '내게는 슬픈 생각도 없고 무서운 생각도 없다. 이 세상이 아까운 것 같지도 아니하고 이 생명이 아까운 것 같지도 아니하다'고 말하면서 죽음에의 두려움은 아닌 것임을 드러낸다. 그럼 무엇을 두려워하고 있는 것인가. 무엇 때문에 '세상에 아무 滋味가 없어지고 자살이라도 하고' 싶다고 말하는 걸까. 그것은 내가 끊임없이 '나는 혼자다. 오직 혼자다'라고 말하는 데서 단서를 찾아야 할 것 같다.

혼자임을 자각하면서 나는 병석에서 일어나지 않는 환자의 모습을 지속한다. 끊임없이 시달리고 있는 하늘에 대한 무서움은, 세계(자연, 타자)가 나와 분리된 것임을 인식하는 데서 오는 두려움이라고 할 수 있다. 그리고 병에서 회복되는 순간은 나와 분리된 그 세계 속으로 다시 편입하여야 하는 때라는 것을 깨닫는 데서 '무섭다는 감정을 갖'게 되는 것이다. 병을 앓고 있는 상태는 세계와 떨어진, 일종의 자족적인 세계라고 할 수 있다. 그러므로 병의 회복은 세계와 대응해야 함을 알려주는 지표이며 또한 '내게는 생명이 있다. 나는 살았다'는 것을 확인시켜 주는 지표이기도 하다. 이 회복기 환자가 느끼는 낯선 세상에 대한 호기심과 두려움은 보들레르가 보여주었던 회복기 환자의 모습[122]과 비슷하면서도 다르다. 보들레르 환자의 두려움은 세상으로 나아가게 하는 데 긴장과 탄력을 주는, 긍정적 힘이 되는 두려움이다. 그래서 세상으로 나아감으로써 점점 건강해지고, 건강해질수록 세상과 점점 가까와진다는 것을

---

122) Baudelaire, 박기형 역(2002), 「현대적 삶의 화가(Le Peintre de la vie moderne)」, 『세계의 문학』, 2002 봄, pp.29~30.

보여주게 된다. 그런데 「방황」의 내가 회복기에 얻은 생명은 기쁨이면서 동시에 '무서운 義務'이다.

이 양가적인 반응은 이 시기 소설들에서 발견되는 특징이다. 이것은 앞서 살핀, 자기를 인식하고 규정하는 의지의 결연함, 두려움 없음, 확신에 찬 어조 등을 드러내는 텍스트들(「너를 혁명하라」, 「정감적 생활의 요구」, 「문단의 혁명아야」 등)과 그것의 실현이라고 할 수 있는 문학 텍스트들이 온통 불안함, 우울, 두려움으로 대조적인 모습을 보여주는 것에서도 설명될 수 있다. 그것은 소설 텍스트 내부에서 마찬가지이다. 사랑을 갈구하면서도 회피하고, 고통스러워하면서도 그 고통을 지속적으로 고백하고, 병을 두려워하면서도 병을 키우며, 죽음이 두렵다고 하면서도 끊임없이 죽음을 얘기하는 이 이중성은 자기를 규정하면서도 이미 규정된 자기는 자기동일성을 온전히 실현할 수 없으므로 그 규정을 부정해야만 하는 존재의 이중성[123]과 무관하지 않을 것이다.

「방황」에서 현실이 춥고, 차갑다고 말하면서도 '싸늘한 생활'을 위해 스님이 되어야겠다고 생각하는 나의 태도도 이러한 반응의 일부로 이해할 수 있다. 그리고 이러한 양가적인 반응이 어떠한 의미를 내포하게 되는지도 여기에서 설명될 수 있을 것이다. 즉 스님이 된다는 것은 속세와의 모든 인연을 끊는다는 외형적인 면에서는 자기를 버리고 세계와 절연하는 삶이지만, 실상은 세계를 온통 자기 자신의 내부로 끌어 들여 자기완성, 자기동일성을 지향하는 것에만 집중하고 싶다는 의미로 읽을 수 있다. 즉 세계(자기)와 자기 사이의 간극과 괴리감을 없애고 싶다는 의지가 이렇게 드러나는 것이다. 그렇다면 현실에서 느끼는 '싸늘하고 추움'은 바로 내면 깊숙한 곳에서 그러한 간극과 틈새를 통해 올라오는 기운이었을 것이다.

환자가 살아있음과 죽음, 이상(현실을 떠난 삶)과 현실(현실적 삶)의 경

---

123) 최문규(1995), 「자기창조와 자기파괴의 변화」, 『뷔히너와 현대문학』 8, p.156.

계에 위치할 수 있는 속성을 지녔다는 점에서, 「방황」에서 내가 되고자 하는 스님이 지닐 수 있는 의미와 무관하지 않다. 그렇다면 스님이 되고 싶다는 나의 생각은 그러한 환자의 상태를 바란다는 말과 다르지 않다고 볼 수 있다. 즉 언표만 교체된 것이다. 그렇다면 나는 왜 환자의 상태를 바라는 것인가. 병이 세계(자기)와 자기 사이에서 느끼던 간극을 메워[124]주는 역할을 했기에, 물리적인 병이 회복되자 이제 자기 스스로 병을 만들고 환자가 되고자 하는 것이다.

「방황」에서 내가 느끼는 간극은 결국 순간 속에서만 메워질 수 있는 것이고, 거기에서 비롯되는 갈등은 인간의 존재조건처럼 치유될 수 없는 병이라는 것을 나는 아직 모르고(자각하지 못하고) 있는 것이다. 그 모름이 물리적인 병이 회복된 후에도 나로 하여금 계속하여 병석에 누워 있게 만들고, 스님(환자)이 되기를 결심하도록 만든 것이다. 그 병을 현실 속에서 계속 앓아 낼 때 세계에서 느끼는 추위와 싸늘함은 조금씩 치유될 수 있는 것인데 말이다. 그것은 아직 현실에 대처할 준비가 되어 있지 못함에서 비롯된 선택이었을 것이며, 공포는 바로 그 현실의 불안에 대처할 마음의 준비가 결여된 상태에서 의미를 갖게[125] 되는 것이다.

이렇게 현실을 완전히 떠나지도, 그렇다고 현실에 발붙이지도 못하는 환자의 상태는 백악 「동정의 루」에 등장하는 '나'에게서도 지속된다. 막연한 우울증 증세를 보이면서 죽음의 무서움을 막연하게 되뇌이고 있는 나는, 「방황」의 나처럼 세상에서 혼자이고 싶어한다. 그것은 죽은 친구를 그리워하는 자신의 현상태를 드러내는 방식으로 현현되며, 자기만족적인 동정과 애정을 확인할 수 있는 제자 B(남자)에 대한 마음을 사랑으로 지칭하면서 특별한 감정으로 다루고 있는 데서도 드러난다. 엄밀하게 말하자면 어릴 때 부모를 잃고 외롭게 살아온 사정은 그리 특별한 것이 아니

---

124) 서경석(1995), 「초기 춘원소설의 '병(病)' 모티프와 그 성격」, 『외국문학』 45, p.211.
125) Benjamin, W., 반성완 역(1983), 『발터 벤야민의 문예이론』, 민음사, p.126.

다. 또한 그러한 환경에서도 학교에 다니고 있고, 양부모가 계시다는 사실은 나의 B에 대한 과장된 동정이 만들어진 감정이라는 것을 알 수 있게 한다.

즉 B가 나에게 특별한 사람이 될 수 있는 것은, 산책을 하던 토요일 오후의 내면의 시간(죽은 친구를 그리워하며, 눈물짓고, 노래를 부르던 모습)을 공유하였다는 데서 비롯되는 것이며, 이는 B의 입장에서도 마찬가지이다. 두 사람은 서로 고백을 들어 주는 역할을 한 것이다. 그 이상의 인력 같은 것이 작용함을 느낄 때, 즉 내가 B를 특별히 귀애한다는 소문이 학생들 사이에서 퍼져 문제가 되고, 동료 교사로부터 학생들과 너무 가까이 지내지 말라는 말을 듣게 되는 것으로 이러한 나르시시즘을 손상시킬 수 있는 현실적인 문제들이 침범하는 시점에서 나는 그곳을 떠나기로 결심한다. 물론 사회를 위해 더 큰 할 일이 있어서라는 명분을 앞세우고 있지만, 나의 眞意는 다음과 같은 독백 속에서 자신을 현전[126]시킴으로써 드러난다.

> 그래도 三年동안이나 내가정들인곳을 그만 一朝에작별하엿구나…… .OS는 내가어려서 배호든어미학교요……또는내가 가장사랑하는B君이 있는곳이다……여러학생들도 나를 그러케 사랑하여주는데……내가남을인도할만한資格은 업지만은……남을敎育한다는者가떠날때에 간다는말한마대도 안이하엿으니 내도리도 안되엿거니와……너무 薄情하다!……요다음 정거장에서 나려서 다시 OS로갓다가 作別을하고 가는 것이 合當하겟다……아니…그럿지안타……나는언제던지 **나의나**다……[127] (강조 : 원문)

따라서 이 떠남이 나의 과거와 이 도시와의 완전한 단절을 의미하지는 않는다. 그 공간은 나에게 살아 있는 과거처럼 기능할 수 있도록, 나의 존재를 확인시켜 주는 자리에 계속 머무를 수 있도록 유지되면서 남겨진다. 그것은 B가 나에게 편지를 보낼 수 있는 정도의 거리로 유지되

---

126) 황종연(2001), 「내향적 인간의 진실」, 『비루한 것의 카니발』, 문학동네, p.133.
127) 백악(1920), 「동정의 루」, 『학지광』 20호, p.82.

고 있다.

늘 외로움을 느끼던 내가 사람들과 특별한 관계를 형성할 수 있는 때를 지속적으로 그리고 스스로 유보하고 있는 것은, 그 외로움이 물리적이고 대외적인 외로움이 아님을 말해주고 있는 것이다. OS를 떠난 이후의 이야기는 더 전개되고 있지 않지만, 나는 여기를 떠난 것처럼 새로 머물고 있는 곳에서도 오래 머무르지는 않을 것이다. 부모나 친구(나의 분신)의 죽음으로 언표화되고 있는 선험적 상실감[128]은 어디서도 채워지지 않을 것이며, 그 상실감을 채우기 위한 떠남은 소설이 계속되는 한 지속되어야 할 운명을 지니기 때문이다. 그 운명이 이 시기 소설들에서 만날 수 있는, 떠나는 자, 고백하는 자들로 하여금 절망적인 방황 속에서 휘청거리게 하며, 슬픔에 잠겨 눈물을 흘리게[129] 만드는 것이다.

존재의 모든 가치가 개인의 내면성 즉 오로지 자기 자신 속에서만 그의 가치를 지니게 됨을 어렴풋하게나마 감지하고 있던 인물들은, 자신의 동일성을 확인하기 위한 과정에서 경험하게 되는 자신의 분열을 불안과 공포감으로 형상화해 내었던 것이다. 때로 그러한 불안과 공포감을 덮어보기 위해, 우울과 병과 죽음 대신 민족과 더 큰 사회를 사랑하자는 결의로 방향을 선회하기도 하지만, 그것이 존재의 존재감을 보장해주지는 못했을 것이다. 이광수의 심연의 딜레마도 이와 다르지 않았을 것이다.

이 시기 텍스트에서 막연하게 드러나는 두려움과 공포감은 텍스트의 모티프가 되는 병적 징후들과 밀접하게 연결되고 있음[130]을 알 수 있다. 역시 막연하게 등장하는 병은 자기확립(자아각성)이라는 시대적 요구에서

---

128) Lukács, 반성완 역(1985), 『소설의 이론』, 심설당, p.47.
129) Lukács, 반성완 역(1985), 위의 책, p.111.
130) 양건식의 「슬픈 모순」(반도시론, 1918.2)은 이와 같은 소설의 내적 논리를 쉽게 읽어낼 수 있는 텍스트이다. '불안, 공포, 고통, 정신의 착란, 죽음' 등의 어휘들이 텍스트를 지배하고 있어 따로 논의가 없어도 지금까지 이 글에서 설명한 맥락으로 쉽게 접근할 수 있다.

비롯된 세계와 자아 사이의 간극, 자기 속에서의 자아분열을 나타낼 수 있는 기제였다. 이 자기구성과 자기분열의 이중성을 인식한 자기는 비로소 주체로서 거듭나게 되는데, 이때까지는 아직 이 이중성을 이성으로 자각하지는 못한 상태에서 체감만 하고 있었던 것이다. 그리하여 자기를 확립하려는 의지와 자기파괴는 갈등의 양상을 보이게 될 수밖에 없다. 이 내적 갈등이 병으로 드러났던 것이다. 이것을 단적으로 보여주는 것이 현진건의 「피 묻은 편지 몇 쪽」에서 '내'가 피를 토하면서도, 그러고 나면 깨끗한 자기 자신으로 돌아갈 것 같다고 말하는 부분이다. 내적 분열 후에 오게 될 강한 자아를 지닌 자기에 대한 기대가, 피를 토하는 물리적인, 외적 분리로 형상화되면서 그것을 깨끗한 자신을 만들어 주는 은유적 병으로 만들고 있는 것이다.

그러나 이 시기의 텍스트들이 이렇게 병을 앓고 있기 때문에, 이 시기 소설들은 근대 문학으로서의 건강성을 담보한다고 말할 수 있게 된다. 이 병은 단순히 낭만적 지진아들의 눈물 흘리는 고백이 아니라, 인간이 자기구성을 하는 과정에서 겪게 되는 존재론적인 병이기 때문이다. 자아는 자기 자신을 의식할 경우에만 존재[131]할 수 있는데, 이들은 병을 통해 자기자신을 의식하고 있었던 것이다. 그리고 생전 처음 앓게 되는 병이었기에 그 대처 방식을 알 수 없었던 이들은 꽤 오래도록 그 병에서 빠져나오지 못했던 것이다.

텍스트들은 외적 세계에 대한 낯섦과 두려움을 자살과 죽음이라는 극단적인 행동으로 대응하면서, 그리고 자기구성의 과정 속에서 경험하게 되는 자기분열과 자기파괴라는 낯설고 두려운 체험은 '병을 앓거나, 죽고 싶다, 죽을 것이다' 라는 식으로 죽음을 유보하는 방식을 선택하면서, 이 시기에 정의 범주에 왜 새롭게 '怯心'이 추가[132]될 수밖에 없었

---

131) 최문규(1995), 「자기창조와 자기파괴의 변화」, 『뷔히너와 현대문학』 8, p.155.
132) 안국선이 「공진회」에 덧붙이는 글에서 기존의 7정에 怯心을 하나 더 추가해야 한다고 말했다. 이에 대한 설명과 인용은 이 책 제3장, 2-1)의 첫 페이지에 나

는지를 스스로 증명하는, 정의 문학을 실천하였다고 할 수 있다. 이러한
정의 문학의 실천이 근대의 자기구성과 밀접하게 연결되면서, 그리고
이 밀접성에서 이 시기에 텍스트를 지배하고 있던 자기, 사랑, 우울, 공
포, 병 등은 서로 맞물리고 의존하며 보완하는 관계임이 밝혀지면서,
이 시기의 소설텍스트들은 소설사에서 새로운 의미망을 구축할 수 있
게 된다.

2) 공포의 미메시스

1910년대 중반 이후 소설 텍스트들이 보여주고 있는 죽음(자살), 막연
하게 만연한 병(고통)들은 개인으로서 경험하고 있는 세계에서 느끼는 공
포감에 대한 반응이었다. 여기에서는 앞서 살핀 이러한 공포스러운 징후
들을 텍스트 구성의 힘, 즉 텍스트의 내재적 구조원리로까지 발전시켰다
고 볼 수 있는 소설 텍스트들을 분석함으로써, 그 공포감과 두려움을 어
떻게 미메시스하고 있는지를 이야기하게 된다. 2-1) <공포로 경험되는
세계>에서 읽어 본 텍스트들이, 죽음이나 병이라는 모티프를 통해 그러
한 세계 경험의 미메시스를 부분적으로 실현하고 있다면, 본 항목에서
살펴보게 되는 텍스트는 텍스트 자체(전체)가 그러한 경험의 반응 방식으
로서 존재한다고 할 수 있다. 이것이 바로 예술 원리로서의 미메시스
(mimesis)[133]이다. 이러한 작업이 텍스트의 본질을 파악하는 것이고, 또한

와 있다.

133) 일반적으로 재현(representation) 또는 모방(imitation)이라는 의미로 사용된다.
플라톤과 아리스토텔레스에 의해 문학의 본질을 설명하는 핵심적인 개념으로
사용된 용어이다. 플라톤이 『국가』(3장, 10장)에서 목수, 화가, 작가가 모두 집
을 짓지만 목수의 집에 비하여 화가나 작가의 집은 가상에 불가하여 사물의 본
질과는 거리가 먼 헛된 모방이라고 설명하는 데는 미메시스가 이데아의 그림자
에 불과한 열등한 것이라는 의미가 내포되어 있다. 미메시스의 의미가 긍정성
을 획득한 것은 아리스토텔레스의 『시학』에서이다. 모방하는 것은 보이는 사물
자체가 아니라 사물의 배후에 숨겨진 보편적인 원리라고 하여 문학은 가치 있

양식을 규명해 내는 작업과 다르지 않다는 것을 1장에서 밝혔다.

는 것에 대한 모방 행위라고 보는 데서 적극적인 의미가 부여되었다.
경험적 현실과 예술적 형상화의 관계를 묘사하는 미메시스는 개념사가 변천함에 따라 모방과 현실을 파악하는 관점도 달라짐을 보여 준다. 문예부흥시대에 아리스토텔레스의 미메시스 개념은 재조명을 받으며 다시 의미를 얻게 되었다. 즉 이 개념은 프랑스와 독일 고전주의의 예술이론에서 (1766년 레싱의『라오콘, 회화와 문학의 차이에 관하여』, 1788년 모리츠의『미적인 것의 조형적 모방에 관하여』) 시학적 논쟁의 본질을 이루는 용어가 되었다. 그 후 이 개념은 20세기의 리얼리즘 논쟁에서 새로운 의미에 도달한다. 리얼리즘 논쟁은 루카치로부터 비롯된 반영이론에 의해 모방의 문제에 다시 주목하게 되었는데, 현실은 무엇이며 모방은 예술에서 어느 정도의 총체성을 획득할 수 있는가에 대한 물음이 논쟁의 전면에 부각되었다(김병옥·안삼환·안문영 편(2001),『도이치문학 용어사전』, 서울대학교출판부 ; 신희천·조성준 편(2001),『문학용어사전』, 청어).
미메시스를 표제로 문학연구서를 내놓은 아우에르 바흐는 문학 작품에 나타난 현실묘사를 통해 서양문학사를 스타일의 역사로 재구성하면서, 미메시스 개념을 현실해석이라는 의미로 받아들였다. 아우에르 바흐의 미메시스 개념을 보다 능동적이고 적극적으로 해석한 사람이 벤야민이다. 예술작품에서 발견되는 특징적 변화들이 인간의 경험과 지각에서 벌어진 구조적 변화를 그대로 닮고 있다는 설명으로 예술에서의 미메시스를 언급했다. 이 책에서 벤야민의 미메시스 개념을 사용하는 것은 그의 개념이 본 연구에서 문학작품을 파악하고 범주화하는 방법으로 도입한 양식과 밀접하게 관련되기 때문이다. 미메시스 개념에 반영되고 있는 현실과 예술을 바라보는 벤야민의 관점은 문학작품의 일관된 통일성으로서의 양식을 규명하면서 그 양식이 사회(당대)의 변화와도 무관하지 않음을 이야기하는 이 책의 관점과 일맥상통하는 점이다. 벤야민의 미메시스 개념을 쉽게 이해할 수 있는 진중권의 다음과 같은 설명이 있다.
"영화배우 박중훈씨가 방송에 나와 미국의 연기학교에서 겪었던 얘기를 하는 것을 들었다. 학생들에게 '파도'를 연기하라는 과제가 떨어졌다고 한다. 이때 그는 별 생각 없이 손을 움직여 곡선으로 파도가 출렁이는 모습을 그렸는데, 다른 학생들은 이와는 차원이 다른 연기를 하더란다. 즉 직접 파도가 되어 몸 전체로 바위에 부딪혀 산산히 부서지는 모습을 연기했다는 것이다. 한 사람은 손으로 파도를 그렸다. 이것이 근대미학에서 말하는 재현으로서의 '모방(imitatio)'이다. 반면 다른 이는 파도가 되었다. 이것이 바로 발터 벤야민이 암시하는 예술 원리로서의 '미메시스(mimesis)'다……그것은 카멜레온이 주위환경에 따라 색깔을 바꾸는 것과 같은 '존재론적 닮기'이다" 진중권(2000), <진중권의 벤야민 읽기 : 미메시스>,「연세대학교 대학원신문」, 2000. 9.
벤야민은 '언어가 미메시스 행위의 최고의 단계이자 가장 완벽한 기록부라고 해도 좋을 것'이라고 말한다. Benjamin, W., 반성완 역(1985),「언어의 모방적 성격」,『발터벤야민의 문예이론』, 민음사, p.318.

❶ 공포의 외화

세계에 대한 막연한 두려움을 죽음(병)에 투사하여 서사를 전개해 나가던 소설들은, 세계 혹은 삶에의 예측 불가능성, 불확실성, 모호함 그리고 거기에서 비롯되는 소외감과 낯설음을 후경으로 처리하면서도, 의미하고자 하는 것이 텍스트 전체를 응집시키는 힘으로 작용할 수 있음을 보여주게 된다. 이광수의 「할멈」과 현진건의 「할머니의 죽음」[134]이 그 예이다. 두 소설 모두 '죽음을 이야기하기 위한 죽음'이 아니라, 서사를 이끌 수 있는 소재로서 죽음을 다루면서 그 속성을 텍스트 표면 위로 떠오르게 한다. 그리하여 직접적으로 죽음을 서사적으로 동기화하는 앞의 텍스트들보다 효과적으로 삶에의 두려움에 접근하도록 만들고 있다. 즉 죽음을 통해 죽음을 이야기하는 것이 아니라, 죽음을 계기로 다른 것(삶)을 볼 수 있도록 하는 기법적 세련됨을 보여준다고 할 수 있다.

이광수의 「할멈」은 더부살이를 하고 있는 한 할머니의 평범한 하루를 보여주고 있는 단편소설이다. 상여 구경을 즐기는 할머니는 이날도 문 밖으로 들리는 상두군 소리를 좇아 나가고, 할머니가 없는 사이 젊은 집 주인 내외는 겨울이 오기 전에 고향으로 내려가겠다고 하는 할멈이 더 머물러주었으면 하는 이야기를 주고받는다. 상여 구경에서 돌아온 할머니는 주인 내외와 노마님의 만류를 거절하지 못 하고 조금 더 머무르기로 한다는 줄거리만으로는 이 텍스트는 특이한 사건도 인물도 없는 소설처럼 보이기도 한다.

이 텍스트에서는 세 가지의 질문이 제기될 수 있다. 할머니는 왜 편안한 집도, 효성스러운 자식도 없는 시골로 내려간다고 하는 것인가. 할머니가 즐겨하는 상여 구경은 할머니에게 어떤 의미인가. 할머니와 젊

---

134) 이광수, 「할멈」, 『이광수대표작 선집』, 삼중당, 1968.
　　현진건(1923), 「할머니의 죽음」, 『고향』, 일신서적출판사, 1995.

은 집주인 내외 그리고 마님은 텍스트에서 어떤 역할을 하고 있는가이다. 이 질문들은 서로 얽히면서 대답을 주고받을 수 있다.

할머니가 가겠다고 하는 시골은 할머니가 칠십여 년간 고생을 하고 살았던 고향으로 현재는 집도 자식도 없는 공간이다. 텍스트에서 '할머니 눈에 비치는 정든 산천'으로 서술되고 있듯이 그 시골은 마음의 고향의 이미지로 존재하는, 현재의 삶의 고단함을 넘어설 수 있는 그런 곳이다. 할머니가 즐겨 구경하고 행렬을 따라가곤 하는, 상여가 가는 곳이 바로 그러한 의미들을 상징한다고 볼 수 있다. 할머니는 죽기를 바라는 것은 아니지만, 그리고 죽고 싶다고 말하고 있지는 않지만, 상여가 도달하게 될 피안의 세계를 늘 마음속에 그리고 있다. 그곳은 주인 새댁이 할머니에게 '새로 사 준 고무경제화를 조심조심해 신고 어린애 모양으로 뛰어 나가'는 또 다른 세상이다. 겉으로는 좋은 사람들과 평화롭게 지내고 있는 것처럼 보이는 할머니의 현실의 삶이 녹록하지 않음을 알 수 있다.

이는 나이가 비슷한 주인 노마님(젊은 내외의 어머니)의 삶과 비교해 보면 비교적 구체적으로 이야기될 수 있다. 집안에서 아들 내외와 함께 편히 살면서 '죽은 뒤에야 무엇이 있는지 없는지' 관심은 없지만 그저 좋다고 하니 불경을 외우는 것을 소일로 한다는 주인마님은 현실에 충분히 만족하고 있기 때문에 이렇게 말하고 살 수 있는 것이다. 그러나 할멈은 현실과 다른 세계를 늘 꿈꾸어야만 한다. 그것이 현실을 살아가는 힘이 되기 때문이다. 그 꿈은 시골로 돌아간다는 말로 언표화되거나 상여구경을 하는 행동으로 나타나게 된다. 할머니가 곧 떠나야 함을 합리적으로 변명해주는 것은 '서울이 할머니의 고향보다 추워서'이다. 그래서 할머니를 더 머무르게 하려는 주인은 '옷도 해주고 이불도 주고 할' 테니 가지 말라고 한다.

그러나 할머니가 느끼는 추위는 단순히 물리적인 추위가 아니라는 것이 텍스트에서 보이는 네 명의 인물들 사이의 관계에서 포착된다. 인물

들 각각은 선하고 교양 있으며 예의를 차릴 줄 아는 사람들이기에, 주인
과 할머니 사이에 표면적인 갈등은 없다. 하지만 이미 이들의 관계는 할
머니가 고향에서 느낄 수 있었던 그런 인간관계는 아니다. 주인 내외가
정답게 말을 주고받는 장면을 보자. 대화는 끊어지지 않고 계속 이어지
고 있으나, 실상은 하나의 주제로 말이 오고 가는 것이 아니라, 서로 순
서를 기다렸다가 자기가 할 말만을 하고 있다는 것을 다음의 장면은 그
대로 전해주고 있다.

「여보오」
하고 부른다.
서방님은 책에서 눈도 안 떼고,
「응?」한다.
「할멈이 어린애야」
하고 아씨는 깔깔 웃더니,
「글쎄, 상여 나가는 구경을 뛰어나가는구려」
하고는, 또 하하 웃는다. 서방님은 웃지는 않으나, 책을 엎어 놓고 궐
련과 성냥과 재떨이를 들고 마루로 나오면서,
「시골 사람이라, 맘이 살아서……」
하고 성냥을 그어 궐련을 붙인다. 아씨는 그 말은 들은 채도 아니하고,
「글쎄 이것 바. 그저껜가도 상여를 따라가다가, 바로 저 순포막 앞에서
집에 오는 길을 잃었다는구려. 어쩌면 저기서 길을 잃소?」
서방님은 마루 끝에 걸터앉아서 다리를 흔들더니, 아씨의 말에는 대답
을 아니하고,
「여보, 저 할멈이 퍽 착하지?」[135]

할머니와 주인 아씨의 대화 역시, 바느질하던 아씨는 '고개도 안 들고
여전히 바늘을 옮기면서 대답'하고, 주인 노마님은 귀를 먹어 아씨(며느
리)가 소리를 높여 말을 해야 하는데, 그런 두 사람은 얼굴을 보지 않은

---

135) 이광수, 「할멈」, 앞의 책, p.161.

채 멀리 떨어져서 말을 주고받고 있다. 또한 마님은 담뱃대를 물고 할머니는 요강을 닦으면서 대화를 주고받게 되는 상황 설정도 의미심장하려니와, 같은 주제를 두고 하는 말이 계속 겉돌고, 어긋나고 있음에서도 할머니가 느낄 서울의 추위를 실감할 수 있다. 예전에 할머니(할멈)가 상여구경을 따라 나섰다가 길을 잃은 적이 있는데 그것을 두고, 상여구경에서 돌아온 할머니에게 주인 노마님은 다음과 같은 말을 건넨다.

> 「이번에는 길 안 잃었나?」「앙 잃었어요. 잃을가바 이번에는 따라가지 않고 앞에서서 보았는데」 하고 흐미한 순량한 듯한 눈을 껌벅껌벅하고 마당 한가운데 선다. 모두 소리를 내어 웃었다. 할멈도 영문도 모르고 웃는다. 마님은 오므라진 입으로 화로 불에 담배를 피우며, 「그래 장하던가?」「예?」 하고 할멈은 무슨 소린지 모른다. 「아니, 상여 나는 게 장하던가 말이야」「어디요 사람도 얼마 안 되고 상제도 없는 것 같애. 메고 가는 사람들만 어니어니하구, 우는 사람도 없어요. 아마 불쌍한 사람인거」……「그거 어디 볼 만한가. 소여 대여에, 칠성겹줄에, 상제가 죽 늘어서고 호상군들이 늘어서고, 그런 게라야 재미있지」 하고 마님이 할멈을 본다. 할멈은 소여, 대여, 칠성겹줄이란 말은 알아듣지도 못하고, 「아무렇게나 나가면 무엇해요? 가서 묻히면 썩어버릴걸」 하고 대접굽을 북북 문지른다. 「그래도 사람의 맘이 그런가」……「묻히기야 아무렇게나 묻히면 어떤가. 좋은 데로만 가면 그만이지」「무얼 잘했다고 좋은 데로 가기를 바라요?」 하고, 할멈은 물독에 가서 냉수를 한 그릇 퍼 먹는다……후에 마님은 염불을 외게 되는데, 그걸 좀 배워보겠다고 따라하던 할머니는 「에그, 우리는 못하겠어요. 자꾸 잊어버려서……」라고 말하며 닦던 요강을 뿍뿍 문지른다[136].

서울이 춥다고 말할 수밖에 없는 할머니는 아들과의 관계에서도 이들과의 관계보다 더 나은 점이 없다는 것을, 아씨가 남편에게 들려주는 할머니의 사연을 통해 알 수 있다.

---

136) 이광수, 「할멈」, 앞의 책, pp.161~163.

「아들이 아주 못된 놈이래요. 일은 하기 싫어하고……글쎄 양식을 다 퍼내다가 팔아먹는다는구려. 그래 서울 올 때에도 아들더러는 간단 말도 안하고 왔다는데……그러면서 한 이십리나 오도록은 연방 뒤를 돌아보았다고, 혹시나 그녀석이 따라오나 혹시나 그녀석이 따라오나 하고 행여나 따라와서 '어머니 웨 일이요, 갑시다' 하면 가려고 했노라고 그러다가, 하루 길을 다 와도 오는 기색이 없으니깐, 눈물이 나더래요……글쎄 어쩌면 자식이 그렇담, 자식도 다 쓸데 없어!」[137]

이처럼 현실 속의 인물들은 모두 파편화되어 제각각의 세계에서 살고 있는 것이다. 이것이 바로 할머니가 '서울(현재 여기)이 춥다'고 말하는 이유일 것이다. 그러나 할머니는 '간절한 만류를 얼른 거절하기 어려워' 조금 더 머무르겠다고 하며, 할머니의 현재와 일상을 상징하는 '부엌으로 들어가 불평한 빛 하나 없이 아궁이 앞에 불을 지키고 앉'는 것으로 현실을 벗어나지 못하는 모습을 보여준다. 돌아가고 싶은 고향도 그 실상은 할머니의 아들이 상징하고 있는 모습과 다르지 않을 것임을 할머니는 이미 알고 있는지도 모른다.

이광수의 「할멈」은 큰 사건이 없는 매우 짧은 소설이지만, 상여와 죽음으로 촉발된 인물들 간의 대화를 통해 사람 사이의 단절과 파편화를 형상화해 내는 데 성공하고 있다. 이것은 겉으로 드러나는 평화롭고 웃음이 있는 세계 속에서 실상은 그렇지 않은 안을 들여다보게 한다는 점에서 공포감을 형성한다고 할 수 있다. 친숙하고 친밀한 것들로 믿고 있는 것들이 그렇지 않음을 드러내게 되었을 때 느끼게 되는 낯설고 섬뜩한 것(unheimliche)으로서의 공포감 말이다.

이런 의미에서 현진건의 「할머니의 죽음」은 세계를 더 낯설게 형상화하고 있다고 말할 수 있다. '조모주 병환 위독'이라는 전보를 받고 생가로 모인 자손들이, 처음엔 걱정을 하다가 시간이 점점 흐를수록 자신들의 일상과 신변(축가는 얼굴)을 걱정하고 급기야 나중에는 얼른 돌아가시

---

137) 이광수, 「할멈」, 앞의 책, pp.160~161.

기를 바라는 마음(텍스트에서는 '모두 불언 중에 할머니의 하루바삐 끝장나기를 기다리고 있었다'는 것으로 서술되고 있다)으로 할머니의 안위를 궁금해하게 되는 모습을 보여주고 있기 때문이다. 정작 할머니의 죽음은, 모두가 자기 자리로 돌아간 후, 아무도 지켜보지 못한 채 '오전 3시 조모주 별세'라는 전보로 알려지게 되는데, 이러한 방식으로 할머니의 죽음을 알려 주는 텍스트의 결말만큼이나 할머니의 죽음을 지켜보는 사람들의 모습은 냉정하고 담담하다.

앓아 누워 계신 할머니를 손자인 '나'의 시선으로 묘사하는 데 있어, '생선의 그것 같은 흐릿한 눈자위, 환자는 담이 그르렁 그르렁 하면서, 검버섯이 어룽어룽한 뼈만 남은 손, 개개 풀린 눈동자, 뒤를 본 것이 제물에 뭉켜지고 말라붙은 데다가 뜨거운 불목에 데이어 궁둥이 언저리가 모두 벗겨졌다, 그 자리는 손바닥 넓이만치나 빨갛게 단 쇠로 지진 듯이 시커멓게 벗겨졌는데 그 위에는 하얀 테가 징그럽게 끼었고 그 가장자리는 독기를 품고 아른아른히 부르터 올라 있다'처럼 가까운 사람이나 윗사람에게는 적절하지 않은(익숙하고 친숙하지 않은) 어휘들로 그 모습을 그리고 있어, 섬뜩하고 낯선 공포감(Das Unheimliche)을 형성하게 된다.

특히 앓고 있어 정신이 혼미해진 할머니가 손자에게 자리에서 일으켜 주기를 청하는 부분에서, 금기시되어 있는 죽음과 성138)을 혼합시켜 웃음거리로 만들고 있는 장면은 불쾌감마저 조성하게 된다. 이 장면은 죽음과 성의 혼합, 할머니와 손자(나이 많은 여자와 어린 남자 혹은 근친상간적 요소)의 혼합, 죽음과 웃음의 혼합이라는 점에서 파괴적 웃음139)을 만들

---

138) Freud, 이윤기 역(1997), 「토템과 타부」, 『종교의 기원』, 열린책들.
139) 낭만주의 그로테스크 이론가 장 파울의 개념으로, 현실(reality), 지상의 것들, 전체로서 한정된 세계는 웃음에 의해 파괴된다. 웃음은 어떤 고통의 메시지를 분리하는 것이 아니라 포함한다. 왜냐하면 그로테스크가 유발하는 웃음은 자유롭지 않기 때문이다. 웃음으로 인해 기쁨을 맛보는 것 같지만 그 순간 역겨운 어떤 것이 슬며시 파고 들어온다.
    W.Kayser(1963), 『The Grotesque in art and literature』, Indiana university, p.54.

어 내고 있으며, 웃음과 공포와 혐오감이라는 상충되는 반응(양면성)의 충돌과 불균형으로 공포를 부채질하는 감정적 효과를 동반한다는 점에서 그로테스크140)하다. 구체화된 장면을 보면 다음과 같다.

　　할머니는 퀭한 눈으로 이윽히 나를 쳐다보더니 무엇을 잡을 듯이 손을 내어저으며 우는 듯한 소리로, "서방님! 제발 나를 좀 일으켜주십시오. 서방님, 제발 나를 일으켜주십시오." 라고 부르짖었다. "에그머니! 그게 무슨 말입니까? 그 애가 OO이 아닙니까. 서방님이 무엇이야요?" 중모는 바싹 할머니에게 다가들며 애처롭게 알으켜드렸다. 이때 마침 할머니가 잡수실 배즙을 가지고 들어오던 둘째 형수가 무슨 구경거리나 생긴 듯이 안방을 향하고 외쳤다. "에그, 할머니 좀 보아요! 서울 아우님더러 서방님! 서방님! 하십니다." 이 외침을 듣고 자부들은 모여들었다. 그들의 눈은 호기심에 번쩍이고 있었다. 나는 또 할머니의 청을 물리칠 수는 없었다. 그러나 할머니는 요바닥 위로 반 자를 떠나지 못하여, "아야야……" 라고 외마디 소리를 쳤다. 나는 얼른 들어올리던 손을 뺄 수밖에 없었

---

140) 그로테스크라는 용어는 대개의 문학 용어가 그러하듯이, 그 범주와 서술방식이 다양하다. 이 용어가 예술양식을 일컫는 용어로 사용되기 시작한 것은 15세기 말엽부터라고 하며, 1957년 독일 비평가 카이저(Wolfgang Kayser)가 『The Grotesque in art and literature』에서 그로테스크의 본질을 규정해 보려고 함으로써 '포괄적인 구조원리'로서 미학적 분석과 비평적 평가의 대상이 되었다. 일반적으로 웃음과 공포(혐오감)의 양면성으로 말해지는 것을 포함해서, 그로테스크는 일종의 갈등에 의존하며 본질적으로 조화롭지 못한 것이고, 심각한 일탈감과 소외감의 표현기법이라 할 수 있다. 근본적으로 양면적인 어떤 것, 대립적인 것들의 충돌로 존재의 근원적, 문제적 성격에 대한 적절한 표현으로 보려고 하는 것이 요즘 경향이다. 예술과 문학에 있어서 그로테스크한 양식이 특별히 투쟁과 격변의 혼란한 사회와 시대에 득세하는 경향을 보이는 것이 이와 무관하지 않다. 갈등, 충돌, 이질적인 것의 혼합으로 말해지는 부조화는 그로테스크의 기본 요소라 할 수 있는데, 이러한 부조화는 예술 작품 자체에서만이 아니라 작품이 유발하는 반응 속에서, 그리고 또한 예술가의 창조적 기질과 심리적 구조 속에서도 발견될 수 있다. 그로테스크를 다른 문학적 양식이나 범주들과 구별시켜 주는 두드러진 특징은 해소되지 않은 갈등이 내재한다는 사실이며, 사실적인 틀 속에서 사실적인 방식으로 제시된다는 점에서 공상의 영역과 구분된다. Philip Thomson, 김영무 역(1986), 『그로테스크』, 서울대학교출판부, pp.13~25.

다……할머니는 손을 내어밀더니 이번에는 내 조끼 단추를 붙잡아 당기었다. "왜, 이리 하십니까. 단추를 빼란 말씀입니까?" 할머니는 고개를 끄덕이었다……나는 단추 한 개를 빼었다. 그래도 할머니는 자꾸 조끼의 단추와 씨름을 마지 아니하였다. 나는 단추를 낱낱이 빼는 수밖에 없었다. 그리고 나니 그는 또 옷고름과 실랑이를 시작하였다. "옷고름을 끄를까요?" "응!" 나는 또 옷고름을 끌렀다. 끄른 뒤엔 할머니는 또 소매를 잡아당기었다. "왜 이리 하셔요?" "버, 벗어라, 답답치 않니." 여기저기서 물어 멈추려고 애쓰는 웃음이 키키 하였다. 나는 경멸과 모욕의 시선을 그에게 던졌다……여기는 쓰디쓴 눈물과 살을 저미는 슬픔이 있어야 하겠거늘 이 기막힌 광경을 조소로 맞아야 옳을까? 나는 곧 그들에게 침이라도 뱉고 싶었다. 하되 나의 마음을 냉정하게 살펴본즉 슬프다……형수들 앞에서 앞가슴을 풀어젖히라는 할머니가 민망스럽기도 하고 딱하기도 하였다. 환자를 가엾다고 생각하면서도 나의 속 어디인지 웃음이 움직인 것은 부정할 수 없는 사실이었다. 더구나 내가 젊은이 패가 모인 이웃집 방에 들어갔을 제 무슨 재미스러운 일이나 보고 온 사람 모양으로 득의 양양히 이 이야기를 하고서 허리를 분질렀다……141)

이 그로테스크한 장면은 표면적으로 상충되는 것들의 혼합을 통해 궁극적으로 그것이 불안을 생성하여 공포나 혐오의 감정으로 이끈다는 점에서 문제적이다. 이러한 감정은 억압되고 은폐되어야 하는 것이 밖으로 드러날 때 생기는 것142)인데, '할머니의 죽음'을 이야기하면서 왜 이러한 요소를 삽입시키고 있는가에 의문을 제기할 수 있을 것이다. 그로테스크는 일종의 갈등에 의존하며 본질적으로 조화롭지 못한 것이고, 심각한 일탈감과 소외감의 표현기법이라는 데서 그 대답의 실마리를 찾을 수 있을 듯하다. 즉 그로테스크는 근본적으로 양면적인 어떤 것, 대립적인 것들의 충돌로 존재의 근원적, 문제적 성격에 대한 적절한 표현

---

141) 현진건(1923), 「할머니의 죽음」, 『고향』, 일신서적출판사, 1995, pp.165~167. 염상섭도 이 장면에 주목한 글(신동욱 편(1981), 『현진건의 소설과 그 시대인식』, 새문사, pp.1~34)이 있다. 그런데 염상섭은 이 장면에서 '까닭 모를 황홀감을 받았다'고 말한다. 이 감상 역시 그로테스크하다.
142) Freud(1997), 「Das Unheimliche」, 『창조적 작가와 몽상』, 열린책들, p.105.

으로 볼 수 있다. 즉 앞 장에서 살펴 본 텍스트들에서 알 수 있듯이 일반적으로 죽음은 그 미지성 때문에 무섭고 두려운 것으로 받아들여진다.

그러나 「할머니의 죽음」에서 죽음은 그러한 속성보다는 자연스럽고 당연하게 받아들여야 할 삶의 일부로 다루어진다. 무엇보다도 죽음 자체의 고정 이미지에 기대지 않고 그 죽음을 통해 삶을 볼 수 있도록 하여 죽음과 삶이 동떨어진 세계가 아닌 것으로 보이도록 하는 효과를 낳고 있다. 정작 문제는 삶에 있다. '할머니의 죽음'이라는 같은 계기로 모인 친, 인척들이지만 할머니의 곁을 지키는 사람은 없다.

시간이 조금 흐른 후에는 자신들의 삶(일상으로 돌아가기)을 위해 할머니가 어서 돌아가셨으면 하는 마음으로 할머니의 상태를 궁금해 하게 된다. 그 마음은 '모두 불언 중에 할머니의 하루바삐 끝장나기를 기다리고 있었다'는 매우 자극적인 표현에 의해, 가장 친근한(혈육) 것 속에서 인간의 비정함을 느껴야 하는 감정의 충돌을 유발하고 있다. 이것은 억제되고 은폐되어야 할 것을 보여줌으로써 세계를 낯설고 공포스럽게 경험하게 한다. 또한 세계에 대한 이 낯선 느낌은 모두 자기 자리로 돌아간 후 듣게 되는 할머니의 부고가 아주 간단하고 가볍게 '오전 3시 조모주 별세'라는 한 줄의 전보로 전해짐으로써 글자 그대로 남의 일이 되어 버린다.

앞서 죽음과 병을 이야기하던 인물들이 자신의 자리를 찾아가는 과정에서(찾아가기 위해) 그것들과 대면하였다면, 「할머니의 죽음」은 공동체가 될 수 있는 계기를 만들면서도 그 계기 속에서 오히려 인간의 냉혹한 개인성을 드러내 보이는 양면성을 보여주어, 조화롭지 못한 세계를 위협적으로 실감할 수 있게 한다. 예술과 문학에 있어서 그로테스크한 양식이 특별히 투쟁과 격변의 혼란한 사회와 시대에 득세하는 경향을 보인다는 것, 그리고 그로테스크의 기본 요소로 말해지는 갈등, 충돌, 이질적인 것의 혼합으로서의 부조화는 해소되지 않은 갈등을 내재하고 있다[143]는 점에서 현진건의 「할머니의 죽음」의 문학사적 의미가 찾아질 수 있을 것이다.

이러한 그로테스크함을 드러내는 문학 작품이, 시대와 그 시대 속에서 살아가는 인간의 부조화와 혼란, 갈등과 충돌을 읽어낼 수 있게 한다면, 그동안 소설사(문학사)에서 크게 주목받지 못한 백대진의 소설 「과모의 루」144)는 이러한 의미를 대변하는 시대의 문제작이라 할 수 있다. 아버지 없이 어렵게 살고 있는 창수와 경애는 모자관계인데, 열 두 살된 창수의 말썽에 초점을 맞추어 이야기는 전개된다. 특별한 사건과 이유 없이 행해지는 창수의 잔인한 행동, 그리고 그런 아들에게 경애가 보이는 행동과 말이 소설 전체를 구성하고 있어, 그들이 보여주는 잔혹함, 잔인함, 소름끼치는 말과 행동들은 그대로 「과모의 루」를 규정하는 속성이 된다. 이러한 속성들은 텍스트를 그대로 보는 것이 효과적이다.

다음은 아들 창수가 낮에 동네 아이를 때린 일로 찾아온 이웃 마나님과 창수 어머니 영애의 주고받는 대화이다.

> "에그! 오늘도 우리 손자놈이 또 창수에게 얻어맞아 이마가 큰 배와 같이 부어 피가 금방 쏟아질 듯하오. 아마 무슨 몽둥이로 때렸나 봅디다. 아무리 아이들의 장난이란들……나는 끔찍해 못 보겠소" 하고 발발 떤다……경애는 창수의 어깨를 잡아끌고 "그지, 이 잡아먹을 녀석아, 너는 밥만 먹고 나가면 남의 집 아이나 때리려 돌아다니니, 어제도 어미가 무엇이고 하더냐? 이 잡아먹을 녀석아!" 하면서 경애는 허둥지둥 뛰고 있다. 창수는 남의 집 아이의 이야기나 듣는 듯이 기색이 변함 없이 휘파람

---

143) Philip Thomson, 김영무 역(1986), 『그로테스크』, 서울대학교출판부, p.28.

144) 김복순에 의해 전기적인 면에서 자세한 연구가 이루어졌다. 백대진은 평론류의 글을 발표할 때는 본명인 백대진을 사용했는데, 소설을 발표할 때는 단 한 번도 본명을 사용하지 않았다고 한다. 북한에서 출판된 단편소설집 『슬픈모순』에 포함된 「과모의 루」의 작자로 표기되어 있는 사람도 白樂天人인데, 樂天子, 白樂天子, 樂天生 등과 함께 백대진으로 추정할 수 있는 근거를 김복순이 밝혀주고 있다(pp.181~183). 작품 발표년도도 1918년에 위치시키는(p.615) 김복순의 견해를 따른다. 본 논문에서 사용한 텍스트는 김복순의 『1910년대 한국문학과 근대성』(소명, 1999)에 실려 있는 「부록 : 백대진 소설 자료」이다.

을 불고 있다. 경애는 기막힌 웃음에 노기를 더하여 방바닥에 떨어져 있
는 자를 번쩍 들어 보기좋게 뺨을 들이쳤다. (p.616)

이웃마님과 경애의 말도 예사롭지 않지만, 이런 상황에서 휘파람을
불고 있는 열 두 살 창수의 모습은 섬뜩하고 소름끼친다. 이런 일이 있
고 이튿날 창수가 하는 행동을 보자.

　판장 옆 쓰레기통 속에 난지 얼마 못 된 검둥강아지 한 마리가 새끼에
칭칭 감기여 있다. 창수는 옆에 서서 대로 활을 만들어가지고 싸리가비
에 못을 박은 것을 활에 메기고 그 개에게로 쏘려고 잔뜩 겨냥을 하고
있다. 이미 몇 대는 맞아 불쌍한 강아지의 입에서는 선혈이 솟아나오며
귀로는 검은 피가 뒤를 이어 나온다. 그 강아지는 아픔을 못 이겨 오직
칭칭 감기여 있는 새끼만 끊어버리려고 낑낑한다. 창수는 당긴 활을 들
면서 "이번에는 아주 결칭이가 꿰여지도록 쏠 테다"하면서 쏜다……창
수는 조금도 불쌍히 하는 기색이 없다. 평상은 돌부처와 같은 창수가 이
날은 큰 공이나 일 듯이 뛰놀고 있다. 피를 빨아들인 듯한 입술에는 잔인
한 미소가 물결과 같이 부동한다. (p.618)

어머니인 경애조차도 아들의 이런 행동을 보고 소름이 끼치고 무섭고
도 잔인함에 눈물을 흘리면서 타이르나, 창수는 '어느 이웃의 개가 짖나
하는 듯이 앉아 눈만 깜짝거리고 있다'. 그리고 경애가 아무리 일러도
'날마다 잔악한 짓'만 한다. 그런데 이런 창수를 혼내주려는 경애의 행
동은 더욱 이해할 수 없는 장면을 연출한다.

　경애는 얼핏 벽장 속에 있는 한척쯤 되는 단도를 꺼내여들고 창수가
못 나가도록 방문에 걸쳐앉아 "이 녀석, 내가 너더러 어제 무엇이라고 했
니. 또다시 그러면 죽여 없인다고 그랬지. 그 망나니 같은 행실을 하는
녀석은 살려둘 수가 없어. 나는 너를 죽이고 나도 죽어 없어지겠다." 하
면서 칼을 번쩍 들어 창수의 가슴에 대였다……"아무리 일러도 아니 듣
고 그런 못된 짓만 하니 전생의 무슨 업원인가. 너 이녀석아, 에미를 에
미와 같이 아니 알고 남의 집 아이나 개나 견정되게 구니 너 언제든지

그 개의 혼이 너를 못 견디게 굴고 만다." (pp.619~620)

그러나 이날 하루 집안을 떠나지 않았던 창수는 이튿날부터 다시 나가기를 시작한다. 그리고 나가기만 하면 일을 저지르는 창수는 이날 장난감 훔친 것을 경애에게 들켜 또 혼이 나게 된다. 경애의 행동도 점점 더 강도가 심해져, '어이없는 찬 웃음을 지으면서 장난감에 미친 강아지와 같이 날뛰는 창수를 휘잡아 메친 후에 벽장에 있는 단도를 가지고 와서 "이 녀석 창수야, 너 장난감을 집어온 것이지?"하고 대들었다. 오직 창수는 경애가 가지고 날뛰는 단도를 한낱 새장난감같이 보고 있다. "오늘은 기어이 너를 죽여 없애고 말겠다……아무리 하여도 너를 죽여야 내 속이 시원하겠다.'"고 한다. 그리고 또 이튿날 외출했다가 돌아온 경애는 집 안에서 사람 살리라는 소리를 듣고 들어가보니 '창수가 싱그레 웃고 있다. 그때 손에는 무엇인지 번쩍번쩍 하는 물건을 가지고' 있는데, 그것은 경애가 벽장에 감추어둔 단도였다. 경애는 혈육이지만 창수의 '미친 고양이의 눈같이 번쩍거리는 눈알, 그 랭혹한 표정'에 소름 끼쳐 한다. 그리고 노염과 슬픔에 '죽어 없어지'라고 하다가 '죽여 없애고 말겠다'고 소리 지르며 정신없이 울게 된다.

이 시기에 쓰인 소설들이, 앞에서 살펴본 것과 같이, 무서움과 두려움의 정조를 전반적으로 형성하고 있지만, 그것은 미약할지라도 서사적으로 동기가 있는 내용에서 비롯된 것이었다. 그런데 백대진의 「과모의 루」는 텍스트 자체가 존재론적으로 냉혹하고 잔혹스러움을 닮기 위해 쓰인 소설처럼 보인다. 텍스트에서 사용된 언어와 사건 그리고 분위기가 냉혹하고 잔혹스러운 세계 자체[145]가 되고 있기 때문이다. 어머니인 경애가 아들 창수에게 말을 할 때 선택되는 어휘들만 보더라도—잡아먹을, 악돌이, 망나니, 죽여 없앤다 등—이것의 효과는 '무섭고 두렵다'

---

145) Benjamin, W., 반성완 역(1985), 「언어의 모방적 성격」, 『발터벤야민의 문예이론』, 민음사, p.318.

는 말을 반복적으로 여러 번 하는 것보다 훨씬 강력하다는 것을 알 수 있다.

'공포스럽고 무섭다'는 말을 너무 직접적으로 과도하게 드러내어 오히려 그 두려움이 막연해질 수밖에 없었던, 앞 장에서 살펴보았던 소설들과의 차이점이 여기에 있다. 그것은 공포에 대하여 말하고자 하는 것과 공포를 말하는 것[146]의 차이라고 할 수 있다. 즉 앞서 살폈던 소설들은 당대에서 자신이 느끼고 있는 공포에 대해, 즉 내가 느끼는 감정에 대해 서술하고자 한다. 그것은 자기감정에 충실하라는 요구를 아주 충실히 이행하는 모습으로, 공포감이 발단이 되기는 했지만 그것에 대한 자신의 감정에 더 무게가 실리게 된다. 그리하여 이러한 소설들은 제각기 다른 이야기를 하는 듯하면서도, 결국엔 자기의 감정을 드러내기에 적합한 형식과 내용을 취할 수밖에 없었던 것이다.

그러나 공포와 닮고자 하는 「할멈」, 「할머니의 죽음」, 「과모의 루」는 다양한 사건과 모티프들로 지향하는 것에 접근하고 있다. 삶 속의 모든 요소들이 소설의 소재로 다루어질 수 있다는 가능성을 보여주는 것이다. 더구나 「할멈」과 「할머니의 죽음」은 우연히도 죽음과 할머니가 소재로 등장한다는 공통점을 지니면서도 전혀 다른 두 가지의 이야기로 형상화되어 낯선 세계를 실감하게 만들고 있다.

특히 「과모의 루」는 이러한 잔혹하고 극악함이 어른이 아닌 열 두 살의 아이를 통해 실현되면서 이 소설은 더욱 공포스럽게 된다. 순진함과 순수함을 잃어버린, 그리고 어머니의 야단과 위협마저도 '휘파람과 웃음으로' 받아넘기는 아이 창수의 모습은, 몸만 아이 형상을 하고 그 속엔 아이의 속성과 대립되는 속성을 지닌 것이 들어있는, 괴물을 연상시킨다. 서구에서 공포감을 형상화하던 악인과 괴물이 예전에는 사회의 주변부에서 움직이다가 근대에 들어오면서 인간 가까이로 내려와 역동적

---

146) Moretti, F., 조형준 역(1997), 「공포의 변증법」, 『세계의 문학』, 1997 여름, p.257.

이고 전면적인 괴물로 구성되는 프랑켄슈타인을 낳게 되었다[147]는 프랑코 모레티의 흥미로운 논의처럼, 막연하게 떠도는 징조로 공포감을 형성하던 소설은 마침내 주변의 평범한 것들, 즉 함께 살고 있는 사람들이 주고받는 대화 속에서(「할멈」), 앓고 있는 할머니에 대한 가족들의 반응 속에서(「할머니의 죽음」), 그리고 이웃집에 살고 있는 한 아이(「과모의 루」)를 공포의 대상으로 만들어 버린 것이다.

그만큼 당대인이 느끼는 두려움과 공포감은 현실에 밀착된 감각이었다는 것을 알 수 있다. 그 공포감의 실체는 텍스트에서 충분히 검토된 것처럼 인간과 인간, 넓게는 세계와 인간 사이에서 감지되는 어쩔 수 없는 괴리감, 간극이라고 볼 수 있다. 공동체의 동일성 속에서 살아오던 인간이 그 세계에서 떨어져 나와 개인으로서의 존재감을 자각하면서 느낄 수밖에 없었던 두려움인 것이다.

나도향 「물레방아」와 「뽕」[148]을 지탱하고 있는 공포스러움은, 이 소설들이 워낙 친숙한 것들이어서 더욱 낯설게 느껴진다. 「물레방아」는 치정과 삼각관계를 내용으로 하고 있으므로 그 안에서 일어날 배신과 복수 등과 관련된 일들이 충분히 예상이 되기는 하지만, 그러한 내용뿐만 아니라, 그 내용을 표현하는 데 있어 사용되는 직설적이고 혐오스러운 표현들은 「물레방아」라는 텍스트를 매우 무시무시한 세계로 형상화하게 된다. 물론 방원의 아내가 방원을 배신하고, 주인으로 모셨던 신치규와 함께 살게 되는 데는 돈이 개입하게 되므로, 그러한 상황 자체가 냉혹한 현실을 대변한다고 말할 수도 있다. 하지만 「물레방아」에서 형성되는 공포감은 텍스트의 상황만으로는 설명될 수 없다.

우선 인물들의 부조화는 대립적인 것의 충돌로 불쾌함을 유발[149]한

---

147) Moretti, F., 조형준 역(1997), 앞의 글, p.224.
148) 나도향, 「물레방아」(1925), 「뽕」(1925), 『물레방아』, 일신서적출판사, 1994.
149) 이도 그로테스크의 한 요소이다.
　　Philip Thomson, 김영무 역(1986), 『그로테스크』, 서울대학교출판부, pp.27~28.

다. 방원의 아내는 '스물 두 살, 한참 정열에 타는 가슴으로 가장 행복스러울 나이의 젊은 여자'이고 신치규는 '오십이 반이 넘어 인생으로서 살아올 길을 다 살고서 거의거의 쇠멸의 구렁텅이를 향하여 가는 늙은이'다. 그런데 두 사람은 결합되려 하는 것이다. 또한 방원의 아내는 '새침한 얼굴이 파르족족하고 기다란 눈썹과 검푸른 두 눈 가장자리에 예쁜 입, 뾰루퉁한 뺨이며 콧날이 오뚝한데다가 후리후리한 키에 떡 벌어진 엉덩이가 아무리 보더라도 무섭게 이지적(理知的)인 동시에 또는 창부(娼婦)형으로 생긴 것'으로 묘사되고 있는데, 욕정과 돈을 좇는 것으로 그려질 여자에게서 이지적인 면이 발견될 필요는 없다. 그것은 영악하고 계산적인 것과는 다른 것이기에 스토리의 전개와도 무관하고, 텍스트 내의 어떠한 소 사건과도 연결점을 찾을 수 없다. 그래서 그 부조화의 대립에서 오는 충돌은 불쾌감을 유발한다.

　이제 인간이 세계를 느낄 수 있는, 인간과 인간 사이에서는 어떤 일이 벌어지고 있는지 보자. 다음은 방원이 신치규에게서 나가달라는 말을 들은 후, 남편의 무능함을 이야기한 아내와 싸우는 장면이다.

　　"이 육시를 하고도 남을 년! 왜 남의 마을을 글컹거리니?" "왜 사람에게 욕을 해!" "이년아 욕 좀 하면 어떠냐?" "왜 욕을 해!" 계집이 얼굴이 노래지며 대든다. "이년이 발악인가?" "누가 발악야, 계집년 하나 건사 못 하는 위인이 계집보고 욕만하고 한 게 무어야?……중략……" "이년아! 은가락지 은비녀가 그렇게 갖고 싶으냐? 이 더러운 년아." "무엇이 더러워? 너는 얼마나 정한 놈이냐!" 계집의 입 속에서는 놈 소리가 나오기 시작한다. "이년 보게! 누구더러 놈이래." 하고 손길이 계집의 낭자를 후려잡더니 그대로 집어들고 두어 번 주먹으로 등줄기를 우리었다. "이 주릿대를 안길 년!" 발길이 엉덩이를 두어 번 지르니까 계집은 그대로 거꾸러졌다가 다시 일어났다. 풀어헤뜨린 머리가 치렁치렁 끌리고 씰룩한 눈에는 독기가 섞이었다. "왜 사람을 치니? 이놈! 죽여라 죽여, 어디 죽여보아라, 이놈 나 죽고 너 죽자!" 하고 달려드는 계집을 후려쳐서 거꾸러뜨리고서 "이년이 죽으려고 기를 쓰나!" 방원이가 계집을 치는 것은 그

것이 주먹을 가지고 하는 일종의 농담이다. (p.12)

아직까지는 아내와 신치규의 음모를 눈치 채지 못 한 상황인데 이러한 싸움을 하고 있는 것이다. '육시, 더러운 년, 정한 놈, 후려잡아 집어 들고 주먹으로 우리었다, 주릿대를 안길 년, 발길이 지르니까, 죽여라, 후려쳐서 거꾸러뜨리고' 등등의 표현은 부부 사이라고 믿기지 않을 정도이다. 따라서 신치규와 아내의 관계를 알고 난 후 방원의 행동은 더 거칠어 질 수밖에 없다. 신치규와 방원 사이는 '눈깔을 부라리었다. 간을 씹어먹어도, 사지를 찢어발겨도'와 같은 표현으로 관계가 설명된다. 그리고 나서 두 사람의 싸움이 시작되는데, 방원이 신치규를 때리는 장면이다.

> 방원은 주먹으로 사정없이 닥치는 대로 들이댄다. 나중에는 주먹이 부족하여 옆에 있는 모루돌멩이를 집어서 죽어라 하고 내리친다. 그의 팔, 그의 몸에는 본능적으로 숨어 있는 잔인성이 조금도 남지 않고 그대로 나타났다. 그의 눈은 마치 펄떡펄떡 뛰는 미끼를 가로채고 앉은 승냥이나 이리와 같이 뜨거운 피를 보고 만족하다는 듯이 무섭게 번쩍거렸다. 그에게는 초자연의 무서운 힘이 그의 팔과 다리에 올라왔다……중략……방원은 더욱 힘을 주어서 눈을 딱 감고 죽어라 내리찧었다. 뼈가 돌에 맞는 소리가 살이 을크러지는 소리와 함께 픽픽하였다. 피 묻은 돌이 여기저기 흩어지고 갈갈이 찢긴 옷에는 살점이 묻얻다. (p.18)

이 일로 인해 상해죄로 감옥에서 복역을 하게 된 방원은, 석 달 후 출옥을 하여 다시 신치규와 아내가 있는 마을로 돌아온다. 그런데 그 마을 사람들은 '아무도 그를 아는 체'하지 않고, 모두들 방원을 피하며, 마치 '문둥병자'처럼 대한다. 방원은 '세상이 더욱이 차디차졌다'고 느끼고 '자기가 상상하던 것보다도 더 무정하여졌다'고 생각한다. 그래서 낮에는 산 속으로 돌아다니는 신세가 되고 밤이 되어서야 마을로 내려올 수 있다. 그렇게라도 마을에 발을 디뎌야 하는 이유는 지금은 신치규의 아내로 살고 있는 방원의 옛 아내를 죽이기 위해서이다.

돈과 욕정에 의해 드러나게 되는 인간의 욕망과 잔인함은 나도향의 「물레방아」를 사실주의, 자연주의 등으로 규정하는 역할을 했을 것이다. 그러나 이렇게 표현된 잔인함, 무시무시함은 단순히 소설의 치정 사건에만 연루된다고 보기 어렵다. 그것은 방원을 '문둥병자'처럼 대하는 마을 사람들의 태도로 짐작할 수 있는 부분이다. 즉 그러한 부당한 일(아내와 신치규의 관계)을 당하고 난 후 방원이 저지르게 되는 잔혹한 살인(결론부분)이 당대 하층민의 삶을 리얼하게 표현한 것으로 인정될 수 있는 것이라면, 마을 사람들 역시 그것을 받아들일 수 있는 분위기를 조성했어야 하는 것이다. 즉 방원을 '문둥병자'처럼 대하기보다는 오히려 동정해야 하는 것이다. 그러나 「물레방아」에서 마을사람들은 방원에게, 그리고 방원은 마을사람들에게 서로 위협적인 낯선 존재들이 되고 있다.

이와 같은 이유에서 「뽕」도 「물레방아」와 같은 맥락으로 설명될 수 있다. 인간의 사실적인 성적 욕망을 드러내고 있다는 일반적인 평가와 유기적 관계를 획득하지 못하는, 불안하고 불편한 기운이 텍스트 전체의 분위기를 압도(압박)하고 있기 때문이다. 이 낯섦은 욕망(욕정)만을 좇는 인물, 노총각 삼돌이를 보여주는 소설 전반부에서 언뜻언뜻 발견할 수 있는 그의 비열함에서부터 시작된다. 인간의 원초적인 욕망에는 선과 악의 가치가 개입될 수 없을 것이다.

그러나 「뽕」의 삼돌이는 자연과는 거리가 먼, 상당히 영악하고 비열한 인물로 그려지고 있다. 이 영악함은 자기이익을 위한 계산에서 비롯되는 것이므로 그의 욕망은 순수하게 보이지 않는다. 순수하기보다는 오히려 자기 욕망 때문에 희생하게 되는 벙어리 삼룡이와 같은 시골 노총각의 투박한 순수성을 기대하고 있었던 지평에서는 삼돌이가 보여주는 영악함이 너무도 낯설어 섬뜩함을 불러일으키기까지 한다.

안협집이 부엌으로 물을 길어가지고 들어오매 쇠죽을 쑤던 삼돌이란 머슴이 부지깽이로 불을 헤치면서, "어젯밤에는 어디 갔었습던교?" 하며 불밤송이 같은 머리에 왜수건을 질끈 동여 뒤통수에 슬쩍 질러맨 머리를 번쩍 들어 안협집을 훑어본다. "남 어데 가고 안 가고 임자가 알아 무엇할 게요?" 안협집은 별 꼴사나운 소리를 듣는다는 듯이 암상스러운 눈을 흘려보며 톡 쏴버린다. 조금이라도 염량이 있는 사람 같으면 얼굴빛이라도 변하였을 것 같으나 본시 계집의 궁둥이라면 염치없이 추근추근 쫓아다니며 음흉한 술책을 부리는 삼십이나 가까이 된 노총각 삼돌이는 도리어 비웃는 듯한 웃음을 웃으면서, "그리 성낼 게야 무엇 있습나? 어젯밤 안 쥔 심바람으로 님자 집을 갔었으니깐두루 말이지." 하고 털 벗은 송충이 모양으로 군데군데 꺼칫꺼칫하게 난 수염을 숯검정 묻은 손가락으로 두어 번 쓰다듬었다. "어젯밤에도 김창봉 아들네 사랑방에서 자고 왔습네그려." 삼돌이는 싱긋 웃는 가운데에도 남의 약점을 쥔 비겁한 즐거움이 나타났다. '무엇이 어쩌고 어째, 이 망나니 같은 놈……' 하는 말이 입 바깥까지 나왔던 안협집은 꿀꺽 다시 집어삼키면서, "남 어데 가 자든 말든 상관할 것이 무엇인고!" 하며 물동이를 이고서 다시 나갈 하니까, "흥 두구 보소. 가만 있을 줄 알았다가는……" "듣기 싫어! 별 꼬락서니를 다 보겠네." (p.25) (밑줄 필자)

위의 인용은 삼돌이가 안협집을 만나는 첫 장면이다. 전날 밤 안협집이 집에 들어오지 않았음을 알고 안협집에게 말을 건네는 데서부터 삼돌이의 '음흉한 술책'이 보인다. 즉 말을 걸면서 '부지깽이로 불을 헤치'는 것에서는, 알면서도 짐짓 모르는 체 하며 안협집을 떠보려는 듯한 삼돌이의 속마음이 보이는 듯하다. 그러면서도 무어라 대답하는지를 듣기 위해 안협집 쪽으로 시선을 돌리면서는 '쳐다보는' 것이 아니라 '훑어본다'. 이미 안협집의 대답이 궁금한 것은 아니라는 제스처이다.

따라서 그 이후에 나타나는 삼돌이의 '비웃는 듯한 웃음'과 쓰다듬을 것도 없는 수염을 '손가락으로 두어 번 쓰다듬'는 행위는 이미 자신의 내부에 어떠한 계산이 들어 있음을 가장하는 모습이라고 볼 수 있다. 그것을 서술자는 '남의 약점을 쥔 비겁한 즐거움'이라고 서술하고 있다. 그 비겁함이 '싱긋 웃는 가운데' 포착되므로 텍스트는 시작부터 불쾌감을 형성한다. 동시에, 삼십이 가까운 농촌 노총각의 이미지와 충돌하는 삼돌이가 만들어 내는 부조화는 「물레방아」에서 창부의 모습을 지녔으면서도 이지적이라고 표현되었던 '방원의 아내'를 떠올리게 한다.

　「뽕」의 삼돌이와 「물레방아」의 방원의 아내에게서 발견되는 낯설음은 텍스트 전체를 유지하게 되는 불안하게 하는 낯선(unheimliche) 분위기와 동어반복의 관계를 형성한다. 즉 텍스트 전체의 이 불안하게 하는 낯선 느낌들은 텍스트 내의 작은 사건들에서도 그대로 동일한 像을 형성하고 있는 것이다. 텍스트를 지탱하는 가장 상위의 불안감은 텍스트 초반에 삼돌이가 안협집에게 했던 "흥 두구 보소. 가만 있을 줄 알았다가는……", 이 말이 언제, 어떠한 방식으로 구체화될 것인지를 지연시키는 방식으로 형성된다. 그 지연되는 큰 서사틀 안에서도 삼돌이와 안협집의 만남의 계기가 계속 만들어지면서 불안감은 유지될 수 있다. 또한 중간 중간의 작은 사건들도 불안감을 조성하기는 마찬가지이다. 안협집과 남편 김삼보의 관계를 보자. 노름꾼인 남편 삼보가 한 달만에 집에 돌아와 아내와 주고받는 대화이다.

　　"이번에는 얼마나 땄습노?" 하고, 포르께한 눈을 사르르 내려뜬다. "딴게 뭔가, 밑천까지 올렸네." 삼보는 목 뒤를 쓰다듬으며 입맛을 다신다. 그러면 안협집은 전에 없던 바가지를 긁으며, "×알 두 쪽을 달구서 그래 계집만두 못하다는 말요." 하고서, 할 말 못 할 말을 불어서 풀을 잔뜩 죽여 놓은 뒤에는 혹시 서방이 알면 경이 내릴까 하여 노자랑 밑천 푼을 주어서 배송을 낸다. 그러면 울며 겨자먹기로 삼보는 혼자 한숨을 쉬면서, "허허, 실상 지금 세상에는 섣부른 ×알보다는 계집 편이 훨씬 나니라."하고 봇짐을 짊어지고 가버린다. (p.28)

　남편의 행동이나 아내의 말은 충분히 더 갈등을 만드는 상황으로 서사를 진행시킬 수 있음에도 불구하고 갈등은 발생하지 않는다. 갈등이 생겨야 할 곳에서 아무 일이 없으므로 오히려 거기에서 발생하는 낯섦

이 텍스트를 지탱하는 힘(긴장)이 된다. 「물레방아」의 방원과 그의 아내가 싸우던 장면을 떠올리면, 같은 상황에서 정 반대의 상황이 연출되고 있는 것이다. 게다가 남편의 마지막 말 '지금 세상에는 섣부른 ×알보다는 계집 편이 훨씬 나니라'를 볼 때 남편은 아내의 행실을 전혀 모르고 있는 것 같지도 않다. 오히려 아내의 행동을 방조하고 부추기는 것 같기도 하다. 그러기에 이 텍스트는 뭔가를 자꾸 지연시키고 있다는 느낌을 주게 되고, 거기에서 비롯되는 불안감 혹은 기묘함은 점점 누적될 수밖에 없다.

삼돌이가 안협집에게 품고 있는 마음은 텍스트 초반부터 끝까지 계속 지속되면서, 그의 모든 행동은 이제 욕망보다는 한 인간에 대한 복수심과 앙심으로 전이된다. 그래서 텍스트 초반에 갖게 되는, 둘 사이에 어떠한 일이 벌어질까 하는 호기심은 두려움으로 바뀌게 된다. 그리고 삼돌이의 주인마님은 필요할 때 안협집을 불러 함께 일을 했으면서도, 안협집이 찾아가 도움을 청할 때는 자신에게 이로운 것이 삼돌이 편을 들어주는 것이라 판단하여 삼돌이를 '싸고돌게' 된다. 동네 여자들 역시 삼돌이를 '음침한 놈'이라고 부르면서도 안협집에게 호의적이지 않다. 그 이유는 표면적으로야 안협집의 행실이 좋지 않아서라고 하지만 실상은 안협집에 대해 아무런 정보를 가지고 있지 않았던, 안협집이 이 마을로 처음 이사올 때부터 이미 만들어지고 있었던 반감이었다. 그 반감은 자신들에게 이로울 것이 없다는 다음과 같은 판단에서 비롯된 것임을 알 수 있다.

처음에 안협집이 동리에 오자 그 동리 그 또래 계집들은 모두 석경을 들여다보게 되었다. 안협집이 비록 몸은 그리 귀하게 태어나지 못하였으나 인물이 남달리 고운 점이 있어, 동리 젊은 것들이 암연히 부러워도 하고 질투도 하게 되고 또는 석경 속에 비친 자기네들의 예쁘지 못한 얼굴을 쥐어뜯고 싶기도 하였으니 지금까지 '나만한 얼굴이면' 하는 자만심이 있던 젊은 계집들에게 가엾게도 자기 결함이 폭로되는 환멸을 느끼게

하기까지도 하였다. (p.27)

무엇보다도 결정적인 장면은, 아내(안협집)가 삼돌이에게 욕당할 뻔하였다는 이야기를 하면서 분함을 표출하는데, 아내에게 아무 것도 해준 것이 없는 남편(김삼보) 마저도 아내의 넋두리를 진지하게 들어주지 않는 대목이다.

> 방에 들어앉자마자 얼마나 땄느냐는 말도 물어보지 않고 삼돌이란 놈에게 욕당할 뻔하였다는 말을 넋두리하듯 이야기하였다. "사람이 분해서 죽겠구려. 이것도 모두 영감 잘못 둔 탓이야. 오죽 영감이 위엄이 없어 보이면 그 따위 녀석이 그런 짓을 할라고……영감이라고 있으나 없으나 마찬가지니, 일 년 열두 달 계집이 죽거나 살거나 버려두고 돌아만 다니니까……" 영감은 픽 웃었다. "왜 내 잘못인가? 오죽 행실을 잘 가지면 그 따위 녀석에게 그꼴을 당한담." 김삼보는 분이 나지 않는 것도 아니었다. 그러나……그 놈의 주먹도 아니 생각할 수가 없었다. 계집이 먹여살리라는 말이 없고 이혼하자는 말만 없는 것이 다행해서 서방질을 해도 눈을 감아주고 무슨 짓을 하든지 그저 코대다만 하여 주는 터이라 그런 소리가 귓전으로 들릴 뿐이다. (p.41)

앞서 남편(김삼보)의 행동이 이해되는 부분이다. 이제 창부처럼, 자기의 욕망만을 충족시키며 살아가는 것 같던 안협집이 가장 불쌍한 인물로 보이기까지 한다. 그러나 그도 자기 계산에 의해 살아가고 있음이 드러난다.

> 맞은 안협집은 당장에 죽을 것 같았다. 이리된 바에야 모두 말해버리고 저하고 갈라서면 고만이지 언제는 귀밑머리 풀고, 사주단자 보내고, 사당에 예배드린 내외야. 저는 저고 나는 난데, 왜 이렇게 때리노?……중략……이튿날 벙어리들 모양으로 말이 없이 서로 앉아 밥을 먹고, 서로 앉아 치어다보고, 서로 말만 없이 옷도 주고받아 갈아입고 하루를 더 묵어 삼보는 또 가버렸다. 안협집은 여전히 동리 집 공청 사랑에서 잠을 잤다. 누에는 따서 삼십 원씩 나눠 먹었다. (p.45)

텍스트 전체를 감싸고 있었던 불안하고 불편하고 위태로운 느낌은 '말이 없이 서로 마주 앉아 밥을 먹고, 옷을 주고받아 갈아입'는 바로 그러한 형상이 텍스트 전체를 통해 실현되고 있었기 때문이다. 표면적으로는 함께 살아가고 있는 사람들이지만 그 속에는 '저는 저고 나는 난데'라는 계산이 또아리를 틀고 있어, 언젠가는 그 또아리를 풀고 독이 잔뜩 오른 정체를 드러내리라는 불안감을 형성했던 것이다. 그것이, 여전히 공동체적 세계관이 지배적일 것이라고 기대하는 농촌을 배경으로 하고 있음에서, 그리고 아내와 남편의 관계를 지배하고 있음에서 이 소설이 주는 낯설음에의 충격은 더욱 크다고 할 수 있다.

❷ 공포의 내면화

새로운 시대에서 부르짖어졌던 자아(각성)[150]는 그 세계의 질서가 될 수 있으리라(강한 자) 기대했을 것이다. 그러나 개인으로서의 근대적 자아가 맞닥뜨린 세계에서 감지하게 되는 세계와의 거리와 부조화는 그 기대감과 합일할 수 없다는 것을 깨닫게 했던 것 같다. 그래서 그러한 앎에 대응해 가는 방식은 두려움과 공포로서, 그 공간에서 자기 자리를 찾아야 하는 개인의 분열되고 혼란스러운 모습을 보여줄 수밖에 없게 된다. 그것을 강박적인 신경증으로 드러내고 있는 소설이 「표본실의 청개구리」[151]이다. 외적으로 드러나는 공포감과 병으로 형상화되는 내적

---

150) 문학텍스트가 아닌 대표적인 글은, 최승구의 「정감적 생활의 요구」(『학지광』 3호, 1914), 「너를 혁명하라!」(『학지광』 5호, 1915)를 들 수 있다. 이 시기 문학텍스트에서는 전반적인 주제가 바로 자아(참자기) 각성이었다.

151) 「표본실의 청개구리」에 대해서는, 김윤식과 김현이 지적했던(『한국문학사』, 민음사, 1978, p.156) 번민, 광적인 울분 등이 이야기되는 수준을 크게 벗어나지 못하고 있다. 비교적 최근 연구에서도 「표본실의 청개구리」를 '문학사의 대상으로 간주하는 것은 무리'라고 하며 '다만 이 작품이 본격적인 근대문학사의 초기에 발표된 점을 감안하여 그 시기적 특성을 살피는 데서 의미를 찾아야' 한다고 말하는 논자도 있다(임규찬, 『한국 근대소설의 이념과 체계』, 태학사, 1998, p.202). 이것이 한국 근대문학 연구에 있어 현단계의 텍스트 접근 방식을 단적으로 보여주는 예이다. 이 책이 제1장에서 비판했던 것이 바로 이러한 일

불안이 서로 결합되면서 만들어지게 되는 이 텍스트는, 균형이 깨어져 통일감을 상실한 것 같은 구성으로 세계와 자기에게서 경험하게 되는 혼란함을 닮게 된다. 특히 자기분열에서 비롯되는 개인의 알 수 없는 신경과민증은 이 텍스트에서 절정에 달하고 있다.

상충되는 반응(양면성)의 충돌, 불균형을 통해 유쾌하지 않은 감정적 효과를 유발한다는 점은 앞서 살핀 텍스트들에서 이미 언급되었던 공통점이다. 우선 이 작품에 등장하는 '청개구리'는, '아무 곳으로 치닫고 뛰어오르다 자빠지곤(사설시조)'하여 웃음을 자아내던 한국문학의 전통적 이미지와 상당히 멀어지게 된다. 청개구리는 표본실 해부대 위에 고정되어 있으면서, 아무 곳에서 출현하는 광인 김창억의 존재와 오버랩 되어 작품 전체를 지배하는 기묘한 이미지를 만들어내는 데 일조하고 있다. 이 텍스트를 읽으면서 가장 먼저 의문을 갖게 되는 것이 아마도 작품의 제목과 내용의 상관성일 것이다. 내용상으로 비중이 크게 느껴지는 광인 김창억과 표본실에 누워 있는 청개구리와의 관계를 어떻게 이해할 것인가가 이 작품을 이해하는 중요한 요소이기도 하다.

우선 김창억으로 형상화된 이 광기의 모티프에 접근해 보자. 광기는, 일반적으로 수용되고 평가 받는 관념들과는 또 다른 시선으로 세계를 바라볼 수 있게 해 준다는 점에서 모든 그로테스크의 중요한 특징이 되는 모티프이다. 일반적으로 광기가 부풀려지고 과장된 모습 속에서 나타나는 독특한 웃음의 원리[152]로 재생과 생성의 힘이 되었던 것과 달리, 「표본실의 청개구리」에서 광인 김창억의 모습은 고립된 개인의 음울하고 비극적인 색조를 띠고 있다는 점에서 낭만주의 그로테스크[153]의 특

반적 경향이다.

152) 바흐친은 이를 그로테스크적 리얼리즘이라 부르고 있다. 그리고 그러한 웃음을 카니발적 웃음이라고 부른다.
Bakhtin, M., 이덕형 역(2001),『프랑수아 라블레의 작품과 중세 및 르네상스의 민중문화』, 아카넷.
153) 낭만주의 그로테스크 개념을 설명하기 위해서는 먼저 그로테스크의 개념부터

징을 보여준다고 할 수 있다.

　먼저 나와 친구들이 김창억을 방문하여 문답을 하는 장면을 보면 매우 기묘한 상황이 연출되고 있음을 알 수 있다. 나의 친구들은 조롱하듯이 장난스럽게 말을 던지고 김창억은 이러한 상황에 걸맞은 대답을 하는 듯하지만 실은 진지하고 현학적인 어투에 상당히 무거운 내용의 말을 하고 있는 것이다. 그리고 이들 사이의 대화에도 웃음은 있지만, 그 웃음은 유쾌하지도 않을 뿐더러 빈정거림의 형식으로 수용되고 있다. 그래서 웃음은 그 원리의 긍정적이고 재생적인 힘을 상실하게 된다.

　웃음과 불유쾌함이 공존하는 것, 이것이 바로 텍스트 「표본실의 청개

정리할 필요가 있겠다. 그로테스크(grotesqe)는 현대 문학 특유의 현상은 아니다. 18세기적 이해는 19세기의 용법과 현저히 다르며, 현대적인 용법 또한 모두 같지는 않다. 서구에서는 로마문화의 초기 기독교 시대로까지 거슬러 올라가는 예술양식이며, 이 시기에는 하나의 그림 속에 인간적 요소와 동식물적 요소들이 정교하게 한데 얽혀 결합된 양식이 발전했었다. 독일에서는 미술사가 쿠르티우스(L. Curtius)가 이질적인 요소들이 한데 섞여 식물, 동물, 인간, 건축 형식이 얽혀 있다는 점을 주요 특징으로 논의했으며, 이러한 혼합 형식이 기괴하면서도 우스꽝스럽다는 점에 주목하였다. 불어로는 끄로떼스끄(crotesque)라는 말이 1532년에 쓰였고, 영어에서는 1640년 무렵 그로테스크(grotesqe)로 대치되었다. 그로테스크라는 말을 문학과 비미술 분야로까지 확대시키게 된 것은 프랑스의 경우 16세기경이었고, 영국과 독일의 경우 18세기에 와서 그로테스크는 더 확대된 의미를 갖게 되었다. 그로테스크가 미학적 분석과 비평적 평가의 대상이 된 것은 볼프강 카이저가 『The Grotesque in art and literature』를 출간하면서인데, 현대 미학에서 가장 일반적으로 받아들여지고 있는 경향은 그로테스크를 근본적으로 양면적인 어떤 것으로, 대립적인 것들의 격렬한 충돌로, 그리하여 형태들에서 존재의 근원적, 문제적 성격에 대한 적절한 표현으로 보려한다는 개념이다. 이 글에서도 그로테스크라는 용어를 사용할 때 이 개념을 염두에 두었다. 낭만주의 그로테스크 개념은 예전부터 있었던 그로테스크 개념과 구분하면서 슐레겔과 장 파울에 의해 이론화된 것이다. 슐레겔과 장 파울의 개념은 이 책 제3장, 2−1) <공포로 경험되는 세계>에서 설명하였다.
Bakhtin, M., 이덕형, 최건영 역(2001), 『프랑수아 라블레의 작품과 중세 및 르네상스의 민중문화』, 아카넷, pp.72~86.
Schlegel, F., 지명렬 역(1975), 「시와의 대화」, 『독일낭만주의 연구』, 일지사, pp.106~176.
W. Kayser(1963), 『The Grotesque in art and literature』, Indiana university press, pp.48~56.

구리」의 기묘함이며, 그로테스크함을 이야기할 수 있는 단적인 계기를 드러내는 부분이다. 김창억은 뭔가 세상(현실)을 내려다보며 대단한 일을 할 수 있는 비범한 사람처럼 보이지만, 그의 웃음이 긍정적이고 재생적인 힘을 갖지 못 하는 것처럼, 그 역시 현실을 뛰어넘을 수 있는 어떠한 일도 하지 못 한다. 그저 낯선 세계에 방황하는 당대인들의 상상 속에서만 소문으로, 꿈처럼, 희망처럼 살 수 있을 뿐이다. 그래서 현실에 발붙이고 살고 있는 사람들(화자를 포함한 당대인들)의 분열된 자아의 한 모습으로 보이기도 한다.

세계 전체는 무엇인가 낯설고, 두려우며, 입증될 수 없는 것으로 변모하게 되는데, 이 때 세계 내 존재는 서 있을 수 있는 기반을 상실하고, 현기증을 느끼게 된다. 자신의 주변에서 안정된 것은 아무 것도 발견할 수가 없기 때문이다. 그래서 「표본실의 청개구리」에서 만나게 되는 웃음은, 재생과 갱신의 힘을 상실한, 그래서 즐겁지 못 하고, 음울하며 위축되는 파괴적 유머(The annihilating idea of humor)154)의 우울한 성격을 드러내게 된다. 이 파괴적 웃음의 본질적인 부분은(세계관) 궁극적으로 불확정성, 즉 부재하는 신에 대한 인식에 있다155)고 볼 수 있다. 이것은

---

154) 장 파울은 『미학입문』에서 '파괴적 유머(The annihilating idea of humor)'라는 용어로 그로테스크적인 웃음의 보편적 성격을 이해한다. 파괴적 유머는 현실의 개별적이고 부정적인 현상이 아니라, 모든 현실, 총체적이고 완결된 세계 전체에 초점을 맞추고 있는데, 그 자체로 완결된 모든 것은 유머에 의해 파괴되고 만다. 장 파울은 유머의 이러한 급진적 성격을 강조하고 있는 것이다. 세계 전체는 유머에 의해 무엇인가 낯설고, 두려우며, 입증될 수 없는 것으로 변모하게 되는데, 이 때 우리는 서 있을 수 있는 기반을 상실하고, 현기증을 느끼게 된다. 자신의 주변에서 안정된 것은 아무 것도 발견할 수가 없기 때문이다. 그의 이론적 개념은 재생과 갱신의 힘을 상실한, 그래서 즐겁지 못 하고, 음울한, 축소된 웃음(유머)만을 다루고 있을 뿐이며 파괴적 유머의 우울한 성격을 강조하고 있다. 장 파울은 이러한 웃음의 원리를 고찰하여 그로테스크를 유머에 의해 파괴된 모든 완결된 것의 한계로부터 순수한 정신적 영역으로 나아가는 출구로 간주하고 있다. 카이저는 장 파울의 이러한 고찰에서 본질적인 부분은(세계관) 궁극적으로 불확정성(부재하는 신에 대한 인식)에 있다고 본다. W. Kayser(1963), 『The Grotesque in art and literature』, Indiana university, pp.54~56.

김창억과의 만남 후 집으로 돌아오는 기차 속에서 내가 형에게 보내는 편지 내용에서도 볼 수 있는 내용이다. 그래서 이 편지는 당대의 사람들이 세계에 대해 일반적으로 가지고 있던 생각을 그대로 전해주는 의미 심장함을 지니게 된다.

> 무엇이라고 썼으면 지금 나의 이 심정을 가장 천명히 형에게 전할 수 있을까! 큰 경이가 있은 뒤에는 큰 공포와 큰 침통과 큰 애수가 있다 할 지경이면 지금 나의 조자(調子)를 잃은 심장의 간헐적 고통은 반드시 그것이 아니면 아닐 것이고……인생의 진실된 일면을 추켜들고 거침없이 육박하여 올 때 전령(全靈)을 에워싸는 것은 경악의 전율이요, 그리고 한없는 고민이요, 샘솟는 연민의 눈물이요, 가슴이 저린 애수요……그 다음에 남는 것은 미치게 기쁜 통쾌요……삼원 오십전으로 삼층집을 짓고 유유자적하는 실신자(失神者)를—아니오, 아니오, 자유민을 이 눈앞에 놓고 볼제 나는 놀라지 않을 수가 없었소. 현대의 모든 병적 다크 사이드를 기름 가마에 몰아 넣고 전축하여 최후에 가마 밑에 졸아 붙은 오치의 환약이 바지직 바지직 타는 것 같기도 하고 우리의 욕구를 홀로 구현한 승리자 같기도 하여 보입디다……나는 암만 하여도 남의 일같이 생각할 수 없습디다.156)

그런데 자유롭고 총체적인 무언가를 희구하는 듯한 '나'도, 텍스트 어디에서도 친구들이나 김창억과의 관계에서 조화, 화합, 교류 등을 위해 애쓰지 않는다. '나'는 김창억을 관찰하는 위치에 있으므로 그(김창억)와는 다른 사람 같지만, 실은 나 역시 고립된 개인의 음울하고 비극적인 양상을 드러내는 인물로 비춰진다. 왜냐하면 내가 느끼는 공포와 침통과 애수, 경악의 전율과 연민의 눈물은, 김창억과 나와 친구들의 관계로 상징되고 있는, 마주하고 있으면서도 전혀 소통할 수 없었던 바로 그 세계에 대한 눈물157)이며, 동시에 '남의 일같이 생각할 수 없'는 김창억에

---

155) W. Kayser(1963), 『The Grotesque in art and literature』, Indiana university, p.56.
156) 염상섭(1921), 「표본실의 청개구리」, 『염상섭전집 9』, 민음사, 1987, p.30.
157) 서영채는 이를 두고 「표본실의 청개구리」의 주인공이 환멸의 내면을 만들어

투사된 자신을 향해 흘리는 눈물이기 때문이다.

그 세계(현실과 자신의 내부)는 '잿빛의 납덩어리를 가슴에 얹은 듯한', '음산한 방 속은 무겁고 울적한 나의 가슴을 더욱더 질식하게 하는', '사방 팔방을 멍석을 꼭 틀어박은 괴물' 같은 세계이며, '인생의 전국면을 평면적으로 부감한 것 같은 생각이 머리에 떠오르는 동시에 무거운 공포가 머리를 누르는 것 같은'158) 세계이다. 따라서 「표본실의 청개구리」에서 '해부대 위의 청개구리', '광인 김창억', '언덕 위의 괴물 같은 일간두옥', '떼도 안 입힌 새무덤' 등등이 만들어 내는 낯설고 기묘한 이미지들은 내가 직면하고 있는 세계에 대한 이미지라고 할 수 있다. 이 이미지들은 습관적이고, 일상적이며, 진부하고, 익숙하며 일반적으로 용인될 수 있는 것들이 무의미하고 의심스러운 것이 되어, 자기의 세계가 갑자기 낯선 타자의 세계로 변모159)하면서 느끼게 되는 공포, 단절감, 낯섦, 음울함, 음산함을 환기시키게 된다.

이 세계는 개체와 전체가 조화와 통일을 이룰 수 있는 힘이 상실된, 무섭고 낯선 세계이다. '나'는 이 세계와 존재의 분리를 체감하고 있는 것이며, 동시에 자신의 내부에 존재하는, 김창억의 모습으로 그려지는 꿈꾸는 자아가 실은 조롱거리밖에 되지 않으며, 소문(상상)으로 존재할 수밖에 없는 허상이라는 것을 감지하고 있다. 이 경험은 너무나 두렵기 때문에 말로 표현되지 못 하며, 아니 오히려 말로는 '우리 욕구를 구현한 승리자'라고 하면서, 면도날로 손목을 베어 버릴 것 같은 강박신경증을 드러내어 말하는 자기와 또 다른 자기의 분열적 징후들을 내 보일 수밖에 없었던 것이다.

「표본실의 청개구리」에서 '내'가 보여주고 있는 강박적인 신경 불안

내고 있다고 말한다. 서영채(1998), 「염상섭 초기문학의 성격에 대한 한 고찰」, 『염상섭 문학의 재조명』, 문학사와 비평연구회, 새미, p.48.

158) 염상섭(1921), 「표본실의 청개구리」, 앞의 책, p.47.

159) Bakhtin, M.(2001), 『프랑수아 라블레의 작품과 중세 및 르네상스의 민중문화』, 아카넷, p.75.

증과 같이, 세계와 자아 사이에서 그리고 자기분열의 틈새에서 생성된 병들은, 공포감을 채우고 있었던 즉 그 공포감과 두려움의 미메시스라는 것을 알 수 있다. 이 알 수 없는 병은 病因이 되었던 공포감의 발원지 즉 자기 자신의 일부분(또 다른 자기)을 분리(죽임)하면서 회복의 가능성160)을 보여주게 된다. 김동인의 「약한자의 슬픔」, 나도향의 「자기를 찾기 전」과 「꿈」161)이 바로 그러한 텍스트들이다. 이들 텍스트들에서 인물들은 자기공개(고백)를 핵심으로 하면서 과거의 자기와의 결별을 의미하는 행위들, 즉 자기 스스로를 벌하고 자기를 거부하고 자기로부터의 탈출을 특징으로 하는 양상을 나타내게 된다. 그 과정을 통해 무서움과 두려움이 극복되기를 희구하는 것이다.

세 소설은 모두 이성에 대한 사랑과 자식에 대한 사랑을 다루면서 자기를 회복하는 과정을 보여주고 있다. 그런데 특징적인 것은 소설 모두 그 과정에서 자기의 죽음과도 같은 죽음을 경험하게 된다는 것이다. 그 경험은 무시무시하고 공포스러운 장면으로 제시된다. 「약한 자의 슬픔」에서 남작의 아이를 임신한 엘리자베트가 남작의 집에서 나와 시골 오촌 아주머니 댁으로 온 후 병을 앓으며 보여주는 모습이다.

> 엘리자베트는 일어나서 요강을 모기장 밖에서 들여왔다. 한참 타고 있다가 「악」 소리를 내고 그는 엎어졌다. 가슴은 뛰놀고 숨도 씩씩하여졌다. 마음은 무한 설렁거렸다. 맥도 푹 났다. 한참 엎디어 있다가 그는 생각난 듯이 벌떡 일어나서 요강을 내어놓고 번갯불과 같이 빨리 그 속에 손을 넣어서 주먹만한 핏덩이를 하나 꺼내었다. 「내 것!」 그의 머리에 번갯불과 같이 이 생각이 지나갔다. 그의 머리에는 모순된 두 가지 생각이

---

160) 루카치는 이러한 상태를 내면적인 성숙이라고 보며, 이것을 가능하게 한 것이 환멸의 체험이라고 본다. 이러한 논리로 「표본실의 청개구리」에서 환멸을 이야기하고 있는 것이 서영채의 「염상섭 초기문학의 성격에 대한 한 고찰」(『염상섭 문학의 재조명』, 새미, pp.48~49)이다.
161) 김동인(1919), 「약한 자의 슬픔」, 『창조』 창간호.
　　 나도향, 「자기를 찾기 전」(1924), 「꿈」(1925), 『물레방아』, 일신서적출판사, 1994.

일어났다. 「내 것!」 참자식에 대한 사랑이 그 핏덩이에게 일어났다. 「이것 때문에……」 그는 그 핏덩이에 대하여 무한한 미움이 일어났다. 「이것도 저 아니꼬운 남작으 것, 나는 이것 때문에….」 이 두 가지 생각의 반사작용으로 그는 핏덩이를 힘껏 단단히 쥐었다—거기는 미움이 있고 사랑이 있었다—그는 그 핏덩이를 씹어먹고 싶었다—거기도 미움이 있고 사랑이 있었다. 그것을 쥔 채로 드러누웠다……<중략>……이튿날 아침 엘리자베트에게 어젯밤 변동을 듣고 눈이 둥그래져서 그 핏덩이를 들여다보며 오촌모는 지껄였다. 엘리자베트는 탁 그 핏덩이를 빼앗아서 이불 아래 감춘 뒤에 낯을 붉히여 이유없이 씩 웃었다. 「어떻든 네 속은 시원하겠다. 밤낮 떨어지면 아더니……」 오촌모는 비웃는 듯이 입살을 주었다……엘리자베트는 억지로 입과 눈으로만 일순간의 웃음을 웃은 뒤에 곧 낯을 도로 쭉 폈다……「역시 가련한 것이로구나!」 그는 속으로 고함을 쳤다. 「그것도 내 것이 아니냐!?」 어머니가 자식에게 가지는 육친의 정다움이 엘리자베트의 마음에 일어났다. 그는 몰래 손을 더듬어서 겁적겁적하고 흐늘거리는 그 핏덩이를 만져 보았다. 「어디가 응덩이구 어디가 머리 편인고?」 그는 손가락으로 핏덩이를 두드리고 쓸어주고 있었다. 차디찬 핏덩이에서도 엘리자베트는 다스한 맛이 올라오는 것을 깨달았다. 「사람이란 이런 것이로다!」 (pp.17~19)

이환에 대한 짝사랑과 남작과의 부적절한 관계에서 경험하게 되는 배신감을 줄거리로 하고 있는 텍스트에 왜 이런 끔직한 장면이 삽입되었는지를 물어야 할 것162)이다. 그런데 그 해답의 핵심은 이미 모두 엘리자베스의 독백(인용부분)에 의해 제시되고 있어, 의외로 쉽게 이 질문에 접근할 수 있다. 유산한 핏덩이를 손으로 잡으면서 엘리자베스가 '내 것!'을 계속 반복하는 모습, 그것에 대하여 무한한 사랑과 또한 무한한

---

162) 이러한 것을 묻는 행위가 바로 한국 근대문학 연구의 반성과 새로운 모색이 되면서, 텍스트 「약한 자의 슬픔」의 본질에 접근해 가는 하나의 방식이 될 수 있을 것이다. 이러한 작업을 하지 않게 될 때, 엘리자베스는 '저급한 사랑의 주인공'으로 읽힐 수밖에 없으며, 그의 내적 변화는 '갑작스럽고 부자연스러운 것'으로 해석(장수익(1997), 「한국 근대소설의 형성과 시점에 관한 시론」, 『한국 근대문학 연구의 반성과 새로운 모색』, 새미, p.71)될 수밖에 없다.

미움이 일어난다고 하는 부분은, 자식은 부모의 일부라는 시쳇말을 넘어서는, 자기 자신에게로 향하고 있는 말이라고 할 수 있다.

이러한 자기공개(고백)의 핵심은 과거의 자기와 결별을 의미하는 것163)이기 때문에, '그는 그 핏덩이를 씹어먹고 싶었다'와 같이 스스로를 벌하고 자기를 거부하는 모습을 보여주게 된다. 그러나 엘리자베스는 '거기에도 미움이 있었고 사랑이 있었다'라는 말을 하지 않을 수 없다. '가련한 것'이지만 그래서 밉지만 '그것도 내 것'이기 때문이다. 씹어먹어 버리고 싶을 만큼 거부감과 부끄러움을 느끼게 하는 그 모습도 결국은 자기 자신(의 일부)이라는 것을 엘리자베스는 본능적으로 보여주게 된다. 그것은 오촌모가 들여다보는 핏덩이를 빼앗아 이불 아래 감추는 행위에서 잘 나타나고 있다. 부끄러워하면서도 보호하는 것이며, 미우면서도 사랑할 수밖에 없는 것이다. 타인(오촌모)은 그것을 비웃지만, 자기 자신은(자기 자신만이) '손을 더듬어서 만져주고, 두드리고, 쓸어' 주면서 미워해야 할 자신의 일부('차디찬 핏덩이')에서 '다스한 맛이 올라오는 것'을, 느끼는 것이 아니라 '깨닫고 있는' 것이다.

엘리자베스가 유산을 겪으면서 경험하게 되는 자신에 대한 깨달음은 이 장면 후에 '지난 일은 다 꿈이다, 꿈이야! 잊구 말아라'라고 외치며, 이제는 자신이 '약한 것을 자각한 강한 자'라고 스스로를 규정하는 장면으로 이어지게 된다. 매우 당연하고 자연스러운 귀결164)이라고 할 수 있겠다. 거부하고 싶은 무섭고 공포스러운 유산의 아픔(일종의 병)을 통해, 즉 자신의 분리를 통해 혼돈 속에 있던 한 사람은 자기를 자각하는 개인이 되어 자기 자신에게로 돌아가고 있는 것165)이다.

---

163) Foucault, M., 이희원 역(1997), 『자기의 테크놀로지』, 동문선, p.77.

164) 텍스트의 한 장면을 텍스트 전체와 유기적인 관계에서 파악하고자 하는 시도가 없을 때, 엘리자베스의 행위는 '저급한 사고에서 갑작스러운 비약을 통해 추상적 주제로 갑자기 나아가는', '자연스럽지 못한' 것(장수익, 「한국 근대소설의 형성과 시점에 관한 시론」, 『한국 근대문학 연구의 반성과 새로운 모색』, 새미, 1997, p.71)으로 보이게 된다.

나도향의 「자기를 찾기 전」에서는, 앞에서 살펴 본 소설들이 주로 자신이 병에 걸려 고통스러워하다가 회복의 가능성을 찾기 위해 방황한다는 내용과 달리, 앓고 있는 아들을 지켜보면서 고통스러워하는 과정 속에서 자기 자신을 찾게 되는 수님의 이야기를 다루고 있다. 결혼의 절차 없이 아이를 갖고, 잃는 구조는 김동인의 「약한자의 슬픔」에서의 엘리자베스와 같다. 준비 없이 갑자기 밀어닥친, 자기를 자각하고 그 사이에서 경험해야 했던 자기분열의 고통과 공포가, 처녀의 몸으로 임신과 유산(아들의 죽음)을 경험하는 것으로 형상화된 것이라고 볼 수 있다.

결혼을 하지 않은 채 생활비를 대어 주는 식으로 집을 드나들던 아이(모세)의 아버지는 방앗간 직공 감독이었는데, 얼마 전 방앗간 공금을 횡령하여 도망을 간 상태이다. 대외적으로 내세울 수 있는 아버지 없이 그렇게 기르고 있는 수님의 아이는 지금 '헛소리를 하더니 두 눈을 허옇게 뒤집어쓰고서 제 얼굴을 제 손으로 쥐어뜯'으며 앓고 있다. 그런 아이를 지키면서 수님은 아이의 아버지가 돌아올 것이란 믿음을 버리지 않고 있는데, 아이는 그만 죽고 만다. 아들이 죽고 난 후 잠시 모습을 드러낸 아이의 아버지는 수님으로부터 아들이 죽었다는 이야기를 듣게 되는데, 그 반응은 냉혹하기 그지없다.

수님의 가슴은 죄지은 사람모양으로 떨리고 할 말 없기도 하고 또는 오래간만에 모세 아버지를 만나내 반가웁기도 하여 소에 잇는 모든 감정이 실 엉키듯 엉키어 순서를 차려먹었던 마음을 다 말할 수 없고 다만

---

165) 본문과 같이 밝혀진 엘리자베스를 두고, 그가 과연 '개인으로서의 근대적 성격과 내용'을 가지는지를 의심하고 부정하며, 작품 말미에서 엘리자베스가 부르짖는 '강함과 사랑'은 '도무지 이해하기 힘든 추상성을 낳고 만다'고 결론짓는 논의(임규찬(1998), 『한국 근대소설의 이념과 체계』, 태학사, p.183)도 있다. 김윤식과 김현은 『한국문학사』(민음사, 1978)에서는 이 작품을 문학사에 편입시키지 않았었는데, 『한국소설사』(예하, 1993)에 와서는 「마음이 옅은 자여」와 「약한 자의 슬픔」에 비교적 많은 지면을 할애하고 있다. 그러나 작품의 의의는 시점과 고백체 도입을 설명하는 수준에서 이야기된다.

울음으로써 그 모든 것을 애소도 하고 진정도 하는 수밖에는 없었다. 모세 아버지란 사람은 조금 창피함을 깨달은 듯이 골목 으슥한 곳으로 들어서며 검은 얼굴에 조금 더러운 웃을 나타내며, "모두 다 너 때문이다." 하며 멸시하듯 수님이를 보더니, "내가 오늘 이렇게 밤중에 골목으로만 다니게 된 것도 너 때문요, 남의 눈을 속이고 다니게 된 것도 다 너 때문이었다. 그러나 그대로 자식 생각을 하고서 서울 온 뒤 날마다 너의 집 앞에 와서 소식이나 들으려 하였더니, 모세가 죽었다니 이제는 너와는 영 이별인줄 알어라……" (p.115)

친밀하던 것들이 갑자기 낯설게 변하면서 고통스러움을 배가시키는 기능을 한다는 점에서, 김동인의 「약한 자의 슬픔」에서 남작이 보여주던 모습과 모세 아버지는 많이 닮아 있다. 이것은 엘리자베스나 수님이 자각하게 되는, 돌연히 낯설고 두려워지는 세계를 형상화한 것이라고 할 수 있다. 익숙하던 것들에서 멀어질 때, 세계―아들, 남편, 목사로 대변되는 세계―속에서 개인으로 떨어져 나올 때, 우리는 가장 먼저 공포스러움을 느낄 수밖에 없는 것이다. 그리고 그 공포스러움을 채우게 되는 것은 고통스러운 내면이라는 것도 우리는 이미 알고 있다. 아이의 죽음과 아이 아버지의 떠남에서 연유하는 고통은 세상에서 혼자임을 감당해야 하는 두려움(공포)과 결국 같은 내면을 보여주는 다른 방식이라는 것을 알 수 있다. 즉 고통과 공포는 모두 내면의 다른 이름이었던 것이다. 그 과정을 통해 수님은 다음과 같은 깨달음에 이르게 된다.

모세 아버지는 수님을 뿌리치고 저쪽으로 가버리고 수님이는 눈 위에 엎드러져 운다. 수님이는 한참 울다 일어났다. 그의 눈에는 다시 목사의 상여가 보이고 어린애의 주검이 보이었다. 그리고 혼자 머리를 쥐어 뜯으며 "아, 나에게는 예수도 없고 병원도 없고 모세 아버지도 없고 아무 것도 없다." 하고는 다시 공중을 우러러보며, "모세 아버지도 갔다. 나에게는 아무것도 없다." 소리를 지르고 사면을 돌아다볼 때 하얀 눈 위에 밝은 달이 차디차게 비치었는데 고요한 침묵으로 둘린 가운데 다만 자기 혼자 외로이 서 있는 것을 깨달았다. 그가 그렇게 분명히 그렇게 외로운 가운데서 자기를 찾아내기는 지금이 자기 일생에 처음이었다.
(pp.116~117)

수님의 세계의 전부였던 아들과 아들의 아버지 그리고 목사(하느님)가
모두 떠난 후에야 '외로운 가운데서 자기를 일생에 처음 찾아'내고 있는
것이다. 고통스러운 내면이 자기를 발견하게 한다고 했을 때, 결핍은 그
고통스러움을 느끼게 해주는 요소이다. 세계와 분리되기 전에는 그 결
핍을 자각할 수 없다. 즉 내면을 형성할 수 있는 결핍이 결핍되어[166] 있
었던 한국 근대문학은, 그 결핍을 만들어 내는 방식을 알게 되면서 근대
소설의 틀을 갖추어갈 수 있었던 것이다.
  그리고 일인칭의 자기 고백적 편지나 일기를 통해서 결핍을 만들어
내던 화자들은 이제 직접적으로 드러나는 자기를 조금씩 변형시킬 수
있게 된다. 그것은 허구적 글쓰기로서의 소설에 대한 이해가 자리잡아
가는, 소설사적 측면에서 매우 의미 있는 요소라고 할 수 있다. 나도향
의 「꿈」이 그러한 단초를 보여준다. 「꿈」의 시작은 이 '나'라는 화자가
실제작가인 '나'와 소설 속에 등장하는 '나'와 다르다는 것을 애매하게
내비치어, 글쓰는 자, 경험하는 자가 분리될 수 있다는 생각이 의식적으
로 가능하게 되었음을 보여준다.

  자기 스스로도 믿지 못하는 일을 때때로 당하는 일이 있다. 더구나 오
늘과 같이 중독이 될만치 과학이 발달되어 그것이 인류의 모든 관념을
이룬 이때에 이러한 이야기를 한다 하면 혹 우스움을 받을는지는 알 수
없으나 총명한 체하면서도 어리석음이 있는 사람이 아직 의심을 품고 있
는 이러한 사실을 우리와 같은 사람이 쓴다 하면……끝과 끝이 어떠한
때는 조화가 되고 어떠한 경우에는 모순이 되는 이 현실 세상에서 아직
우리가 의심을 품고 있는 문제를 여러 독자에 제공하여 그것을 해석하고
설명해내는 데 도움이 되거나 그렇지 않으면 아주 사실을 부인하여 버리

---

166) Kristeva, J., 서민원 역(2001), 『공포의 권력』, 동문선, p.69.

게 되고, 또는 그렇지 않음을 결정해낼 수 있다 하면 쓰는 사람이나 읽는
이의 해혹이 될까 하는 것이다. 이러한 사실을 믿거나 믿지 않거나 그것
은 해석하는 이의 마음대로 할 것이요 쓰는 이의 관계할 바가 아니니, 쓰
는 이는 문제를 제공하는 것이 그것을 해석하는 것보다 더 큰 천직인 까
닭이다. 더구나 이야기는 실지로 당한 이가 있었고 또는 쓰는 나도 믿을
수도 없고 아니 믿을 수도 없는 까닭이다.[167]

「꿈」의 내용은 자기를 자각해 가는 과정을 보여주는 이야기라고 요약
할 수 있는데, 현실에서 억압되고 있는 자신의 또 다른 한 모습을 꿈(상
상) 속에 등장시켜, 결핍된 것을 충족시키는 이야기를 만들어 내고 있다.
그런데 그 꿈이 처녀 귀신을 만나는 장면인데다가, 꿈꾼 당사자는 그 꿈
으로 인해 앓게 되고 깨어 있는 일상을 지배당한다는 점에서 모종의 공
포감을 형성한다. 「꿈」의 화자 '나'는 열아홉 살이 되던 해 무서운 경험
을 하게 된다. 그 경험의 발단은 학교를 가기 위해서는 동네 주막 앞을
지나가야 하는데 그 주막여자를 만나는 것을 피하고자 한 일 때문에 시
작된다.

주막 여자를 피하게 된 사연은 다음과 같다. 어느 날 학교에서 돌아
오는 내가 주막에서 물 한 그릇을 얻어먹은 일이 있은 후로 그 주막여
자는 나에게 '반하고' 만 것이다. 그러나 나는 그것을 매우 불쾌하게 생
각하고 있다. 그 여자에 대한 나의 생각은 다음 인용에 잘 나타난다.

> 내가 가장 귀찮게 생각한 것은 우리 동리에서 조금 떨어진 곳에 주막
> 이 하나 있었는데 그 주막에 술파는 여자가 나에게 반하였던 일이다……
> 중략……그 여자란 것은 나이가 스물두서넛이 되어보이는 남편이 있는
> 여자인데 눈이 크고 검으며 살이 검누르고 통통한 여자로 사람을 보면
> 싱글싱글 웃는 버릇이 있어 얼핏 보면 사람이 좋아보이지마는 어디인지
> 음침한 빛이 있다. 그 이튿날 나는 무심히 그 주막 앞을 지나려니까 그
> 여자는 나를 보고 싱글 웃었다. 그날 저녁에도 싱글 웃었다. 그 웃음이

---

167) 나도향(1925), 「꿈」, 『물레방아』, 일신서적출판사, 1994, p.198.

어떻게 야비한지 나는 그 웃음을 잊으려 하였으나 잊으려 하면 더 생각
이 나서 못 견디었다. 그렇지만 그 앞을 아니 지날 수가 없어서 그 웃음
을 보지 않으려고 고개를 돌리고 지나간 지 이틀 만에 그 여자는 내가
학교에서 돌아오기를 기다렸던지 문간에 섰다가 나를 불렀다. "여보시오
서방님네." "와 그러는고?" "사내가 와 그렇게 무정게계요?" 나는 사면을
둘러보았다. 그 말하는 그 사람은 그만두고 그 말을 듣는 내가 몹시 더럽
고 부끄러운 것 같은 까닭이었다. 나는 아무 말도 못 하고 그대로 돌아서
가려 하니까, 그 여자는 나의 손목을 잡아끌고 자기 집으로 들어 가려 하
였다. 그는, "술이나 한잔 자시고 가시소."하며 잡아다녔다. 술? 나는 말
만 들어도 해괴하였다. 학교 규칙, 어머니, 학생, 계집, 수정, 음란 이 모
든 것이 번득번득 연상이 되어서 온몸이 떨렸다. "이손 못 놓겠는게요?"
……하고 뒤로 물러서며, "나중에는 얄궂은 일을 다 당하는게로." 하며
앞만 보고 달려왔다. 집에 와서는 얼을 손을 씻어 그 여자의 손때를 떨어
버리고 옷까지 바꾸어 입었다. 그 음탕한 눈이며 살 냄새가 눈에 보이고
코에 맡이는 것 같아서 못 견디었다. (p.201)

주막집 여자가 자기를 보고 웃으며 술을 먹고 가기를 권하는 것을 몹
시 귀찮고, 더럽고, 부끄러우며, 불쾌하게 여기는 나에게는 자기구성의
메커니즘이 작용한다. 즉 자기 고백에는 동일성을 추구하는 자아의 검
열이 작용하는데, 이것은 허약하게 형성된 자아가 자신이 힘들여 수행
하고 있는 역할을 위협할 수 있는 것, 무엇보다도 자신의 나르시시즘[168]
을 손상시킬 수 있는 요소들을 제거하려는 방어기제에 충실하다.

그것은 경험자체에 편협하게 작용하게 되는데, 구질구질(축축한)한 것
들을 금기시하는 것으로 표현된다. 그 대표적인 금기가 성적인 금기[169]
이다. 우리는 이미 앞서 육체성을 배제하면서 사랑의 경험을 재구성할
수 있는 동성애, 짝사랑, 상상 속의 사랑 등을 통해 이러한 나르시시즘

---

168) 지금 다루고 있는 「꿈」에서 '나'의 나르시시즘은 다음 페이지에서 설명된다.

169) Dicht hinter dem mimetischen tabu steht ein sexuelles : nichts soll feucht sein,
　　 Kunst wird hygienisch.
　　 Adorno, 홍승용 역(1984), 「내면성의 변증법」, 『미학이론』, 문학과지성사, p.187.

을 달성하고 있는 자아들을 만날 수 있었다. 「꿈」에서의 '내'가 '주막여
자'를 만난 후 '손을 씻'고 '옷까지 바꾸어 입'는 행위가 의미하는 것은
바로 肉적인 사랑을 죄악시하면서까지 회피[170]하는, 아직 완성되지 않
은 허약한 자아의 자기 방어기제라는 것을 알 수 있다.

그리하여 자아의 자기 방어기제는 나를 주막집 여자로부터 보호하기
위해, 먼 길을 돌아 학교를 다니게 만든다. 덕분에 통학 길이 너무 멀어
진 나는 중간에 있는 마름의 집에 들러 쉬는 것이 일과처럼 되어 버렸
다. 그러한 주인집 아들에게 마름의 딸(임실)이 반하면서 사건이 발생한
다. 주인댁 도련님에 대한 사랑을 어찌할 수 없어 짝사랑만 키워가던 임
실은 시집을 보내겠다는 부모님의 이야기를 듣고 앓아 누웠다가 죽고
만다. 죽은 임실은 밤마다 귀신이 되어 나의 꿈에 나타나게 되고, 나는
꿈 속에서 임실이에게 사모한다고 말하게 된다. 그리고 그의 무덤에 찾
아가 헌화를 하고 돌아온 후부터는 임실이도 꿈에 나타나지 않으며 나
도 그 일을 잊게 된다.

주목할 것은 주막집 여자의 유혹(육체성)을 거부하면서 귀신인 임실의
사랑을 수용하는 방식이다. 그것이 현실과 무관한 꿈 속에서, 상상 속에
존재하는 죽은 이와의 사랑이라는 점에서, 그리고 임실의 순결성이 강
조된다는 점에서, 성적인 것을 배제하면서 자아검열을 완성하는 나르시
시즘을 달성하고 있기 때문이다.

그날 밤에도 임실이가 꿈에 보였다. 이번에는 아주 다른 세상으로 가

---

170) 아도르노는 이를 두고 내면성의 문학(예술)이 위생적이어야 하는 것으로 나타
난다고 말한다. 이것은 내면성의 문학이 표현 방식으로 취하고 있는 자기고백
의 전통에서 쉽게 찾아지는 모습니다. 즉 자기 고백이라는 제도는 애초에 고해
성사라는 제도를 통해 정착된 것이고, 고해성사는 자신의 부정함을 모두 드러
내어(씻어) 결백하고 순결하게 됨을 지향하는 제도이기 때문이다.
Adorno, 홍승용 역(1984), 「내면성의 변증법」, 『미학이론』, 문학과지성사, p.187.
가라타니 고진, 박유하 역(2000), 「고백이라는 제도」, 『일본근대문학의 기원』,
민음사.

서 모든 세상의 더러운 것을 깨끗이 씻어버리고 선녀처럼 어여쁜 얼굴과
고운 단장을 하고 찾아왔다. 나는 그의 손을 잡고 퍽 반가움을 금치 못하
여 이번에는 내가 임실이를 생각하는 것이 분수에 과한 것같이 임실이는
숭고하여졌었다. 나는 꿈 속에서 임실이를 사모한다 하였다. (p.212)

「꿈」은 꿈 속에서 조차도 '나'의 나르시시즘을 손상시키지 않게 하는
강력한 검열을 유지하고 있다. 꿈 속에서 찾아오는 '처녀귀신' 임실이를
'모든 세상의 더러운 것을 깨끗이 씻어버린', '숭고한' 존재로 만듦으로
써, '내가 임실이를 생각하는 것이 분수에 과한 것같이' 생각되도록 하
여 나의 꿈 속의 사랑을 합리화시키고 있는 것이다. 이 합리화는 '죽은
자, 꿈에서만 존재하는 자, 순결하고 숭고한 자'라는 다중의 억압을 동
원하면서 결백의 나르시시즘을 완성하고 있다.

따라서 처녀귀신이 찾아오는 것에서 형성되는 공포감(두려움)은 내면
의 고통을 형성하기(결핍의 자각)[171] 위한 공적인 얼굴이라는 것을 알 수
있다. 그 공포감은 '지금은 아주 남의 이야기가 되어버린 것같이 잊어버
리었으나 문득문득 그 때 생각이 나면 그 때 문간에서 나를 부르던 소
리(귀신이 부르던 소리)가 귀에 역력하여 온몸이 으쓱하여'질 정도로 여전
히 강력하게, 고통의 흔적처럼, 나를 지배하면서 자기구성의 메커니즘을
실행하고 있었던 것이다. 이러한 텍스트의 작동 원리가 나르시시즘 속
에서 자아를 형성하는 장치로 텍스트를 지배하고 있다는 것은 텍스트가
보여주고 있는 자기애적 요소로 확인할 수 있다.

더구나 지금도 거울을 앞에 놓고 내 얼굴을 들여다보면 그 때에 보르
통하고 혈색 좋던 얼굴의 흔적은 숨어버리었으나 잘 정제된 모습이라든
지 정기가 넘치는 눈이라든지 살적이 뚜렷한 이마라든지 웃음이 숨은 듯
나타나는 듯한 입 가장자리에 날씬날씬한 팔다리와 가늘은 허리를 아울
러 생각하면 어디를 내놓든지 귀공자의 태도가 있었다. (p.200)

---

171) Kristeva, J., 서민원 역(2001), 『공포의 권력』, 동문선, p.213.

동리에서 나를 사위를 삼으려는 사람이 퍽 많았었다. 하루에도 중매를 들려고 오는 사람이 두셋씩 있을 때가 많아서 그 사람들은 서로 눈치들만 보고 서로 말하기를 꺼려 그대로 돌아간 일이 한두 번이 아니었다……그 까닭으로 열네살부터 말이 있던 혼인이 열아홉 살이 되도록 늦어진 것이다. (p.200)

동리 처녀들 중에 내 말을 듣거나 또는 담 틈으로 울 너머로 나를 본 처녀는 모두 나를 사모하게 되었던 모양이다……처녀 하나는 내가 학교를 갈 적이나 집으로 돌아올 적에는 반드시 문틈으로 내가 지나가기를 기다리는 것을 나는 본 일이 있었다……또 어떤 처녀 하나는 자기 부모에게 나를 사모한단 말을 하여 직접 통혼까지 한 일이 있었으나 그 집 문벌이 얕다는 이유로 어머니가 거절을 당한 후에 그 여자는 병이 들었더니 그 후에 다른 데로 시집을 갔다고 할 적에는 나는 공연히 섭섭한 일도 있었다. (p.201)

그 중에 가장 내가 귀찮게 생각한 것은 우리 동리에서 조금 떨어진 곳에 주막이 하나 있었는데 그 주막에 술파는 여자가 나에게 반하였던 일이다. (p.201)

이러한 나르시시즘은, 임실이를 애처롭게 여기고 그의 사랑을 안타깝게 동정하는 듯한 장면에서도, 결국에는 자기동일성을 경험하는 순간의 충족감(만족감)을 드러내면서 강화된다.

임실을 잊어버리려 하나 잊어버릴 수 없는 생각이 나를 공동묘지까지 끌어갔다. 풀이 우거져서 상긋한 냄새가 우주의 생명의 냄새를 나의 콧구멍으로 전하여주는 듯하였다. 익어가는 나락들은 무거운 생명의 알갱이를 안은 채 고개를 숙이고 있다. 널따란 벌판에는 생명의 기운이 넘쳐흐른다. 땅에서 솟아오르는 흙의 냄새가 새로이 나의 정신을 씻어주는 듯하였다……중략……공동묘지에를 가는 것은 임실의 실체를 만나보려 하는 것도 아니요, 꿈 속같이 임실의 혼을 만나려는 것도 아니다……(임실의) 그 간곡한 마음을 다만 얼마라도 위로하는 것이 나의 의리있는 것이라고 하는 생각까지 난 까닭이다……중략……임실의 무덤 앞에 섰다.

나의 심정은 무엇으로 채우는 듯이 어색하여졌다. 나는 세상에 가장 애
처로운 정서로 얽어놓은 이 무덤 속에 잠들어 있는 임실이를 위하여 무
엇이라고 하여야 좋을지 알지 못하엿다. 처녀로서 순결한 마음으로 일평
생 한 번 밖에 그의 정을 주어보지 못한 임실의 깨끗한 몸이 여기에 놓
여 있고……한 번밖에 피지 못하는 꽃이 나로 말미암아 피었고 그것이
나로 인하여 꺼져 버린 것을 생각할 때 말할 수 없이 아까웠다. 더구나
그 꽃은 꺼졌으나 그 나머지 향기가 그렇게 쉽게 사라지지 않고 피었던
자리 언저리에 남아 있어 없어지기를 아까워하는 것을 생각할 때 얼마나
나의 마음이 에이는 듯하엿는지 몰랐다……나의 마음 속에는 말할 수 없
는 안타까움이 있을 뿐이었다. (pp.214~215)

　임실의 무덤을 찾은 것도 그에 대한 생각에서가 아니라 의리를 지녀
야 하는 ‘나(자기자신)’를 위한 배려였기에 정작 임실의 무덤 앞에서는
어색할 수밖에 없다. 그리고 끝까지 임실은 ‘처녀로서의 순결한’ 여자이
고 ‘자기에게만 정을 준 깨끗한 몸’이며 ‘나로 인해 피고, 나로 인해 진
꽃’으로 기억되어야 한다. 자기 순결성을 완성하기 위해서이다. 그리고
그런 임실이가 불쌍한 것이 아니라, 그 임실이를 생각하는 나의 에이는
듯한 마음이 여전히 나를 안타깝게 하는 것이다. 나르시시즘의 극치를
보여주는 장면이라고 할 수 있다.
　소설이 ‘나’를 객관적으로 바라볼 수 있는 거리감을 만드는 것으로 시
작되고 있다는 점은 앞 장들에서 살펴본 텍스트들과의 차이점으로 지적
될 수 있는 부분이다. 그러나 결핍(내면) 만들기로서의 사랑 만들기, 내면
의 고통을 드러내는 방식으로서의 병과 고통, 상상(꿈) 속의 사랑을 통해
순결한 이미지 추구, 성적인 요소를 배제시키는 허약한 내면성의 자기방
어 기제로서의 검열, 나르시시즘으로 완성되는 자아 등을 내재적 원리로
하고 있는 「꿈」은, 이 장에서 다루고 있는 직접적 고백적 글쓰기(일기, 편
지 등의 형식을 취하고 있는 소설들)로서의 소설들과 동일한 텍스트 원리를
지닌 것으로 볼 수 있다. 즉 소설 「꿈」을 형성하고 지탱하는 힘이 바로
여기에 있기 때문에 이 소설은 情의 양식으로 이야기될 수 있는 것이다.

3. 구심력의 글쓰기

1910년대 중반 이후, 새로운 세계와 문화를 경험한 유학파 신지식인 층을 중심으로 '정(情)의 문학'이 논의되던 한국 문단은 새로운 문학 작품의 탄생을 예고하고 있었다. 그것은 당대(시대)의 전반적인 변화와 맞물리는, 세계와 인간의 변화를 함의하는 일이었다. '정의 문학'을 주장하는 여러 글172)에서도 직접 확인할 수 있었거니와, 당대의 시대적 요구를 충실히 실천하고 있는 소설텍스트들은 존재방식을 통해 그러한 시대적 요구의 강렬함을 드러내고 있다. 그 강렬함을 지탱하는 힘이 이 시기의 소설텍스트들을 범주화하고 평가할 수 있는 하나의 기준으로 작용할 수 있을 때, 문학사(소설사)는 새로운 지형도를 그릴 수 있게 되는 것이다.

1910년대 중반 이후의 소설텍스트들은 그동안 문학사에서, 편지와 일

---

172) 김기진(1917), <무정 122회를 讀하다가>, 「매일신보」, 1917. 6. 17.
　　김억(1915), 「예술적 생활」, 『학지광』 6호, 1915. 7. 23.
　　백대진(1916), 「문학에 대한 신연구」, 『신문계』 4권 3호, 1916. 3.
　　백대진(1918), 「최근의 태서문단」, 『태서문예신보』, 1918. 11. 30.
　　백대진(1917), 「최남선군을 논하고 동시에 조선의 저술계를 一瞥함」, 『반도시론』 1권 2호, 1917. 5.
　　안확(1915), 「조선의 문학」, 『학지광』 6호, 1915. 7. 23
　　양건식(1916), <춘원의 소설을 환영하노라>, 「매일신보」, 1916. 12. 28~12. 29.
　　이광수(1918), 「懸賞小說考選餘言」, 『청춘』 12호, 1918. 3.
　　一中學生(1915), <「뎡부원」을 보고>, 「매일신보」, 1915. 4. 23 / 5. 21.
　　이광수(1917), 「천재야! 천재야!」, 『학지광』 12호, 1917. 4. 19.
　　백일생(1917), 「문단의 혁명아야」, 『학지광』 14호, 1917. 11. 20.
　　서상일(1918), 「「문단의 혁명아야」를 讀하고」, 『학지광』 15호, 1918. 3. 25.
　　작자미상(1918), 「예술가와 자각」, 『태서문예신보』, 1918. 10. 26.
　　주요한(1918), <「무정」을 닑고>, 「매일신보」, 1918. 8. 7~8. 18.
　　최두선(1914), 「문학의 意義에 관하야」, 『학지광』 3호, 1914. 12. 3.
　　최승구(1915), 「너를 혁명하라!」, 『학지광』 5호, 1915. 5. 2.
　　최승구(1914), 「정감적 생활의 요구」, 『학지광』 3호, 1914. 12. 3.
　　한석생원(1917), 「새문학과 옛문학의 비교」, 『반도시론』 1권 6호, 1917. 9.

기형식을 소설 전반의 형식으로 삼고 있는 점, 그래서 고백적인 내면의 글쓰기라는 것, 죽음과 자살이라는 극단적 결말, 울음과 비탄이라는 과도한 자기감정 노출, 유학파 신지식인 계층에 의해 쓰였다는 점 등으로 설명되어 왔다. 그 결과 내면을 드러내고 자아를 발견해 가는 과정에서 경험하게 되는 세계에 정면으로 대응하지 못 하고 회피하는 나약하고 병든 모습을 보여준다거나, 현실을 부정하고 세계에 굴복하는 모습, 혹은 작가의 계층에서 비롯되는 이데올로기의 반영이라는 기준으로 의미망을 형성하게 된다.

그러나 여기에는, 1910년대 중반 이후부터 1920년대 중반까지의 소설 텍스트들은 더이상 새로운 의미 생성의 가능성을 확보할 수 없는 것인지, 비슷한 소재와 모티프들에 의해 구성되고 있는 텍스트들이지만 이러한 해석이 그 텍스트성을 온전히 드러내고 있는 것인지가 늘 의문으로 남는다. 표면적으로 드러나는 소재와 모티프들이 같다고 해도 그 텍스트의 본질을 규명할 수 있는 요소는 다를 수 있으며, 혹은 다른 기능으로 작용할 수도 있기 때문이다. 그래서 앞서 얘기된 그 동안의 평가는 평면적이고 일차적인 해석이 가질 수 있는 텍스트 해석의 기초 작업으로 남겨 두고, 입체적인 텍스트 해석으로 형성될 수 있는 텍스트간의 새로운 의미망 만들기를 강조하지 않을 수 없다. 그것이 텍스트의 본질 규명은 물론이고, 다양한 해석의 가능성을 열어주면서 궁극적으로 소설사를 풍요롭게 하는 길이기 때문이다.

이것은 텍스트들이 생성해 내는 다양한 의미를 어떠한 관점에서 의미화하느냐에 따라 문학사(소설사)는 새롭게 쓰일 수 있어야 한다는 것을 말하는 것이기도 하다. 하지만 이러한 논의가 이 시기를 긍정적으로 평가해야 한다거나, 그래야 하지 않겠는가를 강요하는 것은 아니다. 이 시기에 대한 그동안의 문학사적 접근이 '텍스트의 근본 의미로까지 논의되지 못한 추상적인 논의에서 유사한 변형'173)만이 시도되고 있음에 문제를 제기하는 김흥규의 문제의식은, 왜 이러한 논의를 해야 하는가에 대한 이 책의 문제의식이기도 하다.

김홍규는 1910년대 후반에 나타난 근대 자유시의 성격을 환상과 혼돈으로 규정하면서, 그 이유가 '1910년대 후반의 서구주의자들은 고착된 과거 형식과 감수성으로부터의 '해방, 자유'가 다만 새로운 작업의 실마리라고 보지 않고, 모범할만한 최종적 해답'이라고 믿어 '알 듯 모를 듯한 분위기와 모호한 애상, 영탄을 시적인 이상으로 삼고, 자유시, 산문시를 제각기 지어낸' 데 있다고 밝히고 있다. 그리하여 해방과 자유는 혼돈하고 분열된 형식을 낳게 되고 그것은 시적 상황의 모호함(애상의 분위기와 좌절감)이나, 운율적 질서의 괴멸 또는 불균형으로 나타나고 있다고 요약한다. 그리하여 김억, 황석우, 주요한으로 대표되는 근대 자유시가 이들에 의해 '수입'된 것도 아니고 '확립'된 것도 아니라는 결론에 이른다. 그들이 이루어낸 '근대 자유시'란 일종의 부서진 산문으로서, 다만 과도(過渡)의 시대를 형성한 방황, 혼란 그리고 해방의 일부로 인정하고 있는 것이다.

그의 해석이, 당대 수입, 번역되었던 서구 근대 자유시를 기준으로 그에 못 미치는 조악한 시라고 평가한다든가, 비교문학적으로 연구하는 시각과 다른 점은, 당대 시 텍스트에서 건져 올려진 결과를 중심에 두고 있다는 것이다. '수입'에 기준을 두다보면 자연히 그에 못 미치는 못난 것이 되는 것이고, '확립'에 기준을 두다보면 텍스트 자체보다는 역사적 배경에서 추상적으로 의미를 부여할 수밖에 없게 된다. 우리 근대 자유시라 불리우는 텍스트는 어디에도 존재하지 않으면서 규정만 남게 되는 것이다. 따라서 이러한 구체적 텍스트에의 접근으로부터 기존의 논의들이 정당했는지를 따지는 것만으로도 피상적 단절론[174]이나 당위적 연속

---

173) 김홍규(1980), 「'근대시'의 환상과 혼돈」, 『문학과 역사적 인간』, 창비, p.189.
　　　같은 책에 실린 「1920년대 초기시의 낭만적 상상력과 그 역사적 성격」도 동일한 문제의식에서 쓰인 글이라고 할 수 있다.
174) 김홍규(1980), 「'근대시'의 환상과 혼돈」, 위의 책, p.213.

론의 위험을 넘어선다는 의미를 지닐 수 있다.

1910년대 중반 이후부터 1920년대 중반까지의 단편소설의 양식연구를 표제로 삼고 있는 이 책은 바로 이 시대 단편소설을 주조하는 원리 즉 소설의 본질을 소설 텍스트로부터 포착하여 문학사적 의의를 밝히고자 하기 때문에 앞서 김홍규의 논의에 주목했던 것이다. 이 시기 소설 텍스트들이 표면적으로 드러내는 사랑, 죽음, 자살, 병 등의 모티프에 근거하여 혹은 그 줄거리에 근거하여 인간의 성적 욕망, 현실회피, 세계에 굴복, 나약한 지식인상 등을 이야기하는 것은, 소설 텍스트의 동어반복이지 텍스트의 여러 요소들이 교직하면서 생성해 내는 의미를 밝혀내는 것 혹은 발견하는 것이 아니다. 이 책의 취지는 바로 그러한 동어반복이 아닌, 생성되는 의미를 포착하는 것이다. 그것은 이 시기 소설 텍스트에서 특징적으로 반복되고 있는 언표들이 무엇 때문에, 어떠한 의미를 전달하기 위하여 그런 모습으로 등장하였는지, 그리고 그렇게 현현될 수밖에 없는 이유는 무엇이며 또한 표면적으로 소재와 모티프를 달리하는 동시대의 다른 텍스트들과는 어떠한 의미망을 형성할 수 있는지를 밝혀내는 것으로 구체화되고 있다.

1910년대 중반 이후의 소설 텍스트를 연구 대상으로 할 때, 사랑이나 죽음, 우울, 병 등에 주목하게 되는 것은, 이들 모티프에 관한, 그리고 이것들에 의한 이야기가 텍스트의 전반을 지배하고 있기 때문이다. 그 동안의 선행 연구들은 이러한 사실을 충분히 보여주고 있다. 그런데 문학 연구는 이러한 모티프들이 왜 이 시대를 지배할 수밖에 없었는지를, 당대를 지배했던 문학 담론과 각각의 텍스트들에서 추론되는 실마리로부터 논리화할 수 있어야 한다. 이러한 작업을 시도하고 있는 이 책은 그 결과로서 情의 양식을 설명할 수 있게 되었다.

이 시기 문학적 지향은 '情의 문학'으로 함축되는데, 여기서부터 모든 소설 텍스트는 그 방향을 설정하게 된다. 이광수의 「현상소설고선여언(懸賞小說考選餘言)」175)과 같은 글은 구체적으로 현대(당대) 문학이 어떠한 요건들을 만족시켜야 하는지를 열거하고 있지만, 그보다 더 절박한 것은, 정의 문학을 제대로 실천하기 위해서는, 그 감정을 지닌 '자기'가 무엇인지를 깨닫는 일이었다. 그것의 필연성은, 정(의 문학)을 논의하는 글들이 으레 '자기를 각성하라'는 논의를 함께 해야했던 당대의 글들176)에서 이미 확인을 할 수 있었다.

따라서 이 시기 '정의 문학'이 논의되면서 '자아각성'을 요구하는 것은, 정이 무엇인지를 설명하는 것보다 훨씬 본질에 접근하는 것이었다고 할 수 있다. 자아를 각성한다는 것, 자기를 깨닫는다는 것은 자신의 감정을 실감하는 데서부터 출발할 수 있기 때문이다. 바로 실감되는 그 무엇을 표현할 때 그것이 바로 자기감정을 드러내는 문학이 되는 것이다. 이것이 이 시대가 '참사랑'과 '참자기'를 부르짖고 있는 이유이다.

김동인은 실감되는 자기감정을 '꿈질거리고 잇지못하게'177) 만드는 것이라고 말하고 있는데, 이 시기 소설 텍스트들이 찾아낸 '꿈질거리고 잇지 못하게' 만드는 것은 바로 '사랑'이었다. 더 엄밀하게 말해서는 사랑의 감정에서 비롯되는 '고통'이 자기(의 감정)를 발견하게 만들어 준다는 것을 경험한 것이다. 이야기될만한 개인 감정으로서의 내면은 고통에 의해 형성178)될 수 있겠기 때문이다. 따라서 1910년대 중반 이후 소

---

175) 현상소설 심사 기준의 한 예를 보면,
　　순수한 時문체를 사용할 것－어문법 지키고, 본문과 회화를 구분할 것
　　정성으로 쓸 것－여가활동으로 여기지 말 것, 신성한 사업(일)으로 여길 것
　　예술성을 갖출 것－구소설의 傳襲적, 교훈적 요소를 벗어날 것
　　現實的일 것－고대문학의 '理想的' 요소를 탈피할 것
　　新時代에 맞는 新思想을 보일 것
　　이광수(1918),「懸賞小說考選餘言」,『청춘』12, 1918. 3.
176) 이 책 제2장, 1－2)에서 자세히 다루었다.
177) 김동인(1919),「마음이 여튼자여」,『창조』3, p.27.
178) 롤랑 바르뜨는 '고통은 바로 무시무시한 내면성'(『사랑의 단상』, 문학과지성사, 1991, p.254)이라고 말하고 있으며, 줄리아 크리스테바는 셀린의 소설을 분석하면서 다음과 같이 쓰고 있다. '셀린은 글에서나 인터뷰 중에 "최초에 감정이

설 텍스트들이 보여주고 있는 사랑의 이야기는 온통 짝사랑, 부적절한 관계, 동성간의 사랑 등의 이루어지지 않은(않을) 고통스러운 사랑을 다루게 된다. 이리하여 고통스러운 감정(느낌)을 밖으로 밀어내는 것으로서의 고백[179]적 글쓰기는 '정의 문학'을 실천하는 동시에 자아각성의 프로젝트를 수행하는 불가분의 관계를 만들게 된다.

이러한 이유에서 사랑을 이야기하는 소설들은 번민, 갈등, 눈물, 동정, 연민 등으로 텍스트를 채우게 된다. 이루어지지 못하는 사랑에서 경험하게 되는 심리적 고통은 글을 쓰는 자기와 경험한 자기의 분열을 체감하게 하고, 그것은 세계와 인간의 틈새를 지각할 수 있을 만큼 벌려 놓게 된다. 이러한 박탈감, 분열, 틈새 등은 모두 내면의 결핍으로 작용하게 되는 동인으로 되돌려져, 그 결핍을 충족시키려는 자기동일성에의 의지는 더욱 강해지게 된다. 그에 비례하여 사랑을 통하여 만들어지던 고통은 이제 병으로 강화된다. 그래서 사랑과 병이 동일시[180]되는 소설 텍스트들이 등장하게 되고, 고통은 두려움과 무서움, 공포 등의 의장[181]

있었다……"라는 말을 자주 되풀이한다. 셀린을 읽으면서 우리는 최초에 아픔이 있었지 않았나 하는 인상을 가지게 된다'
Kristeva, J., 서민원 역(2001), 『공포의 권력』, 동문선, p.213.

179) Ricoeur, P., 양명수 역(1994), 「고백의 현상학」, 『악의 상징』, 문학과지성사, p.21.
180) 스탕달은 『사랑론』의 첫 페이지의 여백에서 이렇게 지적하고 있다고 한다. '수학적 엄밀함을 갖고 (또 가능하다면) 진실되게 사랑이라 불리는 병의 역사를 추적해 볼 생각이다.' 프랑코 모레티도 '사랑은 병(Moretti, F., 「공포의 변증법」, 『세계의 문학』, 1997 여름, p.247)'이라고 말한다. 그런데 프랑코 모레티의 맥락은 타자와 자신 간에 소통하는 사랑을 말하는 것으로, 그것이 인간의 개성과 이성을 포기하게 한다는 점에서 '사랑은 병'이라고 말한다. 이 논리는, 타자를 배제하는 1910년대 중반 이후의 한국 소설에서의 사랑은 '인간의 개성과 이성을 포기하지 않기 위해' 그러한 양상을 나타내는 것으로 설명될 수도 있다. 이 사랑이 완전하게 나르시시즘을 지향하고 있다는 점에서 병이라고 볼 수 있겠는데, 타자를 향해 있는 사랑이나 자신을 향해 있는 사랑이 모두 병으로 불리는 것은 우연의 일치이다.
181) 셀린의 이야기는 고통과 공포의 이야기이다. 고통이 그것의 내밀한 얼굴이고, 공포가 그것의 공적 얼굴인 아브젝시옹의 횡단이라는 필연성에 지배받기 때문이다.

을 갖추면서 등장한다. 이 두려움, 무서움, 공포는 소설 텍스트 속에서 직접적으로 언표화되기도 하고, 그것과 닮은 속성을 지닌 죽음, 자살로 미메시스되기도 한다. 이것이 이 시기 텍스트들에서 죽음과 자살이 사랑과 병만큼 많이 등장하는 이유이다.

사랑의 이야기가 대부분 이성간의 일반적인 사랑의 형태를 보여주지 않으면서, 만족할 수 있는 상상과 환상을 동원하고, 육체성이 소거된 동성간의 사랑으로 설정되거나 육체적인 사랑이 회피되는 것으로 현상하는 것, 병(사랑)으로 인한 고통으로 죽고 싶다거나 죽음에 이르는 것을 고통스러움으로 드러내는 것은, 공포를 드러내는 문학이 그러한 깨진(분열된) 균형 상태를 제거하고 평화를 회복하여 두려움을 치유하고자 하는 욕망으로부터 탄생[182]하게 된다는 것과 같은 논리로 설명될 수 있다. 이 시기 텍스트들을 구성하는 본질이자 구성될 수 있도록 하는 위와 같은 요소들은, 혼란하고 질서를 세우지 못한 자기를 정립하는 쪽에 집중할 수 있는 힘으로 작용하고 있음이 밝혀졌기 때문이다. 이것은 곧 정의 문학의 실현이기도 했다.

따라서 이 시기의 자기만족적인 사랑, 공포를 자족적으로 완성하는 죽음과 자살, 자기 분열(결핍)을 일시적으로 충족시켜 줄 수 있는 병 등은 이제 막 형성되기 시작하는, 아직은 허약한 자아가 자신이 힘들게 수행하고 있는 역할을 위협할 수 있는 것, 무엇보다도 자신의 나르시시즘을 손상시킬 수 있는 요소들을 제거하려는 방어기제[183]를 작동시키면서 탄생하였던 결과물로 이해할 수 있다. 나르시시즘을 완성하기 위해 위생적인 것이 되어야[184] 했던 문학은, 사랑에서 육체성을 제거하고 순결

Kristeva, J., 서민원 역(2001), 앞의 책, p.213.

182) Moretti, F., 조형준, 「공포의 변증법」, 『세계의 문학』 1997 여름, p.223.

183) Adorno, 「내면성의 변증법(dialektik der innerlichkeit)」, 『미학이론』, 문학과지성사, 1984, p.187 : 홍승용 번역본(문학과지성사, 1984)과 조만영(「미학세미나 발표문」 문화예술연구소) 번역본을 모두 활용함.

184) Adorno, 홍승용 역(1984), 『미학이론』, 문학과지성사, p.187.

성을 강조하게 되며, 갈등을 깨끗하게 승화시키기 위해 죽음을 선택(나도향 「꿈」)하게 하고, 병에서는 피를 토하면서도 깨끗함에의 열망을 보여 주게 되는 것이다.

즉 부정과 거부, 배제와 제거를 통해 피하고 싶은 것을 피해 가는 전략으로 이 시기의 소설 텍스트들은 자기를 발견하고 완성하는 정의 문학을 실현[185]할 수 있었던 것이다. 이것이 곧 1910년대 중반부터 시작된 '정의 문학'의 메커니즘이었다. 이러한 작동원리는 이 시기의 텍스트들을 설명할 수 있는 논리가 될 수 있을 것인데, 앞 서 살핀 작품 중에서 대표성을 지닐 수 있는 작품을 보기로 하자.

김동인의 「약한 자의 슬픔」은 엘리자베스로 하여금 이환에 대한 짝사랑으로 '갑갑'증을 고백하게 하면서도, K남작과의 관계 때문에 그 사랑은 이루어질 수 없는 것으로 설정된다. 사랑만을 이야기하고자 하였다면 K남작과의 관계만으로도 얼마든지 가능하였을 것이다. 그런데 여기에는 모종의 전략적 후퇴가 숨어 있다. K남작을 유부남으로 설정하여 '어찌할 줄 모르게 속만 태우는' 엘리자베스의 고통(내면)을 만들지만, 그에 대한 사랑으로 고통스러워하는 것조차 억압해야 하는 결벽성을 지녀야 하는 자아는 K남작에 대한 사랑 때문에 괴롭거나 괴로워해야 할 때 이환을 등장시켜 '심장을 잘 들지 않는 칼로 베어 내는 것 같은' 고통 속에서 마음껏 '장시간 울음으로 자기를 위로'할 수 있게 만든다. 이

---

185) 황종연은 이러한 관계를 두고 자아가 허구, 즉 문화적 구성물이라는 말과 문화가 자아의 구축을 가져왔다는 두 가지 모두는 진실이라고 말한다 : '자아란 자아에 대한 의식을 떠나서는 존재하지 않으며, 자아에 대한 의식은 역사와 문화에 따라 달라지게 마련이다…개인의식의 중심으로서의 자아, 자유로운 개인성의 원리로서의 자아에 대해 주목했지만, 그것은 비록 오늘날 자연스럽고 보편적인 사실처럼 통하고 있긴 해도 엄밀히 말하면 근대 서양에 특수한 자아 개념이다. 자아라고 불리는 것은 서구 근대 서양의 자아 개념에 대해 비판적인 학자들이 즐겨 말하듯이 허구, 즉 문화적 구성물이다. 인간이 자아를 인식하고 표현함으로써 문화를 이루었다는 말이 진실이라면, 반대로 문화가 자아의 구축을 가져왔다는 말도 그것 못지않게, 어쩌면 그것 이상으로 진실이다.'
황종연(2001), 「내향적 인간의 진실」, 『비루한 것의 카니발』, 문학동네, p.114.

환에 대한 사랑의 고통 속에는 사랑을 고백하지 못하는 안타까움도 있지만 그보다는 엘리자베스 스스로의 도덕적 결벽성을 확인(유지)하기 위한 보상적 책략으로서의 비중이 훨씬 크다.

이러한 결벽성은 조금씩 변형이 되긴 하지만 이 시기 텍스트 곳곳에서 발견된다. 역시 김동인의 「마음이 여튼자여」에서 'K'가 돌아오는 고향은, 과거의 아내와 그 사이에서 난 아들을 모두 죽은 것으로 처리하여 복잡하고 애매한 관계를 모두 소거시키는 결벽증을 드러내고 있다. 또한 백악의 「동정의 루」에서 '나'는 B와의 관계가 사람들 사이에서 오르내리게 되자, B가 동성의 제자로 설정되어 있어 더 이상 벌어질 일이 남아있지 않음에도 '내'가 그곳을 떠나는 것으로 설정된다. 이러한 결벽성은, 한 여자를 겁탈하려 한 것으로 누명을 쓰고 지내던 '내'가 10년 가까이 되는 과거의 그 오해를 풀고자 여자의 오빠에게 편지를 보내게 되는 이광수의 「사랑에 주렸던 이들」에서도 확인된다. 이 자기 결백의 해명이 새로운 사랑의 이야기로 이어지고 있다는 것도 흥미로운 사실이다. 여기서는 이러한 결벽성이 자기를 형성하는 나르시시즘에 대하여 중요한 방어기제[186]로 작용한다는 점을 기억해야 할 것이다.

다시 김동인의 「약한 자의 슬픔」으로 돌아가서, 엘리자베스에게서는 육체성(현실성)을 배제할 수 있는 자기만족적인 사랑(일종의 나르시시즘)이 이환에 의해 보존되고 있기 때문에, 임신과 유산, 재판과 패소와 같은 일 후에도, K남작에 대한 원망이나 사랑의 덧없음을 이야기하지 않고, 곧바로 자신에게로 집중하는 모습을 보일 수 있다. 그리하여 이르게 되는 강한 자로서의 자기를 세우는 자리에 '내 앞길의 기초는 (천진난만한 어린아이의) 사랑'이라고 외칠 수 있는 것이다. 혼돈 속에 있던 자신을 다시 자기 자신에게로 돌려놓기 위해 엘리자베스는 짝사랑과 부적절한 사랑 속에서의 고통과 공포스러운 유산의 아픔(일종의 병, 고통), 즉

---

186) Adorno, 홍승용 역(1984), 『미학 이론』, p.187.

자신의 분리라는 먼 길을 돌아 온 것이다. 자기를 형성하는 원리가 이 텍스트를 지탱하고 완성하는 힘이자 구성원리라고 말하는 이유가 여기에 있다.

김동인의 「마음이 여튼자여」에서도 사랑으로 인한 번민으로 돌아다니던 '내'가 고향으로 돌아온 후, 자신이 고향을 떠나 있던 때에 죽은 아들과 아내의 무덤을 찾게 되는데, 무덤 앞에서 내가 하는 말은 '나의 죄, 헤일 수 없는 나의 죄, 지금 자백하노니, 용서하라, 나도 이제부터는……참 삶을 사를 터이다'라는 고백을 통해 참삶을 살 것을 다짐하는 자기에 대한 배려를 볼 수 있다. 죽은 자는 용서를 할 수도 없을 뿐더러, 고해성사는 스스로를 정화시키기 위한, 살아갈 사람에게 면죄부를 주는 장치이지 용서를 받는 것을 목적으로 하는 발화가 아니기 때문이다.

사랑으로 내면을 확인하게 하던 내밀한 영역의 고통이 보다 공적[187]인 영역에서 자신의 고통을 확인하게 될 때, 그것은 공포감으로 나타나게 된다. 즉 사랑은 개인의 내밀한 영역에서 고통을 만들면서 자아를 형성하게 했는데, 이 자기만족적이던 고립된 '자기'가 세계 속에서의 자기를 감지(자기분열)하면서 느끼는 낯섦은 고통을 넘어 공포감을 형성하는 것이다. 세계를 느끼는 자아의 공포감은 그것과 가장 닮은 죽음(자살)으로 미메시스 되면서 그 충격을 고스란히 전해준다.

폐쇄되고 자족적이던 자아가 세계 속에서의 낯섦(공포)을 느끼는 흔적은 기행문들을 통해서 가장 쉽게 발견할 수 있다. 빙허의 「몽롱한 기억」이나 나도향의 「피 묻은 편지 몇 쪽」은 모두 '머리에 그려 두었던' 해운대와 '서울서 동경하던' 마산을 보고 난 후의 느낌을 적고 있는데, 그 실망감은 전자에서는 '냉혹한 현실, 깨어진 꿈, 바램, 불만'으로, 후자에서는 '환멸과 섭섭함을 주는 쓸쓸한'이라고 표현된다. 환멸이 상상

---

187) Kristeva, J., 서민원 역(2001), 앞의 책, p.213.

(환상)이 깨어진 후에 찾아오는 감정이므로 둘은 서로 같은 이야기를 하고 있는 것이다. 환멸로 인해 섭섭함과 쓸쓸함을 느끼게 하는 냉혹한 현실에 대한 불만은 「피 묻은 편지 몇 쪽」에서 곧바로 피를 뱉는 병으로 이야기가 옮겨지고, 그 병은 죽음과 연계되면서 공포감을 불러일으키게 된다.

재미있는 것은 사랑한다는 마음을 고백할 수 없어 괴로운 심정을 이야기하는 장면이다. 여기서는 사랑하게 된 여자를 처음 만나던 날의 마산(의 바다)이 '한없이 먼 나라로 나의 마음을 끌어가는 듯'하고 '정열과 단꿈을 섞어 가져오는 듯'한 곳으로 묘사되고 있다. 그래서 '환멸과 섭섭함을 주는 쓸쓸한' 것으로 이야기되는 도착할 당시의 마산은 '내'가 세계와 조화롭지 못 한 관계 속에 놓여 있음을 말해 주는 지표가 되며, 텍스트는 이 부조화를 병들어 앓고 있는 나로 구체화하고 있다. 내가 세계와 조화롭지 못한 이유는, 마산에 대한 환멸이 서울에서 가졌던 동경이 깨어짐에서 비롯되었듯이, 내가 지녔던 세계에 대한 동경이 깨어진 때문으로 생각할 수 있다. 그 동경의 내용은 '어머니, 아버지, 동생들을 생각하고, 옛날에 놀던 즐거운 벗들을 생각하면 뜨거운 정열이 나를 감격에 눈물' 흘리게 만드는 그것이며, '어머니 무릎, 아버지의 은근한 사랑, 철없고 순결한 동생들의 얼굴'[188]로 얘기될 수 있는 그것이다. 같은 맥락에서 김동인의 「마음이 여튼자여」의 '내'가 염원하던 사랑의 내용이 이와 같았다는 것을 떠올릴 수 있다.

그러나 그 동경의 내용은 회복될 수 없는 것들이다. 저것들이 회복될 수 있다면, 나의 병도 회복되는 것이고, 병이 회복되면 장영옥에게 사랑도 고백할 수 있다. 그러나 깨어진 동경은 '쓸쓸하고 섭섭함'으로 자리하면서 '새삼스럽게 그립고, 은근하고 힘있게 그윽'한 것으로 상상될 수 있을 뿐이라는 것을, 앓고 있는 나는 이미 알고 있다. 그래서 이 소

---

188) 나도향(1926), 「피 묻은 편지 몇 쪽」, 앞의 책, p.124.

설의 나는 병의 회복보다는 죽음(자아와 세계와의 분리)을 더 많이 이야기하게 된다. 그리고 장영옥에 대한 사랑은 '잊지 못하고, 가슴에 사무치는, 나의 가슴에 맺힌 사랑은 어느 때까지든지 가지고' 갈 것이라고 다짐하는, 자족적인 완성을 꾀할 수밖에 없는 사랑으로 남겨지게 되는 것이다.

세계와의 분리감(동경의 사라짐)에서 병을 얻고, 다시 그 병 때문에 세상과 분리(사랑하는 사람과의 이별)를 경험하게 되는 나에게 세계는 공포스러울 수밖에 없다. 이 소설은 예전의 내가 있던 서울로 돌아오는 것으로 끝을 맺고 있지만 '냉혹한 현실(세계)에 대한 환멸과 무서움'을 경험한 '나'는 그 공포스러움이 사라질 수 없다는 것을 이미 알고 있는 듯하다. 그것은 병의 회복에 대한 확신이나 기대가 나타나지 않는 것에서도 드러나지만, '남몰래 나 혼자 나의 가슴에 맺힌 사랑으로 언제까지 가지고 가겠다'고 말하는 데서도 확인된다. 세계와 소통하지 않는 고립된 개인으로서의 자기를 인정하겠다는 말로 들리기 때문이다.

세계와 인간 사이(자기 자신 안에서의 분열감도 포함하여)의 괴리감이 텍스트를 통해 드러나는 것은, '자기'가 무엇인지를 생각하고 표현하려 하는 데서 발생하는 필연적인 것이다. 이 시기 소설들이 '정의 문학'이라는 모토 아래 자기를 드러내는 글쓰기를 지향하면서 보여주는 공포감은, 그것이 체험된 자기감정의 표현이라는 점에서 사랑을 이야기하는 것만큼이나 매우 중요하다. 공포감을 미메시스하고 있다는 점만으로도 정의 문학이 실현되고 있는 것이기 때문이다. 아직 그 감정을 어떤 식으로 드러내야 하는지가 서툴렀던 탓에 그것은 때로는 직접적으로 '공포, 무서움, 두려움, 죽고 싶다, 죽음, 자살' 등으로 언표화되기도 하며, 조금 더 세련된 방식으로 구성력을 갖출 수 있었던 작가들은 그 공포감을 작품을 지탱하는 힘으로 텍스트를 주조해 내게 된다.

즉 이 시기 텍스트들이 무수히 보여주고 있는 죽음, 자살 등은 그 자체로 어떤 결말이나 해결방법을 제시하고자 하는 것이 아니라 '나 지금

무섭고 두렵다'의 상태를 그대로 재현하고 있는 것이라고 이해해야 한다. 그러한 상태를 드러내는 것을 두고 세계에 대처하는 방식이 적극적이지 못하다고 '잘했다, 못했다'를 말한다는 것은, 왜소한 현대인을 드러내기 위해 난쟁이를 등장시킨 것을 두고 난쟁이가 잘 생겼다, 못 생겼다라고 평가하는 것과 다를 바가 없다.

현상윤의 「청류벽」, 「한의 일생」, 「박명」, 「광야」 등은 그러한 공포의 드러냄 자체가 목적이었기 때문에, 결말의 자살이나 죽음은 소설이 시작될 때부터 스토리상으로 유지되는 절망감이나 두려움이 그대로 언표화된 것으로 볼 수 있다. 엄밀히 따지면 자살과 죽음은 결말 부분에만 등장하는 것도 아니다. 이들 텍스트들은 시작부터 내내 누군가가 죽는 이야기를 하고 있다. 모두 죽음과 자살을 즉 공포감을 이야기하고 싶어 하는 이음동의어인 셈이다. 그렇게 죽음을 표나게 드러내는 텍스트들이 이 시기에 많이 쓰였다는 것을 보여주는 것만으로도 이들 텍스트들은 충분히 자기의 존재의미가 있다. 그런데 세계와 인간 사이의 좁힐 수 없는 간격에 대한 공포감을 표현하면서도, 여기에서 더 나은 작품, 완성도가 높은 작품이라고 이야기할 수 있는 작품은 분명히 존재한다. 그것은 소설 내용만을 가지고는 평가할 수 없는 부분이다. 텍스트의 내용은 그 자체로 자족적이고 완성된 세계이기 때문이다.

예를 들자면 앞서 공포감을 드러내는 작품들과 이광수의 「할멈」을 비교할 수 있다. 즉 그 공포를 직접적인 언술로 드러내게 되면, 그것에 대한 설명이 뒤따라야 하기 때문에 허구적 문학작품으로서의 재미가 반감된다. 그 의미하고자 하는 것에 대한 직접적인 설명이 이치에 맞게 잘 전개되면 문학으로서의 낯설음이 상실되어 문학성이 떨어지게 되고, 그 설명이 잘 되지 않으면 막연하게 동음이의어를 반복하는 형상이 되고 말아 긴장감이 사라지게 된다. 따라서 「할멈」처럼 의미하고자 하는 바를 후경에 두고 잘 갖추어진 이야기를 전경화할 수 있을 때, 텍스트는 그 전경과 후경의 역동적인 넘나듦에 의하여 의미가 풍요로와지고 텍스트는 생성의 힘을 지니는 살아 있는 것으로 존재할 수 있게 되는 것이다.

「할멈」에서 '할멈'은 앞선 텍스트들의 주인공과 마찬가지로 가족도 없고, 가난하며 남의집살이를 한다. 그리고 늘상 '추워서 서울을 떠나야 겠다'고 말하는 것도 다른 텍스트들과 현상적으로는 같다. 하지만 할머니의 '추움'은 막연하게 고독하고 외로운 심사로 표출되는 것과는 다르다. 그 심연은 세계와의 부조화에서 느끼는 인간의 단절감이라는 같은 속성을 지니겠지만, 텍스트에서 이야기되는 할머니의 추움은 어디까지나 고향보다 추운 서울의 날씨라는 구체적인 것으로 한정된다. 따라서 텍스트는 할머니가 왜 추워하는지를 설명하려고 애쓰지 않아도 되고, 독자는 궁금해하지 않아도 된다. 또한 할머니에게서의 죽음은 '구경하기 좋아하는 상여행렬'로 형상화되면서 단순히 죽음을 이야기하는 것보다 구체적 의미를 획득하고 있다.

즉 '새로 산 신을 신고' 따라가게 만드는 매혹을 지닌 세계이기도 하면서, 동시에 따라가다가 어디쯤에선가 반드시 돌아와야 하는(그렇지 않으면 길을 잃어버릴 수도 있다), 즉 끝까지 쫓아가서는 안 되는 세계이기도 하다. 그 매혹과 묵계(돌아오기) 사이에 할멈의 두려움이 존재할 것이다. 더 따라갈 것인가, 집으로 돌아올 것인가. 그것은 이들의 대화에서도 마찬가지이다. 모든 인물들 사이에서 행해지는 대화는 접점 없이 겉돌면서 지속된다. 그러한 대화는 각자 자기 말에만 귀를 기울이고 있기 때문에 자기가 한 말이 계속 자기에게로 되돌아오게 된다. 그래서 대화를 하고 있는 듯하지만 말을 계속 이어갈 것인가 말 것인가에 대한 판단은 오로지 자신에게로 귀속된다. 이것이 할멈이 느끼는 '추움'의 실체이다.

할멈은 오늘도 여전히 상여행렬을 따라 나섰지만 돌아온다. 늘상 말한 것처럼 서울이 추워 고향으로 가야겠다고 하지만 여전히 또 이 집에 머무르게 된다. 대화는 소통되지 못하지만 할멈은 웃는다. 그리고 늘 하던대로 '불평한 빛 하나 없이 부엌 아궁이 앞에 불을 지키고 앉는 것'으로 이 소설은 마무리된다. 이렇게 타협할 수밖에 없는 것이 바로 이 소설이 보여주는 세계와 인간(인간과 인간)의 관계이다. 이것만으로도 할머니가 느끼는 추움은 충분히 전해진다. 그런데 상여는 언젠가 또 집 앞을 지나갈 것이고, 할머니는 또 따라나설 것이며, 대화는 완결되지 않았으므로 또 같은 話題로 반복될 것이고, 서울은 여전히 고향보다 춥다고 말해질 수 있는 것이다. 바로 이러한 되돌아오기가 과거에도 반복되었던 것이고, 앞으로도 계속 반복될 수밖에 없는, 피할 수 없는 것[189]이라는 것을 깨닫는 순간에 섬뜩한 두려움이 찾아온다.

지금까지 제3장에서 논의된 특징적인 요소들은 모두 서로 얽히면서 한 시대의 정신적 풍경을 고스란히 전해주었다. 즉 육체성이 배제된, 이루어질 수 없는 사랑이야기는 고통스러운 내면을 형성하면서 자기형성을 가능하게 했지만, 그 과정에서 겪게 되는 자기분열과 혼돈은 세계를 죽음과 자살로 미메시스하면서 공포스러운 감정을 드러내게 된다. 그 공포스러움을 드러내는 소설은, 막연하게나마 느껴지는 공포감을 자기감정으로 인식하고 글쓰기를 통해 드러낼 수 있었다는 점에서 '자기'와 '정'을 인식한 '정의 문학'의 구체적 실현으로서의 의의를 지닐 수 있다. 이러한 요소들은, 의도되지 않은 계산으로 이야기 속에 배치되고 있는데, 각 요소가 모두 조금씩 드러나는 텍스트가 있는가 하면, 공포와 두려움을 그대로 닮고 있는 백대진의 「과모의 루」와 같이 그 중 하나의 요소만으로 텍스트가 완성되는 것도 있었다.

특히 김동인의 「약한자의 슬픔」과 이광수의 「어린 벗에게」, 나도향의 「꿈」은 앞서 말한 복잡하고 다양한 요소들을 모두 얽히게 하면서도 무질서하지 않게 텍스트의 논리를 만들면서 이야기를 조직해 내고 있어 3장의 양식을 가장 잘 보여준다고 할 수 있다. 앞서 보여준 텍스트 해석과 반복[190]을 피하기 위해 이광수의 「어린 벗에게」만 다시 한번 살펴보면

---

189) Freud, 허창운 역(1997), 『프로이트의 문학예술이론』, 민음사, pp.412~413.
190) 김동인의 「약한 자의 슬픔」과 나도향의 「꿈」은 제3장 2-2)에서 자세히 분석

서 3장 情의 양식을 정리해 보기로 한다.

　이광수의 「어린 벗에게」는 제1신, 제2신, 제3신, 제4신으로 구성된 소설로, 의도되지 않은 텍스트의 구성력을 포착하지 못하면, 단순하게 '내(임보형)'가 김일련이라는 한 여자와의 반복적인 우연한 만남을 통해 운명적 사랑을 이야기하는 것, 혹은 문학사적인 면에서 가치를 지니는 작품 정도로 이해[191]할 수밖에 없게 된다. 그러나 이 소설을 그렇게 단순

되었다.

191) 김윤식은 이광수 초기소설 「어린 벗에게」, 「방황」, 「윤광호」를 '사랑기갈증'의 소설로 표현하면서, 그것의 정체를 밝히고자 했다. 그러나 김윤식의 논의는 문학적 상상력의 논리를 밝히는 데로 나아가지 않고, 춘원의 생애에 있어 여인 관계를 밝히는 이광수 전기를 쓰게 된다. 김윤식(1999), 『이광수와 그의 시대』(개정, 증보판), 솔, pp.623~647.
　이재선(「춘원의 초기단편과 서간형태」, 『최남선과 이광수의 문학』, 새문사, 1981, p.103, pp.110~111)도 근대 단편소설에서의 본격적인 서간체 소설이 한국소설사에 등장한 것에 의의를 부여하여 문학적 가치보다는 문학사적인 가치로 평가한다.
　주종연(「이광수의 초기단편소설고」, 『최남선과 이광수의 문학』, 새문사, 1981, pp.127~128) 역시 김일련과 나와의 우연한 만남에 의한 사랑 확인에 초점을 맞추어 내용을 요약하는 수준에서 더 논의를 발전시키지 못한다.
　서경석(「초기 춘원소설의 '병(病)' 모티프와 그 성격」, 『외국문학』 45, 1995 겨울, pp.208~209)은 '병'모티프를 자아주의와 연계시키는 작업을 하면서도, 세부적인 텍스트 해석에서는 '내'가 병에 걸린 것이 사랑을 얻지 못해서이며, 그 사랑 얻지 못함의 책임을 조선의 구래의 관습과 도덕에 돌리는 주인공을 보여주는 수준에 머무르고 있다.
　홍혜원(「이광수 소설의 서사성 연구」, 이화여대 박사학위 논문, 2000, p.85)은 기존의 논의들에서 이야기된 것처럼 「어린 벗에게」가 '계몽적 설교를 드러내면서도 개인주의적 결말― '나'의 사랑은 절대적이다― 을 유도하는 부분에서는 낭만성의 경향을 보인다'고 말하고 있다. 그러나 열정적 사랑과 낭만적 사랑의 개념은 구분되는 것으로, 「어린 벗에게」에서의 사랑이 결혼과 성을 철저히 배제하고 있다는 점에서 낭만적 사랑과 구분되는 열정적 사랑이라고 논의하는 서영채의 논의만 보더라도 근대 초기 소설텍스트에 대한 기존의 논의들은 아직 일차적 해석에 머무르고 있다는 것을 알 수 있다. 서영채는 이광수 초기 텍스트들이 보여주는, 육체성이 배제되고 열정으로 절대화되는 사랑이 그의 계몽주의에서 비롯된 것이라고 결론내린다. 즉 이광수에게 사랑은 구시대의 윤리적 형식주의에 맞설 수 있는 계몽의 덕목으로 이야기되는 것이었으므로 그것은 인격적 결합으로서의 사랑, 정신적 가치로서의 사랑일 수밖에 없었다는 것이다(서

하게 내용 정리만으로 언급할 수 없는 것은 규명되어야 할 이 시기의 특징적 의미소들을 너무나도 많이 담고 있기 때문이다. 많은 선행연구들이 이미 주목하였듯이 고백형식의 편지글로 전개되는 이 소설은 제1신에서 자신의 병에 대해 보고하면서, 그로 인한 외로움이 또 다른 심적 병인(病因)이 되고 있다고 말한다. 그것은 죽음을 연상시키면서 '공포'를 느끼게 하고, 그 공포감은 죽음이 사랑을 상실하게 만든다는 생각에서 연유하는 감정이라고 밝히게 된다. 사랑이라는 말이 전면에 배치되고 있기는 하지만, 이 시기의 텍스트에서 이야기되는, 육체성을 배제한 사랑이 자기동일성을 내포하는 기호로 작용한다는 것을 고려하면, 이 공포감은 자기동일성이 상실되는 것, 자기동일성과의 결별을 두려워하는 데서 비롯되는 정서라는 것을 알 수 있다.

그래서 제2신에서 들려주는 나의 사랑이야기는 제1신에서 내가 느끼고 있는 공포감의 원인이기도 하면서 또한 해결책이 되기도 한다. 김일련과의 옛사랑은 전형적인 이 시기 사랑의 문법을 보여주면서 병으로 인한 자기상실의 '공포'에서 벗어날 수 있는 나의 자기 구제책이 되고 있기 때문이다. 즉 '내'가 이미 결혼한 사람이었기 때문에 김일련에 대한 사랑은 고통과 번민으로 기억될 수밖에 없는, 그래서 더욱 애절한 이야기로 재구성되고 있는 것이다. 내용은 고통스러운 옛사랑의 이야기이지만, 제1신의 병과 외로움으로 인한 공포감으로부터 벗어나도록 해준 김일련에 관한 이야기는 나로 하여금 고통스러운 척 가장하며 마음껏 그 사랑에 대해서 이야기할 수 있게 해준다. 자신을 비참한 상황에 놓아둘수록 자신의 고백은 연장될 수 있기 때문이다. 그러한 고백의 고통스러운 얼굴 뒤에는, 자기동일성이 확보된다는 의미에서의 완전한 자기충만의 시간이 주어진다는 것을 편지를 쓰고 있는 '나'는 본능적으로 알고 있었던 것이다. 그리하여 옛사랑 김일련과 제1신에서

영채(2002), 「한국 근대소설에 나타난 사랑의 양상과 의미에 관한 연구」, 서울대 박사학위 논문, pp.18~35).

병간호를 해 주었던 여자가 동일인물인 것이 바로 여기, 제2신에서 밝혀지게 된다.

제3신은 다시 병원의 병상에서 편지를 쓰는 것으로 설정되면서, 제1신과 제2신 사이에서는 일정한 규칙이 발견된다. 즉 1신에서 병으로 인한 공포감을 이야기하고, 2신에서 그 공포감을 억압할 수 있는 사랑이 이야기되었다면, 3신에서는 다시 '내'가 겪은 가장 공포스러운 기억, 즉 표류하는 배에서 생명의 위태로움을 경험했던 이야기가 등장한다. 편지를 쓰는 '내'가 느끼고 있는 분열감(혼란)이 그대로 소설의 구성으로 이어지고 있는 것이다. 그 공포의 기억 속에는, 제1신에서 '공포'를 느끼게 한 막연하고 추상적이던 죽음이 진짜 죽은 사람을 보는 장면으로 삽입된다. 죽음은 인간에게서 가장 낯선 세계로 존재하기 때문에 시체를 보는 장면은 두려움을 가장 극대화한 모티프로 작용하게 된다.

그러나 자기보호본능이 영악할 정도로 발달한 '나'는 이 3신의 가장 공포스러운 순간에 옛사랑 김일련을 만나는 극적 모티프를 삽입하여 다시 공포로부터 벗어나는 계기를 만들고 있다. 더구나 그 만남은 '내'가 그(김일련)의 목숨을 구하면서 이루어지고 있어, 생명의 위협 속에서 생명을 구하는 방식으로 공포감을 극복하는 내용을 만들어 내게 된다. 또한 2신까지 교차하며 반복되던 공포와 사랑이 3신에서 가장 극적인 상태로 결합되고 있어, 2신까지의 '나'의 불안은 3신에서 자기 회복으로 되돌려지고 있음을 알 수 있다. 따라서 3신에서 내가 구해낸 것은 과거의 사랑이면서 동시에 2신까지에서 공포감에 불안해하고 있던 나 자신이기도 하다. 바로 이것이 「어린 벗에게」의 절묘한 구성이다.

그리하여 4신에서는 마침내 자연과 인간, 우주와 인간, 사람과 사람의 서로 交通하게 하는 것에 대해 길게 서술하는 것으로, 자기 자신으로 돌아가는 것, 자신의 동일성을 감지하는 충족된 순간을 보여줄 수 있게 된다. 함께 가는 사랑, 김일련은 현재 나에 의해 이야기될 수 있는 것만으로도 그 역할을 다한 것으로 보인다. 그래서 그녀는 소설이 끝날 때까지

잠에서 깨어나지 않는다. 기억 속에 존재하고 있는 김일련과 다를 바가 없는 것이다. 한 인간의 자기동일성의 회복 경로를 보여주기 위한 매개[192]로서 사랑이 필요한 것이었기 때문이다.

이 편지(「어린 벗에게」)는 한 개인이 자기(병)로부터 비롯되는 자기분열의 공포감에서 출발하여 세계와 자신 사이에서 만들어지는 공포감과 그것의 극복을 반복적으로 보여주는 이야기이다. 이것은 각각의 신이 들려주는 세부적인 이야기에도 독립적으로 해당되는 이야기이며, 또한 네 신 모두를 연결해 보아도 그러하다. 즉 제1신이 병－공포－회복의 순서로 이야기가 진행되고, 제2신은 이루어 질 수 없는 사랑－절망－다시 찾아온 그 사랑에 대하여, 제3신은 배의 전복－공포와 두려움(죽음)－사랑의 재회, 제4신은 자연과의 동화, 함께 있는 사랑이 모티프로 작용하고 있다. 이것을 조금 더 크게 보면, 병으로 인한 분열감(1신)－옛 사랑을 통한 회복(2신)－죽음에 대한 공포(낯선 세계에 대한 두려움 : 3신)로 또 다시 분열－동일성 회복, 충만감(4신)으로 이야기가 구성되고 있는 것이다. 즉 모든 이야기가 자기에게로 돌아오는 길을 만들고 있었던

---

192) 서영채는 이를 두고 육체성이 배제된(낭만적 사랑과 구분되는) 열정적 사랑(amour passion)이라고 말한다. 낭만적 사랑이 결혼과 성에 연결되는 사랑이라면, 열정적 사랑은 결혼과 관계없이(혼외 : 「어린 벗에게」에서도 나(임보형)는 기혼남이다) 출발하는 것으로, 이성의 지배로부터 열정과 쾌락을 해방시켜 새롭게 가치가 부여되었으며 그 사랑에 성(결혼)을 결합시키지 않는다. 열정적 사랑의 핵심문제는 애정 관계 속에서 어떻게 자신의 사랑의 진정성을 확인할 수 있는가 하는, 타자가 배제된 독백형식의 사랑이라고 할 수 있다. 서영채가 육체성이 배제된 사랑에 주목하는 시각은 이 책의 제3장, 1에서 다루고 있는 내용과 매우 유사하다. 그러나 이광수를 예로 들자면, 서영채는 이러한 사랑이 이광수의 계몽주의가 선택할 수밖에 없는 것이었다는 소결에 이르고 있어, 자기구성에 이르는 글쓰기로서 정의 문학의 실천에 초점을 맞춘 본 연구와 차이를 보인다.
이은주(2000), 「문학텍스트에 나타난 자기구성 방식에 대한 시론 : 사랑의 담론을 중심으로」, 『1920년대 동인지 문학과 근대성』, 깊은샘.
서영채(2002), 「한국 근대소설에 나타난 사랑의 양상과 의미에 관한 연구」, 서울대 박사학위 논문.

것이다.

병에 대한 이야기는 회복되기를 욕망하며 쓰이는 것이고, 공포에 대한 이야기는 공포감을 제거하고 깨진 균형 상태를 복구하여 평화를 회복[193]하기 위한 욕망을 드러내는 것이다. 「어린 벗에게」가 보여주는 분열과 회복의 파노라마에 자기구성을 위한 변증법적 글쓰기라는 의미를 부여한다고 해도 큰 무리는 없을 것이다. 「어린 벗에게」는 이 시대의 단편소설들을 통해 이야기할 수 있는 모든 요소들을 담고 있다는 점에서 이 시기를 대표할 수 있는 양식을 선취한 작품이라고 조심스럽게 얘기할 수 있을 것 같다. 이광수의 「어린 벗에게」가 우연한 만남으로 전개되는 낭만적 사랑이야기라거나, 계몽주의자가 선택할 수 있는 기형적[194] 사랑이라고 논의되는 것에 대한 불만이 여기에 있다.

지금까지 논의된, 이 시대 단편소설의 특징으로 이야기될 수 있는 요소들은 다양한 텍스트들이 보여주는 공통분모라고 할 수 있다. 그것들은 한 시대의 정신적 풍경을 담아내면서, 서로 매개되고 의존한다. 즉 육체성이 배제된, 이루어질 수 없는 사랑이야기, 번민과 우울과 고통을 주조로 하는 이야기들, 알 수 없는 병과 두려움, 죽음과 공포로 채워진 이야기, 그리고 이 모든 요소들을 아우르고 있는 이야기의 소설적 특징은 기존의 연구들도 현상적으로는 언급하였던 부분들이다. 그러나 중요한 것은 그러한 현상을 동어반복으로 재설명하거나, 특징적 요소들을 확인하는 것에 있지 않다. 이러한 요소들은 세계에 대해 부정적이거나 세계를 회피하고 도망치는 것이 아니며, 모자라고 기형적인 것도 아니다. 또한 퇴폐적이고 감상적인 것도 아니며, 나약하고 허약한 모습도 아니다.

이 시기 텍스트들은 시대가 요구하는 자기감정을 표현하기 위해 자기를 구성하는 글쓰기를 충실히 하였던 것이고, 낯설게 다가오는 세계에 대한 두려움과 공포를 자기가 느끼는 감정 그대로 두렵고 공포스럽게 그

---

193) Moretti, F., 조형준 역(1997), 「공포의 변증법」, 『세계의 문학』, 1997 여름, p.223.
194) 서영채(2002), 앞의 글, p.34.

려내고 있는 것이다. 그 과정 속에서 경험하게 되는 고통들이 번민과 고통과 눈물과 우울로 점철되는 것은 인지상정이다. 병은 충실히 앓아야 회복될 수 있는 것이므로 이 시기의 소설 텍스트들은 당대가 앓았던 시대의 고통을 충실히 감당하면서 그 회복의 상태를 기다렸다고 할 수 있다. 무엇보다도 이 모든 것이 '자기'와 '정'을 인식한 '情의 문학'을 실현하고자 하는 당대의 의욕과 맞닿아 있다는 점이 강조되어야 한다.

제4장 ▎한국 문학사에서 근대소설 양식 규명의 의의

　한국 근대소설의 한 양식을 연구하고 있는 이 책은 많은 문제의식을 내포하고 있다. 이 연구가 근대소설사나 연구사에서 가장 먼저 문제 제기를 하고 싶었던 부분은 시대구분과 연구 시기의 설정 문제이다. 국문학사의 시대구분은 지난날의 문학과 근래의 문학이 어떤 관계를 가지고 있는가를 보여주는 동시에 개별 시대의 특징을 부각시키기 때문에 중요하다. 문학사의 시대구분에서 전제되어야 하는 것은 하나의 특수하면서도 엄격한 점검을 요구하는 본질개념이다. 구분된 시대와 시대의 사이에는 본질적인 내용에 대한 사고의 변이가 숨어[1]있기 때문이다.

　그래서 시대구분은 바로 이 숨어 있는 본질들을 밝혀내는 것, 규명하는 것, 발견하는 것이라고 말할 수 있다. 문학사를 총괄할 수 없는 대부분의 연구들은 부분적인 연구 시기를 설정하고 그 시대의 특성을 연구하게 된다. 그런데 이러한 연구 역시 문학사의 한 부분으로 문학사적 안목을 지니는 출발점이 된다는 점에서 문학사의 시대구분과 그 속성이 크게 다르지 않다. 따라서 특정 시기를 설정하는 연구에서도 위에서 언급한 것과 같은 맥락들이 전제되어야 하는 것은 당연하다.

---

1) 김주연(1971), 「문학사와 문학비평」, 『문학과 지성』, 1971 겨울, pp.751~752.

그러나 최근까지 쓰인 문학사(소설사)나 특정시대 연구를 주제로 내세우고 있는 연구들은 문학사적 자리매김을 염두에 두면서도, 10년을 단위로 하는 관습적 구분, 즉 1900년대, 1910년대, 1920년대 등의 구분을 그대로 사용하거나, 문학 외적인 역사적 사건—가령 1910년 한일합방, 1919년 3·1 운동, 1945년 해방 등—을 시대구분의 기점으로 삼게 된다. 10년 단위의 구분은 처음부터 시기 설정에 대한 고민이 없었기 때문에 거기에는 구분의 논리가 개입될 여지가 없다. 따라서 비판의 조건도 갖추지 못한 셈이고, 후자는 시대구분과 실제 문학텍스트와의 관련 양상과 변화 관계를 구체화하지 못한다는 문제점을 지닌다.

이것은 시대구분이 본질개념을 기반에 두어야 한다는 당위적인 차원에서만의 문제가 아니기 때문에 비판의 대상이 된다. 즉 대부분의 10년 단위로 행해진 연구들은 특수성을 드러낼 수 있는 어떠한 기준을 가지고 시작되는 연구가 아니기 때문에, 언제나 선행연구의 전, 후 시대와의 연장선상에서 진보적 발전모델을 염두에 두면서, 앞 시대와 다른 것을 찾고 뒤의 시대와는 연계될 수 있는 요소를 찾는 연구 패턴을 보인다. 그리하여 정작 연구 대상이 되는 시기의 본질적 특성을 개별화하는 성과를 얻지 못하고 있다. 역사적 사건에 초점을 맞춘 경우는, 그 사건의 이념을 중심으로 문학텍스트를 설명하고 배치하다보니 다양하게 읽힐 수 있는 텍스트의 가능성이 상실되고, 더 나아가 언급조차 되지 못하는 결과2)까지 초래할 수 있다.

그 결과 근대문학에 대한 연구는 임화 이후 최근까지 다양한 방법론과 대상들로 그 연구 영역을 확장시켜왔음에도 불구하고, 근대 소설(문학)의 본질로부터 규명된 내적 논리로 텍스트를 조망할 수 있는 이론을

---

2) 그 대표적인 예가 김윤식과 김현의 『한국문학사』에서의 텍스트 분류일 것이다. 한 예로, 이 저서에서 「개인과 민족의 발견」 시대로 분류되고 있는 3·1운동 이후의 시기에서는 '식민지 치하의 저항의식'이라는 관점으로 정지용과 한용운을 비교하게 된다. 그 결과 '정지용은 한용운과 같이 피 묻은 깃대를 세우지 못한 소시민'이라는 평가를 받게 되고, 이효석은 배제된다.

세우지 못하고 있는 것이다. 그리하여 근대초기 문학 텍스트들은 텍스트 자체의 개성을 보여줄 수 있는 기회도 가져보지 못한 채 못난 문학으로 취급되고 있으며, 주목받는 텍스트들도 늘 동어반복적으로 설명되고 있는 수준이라는 것을 부인할 수 없다.

특히 근대 초기 문학은 다양한 해석이 가능한 수준이 아니라는 텍스트 자체의 한계가 분명히 존재하기 때문에 무엇에 대하여 왜 연구하는지에 대한 문제의식이 설정되지 않은 상태에서 접근할 경우, 이념 지향적인 계몽성을 강조하거나 텍스트가 표면적으로 드러내고 있는 내용을 재차 설명하는 것에 그치면서 과도기 문학으로 결론을 내릴 수밖에 없게 된다. 더욱 문제적인 것은 이러한 연구가, 선행연구들이 늘 그러했기 때문에 그것이 근대 초기문학 연구의 최선책이자 한국 근대초기 문학텍스트의 한계인 것처럼 연구자 스스로를 기만하게 된다는 것이다.

가장 문제적이면서 구체적인 예가 근대초기로 불리는 시기를 1900년대, 1910년대, 1920년대와 같이 10년 단위로 시대구분하는 연구이다. 이 시대가 왜, 어떠한 기준에서 이렇게 구분되어야 하는지를 특화시키지 못하면서도(않으면서도) 그 결과들은 구분된 시대의 본질처럼 자리하게 된다는 점에서 비판할 수 있다. 이러한 결과는 자칫 한국 근대초기 문학(소설)이 신사상의 보급을 담당하는 수단으로서의 계몽성과 기능성이 논의될 수밖에 없는 문학, 그리고 1920년대로 가기 위한 '과도기, 못 미치는, 아직 완성되지 못한' 문학의 자리에 위치하면서 좀더 전통적인 것을 확인하고 그 다음 시기를 위한 준비단계로서의 징후들로 존재하는 문학으로 설명할 수밖에 없기 때문이다.

그러나 근대초기 소설들 중에서도 분명하게 차이가 감지되는 것에서부터 출발하여 그 내적 논리로서 한 시대의 본질을 규명할 수 있다면, 일단은 그 시작만으로도 텍스트에 의한 문학 내적 논리 구축, 본질개념에 의한 시대구분의 가능성을 보여준다는 의의를 지닐 수 있다. 이 책은 바로 이 시작의 위치에서 쓰인 것이다. 이것은 같은 시대 안에 존재하는 다양한 텍스트들의 상호관계를 파악하게 하여 당대성을 설명할 수 있는 것은 물론이고, 문학적 성취와 문학적 전범을 공론화할 수 있는 가능성도 지니게 된다. 이 점은 선행 연구들의 연구 패턴을 극복하고자 한 이 책의 의의 중 하나이다.

이 책의 연구 방법에 의해 그동안 근대 초기의 많은 소설들이 다양한 방식으로 읽히지 못한 이유가 근대 초기문학(소설)이 지닌 텍스트만의 문제가 아니라는 것을 알 수 있다. 즉 다양하고 역동적인 근대 초기라는 공간(시대)에서 기준과 목적 없이 만나게 되는 텍스트들은 자연히 선행 연구들에 의해 의미화된 것들을 확인하거나, 다른 양상을 보이는 것을 구분하여 분류하고 범주화하는 수준으로 진행될 수밖에 없었던 것이다.

그리하여 이 책은 그동안의 근대문학에 관련된 선행 연구들을 자양분으로 하면서, 미적 효과를 발휘하는 글쓰기로서의 문학(소설)을 이야기할 수 있는 시기(와 텍스트)를 연구범위로 설정하여 그 특수성을 규명하였다. 즉 문학에 대한 인식이 새롭게 정비되는 시점으로 볼 수 있는 1915년을 전후한 시기부터 문학자율성의 논리를 내면화하고자 했던 1920년대 중반까지의 단편소설을 대상으로 텍스트가 만들어 내는 문학적 효과에 집중하여 근대 초기소설을 보는 하나의 기준을 제시하였다. 본 연구에서 재구성한 1915년을 전후한 시기의 문학에 대한 인식의 변화는 당대성을 드러내는 일차적 자료들의 실증적인 검증에 의해 이루어졌다는 점에서도 중요한 의미를 지닌다.

정리하면, 문학이라는 말은 1910년경까지는 시나 소설과 같은 특정한 글쓰기를 지칭하는 말로 주제화되지 않았다. 이 때까지 사용된 문학이라는 말은 문자, 문자독해능력, 학문일반, 지식일반, 교육의 기초적 텍스트, 학술적인 문장, 문장박식, 고급저술 등의 의미로 사용되면서 의사소통방식 일반으로 파악[3])되고 있었다. 그렇기 때문에 1900년대의 근대문

---

3) 김동식(1999), 「한국에서 근대적 문학개념의 형성과정 연구」, 서울대 박사학위 논문.

학연구는 문학연구라는 표제가 붙으면서도 시대적 이념인 계몽을 이야
기할 수밖에 없었고, 1910년대 연구 역시 혼재하는 문학적 양상을 보다
앞선 시대와 가까운 것과 다가올 시대에 접근하는 문학으로 구분할 수
밖에 없었던 것이다.

　문학이 미학적 속성을 지닌 특수한 글쓰기로 인식되면서 미감상(美感
想), 정, 감수성, 자율적, 독립적으로 존재하는 대상으로 인정해야 한다
는 인식의 전환은 1915년을 전후하여 근대 문학(소설)을 판단하는 미적
원리로 작용하게 된다. 이러한 인식의 전환을 보여주는 당대성은『학지
광』,『신문계』,『반도시론』,『청춘』,『대한흥학보』,『태서문예신보』등
에 실려있는 이광수, 김억, 백대진, 안확, 양건식, 주요한, 최두선, 최승
구 등의 논의들로 확인할 수 있었다. 특히『학지광』과『청춘』은 문학과
직접적으로 관련된 논의뿐만 아니라, 작가(예술가)의 태도나 생활, 독서
하는 독자로서의 역할까지 새롭게 변화할 수 있도록 하는 활발한 논의
를 보여주고 있었다.

　이들은 문학과 생활에서 '情(感情)'을 강조하면서 새로운 문학의 의의
를 보여주게 된다. 즉 문장에 활력 있는 情意적 생명이 있는 것이 문학
이고, 생명이 있다는 것은 동감의 정의적 느낌을 불러일으켜 하나의 인
상을 주어 감정을 유발시키는 것으로 요약할 수 있다. '情'이 문학에 있
어서는 물론이고 세계상을 재편하는 인식틀로 중요하게 받아들여지는
이유는 이 시기에 즈음하여 인간은 독자적이고 고립된 내면을 가진 개
인 존재로, 희노애락의 순수감정이 인간성의 근원이자 인식의 근거4)가
됨을 깨우치기 시작했기 때문이다. 이러한 정의 요구는 바로 문학이 존
재하는 이유가 되며, 이 흐름은 1920년대로 계속 이어지게 된다. 그리고
새로운 문학의 기준을 제시하지는 못했지만「매일신보」는 1910년대 초
반에 당대의 문학의 문제점을 집중적으로 논설이나 사설형식으로 실으

---

4) 권보드래(2000),『한국 근대소설의 기원』, 소명, p.99, p.260, p.263.

면서 다가올 새로운 문학에의 기류를 형성하고 있었음을 확인할 수 있었다.

물론 특화된 이 시기의 모든 텍스들이 당대의 시대적 요청과 흐름을 수용하고 실천하고 있는 것은 아니다. 그러나 이 시기 문학에 대한 인식의 변화는 당위적 주장으로만 머문 것이 아니라 학교교육이나 신춘문예, 현상모집과 같은 새로운 문학의 제도화를 통해, 그리고 문학관련 월보나 잡지에서의 주장을 통해 문학에 대한 인식의 변화를 주도하면서 실천으로까지 이어지고 있었다. 바로 그러한 역동적 변화 속에서 시대적 요구를 적극적으로 실천하고 있는 다양한 텍스트들이 이 책에서 규명하고 있는 양식의 자료가 된 것이므로 이것은 충분히 정당성과 타당성을 지닌다고 할 수 있다.

이제 이시기의 텍스트들이 왜 양식이라는 개념으로 연구되는지, 그리고 그것은 어떤 의미를 지니게 되는지가 설명되어야 할 것이다. 미적 대상으로 이야기할 수 있는 텍스트들의 존재를 가능하게 했던, 문학에 대한 인식의 변화는 실증적으로 검증이 가능한 것이었다. 그런데 그러한 변화된 인식을 실천하고 있는 텍스트들의 본질은 어떻게 규명될 수 있는가. 텍스트가 겉으로 드러내는 '―다체'의 문장5)이나, 보여주기에 가까워진 인물묘사, 구체화된 사건 등에 대한 설명이 특징적 요소로 근대문학을 규정하는 중요한 지표가 되는 것은 사실이지만, 그러한 설명으로 동시대의 텍스트들을 아우를 수 있는 내적 논리가 밝혀지는 것은 아니다. 텍스트들은 같은 논리로도 다양한 모습을 보여줄 수 있으며, 또 보여주고 있기 때문이다.

그래서 이 책은, 비슷하면서도 다양한 모습을 보이는 텍스트들을 모두 포괄하면서 하나의 내재적인 힘으로 수렴할 수 있는 양식(style, stil) 개념을 도입하였다. 양식은 텍스트를 지탱하고 구성하는 힘을 포괄적으

---

5) 권보드래(2000), 앞의 책, pp.247~255.

로 수용하면서 당대와의 연관성도 논의할 수 있는 함의를 지니기 때문이다. 양식이라는 용어는 한국근대문학 연구사에서 어렵지 않게 발견할 수 있는 용어인데, 서사체나 서사물이라는 용어로 바꾸어도 무리가 없을 만큼 특별한 개념규정 없이 사용되고 있다. 따라서 이 책은 양식이라는 용어를 미학적으로 정리하면서, 한국문학 연구사에서 양식의 개념에 비중을 두고 하나의 방법론으로 천착하고 있는 선행 연구를 새롭게 자리매김하였다. 이것은 이 책이 지닌 또 하나의 의의이다. 한국문학사에서 본격적인 양식 연구로서 주목할 수 있는 것은 김윤식과 최유찬의 선행연구들이다. 이들은 모두 소설의 존재 방식을 탐구하는 관점으로 양식 연구가 문학사적으로 중요한 과제임을 강조하고 있다.

이 책은 위의 논자들의 선행 작업들을 참고하면서, 이들이 비중을 두고 있었던 독일 미학을 중심으로 하는 유럽 쪽의 양식 개념을 정리하기 위해 헤겔, 루카치(Georg Lukács), 하르트만(N. Hartmann), 까간(M.S. Kagan), 하우저(A. Hauser), 아도르노(T.W. Adorno) 등이 설명하고 있는 미학적 개념들을 살펴보았다. 그리고 직접적으로 양식을 거론하지는 않았지만 문학에 대한 인식과 그것을 구체화한 텍스트의 관계를 양식의 맥락에서 논의할 수 있는 작품론과 논문들을 통해 텍스트를 통찰할 수 있는 감각을 익혔다.

이 과정에서 살펴 본 논의들은 루카치의 작품론―예를 들면 「솔제니찐―「이반 제니소비치의 하루」」나 『영혼과 형식』, 『소설의 이론』―을 비롯하여 괴테, 쉴러, 슐레겔, 니체, 아도르노, 벤야민, 프랑코 모레티 등의 글이다. 이들은 모두 텍스트를 읽는 방식으로부터 텍스트의 논리를 이끌어 내는 과정을 실현하고 있었다. 그렇게 발견된 논리는 한 시대의 문학적 현상을 설명하는 것으로 확장되기도 하고, 더 나아가 시대와 대상을 넘어서는 논의로도 자리할 수 있다는 것을 보여주었다. 이 부분은 우리 문학 이해를 위한 독자적 연구 방법의 필요성을 새롭게 일깨울 것이다.

다양한 미학 이론가들의 개념을 살폈지만 이들의 개념을 하나로 수렴할 수는 없다. 그러나 그 속을 관류하는 커다란 공통항은 분명히 존재하며, 본 연구가 수용하고 있는 개념은 특정한 하나의 이론에 기대지 않은 바로 이 공통분모라고 할 수 있다. 조금 더 구체적으로 말하자면, '대상을 완성해 내는 특정한 예술 장르의 성질이 가진 예술 표현상의 규칙이나 법칙으로 확대 해석할 수 있다'고 말하는 헤겔의 설명이나, 하르트만에게 와서 가능한 개별적 형식의 형성 방식이나 공통적인 형성 상태를 예술 양식의 특징으로 강조하는 '형식의 형이상학'이라고 확장된 의미, 그리고 타타르키비츠에게서 '예술가가 선택할 수 있는 영속적인 형식도 아니고 그의 의도와도 무관한 것으로, 예술가가 처한 시대와 환경의 보는 방식, 상상하고 생각하는 방식에 조응하는 하나의 필연성'이라고 보다 일반화된 개념으로 정리되는 것 속에 흐르고 있는 공통분모이다. 이것은 '작가가 마주친 내용적, 형식적 문제를 해결하고 처리하는 방식으로서 어떻게 합법칙적으로 성립했는가를 설명하는 데 쓰이는 일종의 패러다임이자, 새롭게 재구성되고 재조정되어야 할 역동적인 관계 개념'으로 양식을 설명하고 있는 최유찬의 개념 정리와도 크게 다르지 않다.

바로 위와 같은 양식의 개념이 루카치의 작품론을 비롯하여 니체, 아도르노, 벤야민, 프랑코 모레티 등이 텍스트 읽기를 통해 구체적으로 실현하고 있는 내용이다. 이들의 텍스트 읽기 방식은, 텍스트에서 감추어진 의미를 찾아내고 의미를 생성해 내며, 텍스트의 상(像)을 표면으로 떠오르게 하는 전복적인 독서 방식이라고 할 수 있다. 이 연구는 바로 이와 같은 방식으로 1915년 이후의 우리나라 문학 텍스트들을 읽어 내었다. 한국 근대초기 소설텍스트들은 이러한 읽기 방식에 의해 추상적으로 감지되던 것들을 드러내고 있다.

이 작업은 텍스트가 담고 있는, 주관과 객관, 정신과 물질, 자아와 세계, 형식과 내용이 서로를 초극하고 화해하면서 만들어 내는 텍스트의 상(像)을 구체화하는 것으로, 이러한 과정 자체가 총체적이고 관계적이며 구체적인 것에 뿌리박은 변증법적 사유에 수렴될 수 있다. 양식은 바로 이러한 사유방식을 통해 구체화될 수 있고, 변증법적 사유는 양식으로 수렴될 수 있다는 점에서 이들은 서로를 내면화하고 있는 관계라고 말할 수 있다. 이렇게 방법론과 목적이 서로를 보완하면서 상승 효과를 가져올 수 있다는 점은 이 책이 지닌 장점으로 이야기될 수 있는 부분이다.

지금까지 설명된 방식으로 이 책은 한국 근대소설의 한 양식을 규명하였다. 이 양식에서는 '情의 문학'의 실현에 무엇보다 주력하고 있다는 점이 중요하다. 자기로부터 연유하는 진실한 감정을 통해 공감을 자아낼 수 있는 글을 쓰도록 요구하는 시대적 요청은, 자기를 표현해야 한다는 것에 대해 고민하게 만드는 계기가 된다. 그 결과 자기를 드러내기에 가장 적합한 형태로 선택된 편지나 일기와 같은 고백적 글쓰기는 자기동일시 욕망을 가장 적절하게 충족시켜 주면서 고백의 속성을 지니게 되는 사랑 이야기를 새로운 글쓰기의 가장 적합한 모티프로 선택하게 된다. 이것이 바로 개인으로서의 자기(감정)를 자각해야 했던 근대 초기 소설가들이 사랑이라는 모티프에 집착하게 되는 이유라는 것을 본 연구는 밝혔다.

사랑에 관한 고백을 하면서 느끼게 되는 만족감은 매개가 되는 내용이나 들어줄 대상의 有無, 혹은 그 대상이 누구인지와 관계없이 자신의 내면(감정)을 자각하면서 느끼게 되는 자기동일성에서 비롯되는 것이다. 그렇기 때문에 情의 양식에 속하게 되는 텍스트들은 사랑을 이야기하면서도 이 사랑에서 늘 타자를 배제하거나 만남을 지연시키는 방식으로 혹은 육체를 거부하는 사랑의 열정만으로 존재하게 되었던 것이다. 그래서 이 열정만으로 존재하는 사랑은 결국 사랑한다고 고백하는 사람의 상상 속에서 그 욕망을 충족시키는 나르시시즘적 형태를 보이게 된다. 이와 같은 내적 작동원리는 동성애를 모티프로 하는 텍스트들에서 노골적으로 드러나게 된다. 이러한 경향이 외부 세계와 자신의 관계에서 자기 자신에 내재한 개성을 결속하고 통합하는 자기구성의 에너지가 되면서, 자기만족적인 자기 확립의 글쓰기를 실천하는 하나의 양식을 만들어 갔던 것이다.

그리하여 본 연구는, 상상 속에서 열정만으로 존재하는, 이루어질 수 없는 사랑을 쓰는(고백하는) 이 시기의 텍스트들에서 자연스럽게 생성되는 괴로움, 고통, 번민 등이 결국 지속적으로 자기를 확인하는 수단(고통=내면)으로 작용하게 되는 것임을 텍스트 내적 논리로 설명할 수 있었다. 자기감정을 충실히 표현한다는 것이 무엇인지를 고민하고 보여주어야 하는 정의 문학의 실천자들은 고통스러운 내면을 발견하고 확인하기에 가장 적합한 사랑을 내용으로 하면서, 그것을 가장 효과적으로 보여줄 수 있는 편지나 일기를 소설 속에서 그대로 드러내는 방식으로 새로운 문학의 요구 조건을 만족시켰던 것이다.

그것은 사랑을 구체적인 내용으로 하지 않더라도 삶의 번뇌, 고통, 낙담을 지나치게 강조하면서 마찬가지의 효과를 얻게 된다. 따라서 이 시기 텍스트들에서 흔하게 볼 수 있는 자기변명과 지나친 연민과 동정, 위안 역시 그 고통스러운 내면의 또 다른 얼굴이라는 것을 알 수 있다. 그것은 병적이고 나약하며 퇴폐적인 것으로 비판될 요소가 아니라, 그것 자체가 자기구성을 위한 방식이자 내용이며 책략이 되는, 자기 만들기의 메커니즘이었던 것이다. 여기에서 이 책은 이 시기 텍스트들이 보여주는 감정과잉의 징후들을 새롭게 읽어낼 수 있는 근거를 마련하였다고 할 수 있다.

계속해서 이 연구는 구성되고 발견된 개인으로서의 자아가 침울하고 무거우며 어두운 분위기를 통해 세계를 어떻게 경험하고 내면화하게 되는지를 논의하였다. 이 세계 경험에서는, 외적인 표현의 누적에만 관련되는 것이 아니라 텍스트를 형성하는 힘에 대응한 결과로서 공포감을 포착하여 의미화할 수 있었다. 이 공포감은 직접적으로 '무서움(증), 두려움, 공포'라는 언어로 텍스트에 등장하기도 하고, 때로는 그 연관성을 쉽게 눈치 채지 못 할 만큼 다양한 징후들로 텍스트를 지배하고 있었다. 본 연구는 그것을 재구성함으로써 산발적으로 제각각 위치하고 있던 소설 텍스트들을 하나의 맥락으로 통찰할 수 있는 논리를 보여주고 있는 것이다.

새로운 세계(시대)와 거기에서 겪는 경험에서 비롯되는 낯선 정서를 표현할 새로운 방법을 아직 갖지 못했던 텍스트들은 그 막연한 공포감을 가장 공포스럽게 전해줄 수 있는 것으로, 알고 있는 가장 무섭고 두려운 것을 선택했는데 그것이 바로 죽음(자살)의 모티프로 드러난다. 죽음과 자살을 노출시키고 있는 소설들은 새롭고 낯선 세계에 대한 두려움, 절망, 파괴성 등의 체험을 분출시키는 방식으로 속성상 가장 닮은꼴이라고 할 수 있는 죽음이나 자살을 모티프로 선택하여 그것이 환기할 수 있는 효과를 적극적으로 활용하였던 것이다.

인간의 공포감을 외화한 방식으로 죽음(자살)이 선택되었다면, 이것이 조금 더 인간의 내부로 이행하게 되면 이름 모를 수많은 병이 등장하게 된다. 즉 자아가 세계에 대해 느끼는 공포감과 불안의 요소들이 표출되는 방식으로 병이 이야기되었던 것이다. 이 시기 텍스트에서 드러나는 두려움과 공포감이 병적 징후들을 보이는 텍스트들과 밀접하게 연결되고 있음을 알 수 있다. 이 병이 자기확립(자아각성)이라는 시대적 요구 속에서 자아가 경험하게 되는 세계와의 간극이자 그 간극을 감지하는 자기분열을 드러내는 방식이었기 때문에, 자기구성과 사랑, 공포(=고통), 병(번민=고통=내면)의 모티프들은 출발지점이었던 情의 문학으로 돌아오는 내적 논리를 완성하게 되는 것이다.

지금까지 이야기된 다양한 요소들, 즉 사랑, 고통, 공포, 죽음, 병 등은 모두 당대의 텍스트들이 산발적으로 보여주고 있던 모티프로서, 기존의 연구들은 그러한 현상을 동어반복적으로 설명하는 것에 그치거나, 세계에 대해 부정적이고 세계를 회피하고 도망치는 것으로(죽음, 자살), 혹은 모자라고 기형적인 것으로(사랑), 또는 퇴폐적이고 감상적이며, 나약하고 허약한 모습(병, 고통, 번민)으로 평가하는 데 머무르고 있었다. 본 연구는 그러한 현상들이 왜 이 시기 텍스트를 지배하는 모티프들이 되며, 이 각각의 요소들은 어떠한 관계로 의미망을 형성하게 되는지를 밝혀낸 것이다.

다시 한번 강조하면, 이 시기 텍스트들이 보여주는 이러한 다양한 양상들은 자기감정을 표현하기 위해 자기를 구성하는 글쓰기를 충실히 하였던 과정이자 결과이고, 낯설게 다가오는 세계에 대한 두려움과 공포를 자기가 느끼는 감정 그대로 두렵고 공포스러운 모티프에 의탁하였던 것이라고 말할 수 있다. 그 과정 속에서 경험하게 되는 고통(내면)들이 번민과 눈물과 우울로 점철되면서 자기(내면) 발견이라는 글쓰기의 출발 지점(정의 문학 구현)으로 되돌려지는 생산적인 구조를 만들고 있었던 것이다.

이러한 논리에 의해 이 책은 김동인의 「약한자의 슬픔」, 이광수의 「어린 벗에게」, 현진건 「꿈」이 문학사에서 새롭게 서술되어야 하는 근거를 제공하면서 유사 텍스트들의 재배치의 가능성을 보여주게 된다. 이제 이 텍스트들은 부족하고 미숙하지만 근대초기 작품들로서의 역사성을 인정해야 한다는 당위적 서술을 넘어서서, 앞서 설명된 것과 같은 텍스트의 내적 논리를 가장 충실하게 실현하고 있는 이 시기 한 양식의 전범(Canon)으로 자리할 수 있게 된 것이다.

이 책은 인식과 글쓰기가 새롭게 만나는 자리에서 만들어진 근대소설의 다양한 양상을 양식이라는 개념으로 통찰하여, 문학텍스트로부터 텍스트를 이해할 수 있는 논리를 제시하고자 하였다. 그 결과 문학 텍스트의 내재적 논리가 어떠한 방식으로 텍스트 속에서 작동하고 있는지를 밝혀 근대문학의 한 원리를 규명할 수 있음을 보여주었다. 그동안 불안정함과 과도한 감정노출 등의 이유로 과도기(형성기)의 습작으로 평가되던 이 시기의 작품에 대해, 왜 그러한 방식으로 현현될 수밖에 없었는지, 그리고 근대적 감수성과는 어떠한 관계에 놓이게 되는지를 설명할 수 있게 된 것이 이 연구의 의의라고 할 수 있다.

이 책의 중심에는 텍스트가 위치한다. 연구의 방법론은 작품의 존재 가치를 규명하는 것은 물론, 근대문학으로서의 특수성을 규명하여 문학사에서 같은 시기에 존재했던 텍스트들의 상관성을 살필 수 있게 한다. 동시에, 크게 주목받지 못했던 근대 초기 소설 텍스트의 문학사적 재배치 가능성도 보여주고 있다는 점에서, 이 책은 문학텍스트 연구의 방법론적 모델로도 기능할 수 있을 것이다.

이제 남는 문제는 두 가지로 정리할 수 있다. 이 책의 연구 대상 시기를 전, 후한 시대들의 텍스트들에서도 그 내적 논리를 통해 규명할 수 있는 양식이 연구되어, 이 양식들로 논의의 맥락6)을 만드는 일이 그 첫 번째가 될 것이다. 그리고, 본 연구가 규명한 양식이 이후 시기의 텍스트들을 이해하는 데도 적용7)될 수 있는 틀이 된다면, 이 양식을 보다 확장하여 의미 있는 요소들을 재구성할 수 있는 관계 개념을 설정하는 작업이 이어져야 한다는 것이 두 번째로 남겨지는 과제이다.

---

6) 한 예로 규방가사와 함께 한국 여류 문학의 대표적 내간(內簡)문학의 형식에 관심을 가져볼 수 있다. 이들은 상호 소통이 전제된 서간체였다는 점에서는 이 책이 다루고 있는 고백체와는 다르지만 문학사적으로 관심을 가져볼 수 있는 부분이다. 근대 서간체 소설을 연구한 윤수영의 「한국근대 서간체 소설 연구」(이화여대 박사학위 논문, 1990)에서 조선시대 소설, 규방문학과의 관계가 간략하게 서술되고 있어 서간체 문학의 전통을 살피는 데 참고가 될 수 있다.

7) 이 책의 제3장 '情의 양식화'에서 특화시킨, 세계를 지각하는 방식으로서의 공포는 이 책의 연구 범위 이후의 시기에 해당하는 최서해와 이상 등의 작품과 관련하여 계속 연구될 수 있는 부분이다. 최서해의 작품에서 두드러지는 섬뜩하고 공포스러운 요소들이나 실체 없이 공포감을 형성하는 이상의 작품들은 그 차이와 동일성에 대한 해명을 요구한다. 이러한 작업에서 텍스트의 내적 특성이 규명되고 그것이 시대와 사회 그리고 텍스트의 본질을 설명하는 논리로 확장될 수 있을 때 소설사를 바라보는 시각은 훨씬 풍요로워질 것이다.

텍스트

「대한매일신보」, 「매일신보」, 『태서문예신보』, 『학지광』, 『청춘』, 『대한흥학보』,
『반도시론』, 『신문계』, 『창조』, 『폐허』, 『백조』, 『폐허이후』, 『개벽』, 『조선문단』
권영민 외 편(1987), 『염상섭전집』 9 / 12, 민음사.
김복순(1999), 『1910년대 한국문학과 근대성－부록 : 백대진 소설자료』, 소명.
나도향(1994), 『물레방아』, 일신서적출판사.
노양환 외 편(1968), 『이광수대표작선집』, 삼중당.
임형택 외 편(1996), 『한국현대 대표소설선』, 창작과비평사.
현진건(1995), 『고향』, 일신서적출판사.

국내 논저

강명관(1999), 「근대계몽기 출판운동과 그 역사적 의의」, 『민족문학사 연구』 14, 1999.
강인숙(1985), 「김동인연구」, 『건국대인문과학논총』 17, 1985. 8.
강희근(1979), 「『학지광』에 나타난 시인들의 의식과 시의 모습에 대하여」, 『배달말』 4.
고미숙(1995), 「애국계몽기 시운동과 그 근대적 성격」, 『민족문학과 근대성』, 문지.
고미숙(1999), 「근대계몽기, 그 생성과 변이의 공간에 대한 몇 가지 단상」, 『민족문학사
            연구』 14.
구인모(2000), 「『학지광』문학론의 미학주의」, 『한국근대문학 연구』 1(창간호).
권보드래(2000), 『한국 근대소설의 기원』, 소명.
권보드래(2002), 「1910년대 ‘新文’의 구상과 「경성유람기」」, 『서울학연구』 18, 2002. 3.
권영민(1980), 「개화기 소설작가의 사회적 성격」, 『한국학보』, 1980 여름.
권영민(1989), 『염상섭문학 연구』, 민음사.
권영민(1996), 「개화계몽시대 서사양식의 장르분화」, 『한국문화』 17, 서울대 한국문화연구소
권영민(1998), 「근대 소설의 기원과 담론의 근대성」, 『문학동네』, 1998 겨울.
권택영(1998), 「주체와 타자」, 『소설과 사상』, 1998 겨울.

김남천(1940), 「소설의 운명」,『김남천전집Ⅰ』(정호웅·손정수 편), 박이정, 2000.

김동식(1999), 「한국에서 근대적 문학개념의 형성과정 연구」, 서울대 박사학위 논문.

김동식(2001), 「연애와 근대성」,『민족문학사연구』18.

김동식(2001), 「풍속·문화·문학사」,『민족문학사연구』19.

김문환 외(1998),『19세기 문화의 상품화와 물신화』, 서울대학교출판부.

김미현(2001), 「연애에서 연애까지」,『문학과 사회』, 2001 봄.

김복순(1982), 「1890년대~1910년대 문학비평 연구」, 연세대 석사학위 논문.

김복순(1990), 「양건식의 초기단편소설 연구」,『동방학지』69, 연세대국학연구원.

김복순(1999),『1910년대 한국문학과 근대성』, 소명.

김붕구(1964), 「신문학 초기의 계몽사상과 근대적 자아」,『한국인과 문학사상』, 일조각.

김성기 외(2000), 「문명의 히스테리와 공격성」,『세계의 문학』2000 가을.

김영철(1987), 「개화기 시가의 창작계층」,『개화기 문학의 재인식』, 지학사.

김영철(1987), 「신문학 초기의 현상 및 신춘문예제의 정착과정」,『국어국문학』98.

김예림(2000), 「1920년대 초반 문학의 상황과 의미」,『1920년대 동인지문학과 근대성
            연구』, 깊은샘.

김용재(1991), 「한국 근대소설의 '일인칭' 서술상황 연구」,『국어국문학』105.

김용직(1985), 「개화기 문인의 의식유형」,『한국 근대문학 논고』, 서울대학교출판부.

김우종(1982),『한국 현대소설사』, 성문각.

김유동(1997),『아도르노와 현대사상』, 문학과지성사.

김윤식(1978), 「1910년대 이전, 이후의 학술·문예」,『한국사론5』, 국사편찬위원회.

김윤식(1980),『한국 근대문학 양식논고』, 아세아문화사.

김윤식(1982),『한국 현대문학 비평사』, 서울대학교출판부.

김윤식(1986),『한국 근대소설사 연구』, 을유문화사.

김윤식(1986), 「고백의 형식 독백의 형식」,『동서문학』49, 1986. 12.

김윤식(1987),『김동인 연구』, 민음사.

김윤식(1987),『염상섭 연구』, 서울대학교출판부.

김윤식 편(1987),『염상섭』, 문학과지성사.

김윤식(1992),『운명과 형식』, 솔.

김윤식(1999),『이광수와 그의 시대1』, 솔(개정증보판).

김윤식·김현(1973),『한국문학사』, 민음사.

김윤식·정호웅(1993),『한국소설사』, 예하.

김종철(1993), 「19세기~20세기초 판소리 변모 양상 연구」, 서울대 박사학위 논문.

김주연(1971), 「문학사와 비평」,『문학과 지성』, 1971 겨울.

김학동(1981),『한국 개화기시가 연구』, 시문학사.

김 현(1969), 「한국시의 이해」,『문화비평』1권 1호, 1969 봄.

김현숙(2002), 「20세기초 한국서사문학의 두 가지 양식」,『희귀잡지로 본 문학사』, 상허

학보 8.

김현실(1985), 「현상윤의 단편소설 연구」, 『국어국문학』 93.

김현실(1989), 「1910년대 단편소설 연구」, 이화여대 박사학위 논문.

김화영(1986), 「문학이라는 제도」, 『세계의 문학』 39, 1986 봄.

김흥규(1980), 『문학과 역사적 인간』, 창작과비평사.

김흥규(1985), 「부서진 세계 안의 자유와 절망」, 『전환기의 동아시아 문학』, 창비.

류준필(2001), 「문명, 문화 관념의 형성과 국문학의 발생」, 『민족문학사연구』 18호.

류철균(1992), 「욕망의 근대적 형식」, 『문학과 사회』, 1992 봄.

문성숙(1985), 「개화기 문학담당 계층」, 『국어국문학』 94.

문학과비평연구회(1998), 『염상섭 문학의 재조명』, 새미.

문학과사상연구회(1998), 『염상섭 문학의 재인식』, 깊은샘.

문흥술(1994), 「양식파괴의 소설사적 의의」, 『관악어문연구』 19.

문창옥(1997), 「화이트헤드의 과정철학에서 인격적 동일성의 문제」, 『철학』 53, 1997
　　　　겨울.

박헌호(1996), 「한국 근대 단편양식과 김동인(1)」, 『작가연구』 2, 새미.

박헌호(1997), 「한국 근대 단편양식과 김동인(2)」, 『한국근대문학연구』, 태학사.

박헌호(2000), 「한국 근대소설사에서 단편양식의 위상」, 『민족문학사연구』, 2000. 6.

방민호(1996), 「소설장르의 가능성」, 『소설과 사상』 17, 1996. 12.

백낙청(1978), 『민족문학과 세계문학』 1, 창작과비평사.

변학수(1997), 「20세기의 미학적 저술에 나타난 부정성의 개념과 문학적 경험」, 『독일어
　　　　문학』 6.

변학수(1999), 「회상으로서의 유년」, 『독일어문학』 9집.

상허학회(2000), 『1920년대 동인지 문학과 근대성 연구』, 깊은샘.

상허학회(2003), 『한국 근대문학 양식의 형성과 전개』, 상허학보 10집, 깊은샘.

서경석(1995), 「초기 춘원소설의 ‘병(病)’모티프와 그 성격」, 『외국문학』 45, 1995 겨울.

서경석(2000), 「한국소설사 기술 방법론 재론」, 『한국학보』 98, 2000 봄.

서영채(1992), 「『무정』 연구」, 서울대 석사학위 논문.

서영채(1995), 「이상의 소설과 한국문학의 근대성」, 『민족문학과 근대성』, 문지.

서영채(1996), 『소설의 운명』, 문학동네.

서영채(1997), 「이광수의 사상에 대한 한 고찰」, 『한국근대문학연구의 반성과 새로운 모
　　　　색』, 새미.

서영채(1998), 「염상섭의 초기문학의 성격에 대한 한 고찰」, 『염상섭문학의 재조명』,
　　　　새미.

서영채(2002), 「한국 근대소설에 나타난 사랑의 양상과 의미에 관한 연구」, 서울대 박사
　　　　학위 논문.

신동욱 편(1981), 『현진건의 소설과 그 시대 인식』, 새문사.

안국선(1915), 「이 책 보는 사람에게 주는 글」, 『한국신소설전집 8』, 을유문화사, 1968.

양문규(1989), 「1910년대 단편소설의 구조와 작가의 세계관」, 『연세어문학』 18, 1985.

양문규(1990), 「「슬픈모순」과 1910년대 비판적 사실주의 문제」, 『창작과 비평』, 1990 봄.

양문규(1990), 「1910년대 한국소설 연구」, 연세대 박사학위 논문.

오양호(1991), 『문학의 논리와 전환 사회』, 문예출판사.

유종호 외(2000), 『현대 한국문학 100년』, 민음사.

이경훈(2001), 「『무정』의 패션」, 『민족문학사연구』 18, 2001.

이광호(1996), 「근대성을 둘러싼 모험」, 『창작과 비평』, 1996 가을.

이동하(1987), 「1910년대 단편소설 연구」, 서울대 석사학위 논문.

이보경(2000), 『문文과 노벨novel의 결혼』, 문학과지성사.

이선영(1993), 『한국 문학의 사회학』, 태학사.

이용철(1992), 「루소, 글쓰기의 욕망과 그 의미」, 『논문집』 4, 방송통신대학, 1992. 7.

이은주(2000), 「문학 텍스트에 나타난 자기구성 방식에 대한 시론」, 『1920년대 동인지문
　　　　　　　학과 근대성 연구』, 깊은샘.

이재선(1975), 『한국 단편소설 연구』, 일조각.

이재선(1979), 『한국현대소설사』, 홍성사.

이재선(1981), 『한국문학의 지평』, 새문사.

이재선(1981), 「춘원의 초기단편과 서간형태」, 『최남선과 이광수의 문학』, 새문사.

이재선(1996), 『한국문학의 원근법』, 민음사.

이재선·조동일 편(1983), 『한국 현대소설 작품론』, 문장.

이현식(1995), 「한국근대문학 형성의 사회사적 조건」, 『민족문학과 근대성』, 문지.

이현식(1998), 「문학의 자율성, 주체의 발견, 근대라는 미망」, 『문학과사회』 43, 1998
　　　　　　　가을.

임규찬(1997), 『한국 근대소설의 이념과 체계』, 태학사.

임규찬·한진일 편(1993), 『임화 신문학사』, 한길사.

임형택(1996), 「20세기초 신, 구학의 교체와 실학」, 『민족문학사연구』 9.

장수익(1997), 「한국근대소설의 형성과 시점에 관한 시론」, 『한국 근대문학연구의 반성
　　　　　　　과 새로운 모색』.

장수익(1999), 「염상섭 초기소설과 계몽주의」, 『한국근대소설사의 탐색』, 월인.

전광용(1980), 「「독립신문」에 나타난 근대적 의식」, 『국어국문학』 84.

정선태(1999), 『개화기 신문논설의 서사수용 양상』, 소명.

정선태(2003), 『심연을 탐사하는 고래의 눈』, 소명.

조동일(1982), 「한국문학사의 시대구분」, 『한국문학 연구입문』, 지식산업사.

조동일(1989), 『한국문학통사』 4, 지식산업사.

조남현(1985), 『한국 현대문학의 磁界』, 평민사.

조남현(1987), 『한국현대소설연구』, 민음사.

주종연(1981), 「이광수의 초기단편소설고」, 『최남선과 이광수의 문학』, 새문사.

주종연(1987), 『한국소설의 형성』, 집문당.

진중권(2000), <진중권의 벤야민 읽기 : 미메시스>, 「연세대학교 대학원신문」.

차봉희(1990), 『비판미학』, 문학과지성사.

차혜영(2001), 「1920년대 근대소설 형성 연구」, 한양대 박사학위 논문.

최문규(1995), 「자기창조와 자기파괴의 변화」, 『뷔히너와 현대문학』 8.

최시한(1993), 「이념과 서사형식 : 이인직, 염상섭」, 『가정소설연구』, 민음사.

최원식(1986), 『한국근대소설사론』, 창작과비평사.

최원식(1997), 「한국문학의 근대성을 다시 생각한다」, 『민족문학과 근대성』, 문지.

최유찬(1995), 『문예사조의 이해』, 실천문학사.

최유찬(1998), 「『토지』와 도스토예프스키 소설의 비교 연구」, 『연세대인문과학』 79.

최유찬(1998), 「우리 학문의 길」, 『연민학지』 6, 1998. 4.

최유찬(1998), 『한국문학의 관계론적 이해』, 실천문학사.

최유찬(2000), 「새로운 문학양식의 사회적 조건과 가능성」, 『문학사상』 2000. 7.

최유찬·오성호(1994), 『문학과 사회』, 실천문학사.

최재서(1940), 「敍事詩·로만스·小說」, 『인문평론』, 인문사, 1940. 8.

하정일(1998), 「보편주의의 극복과 '복수(復數)의 근대'」, 『염상섭문학의 재인식』.

한국문학연구소 편(1983), 『이광수 연구』 상·하, 태학사.

한기형(1996), 「1910년대 신소설에 미친 출판, 유통 환경의 영향」, 『한국학보』 84, 1996
　　　　　　가을.

한기형(1999), 『한국 근대소설사의 시각』, 소명.

한기형(1999), 「신소설 형성의 양식적 기반」, 『민족문학사연구』 14.

한자경(1997), 『자아의 연구』, 서광사.

한점돌(1993), 『한국 근대소설의 정신사적 이해』, 국학자료원.

홍정선(1991), 「근대시 형성에 있어서의 독자층의 역할 연구」, 서울대 박사학위 논문.

홍준기(1999), 『라캉과 현대 철학』, 문학과지성사.

홍혜원(2000), 「이광수 소설의 서사성 연구」, 이화여대 박사학위 논문.

황종연(1999), 「문학이라는 역어」, 『한국문학과 계몽담론』, 새미.

황종연(2001), 「내향적 인간의 진실」, 『비루한 것의 카니발』, 문학동네.

국외 논저

柄谷行人(가라타니 고진), 박유하 역(1997), 『일본 근대문학의 기원』, 민음사.

竹內敏雄(다께우치 도시오), 안영길 외역(1989), 『미학 예술학 사전』, 미진사.

루샤오펑, 조미원 외 역(2001), 『역사에서 허구로』, 길.

張法(장파), 유중하 외 역(1999), 『동양과 서양, 그리고 미학』, 푸른숲.

Adorno, T. W., 홍승용 역(1997), 『미학이론』, 문학과지성사.

Auerbach, Erich, 김우창·유종호 역(1987), 『미메시스 : 고대·중세편』, 민음사.

Bakhtin,이덕형 역(2001), 『프랑수아 라블레의 작품과 중세 및 르네상스의 민중문화』, 아
　　　카넷.

Barthes, Roland, 김희영 역(1991), 『사랑의 단상』, 문학과지성사.

Baudelaire, 박기현 역(2002)), 「현대적 삶의 화가」, 『세계의 문학』, 2002 봄.

Beguin, Albert, 이상해 역(2001), 『낭만적 영혼과 꿈』, 문학동네.

Benjamin, Walter, 반성완 역(1983), 『발터 벤야민의 문예이론』, 민음사.

Benjamin, Walter, 조형준 역(2002), 「아케이드 프로젝트」, 『세계의 문학』, 2002 봄.

Bergson, 정연복 역(1992), 『웃음』, 세계사.

Berman, Marshal, 윤호병 외 역(1994), 『현대성의 경험』, 현대미학사.

Bernstein, R., 김대웅 역(1987), 『실천론』, 한마당.

Blanchot, Maurice, 박혜영 역(1990), 『문학의 공간』, 책세상.

Brooks, Peter, 이봉지·한애경 역(2000), 『육체와 예술』, 문학과지성사.

Buerger, Peter, 김경연 역(1987), 『미학이론과 문예학 방법론』, 문학과지성사.

Butor, Michel, 김치수 역(1996), 『새로운 소설을 찾아서』, 문학과지성사.

Chatman, Seymour 편, 권명아 역(1971), 『Literary Style』, Oxford university press.

Eco, Umberto, 손유택 역(1998), 『소설의 숲으로 여섯 발자국』, 열린책들.

Ferry, Luc, 방미경 역(1994), 『미학적 인간』, 고려원.

Foucault, Michel, 김현 편(1989), 『미셸 푸코의 문학비평』, 문학과지성사.

Foucault, Michel, 이정우 역(1997), 『담론의 질서』, 새길.

Foucault, Michel, 이희원 역(1997), 『자기의 테크놀로지』, 동문선.

Freud, Sigmund, 김석희 역(1997), 『문명 속의 불만』, 열린책들.

Freud, Sigmund, 이윤기 역(1997), 「토템과 타부」, 『종교의 기원』, 열린책들.

Freud, Sigmund, 임홍빈·홍혜경 역(1997), 『정신분석 강의』 하, 열린책들.

Freud, Sigmund, 정장진 역(1996), 『창조적인 작가와 몽상』, 열린책들.

Freud, Sigmund, 허창운 역(1997), 『프로이트의 문학예술이론』, 민음사.

Fromm, Erich, 백문영 역(1994), 『사랑의 기술 / 인간의 마음』, 혜원출판사.

Goethe, 한일섭 역(1978), 「괴테와의 대화」, 『세계평론선』, 삼성출판사.

Goldmann, Lucien, 정과리 역(1980), 『숨은 신』, 인동.

Goldmann, Lucien, 조경숙 역(1982)), 『소설 사회학을 위하여』, 청하.

Gombrich, E. H., 유재천 역(1985), 「진실과 고정관념」, 『리얼리즘과 문학』, 지문사.

Harries, Karsten, 오병남 외 역(1988), 『현대미술―그 철학적 의미』, 서광사.

Hartmann, N., 전원배 역(1995), 『미학』, 을유문화사.

Hauser, Arnold, 백낙청·반성완 역(1999), 『문학과 예술의 사회사 2』, 창작과비평사.

Hauser, Arnold, 황지우 역(1983), 『예술사의 철학』, 돌베개.

Hauser, Arnold,A, 한석종 역(1990), 『예술과 사회』, 기린원.

Hegel, 두행숙 역(1996), 『헤겔미학 I 』, 나남출판.

Horkheimer & Adorno, 김유동 외 역(1995), 『계몽의 변증법』, 문예출판사.

Jameson, Fredric, 김유동 역(2000), 『후기마르크스주의』, 한길사.

Jameson, Fredric, 여홍상 역(1984), 『변증법적 문학이론의 전개』, 창작과비평사.

Jauss, H. R.,김경식 역(1999), 『미적현대와 그 이후』, 문학동네.

Kagan, M.S., 진중권 역(1991), 『미학강의 II 』, 새길.

Kayser, Wolfgang, 김윤섭 역(1999), 『언어예술작품론』, 예림기획.

Kermode, Frank, 조초희 역(1993), 『종말 의식과 인간적 시간』, 문학과지성사.

Kiralyfalvi, 김태경 역(1984), 『루카치 미학 연구』, 이론과실천.

Kristeva, Julia, 김영 역(1995), 『사랑의 역사』, 민음사.

Kristeva, Julia, 서민원 역(2001), 『공포의 권력』, 동문선.

Lacan, Jacques, 권택영 편(1994), 『욕망이론』, 문예출판사.

Lemaire, Anika, 이미선 역(1994), 『자크 라캉』, 문예출판사.

Loewith, Karl, 이상률 역(1992), 『베버와 마르크스』, 문예출판사.

Lukács, Georg, 김경식 역(2000), 「솔제니찐－「이반 제니소비치의 하루」」, 『민족문학사
　　　　연구』 17.

Lukács, Georg, 반성완 역(1987), 『소설의 이론』, 심설당.

Lukács, Georg, 반성완·심희섭 역(1988), 『영혼과 형식』, 심설당.

Maisonneuve, Jean, 김용민 역(1999), 『감정』, 한길사.

Marcuse, Herbert, 김문환 편역(1989), 『마르쿠제 미학사상』, 문예출판사.

Marcuse, Herbert, 김인환 역(1989), 『에로스와 문명』, 나남출판.

Marx, Karl, 김수행 역(1989), 『자본론』, 비봉.

Metscher, Thomas 외, 여균동 외 역(1983), 『헤겔미학 입문』, 종로서적.

Milner, Max, 이규현 역(1997), 『프로이트와 문학의 이해』, 문학과지성사.

Moretti, Franco, 조형준 역(1997), 「공포의 변증법」, 『세계의 문학』, 1997 여름.

Moretti, Franco, 조형준 역(2001), 『근대의 서사시』, 새물결.

Nietzsche, Friedrich, 이진우 역(1997), 『비극적 사유의 탄생』, 문예출판사.

Parkinson, G.H.R., 김대웅 역(1986), 『루카치 미학사상』, 문예출판사.

Ricoeur, Paul, 김한식 외 역(2000), 『시간과 이야기』 1, 2, 문학과지성사.

Ricoeur, Paul, 양명수 역(1994), 「고백의 현상학」, 『악의 상징』, 문학과지성사.

Robert, Marthe, 김치수 외역(1999), 『기원의 소설, 소설의 기원』, 문학과지성사.

Sarup, Madan, 김해수 역(1994), 『알기쉬운 자끄라깡』, 백의.

Schiller, Friedrich von, 장상용 역(1996), 『소박문학과 감상문학』, 인하대학교출판부.

Schiller, Friedrich von, 최익희 역(1997), 『인간의 미적 교육에 관한 서한』, 이진출판사.

Schiller, Friedrich von, 한일섭 역(1978), 「소박문학과 감상문학」, 『세계평론선』, 삼성출판.

Schlegel, 지명렬 역(1975), 「시와의 대화」, 『독일 낭만주의 연구』, 일지사.

Schlegel, 한일섭 역(1978), 「낭만주의 문학」, 『세계평론선』, 삼성출판사.

Schramke, Juergen, 원당희·박병화 역(1995), 『현대소설의 이론』, 문예출판사.

Steiger, Emil, 이유영·오현일 역(1978), 『시학의 근본개념』, 삼중당.

Tatarkiewicz, W., 이용대 역(1990), 『여섯 가지 개념의 역사』, 이론과실천.

Thomson, Philip, 김영무 역(1986), 『그로테스크』, 서울대학교출판부.

Vassen, Florian, 임호일 역(1997), 『변증법적 문예학』, 지성의샘.

Watt, Ian, 전철민 역(1988), 『소설의 발생』, 열린책들.

Weber, Max, 박성수 역(1996), 『프로테스탄티즘의 윤리와 자본주의 정신』, 문예출판사.

Weber, Max, 이상률 역(1994), 『직업으로서의 학문』, 문예출판사.

White, Hayden V., 천형균 역(1991), 『19세기 유럽의 역사적 상상력』, 문학과지성사.

Wölfflin, Heinrich, 박지형 역(1994), 『미술사의 기초 개념』, 시공사.

Adams, J. L. and Yates, Wilson 편(1997), 『The grotesque in Art and Literature』, William B. Eerdmans pub.

Cascardi, A. J.(1992), 「Totality and the novel」, 『New Literary Theory』.

Danow, David K.(1997), 『Models of Narrative』, Macmillan press Ltd.

Kayser, W.(1963), 『The Grotesque in art and lierature』, Indiana universty press.

Lash, Scott(1999), 『Another modernity a different rationality』, Blackwell pub.

Menke, Christoph, Solomon, Nei 역(1998), 『The Sovereignty of Art』, MIT press.

Nietzsche, Friedrich(1980), 「Die dionysische Weltanschauung」, 『samtliche Werke』, Kritische Studienausgabe in 15 Banden, hrsg. v. Giorgio Colli und Montinari, Munchen / Berlin / N.Y.

Obaldia, Claire de(1995), 『The Essayistic Spirit』, Clarendon press. Oxford.

Paul de Man(1983), 『Blindness and Insight』, Methuen & Co. Ltd.

Penner, Hans H, 「Rationality, Ritual, and Science」, Dartmouth College.

Russo, Mary(1994), 『The female grotesque』, Routledge. N.Y.

Thmson, Philip(1972), 『The grotesque』, Methuen.

Worringer, Wilhelm(1953), 『Abstraction and Empathy』, International uni. press. N.Y.

Milner, Max(1957), 『Freud et L'interprétation de la littérature』, paris.

작가	작품명	발표지	발표일
현상윤	한의 일생	청춘 2	1914. 11
KY生	희생	학지광 3	1914. 12
현상윤	박명	청춘 3	1914. 12
현상윤	재봉춘	청춘 4	1915. 1
이광수	김경	청춘 6	1915. 3
양건식	석사자상	불교진흥회월보1	1915. 3
백대진	금상패(金賞牌)	신문계 3권4호	1915. 4
백대진	異鄕의 月	신문계 3권5호	1915. 5
小星(현상윤)	비오는 저녁	학지광 5	1915. 5
백대진	南柯一夢	신문계 3권7호	1915. 7
백대진	嗚呼薄命	신문계 3권8호	1915. 8
양건식	귀거래(歸去來)	불교진흥회월보	1915. 8
백대진	愛兒의 出發	신문계 3권9호	1915. 9
백대진	因果	신문계 3권11호	1915. 11
백대진	나의 日記로부터	신문계 4권6호	1916. 6
백대진	절교의 서한	신문계 4권7호	1916. 7
小星	청류벽	학지광 10	1916. 9
백대진	삼십만원	신문계 5권2호	1917. 2
瞬星(진학문)	부르지짐(Cry)	학지광 12	1917. 4
현상윤	광야	청춘 7	1917. 5
이광수	소년의 비애	청춘 8	1917. 6
현상윤	핍박	청춘 8	1917. 6
백대진	노처녀	반도시론 3	1917. 6
이광수	어린 벗에게	청춘 9~11	1917. 7~11
이상춘	두벗	청춘 10	1917. 9
유종석	냉면 한그릇	청춘 10	1917. 9
백대진	良人의 祈禱	반도시론 6	1917. 9

작가	작품명	발표지	발표일
백대진	金剛의 夢	반도시론 8	1917. 11
김명순	의심의 소녀	청춘 11	1917. 11
백대진	옥동춘	천도교회월보89~92	1917.12~1918.3
백대진	과모의 루	슬픈모순	
백대진	생?	슬픈모순	
양건식	슬픈모순	반도시론	1918. 2
나혜석	경희	여자계 2	1918. 3
이광수	방황	청춘 12	1918. 3
이광수	윤광호	청춘 13	1918. 4
ㅈㅎ생	우유배달부	청춘 13	1918. 4
양건식	슬픈모순	반도시론 2권2	1918
김동인	약한자의 슬픔	창조 1~2	1919. 2~3
전영택	혜선의 사	창조 1	1919. 2
김환	신비의 막	창조 1	1919. 2
극웅	황혼	창조 1	1919. 2
전영택	천치? 천재?	창조 2	1919. 3
전영택	운명	창조 3	1919. 12
김동인	마음이 여튼자여	창조 3~6	1919.12~1920.5
백악	동정의 루	학지광 19~20	1920. 1
동원	몽영의 비애	창조 4	1920. 2
전영택	생명의 봄	창조 5~7	1920. 3
새별	생의 비애	창조 5	1920. 3
동원	피아노의 울님	창조 5	1920. 3
김일엽	어느 소녀의 사	신여자 2	1920. 4
벽파생(碧波生)	눈오는 밤	창조 6	1920. 5
백야생(白野生)	일년 후	창조 6	1920. 5
민태원	어느 소녀	폐허 1	1920. 7
현진건	희생화	개벽 5	1920. 11
현진건	빈처	개벽 7	1921. 1
김동인	목숨	창조 8	1921. 1
김동인	음악공부	창조 8	1921. 1
전영택	독약을 마시는 여인	창조 8	1921. 1
?生	고독	창조 8	1921. 1
민태원	음악회	폐허 2	1921. 1
김동인	배따라기	창조 9	1921. 6
전영택	K와 그어머니의죽음	창조 9	1921. 6

작가	작품명	발표지	발표일
염상섭	표본실의 청개고리	개벽 14~16	1921. 8~10
현진건	술 권하는 사회	개벽 17	1921. 11
현진건	타락자	개벽 19~22	1922. 1~4
염상섭	암야	개벽 19	1922. 1
나도향	젊은이의 시절	백조 1	1922. 1
노자영	표박	백조 1~2	1922. 1
현진건	영춘유	백조 1	1922. 1
염상섭	제야	개벽 20	1922. 2
나도향	별을 안거든 우지나말걸	백조 2	1922. 5
현진건	유린	백조 2	1922. 5
현진건	피아노	개벽 29	1922. 11
나도향	녯날꿈은 창백하더이다	개벽 30	1922. 12
염상섭	E선생	동명 2~15	1922. 9. 10~12. 10
김동인	태형	동명 16~34	1922. 12. 17
나도향	십칠원 오십전	개벽 31	1923. 1
이광수	할멈		1923
이광수	가실	동아일보	1923. 2. 12~23
이광수	거룩한 이의 죽음	개벽	1923. 3
나도향	춘성	개벽 37	1923. 7
현진건	할머니의 죽음	백조 3	1923. 9
박종화	목매이는 여자	백조 3	1923. 9
나도향	여이발사	백조 3	1923. 9
홍사용	저승길	백조 3	1923. 9
나도향	행랑자식	개벽 40	1923. 10
염상섭	죽음과 그 그림자		1923
현진건	까막잡기	개벽 43	1924. 1
염상섭	금반지	개벽 44	1924. 2
염상섭	니즐수업는사람들	폐허이후 1	1924. 2
현진건	그립은 흘긴눈	폐허이후 1	1924. 2
나도향	자기를 찾기 전	개벽 45	1924. 3
현진건	운수 좋은날	개벽 48	1924. 6
이광수	혈서	조선문단 1	1924. 10
전영택	흰닭	조선문단 1	1924. 10
방춘해	어머니	조선문단 1	1924. 10
이광수	H군을 생각하고	조선문단 2	1924. 11
늘봄	사진	조선문단 2	1924. 11

작가	작품명	발표지	발표일
방춘해	비오는날	조선문단 2	1924. 11
나도향	전차차장의 일기 몇 절	개벽 54	1924. 12
이광수	엇던아츰	조선문단 3	1924. 12
채만식	셰길로	조선문단 3	1924. 12
이광수	사랑에 주렷던이들	조선문단 4	1925. 1
김동인	감자	조선문단 4	1925. 1
늘봄	화수분	조선문단 4	1925. 1
현진건	불	개벽 55	1925. 1
염상섭	전화	조선문단 5	1925. 2
현진건	B사감과 러브레터	조선문단 5	1925. 2
이광수	혼인		1925. 2
나도향	J의사의 고백(미완)	조선문단 6	1925. 3
나도향	계집하인	조선문단 8	1925. 5
나도향	벙어리 삼룡	여명	1925. 7
염상섭	고독	조선문단 10	1925. 7
염상섭	검사국 대합실	개벽 61	1925. 7
나도향	물레방아	조선문단 11	1925. 9
염상섭	윤전기	조선문단 12	1925. 10
나도향	꿈	조선문단 13	1925. 11
나도향	뽕	개벽 64	1925. 12
염상섭	난 어머니		1925
현진건	사립정신병원장	개벽 65	1926. 1
나도향	피 묻은 편지 몇 쪽	신민 12	1926. 4
현진건	우편국에서		1926
현진건	동정		1926
현진건	발		1926

저자 **이은주**

1971년 강원도 강릉 출생
관동대학교 국어교육과 졸업
이화여자대학교 국어국문학과 대학원 졸업(문학박사)
관동대학교, 이화여자대학교 강사 역임
현재 이화여자대학교 강사
주요 논저 「문학 텍스트에 나타난 자기구성 방식에 대한 시론」
       「근대 체험의 내면화와 새로운 글쓰기」
       「1950년대 문학비평의 세계주의와 미국적 가치지향의 상관성」
       『식민지 근대의 내면과 매체 표상』(공저) 등

한국 근대 단편소설과 情의 양식 ■ ■ ■

인　쇄　2007년　10월　11일
발　행　2007년　10월　21일

저　자　이 은 주
펴낸이　이 대 현
편　집　권 분 옥
펴낸곳　도서출판 역락
　　　　서울 서초구 반포 4동 577-25 문창빌딩 2층
　　　　전화 • 3409-2058, 3409-2060 / FAX • 3409-2059
　　　　홈페이지 • http://www.youkrack.com
　　　　이메일 • youkrack@hanmail.net
　　　　등록 • 1999년 4월 19일 제303-2002-000014호

정　가　12,000원
ISBN　978-89-5556-551-5　93810

■ 잘못된 책은 교환해 드립니다.